PARIS BLUES

DU MÊME AUTEUR

Une rude journée, Contre Plan, 1999.
Rue Oberkampf, HC, "Hors noir", 2000.
Le Carnaval des gueux, HC, "Hors noir", 2001.
Ça va bien, Autres temps, prix de la Nouvelle noire au Festival du polar "Noir dans le blanc", 2005.
Alger la Noire, Actes Sud, "Babel noir", 2006.
Fétide. Le noir dans la truffe, Autres temps, 2006.
Pointe Rouge, Actes Sud, "Babel noir", 2007.

ISBN 978-2-7427-8757-9

MAURICE ATTIA

PARIS BLUES

roman

BABEL NOIR

A Georgette,
ce mélo parce qu'elle le vaut bien.
A Bernard,
ami and co-, de Mao à Paco.

MORT À CRÉDIT

Dimanche 1er novembre 1970

Philippe d'Outremont avait perdu sa femme, son ami, son cheval puis sa fille.

Cette nuit, enfin, la vie. Sans mission accomplie.

Je n'étais ni soulagé ni fier de le voir abattu.

Plutôt déprimé d'avoir été confronté à la mort une fois de plus, une fois de trop.

Cet homme aurait pu devenir mon ami. Dans une autre histoire, une autre vie.

En observant son corps criblé de balles étendu sur l'asphalte de cette route départementale éclairée par les phares de sa jeep, j'ai frissonné comme si je venais d'intégrer que ce cadavre aurait pu être le mien.

Le sang qui coulait le long de mon avant-bras gauche n'y était pour rien.

Je ne sentais même pas la douleur de la blessure, en tout cas pas celle-là.

Une autre, plus exquise, me taraudait ailleurs, côté cœur, depuis des mois…

Première partie

LA FUITE À VINCENNES

Pourquoi faut-il que les hommes s'ennuient ?

JACQUES BREL

Mercredi 28 janvier 1970

I

L'ENNUI

— Inspecteur Martinez, vous ne pouvez pas continuer ainsi !

Tel un prisonnier, condamné à une lourde peine, barrant sur son calendrier mental les journées déjà passées, le commissaire Blanc avait asséné cette sentence qu'il pouvait s'appliquer à lui-même. Vieux flic et surtout vieux fonctionnaire, il n'attendait que la retraite. Les cheveux totalement blancs, les sourcils abondants, charbonneux et toujours froncés, lui donnaient une mine boudeuse à l'image de sa mauvaise humeur quotidienne.

J'avais donc appris à ne jamais le contrarier :

— D'accord avec vous, patron.

— J'ai choisi Vincennes pour y finir ma carrière. Et j'ai eu raison : en mai 68, nous avons eu une paix royale. Jusqu'à ce qu'Edgar Faure ait convaincu le gouvernement de créer une université expérimentale sur un ancien terrain de l'armée. Idée géniale pour Paris ! Si les gauchistes s'y intéressaient, ils foutraient le bordel mais extra-muros et tant pis pour les Vincennois ! Nous y sommes et je n'ai pas l'intention d'être empoisonné par ces petits merdeux pendant les deux ans qu'il me reste à tirer…

— Je compatis, patron, mais en quoi suis-je…

— J'y viens. Vous n'êtes pas à votre aise parmi nous. Je ne suis pas dupe et je vous comprends. A Bâb-el-Oued pendant la guerre d'Algérie, flingué à Marseille par des types du SAC, vous êtes un homme d'action et chez nous, en dehors des vols à la tire ou de bagnoles et les putes du Bois, pas d'affaire excitante. Or, depuis la rentrée universitaire, plusieurs échauffourées ont eu lieu entre étudiants et, cerise sur le gâteau, il y a quarante-huit heures, on y a découvert le cadavre d'un projectionniste, un certain Jacques Couverture dont la mort serait d'origine suspecte…

— J'ai lu ça dans *Le Monde*.

— De plus, vous lisez *Le Monde* ! Parfait…

— Parfait ? En quoi est-ce…

— Comme vous le savez, la fac est chez nous mais, officiellement, en territoire parisien. L'inspecteur Adrien, chargé de l'enquête, s'est heurté à un mur de silence. Aucun indice, aucune piste.

— Je connais. J'ai eu le même problème à Marseille dans une cité universitaire…

— Bref ! On me demande de veiller au grain, d'éviter que les choses ne dégénèrent, éventuellement, de fournir une ébauche de piste à votre collègue. J'ai aussitôt pensé à vous.

— Pourquoi ?

— Parce que vous n'habitez pas dans le coin. Vous êtes nouveau et vous vous ennuyez. Aussi, je vous propose une mission : infiltrer les extrémistes en vous faisant passer pour un étudiant sympathisant.

— J'ai bientôt quarante ans ! Un peu vieux pour me remettre aux études, non ?

— Selon mes sources, il y a de tout parmi ces étudiants puisqu'il n'est pas nécessaire d'être bachelier. De plus vous avez une licence de lettres, donc suffisamment de culture pour vous déplacer sans complexe dans cet univers…

— Ça ne m'emballe guère…

— Vous n'aurez plus à venir au commissariat pendant le reste de l'année universitaire. Vous serez détaché, en quelque sorte…

— Ah !… Sous cet angle…

— Je savais bien que vous marcheriez.

— J'ai carte blanche ?

— Certainement pas. Vous êtes un type intelligent. Réfléchissez à une stratégie et revoyons-nous pour fixer un protocole : nouvelle identité, mode de contact, rythme des rapports, lieux de rendez-vous, etc. Pour que ça marche sans vous griller en deux minutes, vous n'aurez à rendre de compte qu'à moi et hors cadre.

— En ce qui concerne Jacques Couverture ?

— Je vais vous donner les coordonnées de l'inspecteur Adrien et une copie du dossier. Si vous avez du nouveau, vous l'informez en direct, pour le reste, agitation ou actions violentes, vous traitez avec moi. Est-ce que ça vous va ?

Ça m'allait. Je suis sorti du bureau, les éléments du dossier sur la mort de Jacques Couverture sous le bras, aussi heureux qu'un taulard à l'annonce d'une mise en liberté provisoire. Cette mission était une aubaine qui me permettait d'échapper à l'ennui apparent. En réalité, depuis un an, je m'étais enfoncé dans une profonde mélancolie. Changer de ville, si belle fût-elle, n'avait pas changé ma vie, toujours imprégnée de douleur et de culpabilité. Hormis Louis pour lequel je n'avais ni estime ni amitié, je ne voyais personne. Je ne m'étais lié à aucun de mes collègues ; mes deux derniers partenaires, Choukroun à Alger et Khoupiguian à Marseille, disparus corps et biens, choisir la solitude m'avait semblé plus sage.

Quant aux femmes, désormais, elles n'existaient à mes yeux qu'en images, vingt-quatre par seconde, couleurs ou noir et blanc, projetées dans la multitude de salles parisiennes ou "sur l'écran noir de mes nuits blanches". Le désir, lui, s'était égaré entre Marseille et Paris, entre Irène et moi. Depuis plus d'un an, le flic était en sommeil, l'homme en hibernation. Depuis plus d'un an, Paco Martinez n'existait plus vraiment…

Nul ne connaissait les vraies raisons de ma mutation, mais chacun, à sa manière, avait son hypothèse. On ne quittait pas le Sud pour le Nord, surtout si, comme moi, on avait passé trente ans de sa vie au sud du Sud !

Les méchants supposaient que j'avais trempé dans des combines louches – normal, pour un flic marseillais –, les gentils que j'y avais vécu un chagrin d'amour – évident pour un romantique de Bâb-el-Oued –, les indifférents qu'un type de quarante balais, célibataire et sans enfant pouvait – quelle chance ! – aller où bon lui semblait. D'une certaine façon, tous avaient raison : après avoir été entraînée, malgré elle, dans une de mes enquêtes aux conséquences désastreuses, Irène m'avait quitté ; j'avais demandé un poste d'inspecteur principal à Paris, on m'avait proposé Vincennes. J'avais accepté parce qu'il me fallait fuir et vite avant de changer d'avis, de renoncer à mon renoncement.

J'étais arrivé dans la capitale pendant l'été 1968 : la ville s'était remise de ses émeutes, barricades et grèves, le pays de sa peur bleue du rouge.

Les élections législatives avaient donné une majorité absolue à la droite, Pompidou cédé la place à Couve de Murville. Les purges avaient commencé, balayant tous ceux qui avaient remis en cause le pouvoir.

Les travailleurs s'étaient remis à travailler, les étudiants à étudier.

Les Shadocks avaient été expulsés des petites lucarnes, *Le Fugitif* le resterait durablement puisque la diffusion du feuilleton avait été interrompue avant l'épilogue.

Et toujours, toujours le même président, comme disait la chanson de Michel Delpech : de Gaulle.

J'avais erré dans Paris à la recherche d'un gîte. Hors de question pour moi d'habiter à Vincennes. Trop bourgeois, trop province à mon goût.

Après le Barrio Gótico de Barcelone, la Bassetta d'Alger, la Plaine de Marseille, quel territoire me réservait Paris ? Une certitude, je ne me sentirais à l'aise qu'en milieu populaire.

Alors que je traînais dans le quartier des Halles, aux alentours des pavillons Baltard, j'y ai croisé une silhouette connue, Louis Renucci : jeune proxénète corse, plutôt intelligent et atypique que j'avais côtoyé plus d'une fois chez Ernestine à Marseille. Il avait déplacé son activité rue Saint-Denis où il venait d'acquérir un local commercial :

— Tu vas y mettre tes filles en vitrine comme à Amsterdam ?

— Pas du tout, *gàrri*. Des livres, des images et du matériel. Tout sur le cul. Y a un marché pour ça…

— Y en a toujours eu…

— Ouais, mais avant, on se passait des cartes à jouer de femmes à poil, des photos pornos ou des super-8 sous le manteau. Moi, je vais centraliser tout ça et les gars pourront faire leurs courses comme dans un Monoprix : rayon "vêtements", lingeries féminine et masculine sexy ; rayon "accessoires", godes pour les dames, poupées gonflables pour les messieurs, fouets, menottes et masques pour les sadomasos ; rayon "droguerie", capotes, lubrifiants et crèmes stimulantes ; rayon "alimentaire", épices et boissons aphrodisiaques ; enfin la traditionnelle librairie et ses revues cochonnes, quelques films “spécialisés”, sans oublier la littérature érotique pour les intellos.

— Où vas-tu trouver tout ça ?

— Je pars demain à Copenhague au premier Salon de l’érotisme. Les Nordiques ont un cul d’avance sur nous.

— Tu crois que ça va marcher ?

— A Marseille ou dans n’importe quelle ville de province, peut-être pas. Mais à Paris, oui. Ici, l’anonymat est roi. De plus, dans le coin, avec les Halles, les mâles ne manquent pas et, la nuit, tous les hommes sont gris. Et toi, en vacances ou en mission pour une enquête ?

— Non, désormais je bosse à Vincennes.

— Vincennes ? tu t’es tiré de Marseille ?

— Ouais.

— Avec la belle rousse ?

— Non.

Après m’avoir observé un bref instant, il avait compris et enchaîné :

— Que devient notre amie Ernestine ? Toujours dans son restau ?

— Non. Elle a été vitriolée…

— Merde ! Un client ?

— Non. Une longue histoire… J’aimerais bien trouver une piaule dans le coin. Tu as des tuyaux ?

— Les seuls qui m’intéressent, c’est sur les canassons.

— Tu sais, les écuries, c’est pas mon truc.

— Je dois pouvoir te trouver un poulailler. Repasse dans une quinzaine, à la boutique…

Il avait tenu parole, me dégottant un trois-pièces dans la rue Montorgueil. Presque les Trois Horloges de Bâb-el-Oued. L'immeuble de briques rouges et blanches, à l'angle de la rue Bachaumont, avait de la gueule ; l'appart, un ancien atelier de confection, était vaste et clair mais plus un espace qu'un lieu à vivre. Le prix dérisoire de la location m'a encouragé à accepter : un évier, des chiottes, l'électricité, le gaz et une chaudière au charbon me garantissaient l'indispensable, le superflu attendrait.

J'avais acheté aux puces de Clignancourt table, chaises, lit et armoire que deux forts des Halles, embauchés sur le tas, m'avaient aidé à hisser jusqu'au quatrième sans ascenseur, et, à la Samaritaine, literie et cuisinière qui m'avaient été livrées.

Jusqu'à la fin de l'année 1968, j'avais découvert Paris, quartier par quartier, ciné après ciné, pour me rendre à l'évidence : cette ville était aussi belle qu'exigeante. Telle une femme, il fallait la séduire, la conquérir, si on ne voulait pas y crever de solitude ou y passer en coup de vent, façon touriste, sans jamais la connaître. En ce domaine, Louis Renucci m'avait été précieux. Proxénète plus par nature que par choix, jeune et beau gosse, brun ténébreux au regard brûlant, il avait quelque chose de Monty Clift. Quelque chose de féminin et de fragile qui séduisait ces dames, à la différence qu'il n'était pas homosexuel. Les filles tapinaient pour lui, comme des sœurs aînées auraient entretenu et gâté un petit frère incapable majeur. Jamais il ne les battait ni ne les menaçait quand il relevait les compteurs. D'ailleurs, il énonçait cette sentence sordide : "Un bon esclavagiste, ça ménage le personnel… Elles me croient gentil parce que j'exige pas un nombre exagéré de passes et que je les laisse taper dans la caisse."

Des trois filles, Karen, la plus mûre, était destinée à tenir sa future boutique. Elle était aussi sa meilleure gagneuse. La perspective d'abandonner le trottoir lui permettait d'envisager un avenir. Tout le monde y trouvait son compte. Surtout, Louis qui songeait sérieusement à devenir le Félix Potin de la pornographie.

"Tu verras Paco, disait-il, dans moins de cinq ans, j'aurai des boutiques dans tous les quartiers chauds de Paris : Barbès, Pigalle, Montparnasse, peut-être même au Quartier latin pour distraire les étudiants boutonneux…"

Il avait raison car les sex-shops s'étaient multipliées depuis un an de façon exponentielle. Y compris dans les grandes villes de province. 68 et sa libération sexuelle étaient passés par là…

Louis, donc, en prospection permanente pour ses futurs commerces, m'avait initié à la ville, à ses bars, ses rues, ses populations cosmopolites et incertaines.

A ses côtés, peu à peu, j'avais appris les codes et les charmes de cette cité si troublante.

Passionné par les courses de chevaux et l'aviation, il avait aussi tenté de me traîner à Auteuil, Vincennes ou Longchamp, sans y parvenir. Quant à voler, il pratiquait cet exercice en solitaire.

"Seul aux commandes, j'ai l'impression d'être un aigle. Quand j'étais petit, à Propriano, disait-il, je rêvais d'échapper à l'île par les airs. Je voulais être un oiseau pour m'évader et découvrir le monde vu du ciel."

D'autres de ses compatriotes avaient pris l'habitude d'utiliser le verbe homonyme et hors la loi. Le plus célèbre d'entre eux avait engendré un "aiglon" qui n'avait pas volé bien longtemps…

— Je suis sûr qu'un jour je ferai un truc interdit avec mon coucou, ajoutait-il.

— Trafic de drogue, contrebande… tu as le choix, avais-je répondu, suppression de ta licence et condamnation sévère au bout…

— Non, pas un truc de voyou, Paco ! Un truc extraordinaire, héroïque, tu vois… Comme Alain Delon dans *Les Aventuriers*, quand il veut passer avec son avion sous l'Arc de Triomphe…

A chacun ses fantasmes. Les miens s'étaient éteints depuis mon arrivée à Vincennes.

Au commissariat, je n'apprenais rien et j'y ai végété pendant un an.

Suivant d'un œil indifférent à la une du *Monde* les mésaventures de Pompidou qui, en réserve de la

République, s'était trouvé mêlé à "l'affaire Markovic". Une sale affaire : secrétaire et garde du corps d'Alain Delon, Stephan Markovic avait été retrouvé mort dans une décharge des Yvelines. Assassiné. Selon *Le Figaro*, Le jeune Yougoslave aurait participé à des partouzes dans lesquelles s'étaient exhibés de hauts fonctionnaires et… au cours de l'une d'elles aurait reconnu Mme Pompidou. Scandale. Air de la calomnie. On avait parlé de chantage, de règlements de comptes du SAC… Foccart avait-il voulu discréditer Pompidou ?

Quelques mois plus tard, notre cher président avait proposé un référendum sur la régionalisation et un pouvoir réduit du Sénat. Un référendum de trop à son peuple de veaux.

Les urnes avaient renvoyé de Gaulle à Colombey et désigné Pompidou pour le remplacer à l'Elysée. Le SAC, dont l'antenne marseillaise avait été impliquée dans le vol d'armes sur la base militaire d'Istres et le meurtre de Puyricard, avait soutenu le candidat de la droite, sans état d'âme. Foccart, toujours dans la course, la droite toujours au pouvoir, la gauche en décomposition avancée – son candidat à l'élection présidentielle, Gaston Defferre, n'avait même pas été présent au second tour – et les étudiants toujours agités.

En 1969, seules deux choses m'avaient sorti quelque temps de la léthargie :

La première, une émission de radio sur RTL animée par Cristiani qui avait réussi le tour de force de réunir Brassens, Brel et Ferré autour d'une table et d'une bonne bouteille. Comme Choukroun, le pauvre Brassens se remettait difficilement d'un cancer de la prostate. Ces trois avaient donné sur les ondes une leçon d'humilité.

La seconde, un fait divers, la rumeur d'Orléans. J'avais même acheté le bouquin d'Edgar Morin consacré à cette histoire :

La "rumeur d'Orléans" laissait entendre que les cabines d'essayage de plusieurs magasins de lingerie féminine d'Orléans, tenus par des juifs, étaient en fait des pièges pour les clientes, qui y auraient été endormies avec des seringues hypodermiques et enlevées pour être livrées à un réseau de prostitution. Elle avait pris parfois un tour burlesque lorsqu'on avait prétendu que des clientes disparues étaient prises en charge par un sous-marin remontant la Loire…

J'imaginais Irène suivant cette affaire avec la même curiosité. J'entendais ses commentaires acerbes, moqueurs, écœurés. Je voyais ses yeux verts virer au violet, la teinte de sa colère.

Et je rêvais de la serrer dans mes bras pour calmer sa fureur…

En marchant vers le métro qui me ramènerait à ma tanière, j'avais le sentiment que la proposition de mon patron me renvoyait vingt ans en arrière : une époque où j'hésitais entre l'enseignement et l'action, deux héritages paternels. A Barcelone, mon père avait été instituteur et combattant anarchiste pendant la guerre civile.

A Barcelone, il était mort à cause d'une femme qu'il avait trop aimée…

A Paris, j'étais un mort-vivant à cause d'Irène que je n'avais pas su aimer…

J'ai acheté un *Pariscope* et, après l'avoir consulté, choisi le nouveau Melville, *L'Armée des ombres*, adaptation du roman de Kessel, histoire de consulter mes aînés sur l'art de la clandestinité. Un film austère, dur, la survie quotidienne d'un réseau de Résistance, à la distribution formidable : Lino Ventura, Simone Signoret, Paul Meurisse…

J'ai décidé de le voir dans une salle du Quartier latin, le Cluny, pour me familiariser avec un environnement estudiantin. La jeunesse du public, son physique et sa culture m'étaient totalement étrangers. M'infiltrer ne serait pas une mince affaire. Mon patron avait raison, il me fallait réfléchir à une stratégie crédible et répondre à des questions que l'on ne manquerait pas de poser : Pourquoi m'inscrire à Vincennes ? Pour y suivre quels cours ? Quels étaient ma profession, mon parcours, mon projet ? Mes amis, mes amours ? Mes sympathies politiques ?

Je devais m'inventer une vie antérieure qui soit crédible sans me démasquer. Une vie d'imposteur, sans faille évidente.

Imaginer une fiction de moi-même forçait mes neurones à sortir de leur torpeur.

Nom : De Murcia, nom de jeune fille de ma mère.

Prénom : Paco. Le vrai, plus pratique pour les automatismes.

Date et lieu de naissance : 6 juillet, vrai, 1934, faux, se rajeunir de quatre ans me plaisait.

Adresse : 45, rue Saint-Denis, l'adresse de la boutique de Louis.

Profession : prof de français à Marseille en année sabbatique.

Situation de famille : célibataire, sans enfant. Vrai.

Arrivé à Paris depuis deux mois. Faux et justifierait de mon isolement.

Engagement politique : sympathisant luxembourgiste, bonne idée ! A Marseille, j'avais assez étudié la question pour être incollable.

J'ai souri en rédigeant ma fiche signalétique. Pourtant l'histoire qui m'attendait était loin d'être drôle…

Ensuite, j'ai appelé Louis pour lui demander son accord :

— Ça va m'attirer des *engatses*[1], sûr !

— Mais non. Ta vendeuse n'aura qu'à me téléphoner si j'ai un appel. Je ne rencontrerai qu'une fois par mois mon patron dans un coin de ta boutique.

— Dans le bureau, je préfère. Les flics font fuir les clients…

— On ne le saura pas…

1. En provençal, "ennuis".

— Tu parles. Toi, si tu te déguises en étudiant attardé, peut-être, mais, ton patron, ça m'étonnerait !

— Je te parie qu'on le prendra pour un vieux fonctionnaire pervers. Il a soixante-trois ans, des touffes de poils au nez et des sourcils broussailleux façon satyre…

— A propos de poils, tu sais comment on dit broute-mimine en arabe ?

— …

— Tahtouf métouf.

— Très drôle !

— Passe à la boutique que je te présente Karen, elle va te rappeler quelqu'un…

Je n'avais encore jamais mis les pieds dans sa sex-shop bien qu'il m'eût invité à l'inauguration quelques mois plus tôt.

J'ai ouvert l'armoire et y ai choisi un jean, des baskets, un blouson en toile acheté dans un stock américain des puces. Sans me coiffer ni me raser, vêtu ainsi j'avais plus l'allure d'un chômeur que d'un vieil étudiant. Il allait falloir travailler ma silhouette pour qu'elle fût plus crédible : laisser pousser mes cheveux, peut-être aussi ma barbe, acquérir un sac fourre-tout pour y transporter mes cours.

J'ai descendu la rue Montorgueil où les maraîchers du Palais des fruits commençaient déjà à haranguer la ménagère. Au passage, je me suis acheté un délicieux croissant chez Störher. Tout en mangeant ma pâtisserie, j'ai emprunté la rue Etienne-Marcel jusqu'à la rue Saint-Denis.

La boutique de Louis était située au coin de la rue de la Grande-Truanderie. Ça ne s'inventait pas !

Aux Plaisirs d'Eros alignait deux vitrines racoleuses chargées de nus "artistiques" et d'annonces supposées alléchantes : *érotisme insolite, albums de nus, revues et films étrangers, disques et livres érotiques, gadgets, exposition et vente permanente de 10 h 30 à 0 h 30, catalogue gratuit…*

A 11 heures du mat', les lieux étaient déserts. Bizarre. Soudain, une crinière rousse est apparue derrière un rayonnage. Mon cœur s'est mis à battre plus vite. Et puis la silhouette féminine s'est tournée vers moi : une jeune femme d'une trentaine d'années m'a souri.

"Bonjour, monsieur. Si vous avez besoin d'un conseil, je suis au rayon librairie…" a-t-elle dit avec un accent scandinave. Karen et non Irène. Un *j* les séparait, toute la différence. Irène n'avait pas besoin des produits d'une sex-shop pour développer ses talents de courtisane…

J'ai bégayé :

— Est-ce… Bonjour. Vous êtes… Est-ce que Louis est là ?

— Louis ? Oui, dans son bureau. Je vais le chercher.

Ils sont réapparus tous deux. Un beau couple qu'on n'aurait pas soupçonné d'être un mac et sa pute. Les idées reçues.

— Ah Paco ! Arrive ! Karen, je te présente Paco M…

— De Murcia. Paco De Murcia, je suis un copain de Louis, on s'est connus à Marseille…

— Karen est suédoise, mais, comme tu vois, elle parle bien le français. Elle apprend vite. Dans tous les domaines…

— Louis vous a expliqué ce que j'attends de vous.

— Oui. Si on appelle, je vous transmets le message…

— Non. Il n'y aura pas de message. Simplement, me signaler l'appel d'un M. Noir…

— Comment je saurai qu'il est noir au téléphone ?

— Excusez-moi, Noir c'est son nom pas sa couleur de peau.

— Je suis bête, a ricané Karen. J'ai encore des choses à apprendre sur la langue.

— Côté langue, tu n'as plus rien à découvrir, nine ! a éclaté de rire Louis.

Pauvre étrangère encore inculte en jeux de mots grivois, Karen a poursuivi :

— Si vous avez besoin d'autre chose…

— C'est ça, elle a arrêté pour s'occuper de la boutique, mais si tu as un besoin urgent, elle fera un extra. Hein, Karen ?

— Avec plaisir, monsieur De Murcia…

— Appelez-moi, Paco. C'est gentil, mais, sans vouloir vous vexer, je n'y tiens pas…

— Tu as besoin d'autre chose ?

— Je vais jeter un coup d'œil sur ton rayon librairie.

— Bon, alors je retourne à mes bons de commande, ciao !

Au passage, j'ai jeté un œil sur une affiche publicitaire surplombant un tas de boîtes roses :

POUPÉE GONFLABLE GRANDEUR NATURE 69 F
COMPAGNE DES CÉLIBATAIRES

Pas de montage. Juste ajouter de l'air et aussitôt
vous avez une beauté grandeur nature
d'une douceur naturelle avec des mesures idéales.
Elle flotte sur l'eau ou elle sera assise
dans votre voiture.
Vous et vos amis vous serez étonnés du fini vivant.
Ses nombreux talents et usages
sont trop nombreux pour être énumérés…

J'espérais n'avoir jamais besoin de jouer à la poupée…

Au rayon librairie, j'avais sous les yeux l'enfer de la Bibliothèque nationale : tout ce qui avait été publié et censuré depuis deux siècles. Beaucoup d'ouvrages n'étaient que des photocopies reliées comme des thèses…

Les livres étaient classés en deux catégories : d'une part, la littérature à contenu pornographique constituée d'ouvrages illustrés médiocres ou de photoromans, d'autre part, la littérature érotique "classique" comprenant, par ordre alphabétique, Anonymes

– un paquet d'auteurs ! – puis Arsan, Bataille, Burroughs, Desforges, Fourier, Genet, Louÿs, Mandiargues, Malaparte, Miller, Nin, Réage, Sade, plus une quantité d'auteurs dont je n'avais jamais entendu parler. Le constat de mon ignorance en ce domaine.

Ayant lu, à Alger, un très beau roman de Georges Bataille, *Le Bleu du ciel*, j'ai choisi son dernier roman inachevé *Ma mère*. Puisque la mienne avait disparu sans laisser d'adresse pendant la guerre d'Espagne, me laissant à la garde de ma grand-mère paternelle, j'allais vérifier, à travers ce roman, que toutes les mères étaient des salopes.

J'ai réglé l'ouvrage, que Karen a glissé dans un sac plastique avec un catalogue de la boutique : "… Pour les amis trop timides…" a suggéré avec malice la jolie Suédoise.

De retour chez moi, j'ai sorti mon livre de son emballage pour le poser sur ma table de nuit. Sur un marque-page, la vendeuse avait écrit son numéro de téléphone accompagné d'un *"A bientôt…"* prometteur… J'ai préféré appeler Blanc, pour lui livrer toutes les infos nécessaires et avoir son approbation.

Il n'a pas apprécié Noir comme pseudo mais pas tiqué à l'idée de me rencontrer dans la sex-shop. Il semblait même impatient de m'y retrouver…

— Mais pourquoi ne pas téléphoner chez vous ?

— Je n'y serai pas toujours. Je serai peut-être même tenu d'assister à des réunions nocturnes de gauchistes. Vous alliez m'offrir une machine à messages téléphoniques ?

— Vous avez raison. Je n'ai pas le budget pour… Je n'en ai même pas au commissariat.

— Certes, mais vous avez un standard. Pas moi.

J'ai jeté un œil sur les éléments assez pauvres de la scène de crime dans le dossier remis par Blanc : le type était mort dans son lit et, bouche ouverte, semblait ronfler. En gros plan, son visage était boursouflé et son cou présentait, au niveau de la carotide, une tache noire. Le corps avait été découvert par un étudiant nommé Didier Gros, responsable de la cinémathèque universitaire. Le rapport d'autopsie n'y figurait pas.

J'ai appelé l'inspecteur Adrien pour m'informer sur la victime : âgé de quarante-quatre ans, Jacques Couverture était projectionniste au service de l'université et vivait seul dans un studio au-dessus de la salle de conférences, accessoirement utilisée comme salle de projection. Ancien soldat au cinéma des armées, il exerçait ses talents depuis une petite année en échange du gîte et du couvert. Il était solitaire et rien, dans ses effets personnels, n'indiquait ni activité politique, ni trafic quelconque. L'essentiel de sa petite bibliothèque était constitué d'ouvrages sur les techniques de prises de vue et de montage. Seuls quelques numéros d'un bulletin confidentiel des anciens de l'Indochine et de l'Algérie avaient attiré l'attention des enquêteurs. L'autopsie avait révélé qu'il était mort empoisonné. Un poison d'origine animale. Une piqûre de mygale à la carotide avait provoqué un œdème de Quincke et une mort par asphyxie. Les gars du labo n'avaient pas retrouvé l'araignée. Etrange. Un crime à la Borgia dans une université gauchiste. Evidemment, ils s'étaient demandé pourquoi un ancien soldat y vivait. Se planquait-il et de quoi ? Ils avaient épluché son dossier militaire. Projectionniste dans le civil à Strasbourg, il s'était engagé pour devenir documentariste des armées en 1948, à l'âge de vingt-deux ans. Il avait réalisé quelques films sur l'armée de terre, filmé les troupes au cours d'opérations en Indochine. Rapatrié après le désastre de Diên Biên Phu, il avait été muté en Allemagne. Loin de la guerre d'Algérie, il n'avait, semblait-il, développé aucun lien avec l'OAS, se contentant d'exercer son métier d'origine, projectionniste. Libéré en 1968, on perdait sa trace jusqu'à son engagement à Vincennes. Pas de compagne connue, pas de correspondance. Son studio était équipé d'une ancienne table de montage, matériel militaire probablement dérobé à l'armée du temps où il y était. Les gars du labo avaient déniché dans une poubelle des chutes de pellicule 16 mm en noir et blanc, traitant, apparemment, d'un cours de théâtre filmé. Nous sommes convenus de rester en contact.

Ensuite, je suis allé aux archives du *Monde*, rue Réaumur, où j'ai consulté les numéros de septembre 1968 à janvier 1969 afin d'y collecter toutes les infos sur cette fameuse université expérimentale de Vincennes.

“Edgar avait fait Faure”, aurait pu écrire un étudiant gauchiste, humoriste en herbe…

IRÈNE, SÉANCE TENANTE – 1

— … Aujourd'hui, je n'avais pas envie de venir… Le sentiment que ça ne sert à rien… L'impression de me répéter… ma petite vie n'a pas grand intérêt… Je vis au ralenti… Ma boutique, quelques copines… Le traumatisme est passé… Enfin le traumatisme physique… parce que, côté affectif, le grand désert. Aucun homme ne m'intéresse… Enfin… non… rien…

— Dites…

— J'ai rencontré un type dans une soirée… un entrepreneur en travaux publics, je crois…

— Et…

— Et rien. Séduisant, intelligent, posé. Pas un dragueur… un bosseur, plutôt. Il a vaguement tenté de me courtiser… J'ai eu du mal à l'encourager…

— Pourquoi ?

— Vous savez bien pourquoi… Paco… Toujours Paco dans la tête. J'ai beau faire, j'en rêve sans cesse… Si je vous disais que parfois je crois le reconnaître dans la rue. Absurde ! je sais bien qu'il n'est plus dans les parages. La veuve Choukroun m'a dit qu'il était toujours à Paris mais qu'il ne téléphonait plus beaucoup. Plus de nouvelles, bonnes nouvelles… Il a dû trouver la femme de sa nouvelle vie… Je lui souhaite bien du plaisir… Elle se rendra compte à quel point il est empêtré dans sa culpabilité… Et puis elle a intérêt à aimer le cinéma sinon elle va vite se lasser de son goût pour les salles obscures…

— Vous semblez presque jalouse…

— Pas presque. Je le suis. L'idée qu'il puisse être heureux loin de moi m'est insupportable… Pourtant, je le lui souhaite, tout en n'y croyant pas. Certains soirs, je regrette de l'avoir mis en demeure de vider les lieux… je me dis que j'aurais dû être patiente… Je me mets à aimer, comme lui, le conditionnel passé… Il faut être lucide, je vais doucement mais sûrement vers la quarantaine. Qui voudrait d'une quadragénaire, avec une jambe et demie… ?

— Vous êtes cruelle avec vous-même…

— Non, réaliste… L'entrepreneur, par exemple, n'a remarqué qu'en fin de soirée ma canne quand je me suis levée pour aller aux toilettes. Il a semblé gêné… Il ne m'a posé aucune question sur mon handicap… Habituellement, c'est moi qui en parle pour neutraliser les fantasmes dans la tête des gens. Je raconte que j'ai eu un accident de voiture. Plus envie de parler de l'attentat du casino de la Corniche. Plus envie de séduire non plus.

— Pourtant vous êtes belle et jeune…

— Vous parlez comme mes amies… Mais ça ne suffit pas ! Je ne suis pas disponible. Paco est parti de la ville mais pas de ma tête… L'autre soir, je lisais

La Rumeur d'Orléans, un bouquin d'Edgar Morin, vous devez en avoir entendu parler…

— Continuez…

— Et bien, après avoir associé, comme vous dites, sur mon enfance et mon adolescence orléanaise – par exemple, la rumeur serait partie d'un lycée catholique de jeunes filles que j'ai fréquenté jusqu'en troisième, par la suite mes parents m'ont mise en pension à cause de mon indiscipline –, enfin, bref, j'ai imaginé une discussion avec Paco sur ce bouquin. Ma colère, sa tendresse, ma rage, ses caresses, ma douleur, ses baisers au point que je me suis retrouvée à me caresser comme une adolescente rêvant de son prince charmant, élève du lycée de garçons… Un comble, non ! C'est vrai qu'il était bon amant, enfin pas toujours… plus vraiment après son coma… Est-ce que j'arriverai, à nouveau, à désirer un homme et, surtout, à l'aimer ? J'en doute… Mais je l'espère… Le jour où j'y parviendrai, je serai guérie… guérie de lui… Je pourrai de nouveau être moi-même… Sinon moi-même, du moins celle que je voulais, jadis, paraître… Peut-être que ma vraie nature est identique à celle de mon père. La mélancolie et, pour finir, le suicide…

— Vous n'en avez jamais parlé…

— Du suicide de mon père ? De l'histoire ancienne, comme Paco, de l'histoire ancienne…

Jeudi 5 février 1970

II

CHÈRES ÉTUDES

La mine hirsute – barbe et cheveux avaient envahi mon visage –, j'avais à présent plus l'allure d'un clodo que d'un gaucho. Méconnaissable. Dans un sac en toile de l'armée, j'avais fourré mes nouvelles pièces d'identité et les différents documents administratifs pour mon inscription. La dernière fois que je m'étais inscrit à l'université, c'était à Alger en 1951. La guerre n'avait pas encore commencé et je terminais ma licence de lettres avec la conviction intime que je n'irai pas plus loin. Je m'intéressais plus au cinéma qu'à la littérature comparée, plus aux acteurs, qu'aux élèves qui m'attendaient au bout de mes études.

Dix-huit ans plus tard je reprenais le chemin de l'université. En imposteur.

La "fac" de Vincennes était un mauvais gag. Coincés entre les bois et un champ de tir de l'armée, des bâtiments de deux étages préfabriqués, construits en neuf semaines, se déployaient autour d'une galerie au milieu de nulle part.

Elle donnait l'impression d'une cour des Miracles, d'un souk, du QG de toutes les manifs du monde.

Le folklore gauchiste poussé à son comble. Un ghetto.

Des dizaines d'étudiants palabraient en petits groupes autour d'un bassin que les poissons rouges avaient déserté pour laisser flotter une épaisse couche de tracts. D'autres, profitant d'un soleil hivernal, lisaient allongés sur l'herbe sale, d'autres tractaient en assénant en boucle des slogans révolutionnaires. Quelques femmes proposaient à la vente des vêtements et des bijoux indiens exposés sur des draps de fortune au sol, d'autres, livres et disques. Des puces pour intellos.

J'ai cherché une signalétique m'indiquant les bureaux d'inscription, en vain. Le moindre espace mural était couvert de slogans et d'affiches appelant à la lutte armée ou pas de travailleurs ou de peuples opprimés. Même le foot était prétexte à dénoncer la barbarie : *Le Brésil champion du monde de foot, le Brésil, champion du monde de la torture.*

Une phrase anarchiste m'a fait sourire jaune : *J'aime les flics, signé un pavé.*

J'étais totalement désorienté dans cette confusion plutôt sympathique, mais qui n'évoquait en rien la représentation d'un lieu d'études. Ni mon âge ni mon apparence ne semblaient gêner ou inquiéter mes futurs camarades.

Pour le vérifier je me suis adressé à un étudiant, à l'allure ronde et bonhomme, tracteur pour la Gauche prolétarienne :

— Tu peux me dire où sont les bureaux de l'administration ?

— C'est la première fois que tu viens ici, non ?
— Ça se voit tant que ça ?
— Je devais avoir l'air aussi ahuri que toi quand j'y ai mis les pieds… Etudiant ou prof ?
— Etudiant. Enfin, je le serai si je trouve où l'on peut s'inscrire.
— Suis-moi. Je vais te faire visiter. Je m'appelle Patrick, je suis en arts plastiques.

Cette université était la mise en acte d'une pure utopie.

Une crèche proposait ses services aux bambins d'étudiants ou du personnel, de 8 à 22 heures. Une maternelle recevait les plus âgés. Des cours de 7 à 10 heures du matin étaient proposés aux camarades travailleurs. Des disciplines, jusqu'alors interdites d'université, florissaient : arts plastiques, bande dessinée, jazz, théâtre, psychanalyse et… cinéma !

Mon inscription dans cette fac est devenue évidente : puisque la victime était projectionniste, m'inscrire en études de cinéma serait plus qu'une “couverture”, un plaisir. Etre payé par le ministère de l'Intérieur pour apprendre les techniques et l'histoire du septième art était une opportunité assez cocasse.

Comme me l'avait appris *Le Monde*, l'enseignement, dans cette université, n'était plus sanctionné par le passage d'examens mais par la notation d'unités de valeur, correspondant à une matière choisie. Un contrôle continu des connaissances dont j'allais découvrir qu'il était, pour le moins, formel. Je devais m'inscrire au moins à deux disciplines, tout en ayant le droit d'assister à tous les cours qui m'intéresseraient. En plus du cinéma, pour ne pas surcharger mes méninges, j'ai donc choisi expression corporelle.

Les formalités accomplies, j'ai invité Patrick à boire un verre à la cafétéria.

Bien qu'elle fût bondée, il a trouvé une table à l'écart, occupée par une jeune femme qu'il connaissait :

"Salut, Virginie ! Je te présente Paco, un étudiant en cinéma."

Elle m'a observé d'un regard aiguisé qui m'a mis mal à l'aise. M'avait-elle déjà démasqué ? Pour échapper à sa curiosité, j'ai proposé :

— Café pour tout le monde ?

— Non une tasse d'eau chaude pour moi… a corrigé Virginie.

Je suis revenu avec deux cafés et l'eau.

Des étudiants jouaient du bongo et de la guitare, assez mal, mais sans complexe et sans que ça ne dérangeât personne. Sauf moi qui détestais boire un verre à proximité d'une cacophonie. Impossible donc de parler ou d'entendre. Pendant que Patrick et moi sirotions nos cafés, Virginie a sorti de son sac un sachet d'herbe qu'elle a trempé dans l'eau chaude :

"Je préfère préparer moi-même mes infusions."

Elle a avalé son breuvage fumant, les yeux fermés, sourire aux lèvres. Elle semblait plongée, avec délices, dans une solitude intérieure. Elle avait un visage ingrat et émacié, d'une pâleur presque maladive, affublé d'un nez trop long, de lèvres trop minces dont la supérieure était bordée d'un bouton de fièvre ou d'herpès, le cheveu gras et filasse. Pas un canon de séduction, mais ça tombait bien, je n'étais pas là pour séduire et n'en avais aucune envie. Je songeais, en dévisageant l'assistance, que le terme "décalage" s'appliquait parfaitement à moi : en âge décalé…

Quand les "musiciens" ont cessé leur tintamarre, les bribes de conversation me confortaient dans cette impression désagréable que nous n'avions pas les mêmes préoccupations : jargon révolutionnaire appliqué à tout propos, en musique, littérature, philosophie, théâtre ou cinéma… J'aurais voulu aborder avec mes invités la mort du projectionniste, mais le contexte ne me semblait pas adapté sous risque de paraître trop curieux pour un vieil étudiant débarqué de nulle part.

— Il faut que je vous laisse, j'ai un cours dans quelques minutes… a annoncé Virginie, puis elle m'a demandé : As-tu une conscience politique ?

— … Je… Je crois. Pourquoi ?

— Dans ce cas, j'aurai certainement l'occasion de te revoir.

— Militante vingt-quatre heures sur vingt-quatre, Virginie ! a commenté Patrick en la regardant s'éloigner. Bon, c'est pas tout, j'ai aussi un cours. Si tu as besoin d'autres infos, tu me trouveras au local de la GP.

— Merci. A bientôt sans doute.

J'étais satisfait de ce premier contact. Il saurait peut-être m'orienter dans le dédale des groupuscules.

Pour en savoir plus, j'ai erré encore quelque temps jusqu'à repérer un des couloirs à l'usage de forum prosélyte : s'y alignaient UNEF, maos, trotskistes, anars, communistes, chrétiens, féministes et même un exemplaire de révolutionnaire royaliste !

En rôdant aux alentours de la salle de conférences, j'ai demandé à un étudiant ce qui s'y enseignait :

— Rien. Nous sommes contre le mandarinat. Y avait des projections des classiques du cinéma en VO sans sous-titre, pour les étudiants en langues. Histoire de les habituer à la musique des mots étrangers tout en regardant un film. Mais depuis que le projectionniste est mort, et en attendant que quelqu'un le remplace, plus de séance…

Par précaution, je n'ai pas cherché à en savoir plus.

J'en avais assez vu en ce premier jour pour m'extraire de ce milieu avant d'y paraître un peu trop anachronique.

Sur le chemin du retour, j'avais acheté, chez Gibert Jeune, boulevard Saint-Denis, un épais cahier, le journal de bord de mon infiltration :

En écrivant la date, 5 février, j'ai eu un méchant flash-back, huit ans d'âge : la mort de Choukroun ! J'avais oublié la date anniversaire de sa mort ! Pourtant l'année précédente, j'étais spécialement retourné à Marseille pour la célébrer. Espérant secrètement y rencontrer Irène. Je m'étais retrouvé seul à dialoguer avec feu mon collègue de ma nouvelle vie et de son ancienne mort… Sa femille n'y était pas puisque la date variait au gré du calendrier juif. J'avais donc fait un saut chez sa veuve, Marthe, histoire de prendre de ses nouvelles et de celles de son fils, Paul, en passe de devenir universitaire. Mais aussi d'Irène indirectement. Marthe n'avait jamais accepté notre séparation. Au téléphone ou en direct, elle prenait un malin plaisir à m'informer qu'Irène ne m'avait toujours pas remplacé et à s'informer de ma solitude.

— Tant qu'y a de la vie y a de l'espoir ! Vous voulez pas que j'organise une soirée barbouche[1] avec le petit et vous deux, comme avant ?

— Ça n'est plus comme avant, Marthe. Je suis parti et seulement de passage. Je ne reviendrai plus…

— C'est *schmet*[2] ! Un si beau couple ! Tu en trouveras jamais une autre comme elle. Y a que des *carbas*[3] à Paris…

Elle ne croyait pas si bien dire…

J'avais peut-être gommé la date pour me protéger, pour oublier Marseille et son cortège de désillusions. Car je savais ne pas avoir oublié Choukroun. Pas plus que le journal intime d'Estelle, jeune femme trouvée morte sur une plage de Bâb-el-Oued… Choukroun… Irène, ma grand-mère… Pas plus que Khoupi, mon partenaire marseillais et sa compagne Eva partis aux Antilles et dont je n'avais plus eu aucune nouvelle…

1. Recette de couscous.
2. En judéo-arabe : "Dommage !"
3. Judéo-arabe, "putains".

La seule période de ma vie que j'avais totalement occultée était mon enfance espagnole. De zéro à six ans, pas l'ombre d'une image, d'une sensation, d'un souvenir. Les récits de ma grand-mère sur la charcuterie du Barrio Gótico, la guerre civile de mon anarchiste de père, les légendes aussi. Mais rien issu de ma mémoire. Effacés les six premières années de ma vie, les sons et les images, les personnages et les intrigues. La première bobine de pellicule de mon film mental s'était égarée entre Barcelone et Alger…

Le téléphone a sonné comme un réveil pour me tirer d'un passé morbide.

— Monsieur De Murcia, a chuchoté une voix inattendue.

— Oui ?

— C'est Karen. J'ai peur. Deux types sont dans la boutique et…

La communication a été coupée.

J'ai composé le numéro de la sex-shop. Occupé.

Sans plus réfléchir, j'ai pris mon Beretta et enfilé ma veste.

Après avoir dévalé les marches quatre à quatre, j'ai foncé au pas de course vers la rue Saint-Denis. Mon film intérieur a repris sa projection. Irène à la Pointe Rouge, moi à Paris, loin d'imaginer ce qui s'y passait. Allais-je une fois de plus arriver trop tard ? Me faire plomber comme à Ensuès ?

Je n'avais plus rien à perdre puisque j'avais déjà tout perdu.

Arrivé à la boutique, arme au poing sous les regards effrayés de quelques passants, je me suis accroupi devant la porte : elle était verrouillée. J'ai explosé la serrure d'un coup de pied et je m'y suis précipité sans précaution. Deux types. L'un emplissait un sac d'accessoires érotiques, l'autre avait arraché le corsage de Karen et l'avait coincée dans un coin. Ils se sont figés. J'ai assommé le premier d'un violent coup de crosse sur le front puis je me suis approché du second en ordonnant :

— Karen ! Ecarte-toi !

Elle est passée derrière moi en chuchotant "merci".

— Qui êtes-vous ?

— On voulait juste rigoler un peu, c'est qu'une pute…

Je lui ai éclaté les dents d'un coup de canon. Tout en continuant de le braquer, j'ai fouillé son blouson, pris son portefeuille que j'ai tendu à Karen :

— Sors ses papiers et ceux de son copain "endormi" et note leurs noms et leurs adresses.

Elle a obéi.

— Putain ! Ça va ! On n'a rien fait de mal ! a pleurniché l'édenté en épongeant sa bouche ensanglantée.

Je lui ai asséné un coup de genou dans les couilles en lui conseillant :

— Désormais, vous êtes interdits de séjour dans le coin. Si je vous y croise ou s'il vous vient la mauvaise idée d'importuner à nouveau madame, je vous tue ! C'est clair ?

— Très…

— Dégage et ramasse ton copain au passage.

Je lui ai balancé les cartes d'identité à la gueule. Il les a récupérées puis a soulevé son acolyte toujours groggy. Ils se sont dirigés vers la porte aussi vite qu'ils ont pu. J'ai jeté un œil dans la rue pour les voir s'éloigner et se perdre dans la foule des badauds. Je suis retourné auprès de Karen qui avait enfilé une veste pour couvrir son chemisier en lambeaux :

— Où est Louis ?

— A Deauville, aux courses de chevaux.

Décidément, les hommes n'étaient jamais là où ils devraient.

— Qu'est-ce qui s'est passé ?

— Dès qu'ils sont entrés, je les ai trouvés bizarres. Ils étaient bourrés et ont commencé à dire des trucs pas gentils...

— Du genre ?

— Pourquoi se contenter d'une poupée gonflable quand on avait sous la main une si jolie vendeuse...

— Je vois...

— Malheureusement, j'étais dans les rayons, loin du bureau de Louis où j'avais mis mes affaires... j'ai toujours une bombe lacrymo et une matraque dans mon sac. Comme je savais que personne dans les environs ne pourrait m'aider, j'ai pensé à vous puisque vous êtes son ami.

— Pourquoi n'as-tu pas appelé la police ?

— La dernière fois que j'ai essayé, j'ai eu droit à un disque pendant dix minutes qui répétait “Vous avez la police, ne quittez pas”...

— On répare les dégâts, ensuite on va dîner dans le coin. D'accord ?

Je l'ai aidée à replacer sur les étagères les accessoires abandonnés au sol par les petits voyous. Dans la réserve, nous avons trouvé quelques étagères inutilisées que j'ai clouées sur les montants de la porte. Ça suffirait jusqu'à l'intervention d'un serrurier. Afin de vérifier s'ils étaient fichés, j'ai noté sur mon agenda les noms et les adresses des deux voyous. Ils s'appelaient tous deux Tissier. Frères ou cousins germains, ils habitaient à la même adresse, rue Ordener.

Quelques minutes plus tard, nous étions installés chez Pharamond, un restaurant à la décoration surannée, au bout de la rue, moi devant un plat de tripes, elle devant une salade composée, entre nous une bouteille de chinon.

— Tu… Je peux dire tu ?

— Bien sûr, une agression, ça favorise la proximité…

— Tu te laisses pousser les cheveux et la barbe ?

— Oui. Pour être dans le vent. Ça fait plus jeune. Jadis, je portais un borsalino…

— C'est quoi ?

— Un chapeau de film américain, un chapeau de flic ou de truand.

— Et pourquoi n'en portes-tu plus ?

— Parce que la femme qui me les offrait m'a quitté.

— Tu n'as pas dû avoir de mal à la remplacer…

— Détrompe-toi. Depuis mon arrivée à Paris, je vis en ermite.

— Intéressant… a commenté Karen en posant sa main sur la mienne.

Le contact de sa paume a provoqué la vibration de tout mon corps. Un nourrisson pouvait se laisser mourir s'il était privé de contact corporel, la libido moribonde de Paco ressuscitait au frôlement d'une peau féminine. Mes tripes se sont réchauffées à la mode de "Quand ?".

Mon deuil d'Irène était-il en cours d'achèvement ou le bas-ventre réclamait-il sa pitance ?

— Et toi ? Comment t'es-tu retrouvée si loin de ton pays ?

Fille de pêcheur à Träslövsläge, une obscure bourgade sur la côte ouest de la Suède, elle avait abîmé ses mains dans l'eau glacée et salée à écailler les poissons de la production familiale jusqu'à vingt-deux ans, tout en rêvant d'une autre vie. Le jour où un jeune pêcheur, son amant, lui avait demandé sa main, elle avait paniqué. Etre femme de pêcheur et continuer ainsi jusqu'à la mort : hors de question ! Après une nuit blanche à échafauder un autre avenir possible, elle avait décidé de fuir son trou du bord de mer pour la capitale, Stockholm donc. Elle y avait travaillé comme vendeuse dans un grand magasin et s'était lassée d'un salaire de misère. Pour vivre et non survivre, il lui fallait envisager autre chose. Un soir de printemps, au sortir d'une discothèque, un touriste français en manque de sexe lui avait proposé de l'argent pour une nuit d'amour. Ivre, elle avait accepté en riant et demandant l'équivalent d'une semaine de son salaire. Il avait payé sans rechigner. Ça n'avait même pas été un moment difficile à passer. Il s'était montré gentil et reconnaissant. Ignare sur les règles de la prostitution, elle avait été consciencieuse et n'avait pas compté son temps pour satisfaire son premier client. La semaine suivante, en vérifiant la somme ridicule au bas de sa fiche de paie, elle avait pris deux décisions : acheter un guide de Paris avec l'espoir de le visiter un jour et vivre de ses charmes par intermittence. Au cours d'une de ses longues nuits hivernales, elle avait décidé de réaliser son rêve : aller à Paris et y poursuivre son activité en "professionnelle indépendante".

Une fois sur place, elle avait déchanté. La prostitution était moins facile et plus dangereuse en France qu'en Suède. La rencontre avec Louis l'avait convaincue qu'il valait mieux avoir un protecteur jouant les agents artistiques plutôt que de se voir imposer un mac violent. Elle avait eu raison puisque, désormais, elle s'occupait de la sex-shop.

Je l'observais pendant qu'elle me racontait sa vie, ou plutôt ce qu'elle avait bien voulu m'en dire : la crinière rousse, le visage constellé de taches de rousseur, le nez joliment retroussé, les yeux verts rieurs, une bouche généreuse, bordée de fossettes.

Une évocation d'Irène, aliénée dans un univers glaçant où la liberté était fictive et le corps, une marchandise. Bien que la plupart de mes confrères aient bénéficié des services gratuits de ces dames, il me déplaisait d'y recourir. A moins de me séduire… Ce à quoi elle s'employait sans réticence :

— On commande une autre bouteille ? a suggéré Karen.

— Tu y tiens ?

— Non. Mais peut-être que tu seras moins réservé.

— Tu sais… Non rien…

— Dis-moi…

— Je ne suis pas très fréquentable.

— Que fais-tu ?

— Un sale métier…

— Voleur ?

— Non !

— Pas tueur ?!

— Non, encore que…

— Tu me fais peur !

— N'aie crainte, rien d'illégal. Impossible d'en parler…

— Agent secret ?

— Secret, oui mais pas agent… En fait, je suis un vieil étudiant…

— Etudiant ! En quoi ? En révolution puisque tu as une arme ?

— Non, le Beretta, c'est un souvenir de la guerre d'Algérie…

— Tu es algérien ? a demandé Karen en pâlissant.

— Non. Un Français d'Algérie. Un pied-noir, comme on dit, d'origine espagnole.

Elle a paru soulagée :

— Alors étudiant en quoi ?

— En cinéma.

— Tu veux bien me faire passer des essais ? J'ai déjà joué en Suède…

— Laisse-moi deviner : dans des films érotiques, non ?

— Gagné ! Il paraît que j'avais du talent…

— Je n'en doute pas.

— Allons chez moi, je te ferai une démonstration.

— Inutile, je te crois sur parole.

— Tu ne me trouves pas désirable ?

— Si, si. Là n'est pas la question.

— Quelle est la question ? Mon ancien métier te dérange ? Je ne suis pas malade, tu sais.

— Non, mais… Comprends-moi… j'aurais l'impression d'être payé en nature pour être venu à ton secours, tout à l'heure…

— Tu te trompes, j'ai vraiment envie de toi et je ne veux pas dormir seule, cette nuit.

Elle a tenu à régler l'addition, une manière de me signifier qu'elle pouvait payer ses dettes autrement qu'avec son corps. Elle m'a demandé :

— Tu as une voiture ?

— Non. Je n'en ai jamais eu.

— Moi, si, mais à Paris c'est un enfer. Et puis j'aime bien marcher dans cette ville, elle est si belle. J'habite à un quart d'heure à pied de la boutique, ça te laissera le temps de changer d'avis.

J'ai souri : elle lisait en moi comme dans un livre ouvert. Un livre à ne pas mettre entre les mains d'un enfant…

Nous avons contourné les Halles rejoint la rue Rambuteau, l'église Saint-Eustache et, sans nous confesser, avons emprunté la rue Montmartre. En passant devant le bistrot *Le Croissant* où a été assassiné Jaurès, me sont revenues en tête les paroles de Brel et, en coups de poignard, ont suivi celles des *Vieux Amants* qu'avait fredonnées Irène durant mon coma…

Arrivé sur les grands boulevards, frontière entre rues et faubourgs, là où jadis la banlieue commençait, l'humeur morose, j'ai songé à rebrousser chemin.

Karen, obstinée, m'a entraînée par le bras sur l'autre rive en me désignant l'enseigne rouge du restaurant Chartier niché au fond d'une cour du faubourg Montmartre :

"Tu connais ?

— Non.

— C'est bon, pas cher et rapide. Un peu la cantine mais le décor art déco est magnifique."

Comme si elle refusait ma mélancolie, elle a continué à jouer les guides : cité Bergère où s'alignaient de vieux hôtels à touristes, la rue éponyme où trônait un immeuble de la BNP digne d'un temple à la gloire du veau d'or, statues, colonnades, et marbre, puis la rue de Trévise jusqu'à la rue Richer où se tenait là le temple de la jambe en l'air, les Folies-Bergère – que curieusement je n'avais jamais vues – mais aussi les commerces de produits casher. Nous avons tourné à droite puis à gauche dans la cité de Trévise. Là, tout près d'une place ornée d'une jolie fontaine, de quelques arbres et d'une seule boutique – un perruquier de théâtre et cinéma –, se situait son domicile en rez-de-chaussée. Un havre de paix : au coin de la rue Bleue.

Son appartement avait dû servir de loge à une concierge ou d'alcôve à une voyante car un judas grillagé à volet était incrusté dans l'épaisseur du bois de la porte. En y pénétrant, j'ai eu l'impression d'étouffer.

Elle a retiré son manteau en s'excusant :

— Je sais, il fait trop chaud pour vous, les Français. Mais en Suède, l'hiver, nous vivons dans la nuit et le froid. Alors tout le monde chauffe bien pour pouvoir se promener chez soi en tenue légère et éclaire au mieux la maison.

Effectivement, l'espace était meublé de bois clair, de tapis et de tentures grèges ; les plafonniers, judicieusement disposés, baignaient le salon d'une lumière quasi solaire. Pendant que je découvrais les lieux, elle avait disparu… pour réapparaître dans l'obscurité de sa chambre dont le lit était éclairé par sa nudité blanche et ocre. Elle a murmuré un "Viens…" si doux, si tendre qu'il m'a fait oublier le "Tu viens, chéri…" qu'elle avait dû lâcher en boucle sur les trottoirs parisiens…

Découvrir la géographie de son corps a permis de me réconcilier avec le mien, de réveiller quelques-uns de mes sens assoupis depuis mon départ de Marseille. Elle n'a posé aucune question sur mes blessures visibles – les quatre balles dans la peau, souvenir de mon séjour phocéen – ou invisibles – Irène – mais j'ai décelé dans son regard comme une interrogation muette et inquiète :

"Qui es-tu, Paco ?"

J'y ai répondu par une surenchère de caresses sur sa peau, blanche et tiède, vierge de toutes cicatrices. Nous avons joui ensemble, les bouches soudées, les langues emmêlées, les yeux ouverts cherchant au fond de nos rétines les traces d'un passé inavouable. Elle y a sans doute vu du noir, moi du gris au fond du vert. J'ai mordu ses lèvres pour ne pas crier, elle a enserré mon buste, très fort, pour se sentir vibrer…

L'alliance de désespoirs tacites, pudiques.

L'alliance de mélancolies Nord-Sud.

Puis la solitude, comme toujours, a repris ses droits…

Elle s'est endormie dans mes bras, m'abandonnant à l'insomnie. Je me suis dégagé et levé. Pendant que je récupérais mes vêtements au sol, elle a bougé et, sans se réveiller, s'est offerte en modèle à Courbet : dans la pénombre de la chambre, le clair-obscur de ses formes exposait, sans pudeur, une toison pubienne, parfumée de son miel, couleur de *zalabia*[1].

De retour dans le salon, j'y ai allumé une maïs. Vêtu des seules volutes de cigarette, j'ai exploré les bibelots exposés dans la chaleur de son univers, tous en bois : un Bouddha nègre, un petit bilboquet, un pantin articulé pour dessin, un éléphant, un jeu d'échecs de voyage, une boîte en forme de pyramide. Et, sur un guéridon, le joli cadre de bois sculpté d'une photo où un garçon de deux ou trois ans, aux yeux clairs et à la tignasse sombre, souriait à l'objectif : un neveu, un filleul, un frère mort ? Un fils livré, comme moi jadis, à la tendresse d'une grand-mère ou d'une nourrice ?

L'envie de pisser m'a donné une réponse partielle : en empruntant un étroit couloir à la recherche de toilettes, je suis passé devant une chambre, porte ouverte, aveugle, minuscule dont j'ai discerné volumes et couleurs. Un lit d'enfant occupé par un petit ours brun, dominé par un mobile d'oiseaux en vol, un coffre à jouets plein à ras bord, une valise au sol, une affiche d'un paysage blanc neige, sorte de fenêtre imaginaire sur un monde perdu…

A chacun ses secrets, ses fantômes. A chacun de raconter une histoire, une fiction, au scénario

1. Pâtisserie arabe, en tortillon, de couleur orange, trempée dans le miel.

rodé, le curriculum d'une vie autre, plus lisse, plus acceptable, plus convaincante pour un employeur, un camarade ou un nouvel amant. Les informations moins reluisantes apparaîtraient par bribes, soit au cours de confidences intermittentes, soit révélées par des tiers maladroits…

Incapable de continuer ma nuit dans cette alcôve à ruminer jusqu'à l'aube, j'ai griffonné quelques mots de remerciement et d'excuse avant de me rhabiller.

J'ai rejoint la rue du Faubourg-Poissonnière qui m'a mené tout droit, *via* la rue des Petits-Carreaux, jusqu'à la rue Montorgueil. J'ai admiré, en flânant, l'architecture de pièce montée du cinéma Rex qui m'évoquait le Majestic de Bâb-el-Oued. Même à Paris il était trop tard pour s'offrir une séance de cinéma… Dommage.

IRÈNE, SÉANCE TENANTE – 2

— … J'ai failli faire une grosse bêtise, aujourd'hui. Un bond en arrière. Tout le travail accompli gâché. J'ai failli me rendre sur la tombe de Choukroun avec l'espoir imbécile d'y rencontrer Paco. Pour voir. Voir ce qu'il était devenu… Et qu'il voie ce que j'étais devenue… Chercher dans son regard la surprise, la déception de me trouver moins jolie, moins désirable…

— Ou le contraire…

— Vous avez raison. L'espoir d'y trouver le même amour. Mais je ne me suis pas laissé faire par la névrose ! Ça non ! Elle me coûte assez cher comme ça ! Et pour être tout à fait sincère je redoutais de l'y trouver en compagnie d'une jeune et jolie femme qui aurait adoré partager ses goûts morbides… Alors, plutôt que de prendre le risque de me faire mal, j'ai décidé de me faire du bien… J'ai appelé l'entrepreneur en travaux publics pour accepter son invitation à dîner…

— Il vous avait invitée ?

— Oui, je n'en ai pas parlé mais depuis notre rencontre il m'a envoyé des fleurs avec une invitation à dîner. Je l'ai remercié pour son bouquet, mais j'ai décliné l'invitation, prétextant un voyage en Italie pour ma boutique. Il a semblé déçu… Ensuite je me suis renseignée auprès de mes amies sur le bonhomme : célibataire sans enfant, quarante ans, vit seul après une longue liaison avec une femme mariée qui n'a jamais voulu divorcer, bonne situation. Sort peu, plutôt solitaire, était présent à la soirée où j'avais été invitée à cause d'un client potentiel pour un projet immobilier en Espagne…

— Belle fiche technique !

— Faut ce qu'il faut ! je ne voulais pas m'embarquer dans une histoire compliquée. Il a été très agréablement surpris, ayant interprété mon esquive comme un refus définitif. Nous avons dîné dans un excellent restaurant… je l'ai observé pendant tout le repas, il est vraiment joli garçon, il a même du charme, il est gentil mais il manque totalement de sensualité… D'ailleurs, je l'ai vérifié quelques heures plus tard… c'est un amant assez prévisible, doux, attentionné mais sans imagination. Il m'a explorée comme une porcelaine fragile et ébréchée… A cause de ma jambe sans doute…

— Toujours aussi impitoyable avec vous-même…

— J'avais peur… Si vous saviez comme j'avais peur qu'il découvre ce corps mutilé… c'était comme une première fois… j'étais gauche, tremblante… Une vierge effarouchée… Sa délicatesse m'a touchée… Je n'ai pas joui… j'en ai été triste… Je n'ai pas pu résister à la tentation de la comparaison… Paco, Maxence, on l'appelle Max… Je connaissais pourtant bien mon Paco, mais il parvenait toujours à me surprendre, même quand il me décevait… Max est un bel homme, cultivé, élégant… Paco avait un côté voyou espagnol… Max construit, Paco vit de la destruction de l'autre…

— Allez-vous le revoir ?

— Max ? Je crois, oui. Il me rassure… Mais je crains qu'il ne m'ennuie…

Lundi 9 février 1970

III

AMAZONE

A l'aube, l'insomnie m'ayant refusé tout repos, la faim m'a sorti de la chambre pour me traîner dans les Halles. Comme moi, Paris avait du mal à s'abandonner au sommeil.

Naturellement, je suis allé du côté du pavillon des viandes. Dans la rue Vauvilliers, voie minuscule entre les rues Berger et Saint-Honoré, j'y ai trouvé un troquet où un groupe de mandataires, en blouse bleu marine, portefeuilles bourrés accrochés à des chaînes, installé sur des banquettes en skaï rouge, trinquaient au champagne, à 5 heures du matin ! La vieille patronne leur servait des pièces de bœuf qui auraient donné envie au plus têtu des végétariens.

— Je pourrais manger quelque chose ?

— Si ça vous tente, il m'en reste une, m'a proposé la tenancière.

— Volontiers.

J'ai dévoré la grillade saignante tout en repensant à mes ébats avec Karen. Une exception dans ma vie. Une parenthèse. J'avais cédé à la tentation de la chair comme à celle de la viande. La Bête s'était réveillée au contact de la jolie et gentille Karen, le temps d'une soirée. Pour mieux s'assoupir. Mon cœur, quant à lui, demeurait glacé.

— Donne-lui une coupe, a ordonné l'un des mandataires, ça lui fera plus de bien qu'un côte…

Elle a écarté mon verre de vin pour en emplir un autre de bulles en ricanant :

— Grâce à eux, je vends plus de champ que de rouge. En plus, ils fournissent la bidoche que vous dégustez.

— Elle est excellente.

— On n'est jamais mieux servi que par soi-même !

— Ça doit bien marcher, leurs affaires…

— Ils sont pas à plaindre… Moi non plus. Malheureusement, dans quelque temps, ils vont tous partir à Rungis.

— Pourquoi ça ?

— Vous, vous êtes pas du coin ! Les Halles c'est bientôt fini…

Non je n'étais pas du coin, mais, depuis ma naissance, j'avais un certain talent pour choisir des endroits où les populations étaient inéluctablement entraînées dans l'exode et l'exil…

Après viande et champagne, je suis allé au zinc pour avaler un café et l'interroger sur son bistrot. Veuve et forte femme, septuagénaire, elle me rappelait ma grand-mère, charcutière à Barcelone avant la guerre, puis à Bâb-el-Oued avant les "événements". Pourtant, tout en partageant la rudesse de mon aïeule, elle ne lui ressemblait en rien : originaire d'Espalion, un patelin de l'Aveyron, qu'elle avait quitté pour suivre son bougnat de mari, elle semblait avoir traversé ses quarante ans de Halles sans trop de dégâts.

Alors que je demandais l'addition, la patronne m'a annoncé d'une voix ferme :

— C'est pour moi, jeune homme. Croyez pas que c'est mon habitude, hein ! Simplement, quand ça coûte rien, je fais pas payer… Repassez un de ces jours, mais l'après-midi, c'est plus tranquille pour causer…

— Comment vous appelez-vous ?

— Angèle et vous ?

— Paco. Merci pour votre accueil.

De retour chez moi, pendant que j'esquissais l'ébauche d'une toilette à l'eau froide du lavabo, le téléphone a sonné. Louis ? Karen ? Non, l'inspecteur Adrien qui avait de nouvelles infos à communiquer et qui m'engageait à lui rendre visite.

— Je préfère te retrouver dans un lieu neutre, on ne sait jamais. A la brasserie de la gare de Lyon, ça te va ?

— Comment je te reconnaîtrai ?

— J'aurai un bouquin sur la table, *Ma mère* de Georges Bataille.

— OK.

Vingt minutes plus tard, j'étais attablé, gare de Lyon. Au milieu de dizaines de voyageurs en partance ou d'individus venus en accueillir. A peine avais-je posé mon livre sur la table, qu'un type jeune et chauve s'est levé pour m'aborder. Trapu et nerveux, sourire narquois aux lèvres, Adrien m'a serré la main avec une poigne de bûcheron.

— Alors cette infiltration ?

— Je commence à peine mais je sens que ça ne va pas être facile.

— Tu as déjà fait ça ?

— Une fois, plutôt un fiasco.

— Hum ! C'est un métier, ton patron déconne.

— Peut-être. Je vais prendre mon temps. Quoi de neuf de ton côté ?

— Un truc, dit Adrien en me présentant une enveloppe.

— C'est quoi ?

— Des photos. Dans la poubelle, comme je te l'ai dit, on a récupéré des chutes de pellicule, noir et blanc, sur lesquelles il y a des étudiants qui jouent ou répètent une scène de théâtre.

— Quel rapport avec le meurtre ?

— Dans le tas, il y a une série de trois images qui ne sont pas du théâtre. Ou alors une autre sorte moins commune ou plus intime… Une scène de cul.

J'ai ouvert l'enveloppe. Parmi une demi-douzaine de clichés représentant des étudiants sur la scène improvisée d'une salle de Vincennes, figurait une photo d'un couple qui faisait l'amour en levrette dans un local de la fac. La femme avait les mains accrochées aux bords d'une table de cours, la poitrine, petite, nue, émergeant d'un chemisier clair, écrasée sur le plateau, le front appuyé sur ce dernier, le profil masqué par des cheveux blonds courts et raides, coupés au carré, un corps gracile, une mini-jupe relevée, des fesses rondes et musclées reposant sur des jambes longues habillées de bottes de cuir de cavalière, décorées d'une culotte et de collants emmêlés autour des chevilles. La besognant, de dos, un type filiforme, aux cheveux clairs longs et bouclés, blouson et pantalon en jean, les mains enserrant la taille de la femme.

— Belle croupe, non ?

— En effet. Qui sont-ils ?

— Aucune idée. Des étudiants. Des profs. Un prof qui baise une élève. Ou l'inverse. Une pute du bois qui a fait une passe dans un local de la fac. Va savoir. Ils se ressemblent tous là-dedans… Le lieu, la salle de conférences…

— Le projectionniste aurait filmé ce couple à son insu et les aurait fait chanter ?

— Franchement, j'en sais rien. Si ça se trouve, c'étaient les travaux pratiques d'un cours sur la sexualité révolutionnaire…

— Rien de révolutionnaire dans une levrette.

— Après l'analyse physique des participants au cours de théâtre, ces deux-là n'en font pas partie. Tu pourras vérifier sur les clichés, aucune silhouette masculine ou féminine ne correspond à celles des baiseurs.

— C'est tout ?

— Non. On a fait une recherche sur les mygales. Il en existe deux mille espèces. En dehors du Muséum d'histoire naturelle de Paris, on les trouve dans des labos scientifiques, notamment celui du centre antipoison, ou d'études zoologiques et physiologiques dans des facs. Plus des particuliers et des importations illicites…

— Vous en avez pour des mois…

— Non. Parce que la seule qui soit mortelle est l'*Atrax robustus*. Elle vient d'Australie… Seuls trois labos à Paris en possèdent et elles n'ont pas disparu.

— Quelqu'un aurait pu l'emprunter et la ramener…

— Invraisemblable. Aucun étudiant parisien n'y a accès. De plus, à Vincennes on n'enseigne aucune discipline scientifique…

— Qu'est-ce qu'on fait de ça ?

— Si tu trouves un couple qui s'envoie en l'air n'importe où dans la fac et qui élève une mygale, tu tiens les assassins.

— Autant mettre une annonce sur le panneau de la fac : *Cherche à contacter couple libéré aimant les araignées, discrétion assurée.*

— Tu peux aussi chercher le cul. Encore te faut-il le mettre à poil pour comparer…

— Les bottes ?

— D'après le labo, des bottes de cavalière. Très chères. Y a des clubs hippiques à Vincennes. Possible que la nana monte. Une bourgeoise qui s'envoie en l'air avec un gauchiste. Impossible d'enquêter dans ces clubs sans se ridiculiser. Tu imagines : Connaissez-vous la dame qui porte ce cul et ces bottes ? Et si on ne garde que la tête : Connaissez-vous cette nuque blonde ?

— Aucune info sur l'origine des pellicules ?

— Si. Excuse-moi. C'est de la pellicule qui vient de l'ORTF.

— Comment l'avez-vous découvert ?

— Le labo encore. Ce n'est pas un négatif qui a été développé mais de l'inversible. Contrairement à la pellicule cinéma, la pellicule pour la téloche est en positif.

— La différence ?

— On ne peut pas en faire de copie. Chaque film est unique. Après il va aux archives de l'INA.

— Donc le projectionniste la faisait développer à l'ORTF…

— Exact. On enquête pour retrouver le petit malin qui trafique. Peut-être qu'on finira par dégotter des bobines plus intéressantes que ces chutes…

— Et la caméra, vous l'avez ?

— Non. Et aucune bobine de film, dans la piaule.

— Bizarre. Je me suis inscrit en cours de cinéma. J'arriverai peut-être à récolter des infos sur le projectionniste.

— Il faut approcher Didier Gros, le responsable de la cinémathèque. C'est lui qui a découvert le corps. Evidemment, il a un alibi et trente témoins pour le confirmer. Une réunion d'étudiants. Il en sait plus qu'il ne le dit.

— La piaule de la victime est sous scellés, je suppose ?

— Bien sûr. Elle est au-dessus de la salle de conférences. On a tout passé au peigne fin. Inutile d'aller la visiter, tu risques de te griller.

J'ai dû retourner chez moi pour y déposer les photos. En chemin, je me suis arrêté chez un opticien du quartier pour y acheter une loupe. Pendant deux bonnes heures, je me suis métamorphosé en Sherlock Holmes puis en voyeur. Dans un premier temps, j'ai examiné les photos du cours de théâtre pour fixer les visages des étudiants et du prof. Ensuite, j'ai exploré les corps du couple :

Le visage de la jeune femme était totalement masqué par les cheveux raides, les doigts de la main gauche, seule visible, longs et fins, ne portaient pas de bague, la poitrine, petite, exposait un sein gauche au mamelon clair et érectile. Quant au cul, je n'en avais jamais observé d'aussi beau, d'une rondeur quasi parfaite. Un gros grain de beauté était repérable au-dessus de la fesse gauche, à hauteur des lombes. Les cuisses étaient blanches et musclées, les bottes, impeccables, d'un beau cuir sombre, ornées de deux boucles, l'une au mollet, l'autre au-dessus du cou-de-pied. Comme il n'était pas raisonnable que j'aie les yeux rivés sur le cul de toutes les étudiantes, il me fallait envisager de devenir un obsédé de la chaussure, un fétichiste de la botte pour avoir une chance de repérer la dame, si tant est qu'elle les portât à nouveau et qu'elle fût étudiante ou universitaire.

Le type qui la baisait portait une montre au poignet gauche et une bague à l'annulaire, avec des initiales trop floues pour être visibles. Seule sa chevelure aux "boucles d'ange" le particularisait. S'il ne les avait pas coupées j'étais sûr de pouvoir l'identifier.

J'en savais peu mais assez pour me lancer dans l'infiltration.

J'ai rejoint une bouche de métro pour me rendre à l'université. Comme il y avait une douzaine de stations avant d'arriver au château, j'avais embarqué *Ma mère*. J'ai repris le texte de Bataille afin de me changer les idées. Mauvaise idée.

Jusqu'alors le propos en était relativement simple : Pierre, un adolescent puceau, qui détestait son père malade, vouait une véritable adoration à sa mère, jeune, belle et malheureuse. Son père mort brutalement lors d'un séjour en province, l'adolescent, soulagé de cette disparition, imaginait que sa mère allait enfin trouver le bonheur. Terrible avait été sa surprise lorsqu'il avait découvert que cette dernière menait au grand jour une vie dissolue en compagnie d'autres femmes. S'il voulait continuer à l'aimer, il devait accepter ce qu'elle était, une femme qui se complaisait dans la débauche et la luxure… Au cours de son initiation aux plaisirs de la chair, il apprenait le secret de sa conception :

— *... Mais dans les bois j'allais à cheval, je défaisais la selle et j'ôtais mes vêtements. Pierre, écoute-moi, je lançais le cheval dans les bois. C'est à ce moment-là que j'ai couché avec ton père. Je n'avais pas ton âge : j'avais treize ans, et j'étais enragée. Ton père m'a trouvée dans les bois. J'étais nue, je croyais qu'avec mon cheval, nous étions les bêtes dans les bois...*

— *C'est alors que je suis né !*

— *C'est alors ! Mais pour moi, ton vaurien de père n'est pour rien, presque rien dans l'histoire. J'aimais mieux être seule, j'étais seule dans les bois, j'étais nue dans les bois, j'étais nue, je montais à poil. J'étais dans un état que je mourrai sans retrouver. Je rêvais de filles ou de faunes : je savais qu'ils m'auraient dérangée. Ton père m'a dérangée. Mais seule, je me tordais sur le cheval, j'étais monstrueuse et...*

A Bastille, j'ai abandonné les mots érotiques de Bataille pour jeter un œil sur une jeune femme aux jambes bottées qui venait de s'asseoir face à moi. Brune, petite, presque maigre, étroite de hanches, elle n'était pas ma Cendrillon mais souriait en lorgnant mon bouquin.

— Qu'est-ce qui vous amuse, si ce n'est pas indiscret ?

— Le titre de votre livre...

— Pourquoi donc ?

— Je suis étudiante en maîtrise de littérature et je connais bien Bataille…

Elle devait penser que j'étais le satyre de la ligne 1. Un Petit Chaperon Rouge qui se moquait du loup. J'ai fermé l'ouvrage et l'ai rangé dans mon sac. Elle est descendue à Nation. Je n'ai pas osé reprendre ma lecture jusqu'à la fin du trajet.

Enfin le château, son terminus et son donjon. Les derniers voyageurs étaient, pour la plupart, étudiants et enseignants. En troupe indisciplinée, nous nous sommes rendus jusqu'à l'arrêt du bus pour attendre le transport jusqu'à l'université.

Pendant les quelques minutes d'attente sous un crachin breton, les étudiants ont commencé à échanger. Pas moi qui me sentais mal à l'aise dans ma nouvelle peau et qui craignais d'être démasqué à tout moment.

Pendant le trajet en bus de la RATP, j'ai consulté les horaires de cours de cinéma : à cette heure, montage, salle 4. Le cours avait commencé. Un cours militant, inquiétant.

Dans une salle aux rideaux tirés, plongé dans une semi-obscurité, un écran avait été dressé. Debout, face à son public, un jeune enseignant expliquait l'objectif de son cours : nous démontrer les différents principes de manipulation de l'information dans un montage.

Il allait s'appuyer sur des actualités Pathé relatant les différents épisodes de Mai 68. C'était un cours interactif : à la fin de la première projection en continu, nous étions une trentaine d'étudiants à devoir commenter et critiquer les images. Après avoir écouté un petit quart d'heure de remarques sarcastiques, le prof a décodé, séquence par séquence, le sens implicite, suggéré par les cadres, les images, les sons. Edifiant.

Ainsi, pendant les émeutes, des images blanches avaient été insérées pour accentuer la lumière des explosions de cocktails Molotov et bombes lacrymos.

De même, le son avait été amplifié pour dramatiser les scènes.

Des jeux sur un toit de la Sorbonne pouvaient passer pour un exercice armé, un étudiant affublé d'une ridicule carabine à plomb, pour un tireur embusqué, une fille en minijupe sortant avec son sac de couchage, pour une marie-couche-toi-là, un couple d'étudiants s'embrassant avec passion, pour de jeunes dépravés possédés par le sexe, etc.

La voix du commentaire, grave, moraliste et paternelle se faisait l'écho inquiet de parents déboussolés par les excès de cette jeunesse…

Moi qui ne m'étais intéressé qu'à l'art du montage de Fritz Lang, j'ai pris la mesure des possibles dérives du traitement de l'information. Depuis Goebbels, on connaissait l'impact des images sur l'opinion. Il était plus malin de trafiquer l'image plutôt que de la censurer comme le pouvoir l'avait pratiqué pendant la guerre d'Algérie. A l'inverse, l'image libérée de toute censure, comme pendant la guerre du Viêtnam, avait révélé toute son horreur et fait vaciller la propagande américaine.

J'avais discrètement observé l'assistance des garçons et des filles. L'un des étudiants persécutait le prof avec des questions agressives concernant le matériel vétuste et l'absence de caméra pour les étudiants. "Tu fais chier, Didier ! avait fini par répondre l'enseignant. Filmer c'est bien, mais l'écriture du film, la vraie, se fait au montage." J'ai demandé à un type à mes côtés si c'était bien le responsable de la cinémathèque.

"Ouais, mais son rêve c'est la réal, il bande que pour ça."

A la fin du cours, je me suis posté près de la porte afin d'observer les pompes qui défilaient sous mes yeux : Clarks, boots, pataugas, mocassins, à lacets, bottes en daim, tennis. Puis je me suis redressé à la recherche de boucles blondes sur la tête d'un des gars qui sortaient de la salle. Pas plus de bottes de cheval que de Boucles d'Ange.

J'ai erré sur le campus, tête baissée en quête de pieds bottés, risquant quelques regards sur des postérieurs féminins. En vain. Le crachin persistant dissuadait sans doute les baiseurs de la photo, à l'abri dans les couloirs ou dans les salles de cours. J'ai récolté des tracts, assisté, sous un auvent, à un cours en plein air de théâtre contemporain auquel je n'ai rien compris sinon qu'il leur fallait travailler sur le corps, le souffle et l'énergie. Dans le tas, j'ai reconnu plusieurs participants figurant sur la pellicule. Même l'agitation politique semblait tourner au ralenti.

En route vers la sortie du ghetto, j'ai aperçu Boucles d'Ange en discussion animée avec Didier. J'ai ralenti le pas, allumé une cigarette. Virginie, la buveuse d'infusion, m'a interpellé :

— Tout se passe bien ?

— Plutôt oui.

— Tu as le temps de prendre un café ?

Boucles d'Ange venait de quitter Didier. Je voulais poursuivre ma filature :

— Hélas, non. J'ai un rendez-vous…

— Avec une femme ?

— Non, non. Avec un copain.

— A bientôt, j'espère, Paco… Si tu as besoin d'infos sur l'activité politique du campus, je te donne mon téléphone…

Elle a griffonné sur un cahier le numéro, en a arraché la page et me l'a tendue.

En lui dictant le mien, par intérêt pour l'activiste, j'ai eu l'intuition que je commettais une erreur. A vouloir mettre les gens en confiance, j'en perdais ma prudence policière…

— Il faut que je file…

J'ai rangé sa feuille dans mon sac et pressé le pas pour ne pas perdre mon bonhomme.

Alors que j'avais été invisible pour la gent féminine depuis un an, en quelques jours, deux femmes s'étaient intéressées à moi. Mystère de la relation. Peut-être qu'à mon insu s'affichait sur mon front *homme disponible*. A moins que mon statut de vieil étudiant ne me donnât une aura séductrice…

Boucles d'Ange s'est enfoncé dans une allée du Bois. Je l'ai suivi à bonne distance car la voie, peu fréquentée, n'offrait guère de planque. Citadin invétéré, j'avais toujours été mal à l'aise en milieu sylvestre. Le crachin, le gris du ciel, les arbres nus ne faisaient pas partie de ma culture. Alors que je m'interrogeais sur ses intentions – recherchait-il une pute ? Celle du film ? Une autre ? –, il a bifurqué dans une allée adjacente en direction d'un centre équestre. Ce garçon allait-il monter ou retrouver le Cul Botté ? Il est entré et a pris la direction des écuries. J'ai renoncé à aller plus loin, préférant me replier sur le club-house d'où je pouvais surveiller les allées et venues. De ma vie, je n'avais jamais posé les fesses sur un canasson. Le tennis, l'escrime, le golf et l'équitation me semblaient être des sports aristocratiques. D'ailleurs les tenues plutôt chic de la clientèle du club-house, la bâtisse à l'allure de restaurant de campagne pour bourgeoisie de province m'ont conforté dans cette impression. En m'installant sur un tabouret de bar, je me demandais ce que je fichais là. Je n'y étais pas plus à ma place qu'à l'université.

Comme parfois, la voix du fantôme de Choukroun, feu mon coéquipier de Bâb-el-Oued, a murmuré dans ma tête : "Fais confiance à ton intuition, Paco. Ecoute ton ventre, pas ta tête."

Comme parfois, les amis les plus fiables peuvent être de très mauvais conseil.

A travers la baie vitrée, j'ai aperçu Boucles d'Ange en compagnie d'une amazone et d'une enfant.

Impossible à cette distance de savoir si elle correspondait à la photo : côté cheveux, elle portait une bombe, côté chaussures, une paire de bottes en caoutchouc, côté cul, elle me faisait face. Elle a embrassé la gamine avant de la confier à son élégante maman. L'instant suivant, alors que le couple mère-fille s'éloignait, Boucles d'Ange a tenté de l'étreindre. Après l'avoir repoussé, elle a eu avec lui un échange vif qui s'est conclu par une retraite penaude du jeune type. Sans se retourner, elle a repris son chemin vers le club-house.

Il me semblait délicat de me précipiter à sa poursuite sans me faire repérer. Après une brève hésitation, j'ai décidé de m'intéresser à l'écuyère, histoire de vérifier si elle était sa partenaire à l'image. Quant à lui, j'espérais le revoir dans l'enceinte de la fac.

Elle est entrée, a ôté sa bombe, retiré une barrette, laissé tomber des cheveux blonds, plus longs que ceux de la photo, accroché son blouson à une patère, exposé son postérieur, ample et rond comme une pastèque. C'était Cul Botté ou sa jumelle. Elle s'est installée au bar à côté de moi, sans un regard, a commandé un thé. Elle semblait glacée. Une blonde réfrigérante, un brin hautaine.

Il fallait que je trouve un moyen quelconque d'entrer en contact avant qu'elle ne m'échappât. Etait-ce la lecture d'un roman inachevé de Bataille ? L'exotisme du lieu ? Je me suis entendu demander, sans préméditation :

— Excusez-moi de vous déranger. Pourriez-vous m'aider ?

— De quelle manière, monsieur ?

— Je tente d'écrire et un de mes personnages est passionné par l'équitation. Je cherche donc à me documenter sur…

— Sans vouloir vous offenser, il existe des rayonnages entiers dans les bibliothèques sur les chevaux et sur l'art équestre en général…

— Mon personnage est une femme.

— Est-ce votre façon de faire la cour en abordant des inconnues ?

— Ai-je l'air d'un don Juan ?

Elle m'a observé d'un regard perçant, de ses grands yeux bleus :

— Non, vous semblez plutôt égaré.

— Egaré est le mot juste.

— Pourquoi écrivez-vous sur un sujet que vous ne connaissez pas ?

— Je n'en sais rien. Ce personnage s'est imposé et j'ai pour habitude de faire confiance à mon imagination.

— Vous écrivez depuis longtemps ?

— C'est mon premier roman.

— Vous ne vivez donc pas de l'écriture…

— Qui en vit en dehors de quelques auteurs célèbres et autres ayants droit ? Je suis professeur de français en année sabbatique. Et vous ?

— Professeur d'équitation en exercice. D'ailleurs, je reprends mes cours dans quelques minutes.

— Puis-je vous laisser mes coordonnées si l'envie vous prenait de devenir mon égérie ?

— Votre égérie ? Ne faut-il pas être amoureux d'une femme pour qu'elle inspire le créateur ?

— Et si la femme inspirait l'auteur au point qu'il en tombe amoureux ?

— Je dois vous laisser.

— Voici mes coordonnées téléphoniques. Si vous acceptiez une invitation à dîner, nous reparlerons de tout ça, sinon ayez la gentillesse de réfléchir à mon problème et conseillez-moi quelques lectures sur l'équitation…

Elle a accepté de prendre le papier sur lequel j'avais griffonné mon numéro de téléphone comme on jette une bouteille à la mer.

Elle a réglé son thé, récupéré sa bombe et son blouson. J'ai vu son cul magnifique quitter les lieux. C'était une jeune femme d'une beauté et d'une froideur qui la rendaient à mes yeux inaccessible. Et pourtant elle s'envoyait en l'air avec Boucles d'Ange…

En reprenant mon chemin à travers les allées du Bois jusqu'à la station de métro, je me suis étonné de l'avoir abordée ainsi. Je revoyais son visage, quelque chose de Grace Kelly dans *Le train sifflera trois fois*. Comme elle, cette amazone semblait issue de la grande bourgeoisie, comme elle, elle dégageait érotisme glacé, bon ton et humour subtil. Grace avait été l'égérie de Hitchcock dans trois de ses films.

Trois films plus tard, elle épousait le prince Rainier de Monaco et mettait fin à sa carrière. Boucles d'Ange apparaissait plus comme un personnage trouble de *Fenêtre sur cour*…

La rumeur disait que le prince avait racheté les négatifs de films pornos dans lesquels Grace, encore starlette, aurait fait ses débuts…

Le vieil Alfred disait des blondes glacées que sous l'apparence d'un iceberg sommeillait un volcan…

Cette jeune cavalière ne semblait pas vouée à l'art cinématographique, pourtant son cul avait été filmé en pleine action. Par ailleurs la longueur de ses cheveux attestait que les images ne dataient pas d'hier. Alors ?

Un amoureux, sans les moyens financiers du prince, aurait-il tué le projectionniste pour récupérer les bobines qui entacheraient la réputation de Cul Botté ?

Boucles d'Ange serait-il le responsable ou l'instigateur de ce crime ?

Pourquoi en s'aidant d'un moyen aussi compliqué que le venin d'une mygale ?

Mon goût pour le cinéma m'entraînait vers des fictions improbables.

Puisque je n'y voyais pas vraiment clair dans cette affaire, je me suis réfugié dans une salle obscure où était projeté *Ma nuit chez Maud* d'Eric Rohmer. Une autre forme d'exotisme en ce personnage masculin – Jean-Louis Trintignant y campait un ingénieur catholique – mais une résonance pénible à travers Françoise Fabian, médecin divorcé et femme libre…

Irène, Irène, ici et là, rousse version Karen, brune façon Françoise. En réalité, en fiction. Partout. Obsédante. Une obsession épuisante… Un homme, aux antipodes de ce que je représentais, la courtisait-il à cet instant en conversant de Dieu et du pari de Pascal ? Un ingénieur, un notable ? Je n'y pouvais rien. Perdue par moi, peut-être conquise par un autre… Peut-être pas…

J'ai quitté la salle, mélancolique comme jamais.

Cette nuit-là, des images troubles et coupables, mélangeant Cul Botté et Irène, imposture et luxure, ont envahi mon écran mental. L'amazone de Vincennes nue sur la croupe de son cheval, Irène, nue me chevauchant dans un appartement de la rue d'Isly en pleine guerre civile.

IRÈNE, SÉANCE TENANTE – 3

— … Ça y est, je crois que je suis guérie de Paco… Max est délicieux. Attentif, prévenant et surtout, surtout, disponible. Il m'appelle plusieurs fois par jour juste pour prendre de mes nouvelles… J'ai enfin le sentiment d'exister pour quelqu'un… Si je l'écoutais, nous nous verrions tous les jours, toutes les nuits. Il me dit des choses qu'une femme aime entendre… Qu'il a le sentiment d'avoir retrouvé le goût de vivre, que jamais il n'avait eu la chance de rencontrer une femme comme moi… Il est, dit-il, devenu plus efficace et plus inventif dans son travail… Pour lui, c'est un signe : une relation réussie dynamise les deux termes, et il craint que ce ne soit pas le cas pour moi…

— A-t-il tort ?

— Oui. Je me sens plus légère et ses coups de fil me mettent de bonne humeur au point que mes clientes le remarquent, achètent plus facilement et me soupçonnent d'être amoureuse…

— L'êtes-vous ?

— Honnêtement, je n'en sais rien… mais apaisée, plus légère comme je vous le disais… et… hier soir… Comment dire ?… Mon corps a enfin réagi avec plaisir…

— Et votre tête ?

— Elle est en cure de désintoxication et j'y travaille. Me sevrer de Paco a pris du temps, mais je sens que j'approche du but… L'oublier enfin… Max a acquis, il y a plusieurs années, quelques hectares de terrain dans la campagne aixoise avec le projet d'y construire la maison de ses rêves pour y fonder une famille… Il en a dessiné les plans, conçu la maquette, estimé le coût, y a prévu une piscine au dessin audacieux, mais y a renoncé comme on renonce à une chimère… Depuis deux jours, il envisage sérieusement sa réalisation…

— Qu'en pensez-vous ?

— J'ai peur que ça n'aille trop vite… Tout ça va trop vite… Une maison… Une famille… Mon horloge biologique me situe dans les zones à risque… Etre mère ? jamais je ne l'avais envisagé auparavant… Jamais…

— Et à présent ?

— Je ne sais pas… Je ne sais plus…

Mardi 10 février 1970

IV

LEÇON DE CINÉMA

Afin d'approcher Boucles d'Ange et Didier Gros, je suivais un cours sur l'histoire du cinéma d'Eisenstein[1]. En réalité, j'ai assisté à un putsch.

En élève studieux, j'avais noté fébrilement les propos de la responsable du département, une femme massive d'une cinquantaine d'années aux allures de "camionneuse" :

"L'élément fondamental du cinéma soviétique, son problème spécifique est le montage. Le montage n'est ni un moyen de montrer ou de raconter, fragment après fragment, comme un maçon empile des briques, ni un procédé pour développer une idée à travers une succession de plans. L'idée doit résulter du choc de deux éléments indépendants l'un de l'autre (…)

Eisenstein transporte au cinéma la dynamique hégélienne du conflit. Le principe dynamique-dialectique – thèse-antithèse-synthèse – qui règle le devenir du réel se manifeste spontanément dans le domaine de l'art comme conflit (…)

1. *Leçons de cinéma* d'Eisenstein et étude de B. Amengual.

La logique de la forme organique opposée à la logique de la forme rationnelle produit par conflit la logique de la forme artistique (…)

Un conflit dans une idée se projette de lui-même, spatialement, dans le conflit interne du plan et se développe avec une intensité croissante à travers le conflit du montage. (…)

Le mouvement va de l'image au sentiment, du sentiment à l'idée, de l'idée à la thèse. C'est le degré de discordance entre les différentes images qui détermine la plus ou moins grande intensité de l'impression et de la tension (…)

A l'exemple d'Eisenstein, un Marker, un Resnais, un Bresson, un Godard semblent vouloir poursuivre la quête d'un art inouï qui ne doive son langage à aucune autre forme d'expression artistique mais pas davantage à l'enregistrement du réel et à l'usage de la parole.

Ni théâtre, ni document, ni roman, ni peinture, ni discours, mais écriture, aussi libre dans…"

— Assez ! a hurlé Didier. On en a marre de tes discours à rallonge. Tu ferais mieux d'utiliser ta dialectique pour qu'on ait du matériel. Pour monter, encore faut-il filmer. On n'a que la caméra de Jacques, et elle date d'Eisenstein. Et on n'a plus de table de montage depuis que sa piaule est sous scellés. On te demande de quitter les lieux et d'y revenir quand tu auras du matos pour nous.

— De quel droit tu décides d'interrompre mon cours ?

— Qui est pour qu'on la vire ? a clamé Didier en levant la main. Une large majorité de bras s'est levée.

— Manifestement, c'est un coup monté. Je suis prête à discuter avec vous du budget qui nous est alloué…

— Arrête de nous balader ! Depuis le début de l'année, tu nous fais croire que la théorie est essentielle à notre formation parce que tu n'as rien d'autre à nous proposer. On a décidé de s'organiser en collectif, de gérer nos cours nous-mêmes et de faire enfin du cinéma !

Elle a quitté la salle sous les huées des étudiants. Dans la cohue générale, j'en ai profité pour m'approcher de Didier et l'assurer de mon soutien :

— Je suis d'accord avec toi à cent pour cent !

— T'es qui, toi ? Je t'ai jamais vu.

— Je suis venu de Marseille parce qu'on m'a dit qu'à Vincennes on pouvait apprendre le cinoche militant…

— Eh ben, tu aurais dû te renseigner avant, cette fac c'est une arnaque ! Putain, on espérait trouver autre chose que l'IDHEC ou Vaugirard. C'est pire, et sans matos.

— Tu disais que vous aviez une caméra ?

— Ouais. Si on peut dire. Une vieille Pathé Webo mécanique et pas de magnéto avec son synchro. Tu milites où ?

— Je suis luxembourgiste.

Il a éclaté de rire :

— Putain ! Jamais entendu parler de ce groupe, ici. C'est quoi ? Des cryptocommunistes ? Nous, on travaille avec les mecs de la GP. Eux au moins ils ont des couilles. Ils vont sur le terrain, dans les usines et tout… Si ça t'intéresse on a une réunion, la semaine prochaine, avec eux pour filmer une représentation dans un foyer…

— D'accord.

Il s'est éloigné pour prendre la place de la prof et organiser avec le reste des étudiants le collectif. Je me suis fondu dans la masse, tout en gardant un œil sur Boucles d'Ange dont je ne savais toujours rien. Il draguait une petite nana, cheveux courts teints au henné, qui avait une paire de nichons dignes de Jane Russell. Apparemment, il s'intéressait aussi bien aux grandes blondes à l'arrière-train garni qu'aux petites rouges au corsage fourni. Pourtant, il n'avait rien d'un proxénète. Etait-il un collectionneur, tout simplement ?

Cette fois-ci, j'avais décidé de ne pas le lâcher.

Il a entraîné la fille à la cafèt'. Déjà, il avait posé une main protectrice sur son épaule. Elle lui lançait des œillades enamourées comme si elle lorgnait son prince charmant. Il avait un visage aux joues creuses, les yeux étrangement cernés, le teint pâle, une allure androgyne à la Pierre Clémenti. Un mélange de romantique et de petite frappe. Hormis la poitrine, elle était quelconque au point de se teindre les cheveux en rouge pour qu'on la remarquât.

Je suis resté à distance, en buvant un café dégueulasse. Il chuchotait à son oreille, elle gloussait. Une scène de drague vue mille fois. Quand on avait une jolie gueule et une silhouette mode, inutile de compliquer les approches. Il allait la mettre dans son lit sans effort. Si la pilule avait réduit le nombre des avortements, elle avait aussi permis une sexualité débridée. Les jeunes Français n'avaient pas eu comme ceux de ma génération à affronter les guerres coloniales et les femmes hantées par deux angoisses, celle de perdre leur hymen avant le mariage pour les plus timorées, celle de tomber enceintes pour les plus téméraires. Sans guerre, ils s'étaient emparés de celle du Viêtnam, sans interdit, ils rêvaient de révolution prolétarienne, alors que, pour la plupart, ils étaient issus de la petite ou de la grande bourgeoisie. Pour un boursier, cent naviguaient dans les eaux confortables de familles nanties. J'étais jaloux de leur insouciance malgré leur air grave d'apprenti Guevara. La guerre d'Espagne m'avait volé ma petite enfance, celle d'Algérie mes projets adultes. Eux avaient eu 68 et voulaient continuer la partie, le combat contre tous les pouvoirs. "Le gauchisme est la maladie infantile du communisme", disait Lénine, n'était-ce pas plutôt son acné juvénile ? N'était-ce pas normal, à vingt ans, de rêver de justice, de liberté, d'égalité et de fraternité ? N'était-ce pas légitime de rêver de 89 quitte à finir en 69 ? Le cul menait le monde. Poing serré pour les uns, fusils pointés sur des innocents pour les autres, dictature du prolétariat ou du pognon, mais toujours une histoire de mâles dominants. Les femmes allaient toujours plus facilement vers les chefs qu'ils soient gauchos ou fachos. Boucles d'Ange n'était pas un chef. Etait-il un rabatteur et, si oui, pour le compte de qui ?

Ils ont quitté la cafèt', bras dessus bras dessous, en route vers la sortie. J'ai suivi.

Suivi jusqu'à la station Victor-Hugo où ils sont descendus. Il l'a entraînée dans un hôtel particulier de l'avenue. Pas de nom sur la double porte cochère. D'une boîte aux lettres en cuivre dépassait un magazine, *Jours de France*. Je l'ai sorti pour en lire le bandeau : Mme Marie-Cécile Thibaud de la Bénédette. Un aristo !

J'ai appelé l'inspecteur Adrien d'une cabine pour lui donner le nom et l'adresse de Boucles d'Ange :

— Et la fille ?

— J'ai une piste qui demande à être vérifiée... Côté ORTF, du nouveau ?

— Y a un monteur, un certain Lebansard, qui a une réputation de magouilleur et d'alcoolique. Problème, il est en congé maladie. Il n'est pas chez lui et impossible de savoir où il se planque. La concierge de son immeuble l'a vu partir avec un sac de voyage.

— Après la mort de Couverture ?

— Non, dix jours avant. On attend qu'il réapparaisse. Son arrêt de travail est d'un mois. J'ai eu les coordonnées du médecin par les services administratifs, je l'ai appelé : sous couvert du secret professionnel, il a refusé de me communiquer les raisons de son arrêt de travail. Il a consenti à me dire que ce ne n'était pas un arrêt de complaisance et qu'il était plus que justifié...

Pourquoi ne lui avais-je pas dit que Cul Botté travaillait dans un club hippique de Vincennes ? Que voulais-je vérifier d'inavouable ? Si son cul était le bon ou si c'était un bon cul comme le suggérait la photo ? Bataille polluait-il ma raison ou m'avait-elle troublé plus que je ne voulais l'admettre ?

Glissée sous ma porte, m'attendait une page d'agenda déchirée sur laquelle était libellé ceci :

Paco, c'est Louis. Il est 16 heures. Dès que tu as ce message, passe à la boutique, j'ai besoin de tes services… C'est important. Il l'avait donc déposée deux heures plus tôt.

Karen lui avait-elle raconté notre nuit ?

Cette aventure sans lendemain lui posait-elle problème ? En quoi ?

Les voyous avaient-ils récidivé ?

Ne croyait-il pas la version de Karen sur son agression ?

Je suis reparti en direction des Halles pour en savoir plus.

Louis, m'attendait, nerveux :

— Putain, tu en as mis du temps ! Je suis dans la merde ! Obligé de tenir la boutique comme un couillon. Karen m'a laissé en rade à l'heure du déjeuner et…

— Tu me déranges pour des problèmes d'intendance !

— Non, pas seulement. Y a un truc louche qui se passe…

— Raconte par le début, s'il te plaît.

A son retour de Deauville, il avait découvert l'état de la boutique. Karen lui avait rapporté son agression par les deux petits voyous et mon intervention. Rien sur notre nuit, apparemment. Tout allait bien. Il avait appelé un serrurier pour réparer la porte de la boutique. Puis, il était allé déjeuner pendant qu'elle restait dans la boutique avec l'artisan. A son retour, elle n'était plus là. Elle était partie sans donner d'explication, sans laisser de message.

Furieux, Louis avait appelé chez elle. Pas de réponse. En possession du double des clés de son domicile, il s'était rendu rue Bleue. Tout était en ordre. Depuis, il était inquiet. Karen était fiable et ce n'était pas dans ses habitudes de tout laisser en plan, sans explication.

— Il ne s'est rien passé dans la boutique ? Un esclandre avec un client ? Un télégramme… ? La caisse… ?

— Si. Le serrurier m'a dit qu'elle était partie aussitôt après avoir reçu un coup de fil. D'après lui, elle avait l'air bouleversé…

— Racket, menaces, embrouilles… Je ne vois que ça. Et toi ?

— Depuis qu'elle a arrêté le tapin, elle mène une vie rangée et plutôt calme. Même pas un gars dans sa vie…

Il ne savait vraiment rien sur notre nuit. Une discrète, Karen. Trop peut-être.

— Le gamin, c'est qui ?

— Comment tu sais ça, toi ?

— Une photo dans son portefeuille quand elle m'a offert le restaurant.

— Son fils.

— Son fils ? Où est-il ?

— En nourrice, à Beaumont-sur-Oise. Elle le récupère le week-end, une semaine sur deux.

— Il est peut-être malade tout simplement.

— Elle m'aurait attendu pour me le dire. Je ne me suis absenté qu'une heure. De toute façon, au pire, elle m'aurait appelé pour s'excuser. C'est pas le genre de Karen de disparaître comme ça…

— Et le père de l'enfant ?

— Jamais vu. Elle l'élève seule depuis son arrivée en France. A l'époque, c'était un bébé…

— Tu as l'adresse de la nourrice ?

— Non. Ce minot, je le connais même pas. Elle a toujours voulu le laisser à l'écart du trottoir et de ses fréquentations "professionnelles". La nourrice croit qu'elle est représentante de commerce et obligée de voyager pour son travail.

D'une voix hypocrite, j'ai demandé :

— Donne-moi ses clés et son adresse, je vais faire un tour chez elle. Peut-être que j'y trouverai au moins les coordonnées de la nourrice.

— Les deux types d'hier ont pu la coincer ou la faire chanter, non ?

— J'en doute. Je crois avoir été vraiment dissuasif, mais je peux me tromper…

Etrange sensation, en chemin. Cet itinéraire que j'avais parcouru la veille, en sa compagnie. Flirtant, flânant en touriste dans Paris. Amants dans son lit. Disparue.

Apparemment, rien n'avait changé à son domicile. Apparemment. Mais j'avais erré dans cet espace inconnu et j'étais flic. Presque à mon insu, j'avais photographié les lieux, de mes rétines professionnelles. Quelques trucs clochaient : la photo de l'enfant ne figurait plus au milieu des bibelots, l'ours brun dans le berceau avait disparu, de même qu'une petite valise. Enfin dans la salle de bains, le carrelage amovible pour accéder à l'arrivée d'eau de la baignoire traînait au sol. Elle y avait sans doute planqué ses économies. Le fric et les affaires du môme. L'essentiel, pour elle. Voyager léger pour mieux fuir avec son enfant. Mais fuir quoi ou qui ?

Alors que je fouinais dans les tiroirs d'une commode, j'ai entendu un bruit, celui de la porte qui s'ouvrait. J'ai éteint la lumière de la chambre, sorti mon flingue et, tapi dans l'ombre, j'ai attendu. La porte s'est refermée. L'instant suivant, des sanglots déchirants ont explosé, plus glaçants que l'irruption d'un tueur. Karen pleurait, marmonnant en suédois des mots inintelligibles mais pourtant clairement désespérés. Personne ne lui répondait. Elle était seule à dialoguer avec sa détresse. Je suis sorti de la chambre en murmurant :

"Karen, ne crains rien, c'est Paco."

Après quelques secondes de stupéfaction, elle s'est jetée dans mes bras pour redoubler de larmes. Curieusement ce terrible chagrin a réveillé mon désir au point de m'en sentir coupable. Etait-ce la tiédeur de sa poitrine secouée par sa détresse ? Sa fragilité ? Son visage invisible et mouillé sur mon épaule ? Sa crinière rousse en bataille m'évoquant celle d'Irène ?

— Que se passe-t-il ?

— Il… Il a… Il a volé mon… mon bébé…

— Qui ça ?

— Son père… Son salaud de père.

Elle l'avait connu à Stockholm dans un bar, à l'automne 1965. Un ouvrier, beau brun, solide et travailleur. Son regard noir, sa peau mate, son accent ridicule, sa manière de rouler les *r* l'avaient séduite. Mohamed Benmesli avait des projets. De grands projets. Economiser et, dès qu'il aurait assez d'argent, rentrer au pays. Un pays enfin libéré du joug colonialiste, un pays libre : l'Algérie. Dirigé par un ancien soldat, un héros de la guerre. Le colonel Boumédiène avait eu le courage de chasser Ben Bella, cet imposteur bourgeois qui avait persécuté son peuple, les Kabyles. Créer une famille, ouvrir un commerce. S'enrichir honnêtement. Il l'avait conquise par son enthousiasme, son sourire.

Emigrer au soleil dans un pays neuf et riche en compagnie d'un jeune autochtone entreprenant et ambitieux. Pourquoi pas ? Loin du froid, de la nuit. Loin des siens. Un long voyage en terre inconnue…

Et puis elle était tombée enceinte. Pas de problème. Un fils enrichirait le projet. L'enfant naîtrait dans un pays jeune et dynamique. A Tlemcen.

Comme elle n'avait pas trouvé de guide touristique sur l'Algérie, elle avait pratiqué des recherches en bibliothèque : Tlemcen, ville d'art et d'histoire, était considérée comme la "Perle du Maghreb", fière de son passé glorieux et prospère, de ses monuments et ses faubourgs hispano-mauresques, de ses sites naturels. Dans l'arrière-pays oranais, à trente kilomètres de la mer, terre de vignes et d'oliviers.

Les quelques photos représentaient une jolie ville plutôt accueillante.

Tlemcen ? Pourquoi pas ?

Elle l'avait donc suivi. En vacances prénatales. Un long périple en autobus à travers l'Europe jusqu'à Marseille. Là, le sentiment désagréable d'une maltraitance des douaniers français à l'égard des Algériens et d'elle-même mais elle s'en fichait, toute à la joie de cette aventure. Puis la traversée de la Méditerranée, cet avant-goût d'une douceur de vivre, cette ébauche de chaleur en ce début d'hiver 1966.

Après l'enchantement à la découverte de la baie d'Oran, elle avait déchanté face à la méfiance administrative des douaniers et policiers algériens encore plus rudes à l'égard de leurs congénères que les Français.

Des espaces nordiques et immaculés au bain de foule dans un désordre absolu, au milieu de rues que les services de voirie avaient laissées à l'abandon.

Enfin le voyage dans un bus bondé jusqu'à Tlemcen. A l'arrivée, la désillusion.

L'accueil glacé de la famille Benmesli. Les langues kabyle et française entre les membres de la "tribu", la suédoise entre elle et lui, l'arabe entre eux et les autres, les traductions approximatives accompagnées de censures évidentes pour gommer les propos déplaisants ou critiques à son égard. L'inconfort dans l'appartement d'une cité surpeuplée. L'eau pas si courante que ça. La nourriture, pas si abondante. La queue devant la boulangerie dès l'aube pour acheter du pain. Pas de fromage, de bière, de vin, de charcuterie ni de poissons ! Un marché noir effréné, des services sanitaires déplorables et l'angoisse d'être mal suivie pendant sa grossesse, mal accompagnée pendant l'accouchement. Le chômage pour les jeunes adultes. Et la condition de la femme : ne pas montrer ses cuisses, ses bras, être aux ordres, la réclusion aux ordres d'une future belle-famille, la toute-puissance du mâle sur les femmes. Mohamed, si respectueux à Stockholm, jouant, à Tlemcen, l'arrogance, la traitant comme sa chose en public, s'expliquant mal et se justifiant dans la vie si peu privée de leur chambre.

Elle et sa révolte contre l'imposture, lui et ses menaces en retour :

— A la maison tu seras la reine, mais, dehors, si je te dis "Meurs !", tu meurs…

En Suède, elle avait lu des articles sur la guerre, ses résistants et la part active des femmes pour la lutte de libération nationale. Elles ne portaient pas de voile, étaient émancipées. Et là, à Tlemcen, cette petite ville où l'homme était roi et la femme servante. Elle ne voulait pas de cette vie-là pour son enfant, pour elle…

Si elle ne voulait pas de sa vie, il la répudierait et garderait l'enfant. C'était la loi. La loi de ce pays. Le XIXe siècle. Après une quinzaine de jours aux airs de décennie, elle avait pris sa décision : fuir. Fuir comme une voleuse avant la célébration d'un mariage carcéral. Avec son ventre plein. Le voyage dans la promiscuité d'un bus de Tlemcen à Alger, le refuge à son ambassade et son rapatriement…

L'asile dans un foyer de mères célibataires pour mettre au monde le rejeton, prénommé Olaf. Puis la fuite à Paris de peur qu'il ne la retrouve.

Qu'il ne les retrouve.

Et le tapin. Pratiqué en dilettante avant de le connaître, à temps plein désormais. Quoi d'autre quand on ne parle pas la langue et qu'on n'a pas un sou vaillant. Quoi d'autre ? Heureusement, Louis l'avait mise sous sa protection. Louis, une chance, si l'on peut dire. Et la nourrice, à Beaumont-sur-Oise, qui avait su choyer Olaf… Mais il l'avait retrouvée et lui avait volé son bébé au nez de la nourrice impuissante…

J'avais écouté en silence ce flot de confidences, digne des grands mélos. Un scénario néoréaliste basculant brutalement dans le film noir. Des *Nuits de Cabiria* à *La Nuit du chasseur*, version orientale.

Son récit confirmait ce que j'en avais lu dans les journaux. L'économie de ce pays était partie en vrille. Un pouvoir incompétent, la corruption à tous les étages, un modèle supposé socialiste, de façade, masquant l'enrichissement des cadres du Parti. Les Russes avaient remplacé les techniciens français dans les villes, les Chinois, auxiliaires médicaux prosélytes, parcouraient les campagnes et soignaient les populations incapables de régler des consultations hors de prix…

— Comment t'a-t-il retrouvée ?

— Je ne sais pas. Il a débarqué chez la nourrice avec un autre type, l'a menacée et a enlevé Olaf.

— C'est elle qui t'a téléphoné ?

— Oui. Quand elle m'a annoncé l'enlèvement, je suis devenue folle, j'ai tout laissé pour courir jusqu'à ma voiture dans mon garage, cité de Trévise… J'ai pris quelques affaires chez moi et foncé vers Beaumont. A mon arrivée, les flics m'attendaient pour m'interroger et recueillir des informations sur le père et Olaf. Je leur ai donné la photo d'Olaf… Malheureusement, je n'en ai plus du père. Je leur ai décrit Mohamed. La nourrice l'a identifié. En partant, l'un des deux flics a murmuré à l'autre : "Elle avait qu'à pas baiser avec un crouille…" Ils ne vont jamais le retrouver… Peut-être même pas le chercher…

— Comment Mohamed et ton fils sont partis ?

— En camionnette. La nourrice n'a su donner ni la marque, ni l'immatriculation.

— Tu crois qu'il est déjà retourné en Algérie ?

— En tout cas, il va tout faire pour cela.

— Il est tard. Il faut que tu te reposes…
— Reste avec moi…
— Non, je dois m'occuper de ça, tout de suite, avant que…
— Que vas-tu faire ?
— Aie confiance.
— Tu m'appelles si tu as du nouveau ?
— Evidemment.

Pour la première fois depuis mon arrivée à Paris, je suis allé au Quai des Orfèvres.

Les collègues ont été plutôt conciliants. Après avoir contacté la PJ du Val-d'Oise et vérifié mes infos, ils m'ont appris que le substitut du procureur de Pontoise avait communiqué le signalement du gamin et de son père aux gares, ports, aéroports et services des postes frontière. L'affaire était compliquée : un enfant suédois, enlevé en France par son supposé géniteur algérien, un sac de nœuds diplomatique.

Relayé par mes collègues, j'ai passé ma nuit au téléphone à l'affût de la moindre interpellation aux frontières anglaise, belge, luxembourgeoise, allemande, suisse, italienne, espagnole. Rien. Ou plutôt drogues, alcools et cigarettes de contrebande, produits de contrefaçon, passagers clandestins, mais pas d'enfant correspondant au signalement, accompagné de deux "individus de type méditerranéen".

Alors que je commençais à envisager de retourner en Algérie pour récupérer ce gamin – une curieuse façon d'y revenir, pour moi –, nous apprenions que des douaniers de Kehl, poste frontière franco-allemand, avaient intercepté un véhicule, conduit par deux Algériens, chargé de téléviseurs et d'un enfant endormi. Il était 5 heures du matin.

En réalité, Mohamed Benmesli ne vivait plus à Tlemcen mais à Hambourg où il avait créé une société d'exportation vers l'Algérie : essentiellement de l'électroménager volé ou de contrebande. Une fois la frontière franchie avec l'enfant, muni de faux papiers pour son fils et lui-même, Mohamed avait l'intention d'embarquer Olaf dans un cargo en direction d'Oran et de le confier à sa famille. Passer le gosse et le matériel volé, avoir voulu faire d'une pierre deux coups avait été une erreur qui allait lui coûter très cher.

Mohamed et son complice avaient été mis en garde à vue en attendant d'être déférés au parquet, inculpés d'enlèvement d'enfant et de trafic de matériel volé. Olaf avait été placé dans un foyer pour enfants à Mulhouse en attendant d'être récupéré par sa mère.

J'ai préféré annoncer, en personne, la nouvelle à Karen.

Quand elle m'a ouvert, elle avait vieilli de dix ans : les yeux rougis, le visage bouffi par le chagrin, le cheveu en bataille, le teint cireux.

Elle avait sangloté de joie tout en s'assurant que Mohamed ne pourrait plus lui nuire :

— Vous n'étiez pas mariés ?

— Non !

— Donc c'est une vraie tentative d'enlèvement. Il va prendre un max. Quand il sortira, ton fils sera adulte et capable de se défendre… Comment a-t-il su pour l'adresse de la nourrice ?

— J'y ai réfléchi. Il y a une ou deux semaines, un client m'a observée avec un air bizarre. J'ai cru que c'était un vicieux, mais ce type me disait quelque chose. Impossible de me souvenir. J'ai pensé, un moment, qu'il était un ancien client du temps où je me prostituais. Comme il n'est pas revenu, j'ai oublié. Cette nuit, je me suis souvenue : un cousin de Mohamed que j'avais rencontré là-bas. A l'époque, il était adolescent. A présent, j'en suis sûre, c'était lui. Il a dû me suivre, lors de ma dernière visite à Olaf, dimanche dernier…

Peut-être le complice de Mohamed. Peut-être pas.

— Sans doute.

— Comment te remercier Paco ?

— Un café serré, ça m'irait.

— Tout de suite… Une dernière question ?

— Oui ?

— Tu es flic, hein ?

— Oui mais garde cette info pour toi.

— Juré.

— J'ai toujours besoin de la sex-shop comme couverture. Louis est au courant et d'accord. La consigne reste la même. Tu m'appelles si M. Noir laisse un message.

— OK… Je pourrais aussi t'appeler pour t'inviter… à boire un verre.

J'ai souri :

— Eventuellement.

Après avoir avalé un café, j'ai laissé Karen à sa joie pour retrouver ma peine, une peine d'enfant. Mon père m'avait enlevé à ma mère alors que j'avais six ans et elle n'avait jamais cherché à me retrouver. Et moi, j'avais permis à une mère suédoise de récupérer son fils enlevé par un père algérien. Les voies de la réparation étaient impénétrables. J'étais en mesure de réparer l'histoire des autres mais pas la mienne. J'avais perdu père, mère, grand-mère et femme, partenaires et amis, pays d'origine et d'adoption. Pris quatre balles dans la peau. Et pourtant, j'étais toujours en vie. Mais étais-je encore vivant ?

Sous mes yeux fatigués d'attendre le droit de traverser défilait le flot automobile des grands boulevards, éclairé d'une aube grise. Un clochard assis sur un banc a déclamé : "Quelle angoisse, quel désespoir !" – j'étais d'accord avec lui.

D'un pas lourd, j'ai rejoint la rue Montorgueil où les maraîchers déjà s'agitaient. Décidé à dormir, j'ai bourré ma chaudière de charbon et décroché le téléphone.

Allongé sur mon lit, tout habillé, yeux ouverts sur le plafond écaillé, faute d'y déceler une mère veilleuse, j'ai cherché les traits d'Irène, en courtisane de mes nuits algéroises ou aixoises, en muse policière, en infirmière… Je n'y ai vu que failles et fissures.

Alors, j'ai sombré corps et mal dans le sommeil comme on s'y suicide…

IRÈNE, SÉANCE TENANTE – 4

— Je voudrais repasser en face-à-face…
— Pourquoi cela ?
— J'ai besoin de vous parler…
— Faites…
— Voilà… Comment dire ?… Je crois que je vais arrêter de venir aux séances… Je vais de mieux en mieux… Je me sens bien… je n'ai pas été aussi bien depuis longtemps… Bien sûr, j'ai peur… Depuis presque deux ans, trois fois par semaine… Ça crée des liens… J'ai le sentiment d'être parvenue au bout de quelque chose… Oh ! tout n'est pas réglé… J'ai l'impression que je pourrai venir pendant des années encore… c'est toujours intéressant de s'entendre parler… Parler de soi, c'est bien, mais vivre c'est mieux… Il faut que je vous dise, au début, quand je venais, j'étais convaincue que vous aviez toutes les réponses aux questions que je me posais et que vous ne vouliez pas me les révéler. Ensuite, j'ai compris que vos silences n'étaient pas hostiles et que c'était à moi de trouver les réponses… Vous me laissiez ma liberté sans pour autant me laisser me débattre… Parfois, je vous ai détesté pour vos

interventions… Parfois, je me suis demandé si j'aimerais avoir un compagnon tel que vous… Et puis, à l'usage, j'ai compris que vous étiez ce que je voulais que vous soyez, tantôt ma mère, tantôt mon père, mon ami, mon amant, mon grand frère… Mais jamais mon confesseur et, pour ça, je vous suis reconnaissante… Je n'aurais pas supporté de commentaires moraux ou de jugements de valeur… Vous avez su comprendre qu'il était vital, pour moi, de garder ma liberté de penser, de choix, de vivre comme je l'entendais… Il y a quelque temps déjà je me suis rendu compte que le travail d'analyse ne se faisait pas qu'en séance… Souvent, au début, je m'injuriais de me souvenir, après la séance, d'un sujet que je voulais aborder… A présent, je peux réfléchir, associer, analyser en somme, sans vous… Et puis Max me fait un bien fou… Peut-être que je me raconte des histoires…

— Lesquelles ?

— Que je peux devenir une femme raisonnable, aimer sereinement un homme et vivre à ses côtés un quotidien banal, sans conflit, sans passion, sans souffrance… En suis-je vraiment capable ? Ne risquerais-je pas de m'enliser dans l'ennui ? A en mourir… ?

Mercredi 11 février 1970

V

AU NOM DU PÈRE

La faim m'a réveillé, j'étais gelé. L'obscurité de la rue pouvait aussi bien signifier l'aube que le crépuscule. J'ai consulté le cadran de ma montre : 6 heures. Du matin ou du soir ?

Il m'a fallu allumer la radio pour me repérer dans le temps : les infos de 18 heures. J'avais roupillé onze heures. Le foyer de la chaudière, en manque de combustible, gavé de cendres, brûlait péniblement ses derniers boulets. Après avoir rempli un seau de charbon et nourri la bête à chaleur, j'ai rebranché le téléphone qui, aussitôt, s'est mis à sonner. J'ai décroché sans m'interroger :

— Monsieur Paco De Murcia ? a demandé une voix de jeune femme.

— Oui ?

— Je suis la prof d'équitation que vous avez abordée au club-house.

— Merci de m'appeler.

— J'ai sélectionné quelques livres dans ma bibliothèque…

— Attendez un instant, je prends un stylo et un papier… ai-je menti.

— Je peux vous les prêter, si vous le souhaitez…

— C'est très gentil. Je n'ai pas mangé depuis vingt-quatre heures, seriez-vous libre à dîner… ?

— Eh bien… pourquoi pas. Où voulez-vous ?

J'ai jeté un coup d'œil circulaire sur mon territoire. La vie de château. Le château en ruine d'un vieux célibataire qui cultivait un minimum vital plutôt sordide. Rien de bien attrayant dans cet univers triste à pleurer pour une jolie écuyère.

— Au Vauvilliers, c'est un petit bistrot des Halles dans la rue éponyme. A, disons, 20 heures ?

— Entendu. A plus tard, monsieur De Murcia.

— Attendez. Puis-je connaître votre nom ? ai-je demandé en cas de lapin posé.

— Isabelle. Isabelle d'Outremont.

— A tout à l'heure, mademoiselle, ai-je conclu en songeant : “Une aristo, comme Boucles d'Ange…”

Pourquoi avais-je les mains moites en posant le combiné alors que j'avais un rendez-vous professionnel ?

Pourquoi donc m'étais-je posé la question de sa présence, de son regard ? En avais-je envie sans oser me l'avouer ? Ou étais-je sur le point de crever de solitude, prêt à tout pour échapper à la poupée gonflable ?

“Tu files un mauvais coton… !” a murmuré le fantôme de Choukroun.

Le reflet de mon image sur la vitre sale de la chambre, celui d'un quadragénaire qui a renoncé à se raser, se coiffer, habillé à la façon d'un vieil étudiant, m'a découragé un peu plus. Mauvais coton ou pente savonneuse ? Le résultat était le même. J'avais piètre figure et pauvre moral. Je ne méritais que la compagnie d'une prostituée en retraite anticipée. "Quel salaud, tu es devenu Paco !" m'aurait injurié Ernestine.

Au fond, je n'étais fréquentable que par des putes au cœur tendre et au romantisme de pacotille. Et, quoi que j'en pense, j'avais de la tendresse pour elles. On ne se prostituait pas par hasard, pas plus qu'on était flic par inadvertance...

Tant pis pour ma couverture d'étudiant ! Je me suis lavé, coiffé, rasé le cou et le haut des pommettes, histoire de rendre présentable ma barbe, vêtu du costume que, jadis, j'avais payé fort cher pour les beaux yeux d'Irène. Désormais, j'avais l'allure d'un homme plutôt élégant, avec juste ce qu'il fallait de négligence pour qu'elle parût calculée. Je voulais surprendre Isabelle. Mais surtout me surprendre à désirer paraître humain et séduisant. Aux yeux d'une femme. Une tentative dérisoire pour restaurer l'image affligeante que j'avais de moi. Depuis des mois.

En passant devant Aux Plaisirs d'Eros, j'ai repéré la silhouette solitaire de Louis à travers la vitrine. Je suis entré pour l'informer au cas où Karen n'y aurait pas songé.

— Elle m'a déjà tout raconté. Elle est partie en Alsace chercher son mouflet. Mais tu tombes bien. J'ai un cadeau pour toi !

Pendant qu'il se rendait dans l'arrière-boutique, j'ai imaginé le pire : une poupée gonflable, un livre catalogue de blagues grivoises, un abonnement à une revue porno danoise…

Il est revenu avec un sac qu'il m'a tendu : à l'intérieur un appareil électronique. Un répondeur-enregistreur de messages téléphoniques.

— Ça doit coûter une fortune, cet engin !

— C'est le meilleur modèle sur le marché ! Ça te sera plus pratique pour communiquer avec ton patron que de passer par Karen, et ça sera moins compromettant pour moi…

— Je peux toujours le rencontrer ici ?

— Si tu y tiens… Dis-moi, tu es beau comme un prince ! Tu as filé rencard à une gonzesse pour fêter tes exploits ?

— Non. Un rendez-vous professionnel…

— Dommage !… Tu devrais passer une soirée avec Karen, ça vous ferait du bien à tous les deux… Elle t'aime bien, Karen et puis j'ai une dette envers toi…

— Tu ne me dois rien puisque tu viens de m'offrir une bécane dont je vais mettre deux semaines à comprendre le mode d'emploi. Et elle non plus. Je suis flic non ?

— Oh tu sais ! les flics, ils se gênent pas pour se dégorger le vier à l'œil ou pour prélever leurs “pourboires” dans la caisse…

— Pas moi. Et Karen a mieux à faire. Son gosse a dû en prendre plein la gueule…

— C'est vrai qu'un kidnapping ça doit pas vous arranger un minot… Tu as le temps de boire un coup, j'ai un excellent whisky… ?

— Non, merci. Une autre fois, je dois y aller…

Chargé de la machine dont je ne soupçonnais pas la perversité, j'ai poursuivi mon chemin jusqu'au Vauvilliers.

Accoudée au zinc, un ballon de blanc à la main, Isabelle, en manteau et bottes de cuir noir, à deux boucles, discutait en riant avec Angèle qui s'est exclamée en me voyant entrer :

— Ah revoilà, Paco, mon beau ténébreux ! Venez nous accompagner jeune homme, on parlait pinard. Elle en connaît un bout la petite dame !

Isabelle s'est retournée avec élégance.

— Excusez-moi, je suis en retard…

— Non, c'est moi qui étais en avance. Je ne l'ai pas regretté, nous buvions un excellent bourgogne.

— Vous vous connaissez ? a demandé la patronne, surprise.

— Un peu, à peine, a précisé Isabelle.

— Je me disais aussi, deux belles personnes en même temps, au même endroit, c'est louche. Je suis sûre que ça va marcher, entre vous. Croyez-moi, j'ai du métier. Et, dans ce métier, on apprend à connaître les gens tels qu'ils sont et non tels qu'ils se présentent…

Isabelle a baissé les yeux. J'ai tenté d'éviter un malentendu dont je n'étais pas certain qu'il en fût un :

— Je crois que vous vous trompez sur les raisons de notre rendez-vous, elles ne sont pas sentimentales…

Isabelle a levé les yeux dans lesquels j'ai voulu voir une pointe de déception :

— Vous… vous avez meilleure allure qu'à Vincennes… Menez-vous une double vie ?

— Je prendrais bien un verre avant d'en dire plus…

— C'est parti… a grogné la patronne. Vous mangez chez moi ?

J'ai interrogé Isabelle du regard :

— Volontiers. Pouvons-nous nous installer, accompagnés d'une bouteille du même cru ?

— Y a pas de soucis.

Isabelle a récupéré au sol une sacoche en cuir noir gonflée de livres et s'est dirigée vers une table à l'écart. En l'aidant à retirer son manteau, j'ai découvert qu'elle était habillée d'une robe courte qui, sans être moulante, mettait en valeur des jambes infiniment longues et ses fesses callipyges. Elle était beaucoup plus grande que dans mon souvenir, sans doute parce que je n'avais pas repéré une info inhabituelle : les talons de ses bottes étaient plats.

— Non seulement vous êtes écuyère mais en plus œnologue…

— Pas du tout ! J'ai été initiée aux bons vins par mon père. “Une excellente épouse doit savoir choisir, sans l'aide de son mari, les crus adaptés aux réceptions. Selon les convives et les circonstances du dîner. On ne présente pas les mêmes vins pour un dîner entre amis et un repas d'affaires..." m'a enseigné mon cher papa.

— Il a l'intention de vous marier à un ambassadeur ?

— Il y a songé, dans ses rêves de grandeur pour moi, a répondu Isabelle en riant.

Un rire clair et sympathique, sans une pointe de sarcasme ni l'ombre d'une ironie. Presque avec tendresse.

— Vous êtes bien assez grande, à mon goût...

— Ah ! Mon vieux complexe d'adolescente, une perche... Ma taille ne m'a été utile que pour le saut en hauteur et la course...

— Votre père vous a pourtant élevée pour être femme du monde, non ?

— Il y a assez vite renoncé. On ne peut espérer voir sa fille devenir femme du monde quand on l'a élevée comme le garçon qu'il n'a pas eu... Gymnastique, course de cross, équitation, le goût des vins, des voyages, de la nature...

— Votre mère n'a pas eu son mot à dire ?

— Ma mère est morte en couches...

— Désolé. Vous êtes fille unique ?

— Unique, je ne crois pas mais seule, oui.

Un voile de mélancolie a effleuré ses paupières.

— Si ça peut vous consoler, je suis fils unique et orphelin de père...

— Mais vous avez encore votre maman, moi, je n'en ai jamais eu. Comment apprendre à être une femme sans modèle ?

J'avais envie de lui répondre : "Non, je n'ai plus de maman depuis l'âge de six ans. Et plus de grand-maman depuis huit ans, et plus d'amis ni de compagne depuis presque deux ans..." mais je n'étais pas là pour raconter ma vie à une amazone dans un bistrot des Halles.

— Je trouve que le résultat n'est pas si mal...

— Flatteur. Je suis incapable de marcher avec des chaussures à talons...

— Heureusement...

— ... Chaque fois que j'essaie de me maquiller, c'est une catastrophe...

— Votre teint est parfait...

— ... Quant au choix des vêtements, j'ai dû me faire violence pour me glisser dans cette robe, je m'y sens ridicule... Au quotidien, je ne porte que culottes de cheval ou jean...

— Ce serait dommage...

— Me courtisez-vous, par hasard ?

— Non, je suis sincère. On peut être jolie femme sans pour autant être coquette...

Elle parut satisfaite de mon commentaire : ses grands yeux bleus ont souri.

Si Irène m'avait entendu, ses yeux auraient pris une teinte violette. Celle de la colère à l'égard de ma malhonnêteté car j'avais toujours admiré son talent pour se maquiller et son élégance vestimentaire...

— Revenons aux raisons de ce dîner. En réalité, ma présence n'est pas tout à fait désintéressée...

Durant un court instant, j'ai cru qu'elle me faisait des avances :

— Continuez...

— Bien sûr, je vous ai apporté les livres qui pourraient vous aider pour votre roman. Mais, depuis notre rencontre au club-house, j'ai pensé que, peut-être, vous pourriez m'aider… Plus exactement que vous pourriez aider mon père…

— A…

— A terminer la rédaction d'un livre.

— Votre père est écrivain !?

— Hélas, non, c'est bien le problème. Mon père était un officier de l'armée française. Il n'écrit pas un roman, mais une sorte de biographie en hommage à la mémoire d'un ami, mort dans le déshonneur…

— Un déserteur ?

— Oui et non… son ami a choisi l'OAS pendant la guerre d'Algérie parce qu'il a estimé que de Gaulle avait trahi ses engagements… Mon père, bien que sympathisant, a été incapable de faire le même choix… Il lui était impossible d'imaginer déserter…

— Dans quelle arme servait-il ?

— Il était chef d'escadron d'un régiment de spahis. Un corps créé par l'armée coloniale…

— Je sais. Je suis pied-noir…

— Donc vous comprenez mieux son dilemme… De Gaulle avait été confronté au même problème après la débâcle de 1940. Pétain ou la Résistance et sa condamnation à mort pour trahison… Il a fait le bon choix, mais au moment où il l'a décidé il ne le savait pas. Père a, m'a-t-il dit, longtemps hésité.

Les bavettes aux échalotes sont arrivées, garnies de pommes sautées à l'ail et au persil.

Je ne lui ai pas révélé que j'étais pied-noir tendance Camus, flic en cours d'infiltration enquêtant sur la mort d'un projectionniste, ancien militaire lui-même. Etait-ce un meurtre politique ? Isabelle était-elle impliquée ? Son père avait-il eu accès à la pellicule obscène où sa fille figurait et avait-il décidé de punir l'ancien soldat du cinéma aux armées ? Un officier n'exécutait pas à coups de mygale.

Je l'observais du coin de l'œil. Elle devait avoir vingt et un ou vingt-deux ans, une peau de pêche, sans fard, une bouche bien dessinée, un visage d'une parfaite symétrie, des yeux en amande d'un bleu limpide, des gestes raffinés, illustrant l'éducation d'une enfant bien née. Après avoir effleuré les commissures de ses lèvres avec un coin de serviette, elle a repris :

— Naïvement, j'ai cru pouvoir l'aider. Il se trouve que le fils d'un ami de la famille suit des études de littérature à Vincennes.

(Parlait-elle de Boucles d'Ange ?)

Je me suis adressé à lui mais il a refusé catégoriquement sous prétexte que… le personnage était aux antipodes de ses idéaux politiques…

(Extrême gauche ?)

— Parlez-moi de votre père…

Tout en dînant, elle m'a livré une histoire paternelle largement expurgée. Autant elle avait été à l'aise pour parler d'elle, autant elle avait choisi ses mots pour évoquer la trajectoire de son père. D'ailleurs, pour situer le personnage, elle avait entamé son récit par une généalogie très militaire. De

Napoléon Ier à nos jours, les d'Outremont avaient été dans la cavalerie. Un ancêtre avait participé à la conquête de l'Algérie et était tombé amoureux de ce pays et des pur-sang arabes dont il avait transporté un couple dans sa propriété de Senlis. Chaque fils aîné devait servir la France dans le corps des spahis. Ce qui fut le cas jusqu'à Philippe, son père :

— Pourquoi vous arrêtez-vous ?

— Parce qu'on en arrive à moi. La généalogie de Philippe d'Outremont s'arrête là. Un accouchement difficile pour maman qui impose le choix, la mère ou l'enfant. Catholique pratiquant, père a choisi l'enfant. Je lui dois ma vie. Plus de fils pour effectuer une brillante carrière militaire et continuer la tradition.

— Mais celle des chevaux, si.

— Certainement, et mon père, dans son for intérieur, n'est pas mécontent de n'avoir eu qu'une fille qui le délie du mythe familial. Des cousins germains en sont toujours prisonniers et perpétuent la tradition des d'Outremont… Quand, enfant, j'ai demandé à papa : "N'êtes-vous pas déçu de n'avoir pas de fils pour lui enseigner l'art de la guerre ?", il m'a répondu, avec un sourire triste, par une citation d'Hérodote : "En temps de paix, les fils ensevelissent les pères, en temps de guerre, les pères ensevelissent les fils…"

— Pourquoi me racontez-vous ça avant que je ne lise ?

— Parce que ces histoires ne sont pas écrites dans le manuscrit. Il y parle uniquement de son activité militaire peu avant 1954 jusqu'en 1962. Et encore comme le personnage secondaire, le faire-valoir de son ami… Celui qui est mort dans le déshonneur.

— Comment s'appelait-il ?

— Degueldre.

— Roger Degueldre, le chef des commandos Delta de l'OAS !?

— Exactement. Il a été fusillé au fort d'Ivry quelques jours après la proclamation de l'indépendance de l'Algérie.

J'aurais dû me lever et quitter la place. Hurler à la face de cette jeune fille que Degueldre était un assassin de la pire espèce : tuant tous ceux qui n'adhéraient pas à sa cause, celle de l'Algérie française. Dire à cette fille que son père était un imbécile de lui avoir enseigné les vins et non l'histoire. La décolonisation avait été une catastrophe humaine à cause de gens comme Degueldre et Salan. A cause de l'obstination criminelle de soldats nostalgiques de l'Empire et de la détermination cynique d'un soldat politicien, de Gaulle.

Mais je n'ai rien dit. Juste pétrifié, Paco. Langue paralysée, muscles tétanisés. Habité d'une colère froide, muette. Plus flic, Paco, juste un homme qui avait un mal fou à maîtriser sa fureur.

— Ça n'a pas l'air d'aller ?

— … Le bourgogne, je tiens mal l'alcool.

— Rien d'autre ?

— De vieux souvenirs, pénibles…

— Je comprends. Le rapatriement a été douloureux pour les Français d'Algérie…

Oui, il l'avait été pour moi qui étais arrivé en France accompagné du cercueil de ma grand-mère. Pourtant, le plus pénible avait été l'exécution sommaire de mon ami Choukroun par Degueldre ou l'un de ses sbires. J'avais cru être débarrassé de cette haine. Illusion. Elle était toujours là, tapie dans l'un des replis de mon cerveau, en veilleuse. Une braise qui venait de se raviver, de couler en lave dans mes veines pour mieux me figer.

— C'est de… l'histoire ancienne. Quand pourrai-je rencontrer votre père ?

— Vous acceptez de l'aider ?… Encore faut-il qu'il accepte votre aide… Je vais aborder le sujet avec lui, ce week-end.

— Vous pourriez prétexter mon intérêt pour les pur-sang arabes ?

— Peu convaincant, il est devenu misanthrope depuis qu'il s'est lancé dans l'écriture de ce texte…

— Moi aussi. Ecrire nécessite la solitude. Bien. Il commence à y avoir trop de monde. La nuit des Halles se réveille et il se fait tard. J'ai aussi un livre à écrire…

— Je suis désolée d'avoir monopolisé la conversation. Je ne suis pas si bavarde d'ordinaire.

— C'est un signe de confiance.

— Peut-être suis-je naïve mais vous me l'inspirez… N'avez-vous pas envie de me parler de votre roman ?

— Une prochaine fois. Je vais d'abord lire les ouvrages que vous me recommandez.

Elle a sorti trois livres de sa sacoche que j'ai glissés dans le sac en plastique où reposait le répondeur.

— Dans combien de temps voulez-vous que nous reparlions ?

Je lui ai montré le paquet contenant la machine :

— Désormais, vous pourrez me laisser un message si je suis absent. Pourrai-je vous joindre ailleurs qu'au centre équestre ?

— Voici mon téléphone. Sans répondeur-enregistreur.

— Vous ne craignez pas que votre père ne décroche ?

— C'est mon numéro personnel. En semaine, j'ai un petit studio dans le 15ᵉ… Notre maison est à Senlis. Je n'y retourne que le week-end.

Je me suis levé pour régler l'addition au comptoir. J'avais les jambes molles et les tempes battantes. La petite salle était pleine, mon cœur, gros. Le brouhaha résonnait en moi comme une manifestation confuse. La confusion de mes sentiments à l'égard d'Isabelle. Pourtant, elle n'y était pour rien. Involontairement, elle avait remué le sabre très militaire dans une plaie civile toujours béante. Je n'avais pas à la punir pour cette douleur…

— Déjà ? a demandé la patronne.

— Un coup de barre…

— Ça n'a pas marché comme vous vouliez ?

— Pas vraiment…
— Avalez-moi ça…

Elle a versé dans un verre à cognac un liquide brun que j'ai avalé cul sec. Un calva trois mille ans d'âge qui a tout brûlé sur son passage et m'a ramené à la case bistrot.

— Ouf ! Ça devrait être vendu en pharmacie, un truc pareil !

— Ça vous l'avez dit ! Ça vous réveille un mort…

Cette vieille avait toujours le mot juste.

Je l'ai embrassée sur les joues en guise de remerciement.

— Gardez-en pour votre amie. Je vous parie que vous avez encore votre chance avec elle… Une petite promenade romantique, ça aide…

— Une autre fois, peut-être…

Isabelle nous a rejoints pour saluer la patronne puis nous sommes sortis.

Le quartier commençait à s'encombrer de camions et de piétons affairés qui s'interpellaient bruyamment. Je l'ai accompagnée jusqu'à la station Châtelet. En silence. La nuit était glacée. Moins que moi.

Devant la bouche de métro, elle s'est arrêtée et m'a dit :

— J'ai le sentiment de vous avoir contrarié. Peut-être que mon initiative est idiote…

— Mais non. Je serai ravi de rencontrer votre père et de lire sa prose. Ravi de vous revoir aussi.

Devant la bouche d'Isabelle, entrouverte, j'ai eu l'envie irrésistible d'y glisser ma langue. J'y ai résisté en déposant un baiser sur sa joue droite avant de fuir…

Etait-elle aussi troublée que moi ? Je n'ai pas voulu le savoir, trop perturbé par la soirée.

Arrivé chez moi, je n'avais évidemment pas sommeil. Ayant dormi tout le jour, troublé par la soirée avec Isabelle, j'avais l'âme d'un Rodrigue mal barré pour conquérir sa Chimène. A cet instant, je n'avais pas la moindre intention d'occire son cher père. Je n'étais pas de nature vengeresse d'autant que l'histoire de mon père et l'imposture de sa mort ne m'encourageaient ni à me contenter de propos rapportés, ni à prendre une posture de justicier.

En conséquence, je me suis intéressé au mode d'emploi de la machine d'origine japonaise. Agacé assez vite par le charabia technique aligné en plusieurs langues et à la traduction approximative, j'ai failli renoncer. Une heure plus tard, j'avais vaincu le robot. Désormais il répondrait à ma place au téléphone. Encore une imposture…

IRÈNE, SÉANCE TENANTE – 5

— … Je ne sais pas ce qu'on dit dans cette situation. Au revoir ? Adieu ? A bientôt, peut-être ?

— Un peu tôt selon moi…

— Vous pensez que j'ai tort d'arrêter, c'est ça ?

— Je n'en sais rien. Vous semblez si sûre de vous…

— Vous me faites douter tout à coup. Je n'aime pas douter. Me tromper ne me pose aucun problème. Mais douter, c'est un verbe qui me paralyse… Je veux essayer de me passer de vous, de ces séances. Est-ce un mal ? J'étais seule, terriblement. Je ne le suis plus. J'étais malheureuse. Je ne le suis plus. N'était-ce pas le but du jeu ? Cesser de souffrir ?

— Si c'est le cas, vous avez raison…

— C'est le cas… Max a lancé les travaux pour sa future maison. Il veut qu'elle soit nôtre. Il m'a montré les plans et m'a proposé d'y apporter les modifications qui me sembleraient nécessaires. Je l'ai pris au mot. Ça m'a amusée de jouer à la maison de poupée. Il les a acceptées sans broncher. De plus, il m'a demandé de l'accompagner en voyage à l'étranger où il doit signer un gros contrat… Cet homme est adorable. Je l'adore… Pour l'instant… Vous savez, j'ai un peu peur de vous quitter. Mais je sais que, si j'ai commis une erreur en arrêtant trop tôt, je reviendrai. Si vous voulez toujours m'écouter…

— Autant que faire se peut…

— … Merci… Merci pour tout.

Mercredi 4 mars 1970

VI

SOUS-MARIN

Le sous-marin français *Eurydice* s'était perdu en mer Méditerranée au large de Saint-Tropez avec cinquante-sept hommes à bord, moi, sous-marin policier, je dérivais en terre gauchiste au large de Vincennes, seul. Enfin, pas totalement.

Le premier message enregistré sur la machine avait été celui de l'inspecteur Adrien qui demandait à être rappelé. Ce que j'ai fait :

— J'ai interrogé Henry Thibaud de la Bénédette. Au début, il l'a joué "A bas l'Etat policier". Quand je lui ai montré les photos de baise, il s'est calmé. Il a lâché des infos mais ça puait l'improvisation. D'abord, il a dit ne se souvenir que du prénom de la nana : Isabelle. Qu'il l'avait draguée pour tourner dans un court métrage de Didier Gros.

— Un court métrage ? Sur quoi ? Sur l'éducation sexuelle ?

— Non, mon pote, sur l'amour libre.

— C'était quoi le scénario ?

— Filmer un rapport amoureux sans censure…

— Un film porno quoi !

— Non ! le cinéma comme le reste doit se libérer de la morale petite-bourgeoise. Finies les ellipses après un baiser, assez des mouvements de caméra pour se détourner des étreintes, assez de véhiculer le message que l'acte sexuel est pornographique.

— Tu te fous de moi ?

— Non je te rapporte ce qu'il m'a sorti.

— Qu'est devenu le film ?

— Il a disparu. Couverture le montait quand il a été tué.

— Ce serait donc le mobile ? Et le tueur n'aurait pas cherché dans les poubelles ?

— Apparemment. J'ai réussi à lui soutirer le nom de sa copine : Isabelle d'Outremont. Elle travaille dans un centre équestre de Vincennes.

— Vas-y mollo, si ça se trouve, elle ne savait même pas qu'elle était filmée.

— C'est ce que dit le gars. Ils auraient filmé en caméra cachée et en plan-séquence, un plan de trois minutes…

— Pourquoi seulement trois minutes ?

— Parce que leur caméra n'a qu'un magasin de trente mètres et doit être remontée comme un réveil.

— Pas clair tout ça…

— Je ne te le fais pas dire. Evidemment, même alibi que Didier Gros et trente témoins. Je te rappelle quand j'ai interrogé la fille. Je vais aussi convoquer Gros pour un nouvel interrogatoire. Et toi ?

— Je me suis rapproché de lui et je vais participer à une réunion avec ses copains. En dehors des infos que j'essaie de glaner pour toi, je dois en fournir aussi à mon patron sur les gauchistes…

— Bon courage.

Le collectif cinéma, désormais sous la direction de Didier Gros, envisageait de filmer l'université et ses diversités sous forme documentaire. J'avais feint un grand enthousiasme pour son projet au point de lui proposer d'être son assistant réalisateur, ingénieur du son, script-boy, perchman, que sais-je encore, mais il avait déjà recruté toute son équipe parmi les étudiants de son âge. Néanmoins, il avait accepté ma participation comme "régisseur", un titre pompeux pour me désigner comme homme à tout faire. Faute de mieux j'avais accepté, histoire d'être membre d'une ébauche de réseau. J'avais donc passé des heures à mettre en bobines de trente mètres, dans le noir, la pellicule inversible vendue par un monteur de l'ORTF, au noir. Par le même réseau, on avait garanti à l'apprenti cinéaste le développement de ses bobines, à prix d'ami. Quant au montage, il serait pratiqué sur la table manuelle de Couverture dès que la police aurait levé les scellés.

J'avais surpris une confidence de Didier à un de ses groupies :

— Je suis sur un coup pour avoir une super 16 Paillard automatique avec zoom électrique, magasin de cent vingt mètres et tout…

— Ouah ! Elle coûte super cher, cette bécane. Où tu vas trouver le pognon ?

— Faute de ressources, j'ai de l'imagination… avait répondu Didier avec un sourire énigmatique.

J'ai assisté à quelques prises de vue, porté le trépied de la caméra et la boîte d'objectifs. Comme il n'avait qu'un magnétophone qui n'assurait pas le son synchro, les interviews d'étudiants et d'enseignants seraient montées en voix off. Tout ça relevait du bidouillage. Malgré l'enquête qui le classait en tête des suspects, ça sentait la passion et ça me plaisait bien de voir ce jeune gars se démener pour réaliser, coûte que coûte.

Profitant d'une agitation importante liée à de violents incidents entre flics et étudiants à Nanterre, j'avais tenté de sympathiser avec quelques lascars de la Gauche prolétarienne qui me semblaient les plus prosélytes sur le campus et, certainement, plus enclins à des actions spectaculaires que les trotskistes. Hélas, c'est Virginie, la buveuse d'infusion, qui s'est rapprochée de moi. Physiquement et verbalement. Dès qu'elle m'a aperçu, elle s'est précipitée pour demander de mes nouvelles. Je n'osais pas la rabrouer car elle demeurait gentille, et, avec cynisme, j'imaginais l'utiliser comme "informatrice" concernant une éventuelle agitation que je n'aurais pas repérée.

Lui donner mon téléphone avait été ma première erreur, assister en sa compagnie à une réunion politique à la Mutualité, la seconde. J'avais voulu écouter Sartre afin de vérifier mon attachement à Camus.

Les certitudes de l'un, les doutes de l'autre, l'engagement sans mesure pour la révolution de l'un, le scepticisme mesuré de l'autre. La présence de l'un, l'absence définitive de l'autre…

Toujours décidé à infiltrer son groupuscule, il ne m'apparaissait pas judicieux de passer par elle de peur qu'elle n'imaginât des avances de ma part.

Depuis que j'avais dompté le répondeur, elle m'inondait de messages, me proposant meetings, manifs et autres divertissements. Je déclinais toutes ses invitations, prétextant fatigue, séjour à Marseille, maladie imaginaire. Rien ne la dissuadait. Pourtant, il me semblait signifier clairement que sa camaraderie me suffisait mais elle avait une capacité démesurée à faire la sourde oreille. J'en arrivais à penser qu'il lui faudrait me voir au bras d'une femme – pourquoi pas Karen ? – pour qu'elle comprît mon indisponibilité affective… De guerre lasse, j'ai abandonné à la machine le soin de lui répondre.

Chez moi, romancier sans roman, j'ai repris la rédaction de mon journal d'infiltration :

La Gauche prolétarienne regroupe des militants de Nanterre et les jeunes intellectuels du cercle marxiste-léniniste de l'Ecole normale supérieure de la rue d'Ulm, fondée sous l'influence du philosophe marxiste Louis Althusser.

Les "gépistes" développent un point de vue "spontanéiste" : ils appellent à dépasser les organisations ouvrières dites "révisionnistes" pour construire un "authentique" parti communiste ouvrier à partir des luttes des peuples. Ce parti est supposé apparaître spontanément pendant les actions. Les maoïstes de la GP interviennent dans de nombreux mouvements sociaux interprétés comme les signes précurseurs de la révolution imminente.

La GP, comme les trotskistes, a lancé le mouvement des "établis" : les militants, pour l'essentiel, issus du milieu étudiant, doivent travailler comme ouvriers non qualifiés dans les usines afin de "dépasser les préjugés inhérents à leur condition d'intellectuels petits-bourgeois".

Dans le milieu ouvrier, son discours trouve surtout un écho auprès d'ouvriers peu qualifiés, notamment étrangers ou issus de l'immigration, souvent délaissés par les grandes centrales ouvrières.

Le journal de la GP, La Cause du peuple, *oscille entre un discours intello (liens avec l'intelligentsia parisienne : Althusser, Jean-Paul Sartre, Michel Foucault Jacques Lacan) et un mépris des intellectuels, à la façon d'un "populisme de gauche". On y décèle aussi une certaine fascination pour le discours violent*[1]*...*

Le téléphone a sonné, j'ai laissé la machine répondre.

"Martinez ? c'est Blanc. Vous avez enfin compris le mode d'emploi de votre répondeur. Bien. Ça fait

1. Inspiré d'un article du *Monde*, de février 1970, sur les maoïstes de la Gauche prolétarienne.

un mois que vous étudiez à Vincennes, il est temps que vous passiez au tableau... Voyons-nous comme prévu à votre boutique rue Saint-Denis demain à 11 heures."

La machine m'avait initié aux joies de l'esquive. Grâce à elle, désormais, je pouvais être là sans l'être. Mais comme un coup de téléphone n'arrive jamais seul, le combiné a sonné à nouveau. Croyant que Blanc avait oublié de me donner une info, j'ai laissé la machine récidiver :

"Paco, c'est Isabelle, je..."

D'un bond, j'ai décroché :

— Oui ?

— Vous êtes donc là ? Je déteste ces engins qui filtrent les appels. C'est humiliant.

— J'ai répondu...

— C'est vrai. Je ne suis donc pas *persona non grata*... Où en êtes-vous de votre roman ?

— Je piétine. Et vous ? Votre père est d'accord ?

— Il n'est pas convaincu que vous puissiez l'aider... J'ai commencé à évoquer notre rencontre... Il ne s'y est intéressé qu'à l'instant où j'ai évoqué vos origines... J'avance à petits pas...

— Vous semblez émue ?

— Je le suis.

— Des ennuis ?

— J'ai été interrogée par la police. J'en aurais pleuré...

— Pour quelles raisons ? Une attaque de diligence ?

— Non. Un malentendu. Un garçon qui m'a mêlée à une histoire sordide sans m'en informer…

— Un amoureux ?

— Non ! C'est moi qui me croyais amoureuse. Il m'a manipulée…

— Voulez-vous en parlez ?

— Non ! Je ne veux plus en entendre parler. J'espère que la police va me laisser en paix.

— Voulez-vous que nous nous retrouvions quelque part… ?

— Non, merci. Pas ce soir.

— Un autre soir, peut-être ?

— Comme je vous l'ai dit, je suis à mon studio tous les soirs de la semaine…

— Ce soir, j'aurais aimé tenir compagnie à une écuyère bouleversée.

— A Paris, les jolies filles ne manquent pas.

— Mais les écuyères, si.

— … A… A bientôt.

— Je l'espère.

J'avais raccroché avec un soupir de frustration. Ce marivaudage téléphonique avait attisé mon désir de la revoir rapidement. Je me donnais quarante-huit heures avant de la rappeler.

A la radio, Gainsbourg chantait *Maxim's*, me rappelant que "baiser la main d'une femme du monde et m'écorcher les lèvres à ses diamants", pour un petit Espagnol de la Bassetta, relevait du rêve.

Nous n'étions pas du même monde, pas de la même culture. Sans compter la différence d'âge… J'ai rangé mon crayon et ouvert une boîte de saucisses lentilles, Gainsbourg a "posé sa pelle et chauffé sa gamelle"…

*

A 9 heures du matin, Adrien m'a appelé pour m'informer de ce que je savais déjà : l'interrogatoire d'Isabelle d'Outremont n'avait rien donné. Elle avait été mortifiée en découvrant les photos. Elle avait rompu avec Henry quelques semaines plus tôt, après l'avoir surpris embrassant une autre jeune fille devant la station de métro. Elle ne savait rien du film, rien sur Didier Gros et Couverture. Henry, un ami de sa famille, l'avait courtisée. La proximité de la fac et du centre équestre avait favorisé une brève idylle soldée par une désillusion.

Adrien ne doutait pas de sa sincérité à moins qu'elle ne fût une excellente comédienne. Curieusement, j'en étais soulagé.

— Que comptes-tu faire, à présent ?

— Pour en avoir le cœur net, j'ai demandé une commission rogatoire pour perquisitionner chez Lebansard et son bureau à l'ORTF. Soit les bobines ont disparu, volées par le tueur, soit elles sont chez lui ou à son boulot.

A onze heures moins cinq, Blanc, dit Noir, faisait les cent pas devant la sex-shop à la façon d'un vieil obsédé sexuel, plongé dans le dilemme "Y entrer ou pas ?".

Sans hésiter et sans le saluer, j'ai pénétré dans la boutique, déposé un baiser sur la joue de Karen et demandé si je pouvais m'installer dans le bureau de Louis qui, ce jour-là, volait. A cette heure relativement matinale, il n'y avait aucun client.

— Tout de suite. Ton ami, M. Noir, arrive bientôt ?

— Dans un instant.

— Je voulais te dire que j'ai décidé de partir avec le petit en vacances chez moi, en Suède…

Chez moi. Un truc que je pourrais jamais plus dire. Plus de chez-moi depuis un bail. Marseille avait été une étape, Alger engloutie dans un passé sanglant, Barcelone n'avait pas laissé de traces… Chez moi… Pour l'instant, rue Montorgueil… Les Halles.

— Tu as raison. Vous le méritez bien tous les deux… Qu'en pense Louis ?

— Il n'est pas content, mais il comprend.

M'étonnant de ne pas voir arriver Blanc, je suis sorti du bureau pour m'informer. Il traînait entre les rayonnages, aussi curieux qu'un petit garçon découvrant que les filles n'étaient pas constituées comme lui.

— Patron ! Je suis là !

— J'arrive…

En croisant Karen qui sortait du bureau, son bras a effleuré son opulente poitrine. Il a rougi en bredouillant :

— Pardon… mademoiselle…

— Il n'y a pas de mal… avait répondu Karen, avec son accent, sans jeu de mots.

— Je vois que vous avez pris le temps de visiter…

— Inquiétant ce que je découvre ici. Tout ce sexe exposé ne présage rien de bon pour notre culture et notre jeunesse.

— Tout fout le camp, mon bon monsieur.

— Moquez-vous, Paco. J'ai connu la prostitution en maison close et leur fermeture n'a pas été un progrès. Quand les filles étaient en maison, on contrôlait à peu près la situation. A présent, on doit les rafler dans les rues ou les bois. Et nos fichiers qui étaient globalement à jour ne le sont plus. Sans compter la multiplication des maladies vénériennes. La permissivité et l'amour libre vont faire de gros dégâts, croyez-moi…

J'ai failli lui répondre que la morale judéo-chrétienne et le puritanisme aussi. J'ai préféré aborder le sujet qui nous occupait et auquel je n'avais pas vraiment réfléchi :

— Et en plus des sex-shops, il y a les gauchistes…

— Alors, où en êtes-vous ?

— Quelques contacts prudents. J'y vais mollo. Difficile de s'infiltrer, sans me griller. Il me faudrait une occasion qui leur montre clairement que je suis dans leur camp…

— Quel genre d'occasion ?

En vérité, plus intéressé par l'enquête d'Adrien que par les gauchistes, je lui ai servi une impro, à la façon du moment, pas très originale :

— Je sais pas… Une baston avec des flics ou avec des fachos, par exemple…

— Comment ça ?
— Vous envoyez deux ou trois gars de la maison, genre crâne rasé. Une embrouille avec des distributeurs de tracts, je prends la défense des étudiants… Ils m'adoptent…
— Ça doit pouvoir se faire.
— Vous croyez ?
— Dites-moi pour quand vous le voulez cette baston, je connais deux de mes gars qui rêvent de bouffer du gauchiste…
— Sans bavure, hein ?
— Oh, quelques taloches bien ajustées devraient suffire…
Je n'étais plus sûr d'avoir été inspiré en proposant cette idée, mais je ne pouvais plus reculer :
— OK, je vous appellerai pour fixer le jour et l'heure…
— Le plus tôt sera le mieux…
— Je sors le premier, attendez cinq minutes avant de me suivre…

Un couple de jeunes hippies s'esclaffaient en examinant certains accessoires.
Je me suis approché de Karen et lui ai demandé :
— Trouve vite un photoroman pour mon patron et offre-lui de la part de Louis.
— Quel genre ?
— Un truc qui lui ressemble.
— Une histoire de vieux chef de bureau qui offre une promotion canapé à sa jeune et jolie secrétaire, ça irait ?

— Parfait !

— Je m'en occupe…

Après avoir réglé en vitesse le prix de la revue, je suis sorti de la boutique et me suis planqué sous un porche à quelques mètres.

Blanc est apparu, les joues roses, un sac en plastique à la main qu'il a aussitôt glissé sous son manteau. Sa pudibonderie n'avait pas résisté à la tentation…

Deuxième partie

MAO ET MOI

La révolution est un drame passionnel.

MAO TSÉ-TOUNG

Mardi 10 mars 1970

I

LE BON, LA BRUTE ET LE MILITANT

En accord avec le patron, la baston à Vincennes a été organisée pour le mardi après-midi, à 14 heures.

Le matin, j'ai tenu à accompagner Karen et son fils à Orly en taxi.

Son petit gars avait un charme fou, avec sa peau mate, ses cheveux noirs et ses yeux verts. Un futur séducteur. Elle m'a présenté comme le héros sans peur et sans reproche qui l'avait arraché aux mains des méchants. Sans fausse humilité, j'ai tenté de lui expliquer n'avoir été qu'un passeur auprès de policiers qui avaient très bien travaillé. A l'évidence, il était important pour Karen que je sois un Zorro aux yeux de son fils.

Dans l'aérogare, Olaf, malgré son excitation à l'idée de prendre l'avion, était collé à sa mère. Elle le couvait comme si elle redoutait qu'un commando algérien ne lui volât son fils avant la douane.

Au milieu de tous ces étrangers en partance, me revenaient en mémoire les paroles de Brel, dans Orly :

Ils sont plus de deux mille
Et je ne vois qu'eux deux
La pluie les a soudés
Semble-t-il l'un à l'autre

Quand une hôtesse a appelé les passagers pour Stockholm, les yeux de Karen se sont embués. Les miens, aussi. A chaque départ, quelque chose se déchirait en moi. Elle tournait une page de sa vie, moi, j'avais clos un long chapitre de la mienne en quittant Marseille. Malgré l'affection que je lui portais, Karen n'avait été qu'une aventure d'un soir. Néanmoins, elle résonnait en moi comme une femme de plus qui me quittait.

— Si tu veux faire un saut en Suède pendant le mois, il y aura toujours un lit pour toi, même si tu ne veux pas du mien…

— Je te remercie… Prends soin de ton fils, il va avoir besoin de toi plus que jamais…

— Ne crains rien. Je ne vais plus le quitter des yeux.

Je les ai embrassés. Karen, tout d'abord, avec une vraie tendresse, puis je me suis accroupi et à peine avais-je terminé le mouvement qu'Olaf a abandonné les jambes de sa mère pour se jeter dans mes bras. C'était tiède et doux ce corps d'enfant vibrant d'une émotion sauvage. Bouleversé, je l'ai soulevé pour prolonger l'étreinte comme s'il me coûtait de me séparer de lui. La dernière fois que j'avais serré un enfant dans les bras, c'était dix ans plus tôt ! Au commissariat de Bâb-el-Oued, un nouveau-né, le premier fils qu'un collègue avait tenu à exhiber sur son lieu de travail. Il était passé de main en main, je ne l'avais tenu que quelques instants, le temps de prendre conscience de la fragilité de l'être…

— Tu viens pas avec nous ? a demandé Olaf, d'un murmure désolé.

— Non. Mais envoie-moi une carte postale, ça me fera plaisir.

— Si des méchants veulent me prendre à maman, tu me sauveras encore ?

J'ai éclaté de rire :

— J'espère que ce ne sera pas utile… (J'ai sorti de ma poche un exemplaire illustré des *Contes du chat perché* de Marcel Aymé.) Tiens, ce sont de drôles d'histoires racontées par un drôle de chat.

— Je sais pas lire.

— Ça viendra. En attendant ta maman pourra te les lire…

La mienne avait dû m'en conter aussi en espagnol, avant-guerre. En tout cas, c'est l'histoire que je m'étais imaginée…

L'avion s'est envolé vers le nord, j'ai pris un bus d'Air France pour retourner à Paris-Invalides. Puis la ligne 1 du métro pour rejoindre Vincennes. Sans enthousiasme. L'infiltration des gauchistes me passionnait autant que le film *Guerre et paix* de Bondartchouk… Beaucoup de bruit pour rien…

J'ai appelé Blanc d'une cabine pour l'informer que j'étais prêt pour la bagarre.

Son "Amusez-vous bien" aurait dû me rendre méfiant.

Ce jour-là, délégué par le collectif cinéma aux côtés de Jérémie, un gars de la GP, aux joues roses et à l'allure adolescente de Jacques Perrin, je distribuais des tracts proposant aux camarades étudiants de soutenir les occupants d'un foyer Sonacotra en venant assister à la représentation d'une pièce écrite en leur honneur et filmée par nos soins. Décidé à passer pour un militant exemplaire, j'essayais de convaincre chaque étudiant. En conséquence, je n'avais pas vu venir les camarades policiers provocateurs. Ils étaient deux. Deux mais mauvais comme dix.

"Les fachos attaquent !" a crié Jérémie avant d'être projeté d'une gifle sur l'herbe par un Maciste en blouson. J'ai bondi sur l'agresseur par-derrière, en lui glissant à l'oreille "Vas-y mollo, je suis de la maison"... Il devait être sourd parce qu'il m'a fait passer par-dessus lui sans aucun ménagement. J'ai atterri violemment sur le dos. Son copain, plus râblé, crâne rasé et mine patibulaire, nous a roués de coups de pieds chaussés de rangers. J'ai cru voir un brin d'ironie dans ses yeux avant de tomber dans les pommes...

Au réveil, j'ai discerné dans mon brouillard le visage d'une femme penchée sur moi : Virginie nettoyait les plaies de mon corps avec la tendresse d'une infirmière de guerre :

— Tu as été formidable ! Sans toi, mon copain se serait fait massacrer... !

— Qu'est-ce qui s'est passé ?

— Ces salauds vous ont attaqués par surprise. On s'est tous précipités, mais ces lâches ont fui...

— On est où ?

— Dans le local des maos. Je t'ai préparé une tisane au ginseng.

— Ils ont pas un verre de calva plutôt ?

— Je ne crois pas. Tiens bois, ça te fera du bien.

J'ai avalé, sans conviction, la décoction. J'aurais préféré deux aspirines, mais si Mao prescrivait le ginseng pour ses combattants, je me devais de me plier au précepte du Grand Timonier.

— Ça va mieux, camarade ? m'a demandé Jérémie, le copain de Virginie.

— Qui étaient ces fous furieux ?

— Des fachos de passage. Ça arrive de temps en temps. Merci pour le coup de main…

— J'ai surtout reçu des coups de pied…

— Au moins, tu as de l'humour…

Peu après, Didier Gros est passé :

— L'équipe de tournage est fière de toi. Compte tenu de ton état, on te dispense de la régie, ce soir…

Un héros qu'on bichonnait. Mon plan, plutôt simpliste, avait fonctionné à la perfection. Recevoir quelques coups de pompe sur le corps attirait la sympathie des militants. Virginie aussi ne me quittait pas d'une semelle, signifiant alentour que, désormais, nous étions inséparables. Trop claqué pour résister, j'ai laissé croire.

— Je vais rentrer, je suis fatigué…

— Tu ne viens pas à la représentation ?

— Mais si.

— A ce soir, alors ?

— C'est ça. A ce soir.

Je me suis arrêté à Vincennes-Ville, pour manger un sandwich au jambon et boire une bière au zinc d'un bistrot peuplé de consommateurs lambda conversant de tiercé, météo et ragots de quartier. La vie. Loin de Mao, de la culture d'avant-garde. Ça m'a fait du bien. Après le retour à la réalité sociale, j'avais besoin d'une fuite dans une fiction facile et reposante. Un film d'aventures comme les aimait Choukroun. Je me suis décidé pour *Il était une fois dans l'Ouest* de Sergio Leone bien que le western spaghetti, en général, me répugnât. Un an après sa sortie, il drainait encore un public important. En réalité, j'avais consenti à le voir surtout pour Henry Fonda. S'il avait accepté de tourner dans ce film, le scénario devait avoir quelques qualités. J'ai donc bouffé du gros plan pendant des heures. De la lenteur et de la métaphore jusqu'à l'indigestion. Fonda, rajeuni par le maquillage, composait un méchant aux yeux clairs, Cardinale usait et abusait des effets de poitrine, Bronson d'un secret en forme d'harmonica… On était loin, très loin de Ford ou même, plus récemment, de Peckinpah. A tout prendre, j'avais préféré *La Horde sauvage* et sa violence brutale à la tragicomédie italienne, *Le Bon, la Brute et le Truand* que le même auteur avait commis deux ans plus tôt.

Au final, j'avais passé deux heures à chercher une position confortable pour mon corps dont la mise au repos avait multiplié des douleurs aussi languissantes que la mélodie à l'harmonica composée par Ennio Morricone.

Je suis retourné aux bains publics de mon quartier pour y nettoyer, du bout des doigts, ma peau marbrée de bleus, puis chez moi, pour me changer.

Virginie avait laissé un nouveau message. Mon patron, aussi.

Tous deux voulaient savoir si j'allais bien. L'une accompagnait sa question d'un ton compassionnel, l'autre d'une sollicitude hypocrite.

Après avoir décidé de ne rappeler aucun des deux, j'ai pris le chemin du foyer Sonacotra de Saint-Denis pour assister à la représentation théâtrale. Sans le trouver. Chaque banlieue était une ville et chaque municipalité communiste de la ceinture rouge, sillonnée des mêmes noms de rue en rapport avec des héros de la Résistance ou du syndicalisme. Pires, les barres d'HLM interchangeables ajoutaient à la confusion dans l'espace. Demander son chemin à un riverain était peine perdue, chacun se limitant à connaître les rues adjacentes à son domicile. Heureusement pour moi, j'ai croisé et reconnu quelques étudiants de Vincennes auxquels je me suis joint.

Le foyer de travailleurs rajoutait une note un peu plus sinistre au décor. Un univers d'hommes, d'étrangers, parqués là, entre deux barres, entre trois-huit.

La salle, un baraquement préfabriqué, était emplie de jeunes gens qui enfumaient le local d'un nuage de clopes. J'ai joint mes volutes de maïs au bataillon de Gauloises sans filtre. Comme des musiciens de jazz, les acteurs se sont fait désirer.

Enfin, un spectacle affligeant, composé d'un texte puéril et caricatural, farci de citations révolutionnaires, joué par des acteurs médiocres, s'est offert aux regards et aux oreilles désabusées de quelques travailleurs immigrés. Brecht devait se retourner dans sa tombe, Camus, vomir les vers qui finissaient de le dévorer. Il ne suffisait pas d'aimer le peuple pour avoir le talent de le faire parler. *L'Opéra de quat'sous* et *La Famille Hernandez* n'étaient plus d'actualité. Le *Petit Livre rouge*, si.

Pourtant, une conviction sourde s'était emparée du public étudiant qui semblait trouver la performance formidable. Les maos, à la claque, tels les serviles militants d'un quelconque parti politique en campagne électorale.

La pièce s'est donc achevée par une salve de slogans vengeurs sous un tonnerre d'applaudissements, dont les miens.

Il me fallait boire la coupe de ginseng jusqu'à la lie.

Profitant d'un moment d'inattention de Virginie et des autres je me suis éclipsé pour tenter de rejoindre Isabelle que j'imaginais nue enroulée dans des draps blancs, attendant, impatiente, mon coup de téléphone.

Après un trajet interminable sous la terre de Paris, j'ai atteint la station Convention où j'ai refait surface. A 11 heures du soir, le 15e était aussi désert qu'Alger sous couvre-feu. A la différence qu'on n'y croisait pas de patrouilles de brigades territoriales et qu'on n'y entendait pas les détonations des *stroungas*... Ici, la bourgeoisie cossue sommeillait tout simplement devant un programme télévisé.

Mon coup de fil l'a réveillée :

— Je sors du théâtre, et j'ai eu envie de vous voir...

— Comment était la pièce ?

— "La bouse de la vache est plus utile que les dogmes : on peut en faire de l'engrais."

— Est-ce de l'humour agricole ?

— Non, une pensée du camarade Mao. Je peux passer ?

— Il est tard...

— Je suis à deux minutes de chez vous.

— D'accord, je vous attends. Pouvez-vous noter l'adresse ?

Son studio était situé rue de Dantzig, une voie qui démarrait rue de la Convention pour grimper jusqu'au périphérique. Son immeuble, au milieu de la côte, était de construction récente, accolé à une église, nommée Notre-Dame-de-la-Salette, laide et moderne, deuxième étage, première porte à gauche en sortant de l'ascenseur.

Elle m'a ouvert, le visage bouffi par le sommeil, les cheveux en bataille, vêtue d'un jean et d'un T-shirt qu'elle avait enfilé sans soutien-gorge. A cet instant, elle avait l'air d'une gamine qui avait grandi trop vite, gauche et dégingandée. L'érection de ses mamelons, accompagnée d'un frisson, m'a laissé croire qu'elle était troublée par ma présence.

"Brrr… je suis gelée, les propriétaires ont décidé de réduire les charges de chauffage."

L'univers était spartiate et fonctionnel. Un pied-à-terre, sans âme. Mieux qu'une chambre d'hôtel mais rien d'un nid d'amour. Une petite table carrée en pin et deux chaises, des livres sur les chevaux, quelques romans et un dictionnaire sur une étagère murale, une radio et un recueil de nouvelles au pied d'un lit à une place. Des affiches de concours hippiques scotchées aux murs. Elle avait raison quand elle m'avait confié que la féminité n'était pas dans ses compétences.

— Je prépare un pot de thé. En voulez-vous ?

— Pourquoi pas ?

Du ginseng à l'earl grey, décidément ces dames ne m'épargnaient rien !

Elle m'a invité à m'asseoir sur l'une des chaises.

Le thé fumait dans ma tasse, elle non. Bien que l'envie d'en griller une me démangeât, je me suis abstenu. Après ma virée en foyer de travailleurs, mes vêtements devaient puer le tabac.

— Si vous avez envie d'une cigarette, ça ne me gêne pas. Mon père fume la pipe à longueur de temps.

— Ça, c'est de l'empathie ou je ne m'y connais pas !

— Avez-vous écouté mon message ?

— Non, je suis parti de chez moi tôt ce matin, et n'y suis pas retourné depuis. Que dit-il ?

— Mon père est d'accord pour vous rencontrer. Etes-vous disponible ce week-end ?

— Euh !... oui.

— Je rentre à Senlis vendredi soir en train. Voulez-vous m'accompagner ou préférez-vous nous rejoindre, samedi ?

— Vendredi soir ? OK. Je vous sens un brin plus distante que lors de notre dîner.

— Plutôt intimidée. Je n'ai pas pour habitude d'inviter des hommes au milieu de la nuit... Vous êtes même le premier à venir...

— Pourtant les cavaliers séduisants ne doivent pas manquer.

— Je suis exigeante, trop peut-être. Les jeunes gens de mon âge m'ennuient ou me déçoivent...

Elle s'est interrompue à l'instant où elle a rosi comme si elle avait pris conscience du sens de sa phrase. Cette émotion était-elle liée à l'évocation du film avec Boucles d'Ange ou au fait de la dire à un quadragénaire ? Pour rattraper le coup, elle a continué :

— Sans doute, quelques-uns pourraient forcer mon admiration, mais ils n'ont pas encore croisé mon chemin...

— Selon un ami juif, le Talmud dit à peu près ceci : *A chaque femme correspond un homme sur Terre, à condition d'être patient.* En attendant, il est toujours possible de faire des brouillons...

— Sous mes airs de garçon manqué, je suis foncièrement romantique. Il me faut être amoureuse pour… aller plus loin.

— L'avez-vous été ?

— J'ai cru l'être, à deux reprises. Deux désillusions. Et vous, sans vous blesser, à votre âge, cherchez-vous toujours la compagne idéale ?

— Comme vous, j'ai cru l'avoir trouvée. Mais c'est elle qui a été plongée dans la désillusion.

— Bien triste, tout ça, a conclu Isabelle, en baissant les yeux.

Quand elle les a ouverts, j'avais penché mon visage jusqu'à ses lèvres, profitant sur une impulsion de ce temps aveugle.

Loin de reculer, elle a déposé un baiser en murmurant :

— Parlez-moi de votre roman…

Je lui ai rendu son baiser et improvisé comme ça devenait mon habitude, une habitude d'imposteur en espérant qu'elle n'ait jamais lu *Ma mère* :

— … Il y est question d'un homme, un écrivain en herbe ; il croise dans un train une brillante adolescente (elle a effleuré de ses lèvres les miennes) qui devient sa première lectrice. Ses commentaires de lecture sont si impressionnants qu'il en tombe amoureux…

— Et… (Elle a osé un petit coup de langue.)

— … Et elle se refuse à lui jusqu'à ce qu'il termine son livre…

— J'espère pour lui qu'il a écrit une nouvelle…

— Exactement. A leur troisième rencontre, après avoir écouté la fin de la nouvelle, elle l'invite à une promenade à cheval dans les bois. Au cours de la balade, elle se lance au galop. Moins bon cavalier qu'elle, il la perd, s'égare, s'arrête, met pied à terre au bord d'un étang, dépité…

— C'est triste. Encore une désillusion.

— Non (j'ai caressé de ma langue la sienne), puisqu'elle réapparaît nue sur son cheval qu'elle monte désormais à cru…

— Et…

— J'en suis là… Y a-t-il des bois et des étangs près de Senlis ? (J'ai enfoncé ma langue entre ses lèvres sans résistance…)

— … Oui… A présent… Allez-vous-en…

Après un dernier baiser, j'ai obéi, plus par souci pour ma carcasse éreintée que par respect des conditions imposées par la jeune fille.

Chez moi, m'attendaient son message, plus deux autres irrités : l'un de Virginie s'inquiétant de ma désinvolture à l'égard de la révolution et un nouveau de mon patron me rappelant fermement à l'ordre si je ne voulais pas me retrouver, à nouveau, à officier dans son commissariat. J'ai effacé toute la bande, mais pas mon érection qui s'entêtait. Pour la première fois, depuis un an et demi, je me sentais presque viril, presque heureux…

Jusqu'au vendredi soir, j'ai compté les heures, grain après grain. L'impression que mon sablier fonctionnait au ralenti. Avant de partir pour la fac, j'avais appelé Blanc. Il m'a encouragé à m'infiltrer activement à la GP qui, sans conteste, était le groupuscule le plus agité. J'ai, par ailleurs, signalé à quel point mes côtes et moi avions été sensibles au jeu réaliste de mes collègues policiers au cours de l'agression. Il n'a pas relevé.

A Vincennes, je me suis rendu illico au local de la GP pour m'excuser de mon départ aussitôt après la représentation que j'avais trouvée formidable et pour manifester mon intention d'adhérer activement à leur mouvement.

— Pas si simple camarade. Il va te falloir rédiger ton autocritique. Ensuite le groupe évaluera ta conscience politique. Trop d'étudiants pensent avoir l'esprit révolutionnaire, mais demeurent aliénés par un mode de pensée petit-bourgeois. Pour t'aider dans ta démarche, tu vas travailler avec deux de nos camarades…

— Qui ça ?

— Virginie sera ta guide et t'éclairera sur la pensée de Mao et Laurent t'aidera à y voir plus clair dans tes erreurs d'analyse.

— Qui est Laurent ?

— Blumenfeld, un camarade psychologue.

J'ai dû accepter, malgré mon aversion à l'idée de suivre l'"enseignement" de Virginie et ma crainte qu'un psy ne découvrît mon imposture idéologique.

Après avoir emporté un exemplaire du *Petit Livre rouge*, j'ai croisé Boucles d'Ange que j'ai suivi en cours d'expression corporelle. Ça tombait bien, j'y étais inscrit.

Nous étions une douzaine d'étudiants, garçons et filles, à nous présenter à la prof qui a verrouillé à clef la porte de la salle. Bizarre.

— Tout le monde se déshabille ! a ordonné Bernadette.

Comme les autres j'ai obtempéré, imaginant que nous allions travailler en sous-vêtements. Erreur ! "A poil" était la consigne. Seule exception pour les femmes, la menstruation. Espagnol plutôt pudique en public, j'aurais rêvé en être une, en cet instant.

La prof, en tenue d'Eve, a commencé son cours.

Au début, il s'est agi seulement de s'allonger et de travailler respiration et relâchement musculaire. Ça n'a pas duré. Ensuite, il a fallu masser son voisin ou sa voisine, tous yeux fermés. Un mec s'est mis à me tripoter partout. J'en rougissais sous ma barbe.

Et pour finir, mélange des genres et des corps. Entassés, empilés, éparpillés, en quinconce, debout, assis, couchés, immobiles ou en mouvement. En silence.

Ça en a fait mouiller quelques-unes, sans doute, bander quelques-uns. Pas moi, dont l'attitude a été commentée par la prof : "Paco, tu es coincé par tes préjugés, laisse respirer ton corps !"

Par intermittence, j'ouvrais un œil pour observer Boucles d'Ange qui avait jeté son dévolu sur la plus jolie des étudiantes, petite, cheveux blonds et bouclés comme lui, un corps de gymnaste, musclée, entretenue, jeune. Une authentique exhibitionniste. Elle se laissait caresser et manipuler, à la demande, se contorsionnant, dos cambré, tantôt jambes écartées, chatte offerte, tantôt cul tendu, à la face du jeune éphèbe qui bandait comme un âne sans que la prof, yeux ouverts, n'y trouvât à redire.

Les travaux dirigés d'une partouze simulée. J'ai songé aux commentaires puritains de mon patron après la visite de la sex-shop et à sa réaction s'il avait assisté à cette séance. Vincennes, sa ville, la nouvelle Gomorrhe…

Je suis sorti du cours aussi exténué qu'un adolescent après son dépucelage. Boucles d'Ange a tenté d'embarquer la petite gymnaste qui semblait lui résister.

Après un bref échange, il s'est résigné à la suivre. Moi aussi.

Nous nous sommes retrouvés dans une salle bondée où s'enseignait la psychanalyse au dire de mon voisin.

Une centaine d'étudiants attendaient l'arrivée du maître en enfumant l'espace. Un type obèse, les cheveux en désordre, une barbe abondante poivre et sel, est arrivé. Un personnage entre gourou indien et savant illuminé. Le brouhaha de la salle s'est éteint pour installer un silence propice à la parole du Savoir. Le silence, donc, après de multiples "Chut !"

pour l'imposer. Le psy débordait de sa chaise mais pas d'enthousiasme pour s'exprimer. Il a écouté pendant vingt minutes notre écoute sans desserrer les dents. L'air de vaguement s'ennuyer. Un étudiant téméraire a posé une question sur un passage d'un texte de Lacan dont, évidemment, je n'ai pas compris le sens :

"L'amour c'est donner à quelqu'un qui n'en veut pas quelque chose qu'on n'a pas."

Le silence, vingt minutes de plus jusqu'à la décision, longuement réfléchie, d'y répondre par une autre question empruntée au même Lacan : "Est-ce que vous vous êtes aperçu à quel point il est rare qu'un amour échoue sur les qualités ou les défauts réels de la personne aimée ?"

Une rumeur s'est diffusée dans la salle, l'étudiant, lui, en est resté bouche bée.

Devant la sidération de son assistance, le maître, las d'être là, s'est levé en soupirant : "On en reste là pour aujourd'hui..." Et il s'est éclipsé, tel un prophète, plutôt nul, en son pays. En me levant, j'ai cherché les silhouettes de Boucles d'Ange et de sa nouvelle copine. Disparus. Ils s'étaient sans doute éclipsés en cours de séance pour aller débattre de la psychanalyse ou s'ébattre avenue Victor-Hugo. Ce type était un véritable étalon que son membre, aperçu plus tôt, ne démentait pas.

A la sortie du cours, je suis tombé sur l'inévitable Virginie qui m'a donné l'adresse de Laurent pour la réunion de travail, prévue pour 20 heures : un appartement au rez-de-chaussée 41, rue de Picpus, à proximité de la place de la Nation.

"Je suis contente que tu rejoignes le mouvement. Je suis sûre que tu seras à la hauteur... En cas de difficulté, je serai toujours là pour t'aider et te protéger des ennemis de classe..."

Je n'en croyais pas mes oreilles. Elle me considérait comme un môme qui souhaitait entrer au séminaire ! Etre crédible n'allait pas être une mince affaire.

J'ai fui sa compagnie prétextant mon besoin d'isolement pour réfléchir à mon autocritique. Elle m'a souri avec la bienveillance d'une grande sœur qui a connu la même nécessité.

N'ayant reçu aucune nouvelle d'Adrien, je l'ai appelé. Il s'est excusé de son silence et m'a proposé de le retrouver deux heures plus tard, à la brasserie de la gare de Lyon. Il terminait un interrogatoire qui allait m'intéresser, disait-il.

L'affaire se compliquait sans pour autant s'éclairer. Même pas le temps de me faire une toile. J'ai poireauté à la gare, en avalant café et fumée de maïs.

Il m'a rejoint à la brasserie avec un large sourire :

— On a eu la commission rogatoire et j'ai enfin pu faire préciser les choses au médecin. Lebansard est en cure de désintox. Son foie est digne d'une oie gavée.

S'il arrête pas de picoler, il crève. J'attends un ordre de mission pour lui rendre visite dans une clinique du Sud-Ouest du côté de Béziers. Par ailleurs, on a fait les perquisitions : rien de bien excitant chez lui. Les seuls cadavres, des bouteilles vides. Le gars carbure au pastis. Et, tu peux me croire, il aime ça. Par contre, dans son armoire de boulot, surprise !

— Les pelloches de Vincennes ?

— Ouais, mais pas celles qui nous intéressent. Henry Thibaud de la Bénédette dans tous ses états. Une partenaire différente par bobine, parfois deux. Il a exploré toutes les positions du *Kâma Sûtra*, mon salaud. Avec des petites, des grandes, des rondes, des minces, la plupart bien gaulées. Huit bobines en tout qui attendaient qu'on les mate. Et je peux te dire, les gros plans ne trompent pas. De la vraie pornographie.

— A quel usage ?

— J'ai interpellé Didier Gros et Henry chez ce dernier. Y avait une petite blonde avec eux, prête à l'usage.

— Alors ?

— Ils ont tout balancé. A mourir de rire. Le Gros, fou de ciné, voulait se payer une caméra digne de ce nom. Comme la fac de Vincennes n'a pas une tune, avec son copain Henry et la complicité de Couverture, ils ont eu l'idée de faire du porno et de fourguer leurs productions aux sex-shops, moyennant finances.

— Et qu'est-ce qui a foiré ?

— L'arrêt maladie de Lebansard. Ils ont pas pu récupérer leurs bobines…

— Quel rapport avec la mort de Couverture ?

— Aucun, c'est bien ça le problème. Henry, beau gosse, draguait les filles à la fac. Soit elles étaient exhibitionnistes et acceptaient d'être filmées avec leur amoureux de passage, soit caméra cachée comme avec Isabelle d'Outremont. D'abord, Henry les sautait, ensuite il les persuadait de se laisser filmer pour l'amour de l'art ou l'art de l'amour, au choix. On a démantelé une production de porno amateur mais rien sur Couverture.

— Tu es sûr ? Il a pas exigé trop de pognon ou un droit de cuissage ?

— Non. Ils jurent qu'il était réglo. Il réclamait juste vingt pour cent sur les ventes.

— Ils en ont fourgué beaucoup ?

— D'après eux, une dizaine. Encore une dizaine, dont les huit en carafe et ils pouvaient se payer leur caméra.

— Merde alors ! Où va se nicher la passion du cinoche !?

— Le plus drôle c'est leur système de défense. Dès que le cinéma a existé, m'a expliqué Gros, le porno aussi. Et c'était du beau, disait-il, réalisé par… tu sais, l'Allemand qui porte un corset dans *La Grande Illusion…*

— Eric von Stroheim.

— Je savais même pas qu'il réalisait des films, celui-là. Il tournait des commandes pour des clubs masculins américains, les congrès et tout ça. Du vrai cinéma, à l'époque, m'a juré Gros, puisque y avait pas encore de cinéastes amateurs.

Les peintres avaient aussi réalisé des commandes de ce type, des photographes, des sculpteurs, des graveurs, des écrivains, des poètes, des illustrateurs de bandes dessinées, des décorateurs en mosaïque de Pompéi, et, probablement, des dessinateurs des cavernes du néolithique.

— Le pire, c'est qu'on n'a rien à leur reprocher, en dehors d'un attentat aux mœurs, a poursuivi Adrien. A les voir prendre leur pied, je suis sûr que les filles n'ont pas été forcées et encore moins payées. Le seul qui risque des emmerdes, c'est Lebansard qui vendait de la pellicule volée et se faisait payer pour développer du porno aux frais de la princesse.

— Donc fausse piste ? Aucune mygale sur les images ?

— Non, ni mygale, ni animaux. Du cul tout simplement, en plan large ou en gros plan. J'ai relevé l'identité de toutes les partenaires, la plupart étudiantes à Vincennes, Jussieu ou Nanterre. Pour les interroger au cas où. Mais j'y crois pas trop. Les responsables sont l'acteur Henry Thibaud et le réalisateur Didier Gros, pas le monteur, Couverture. De ton côté ?

— J'infiltre la GP. Pour l'instant tout va bien.

— Continue à fouiner parce que, nous, on est dans le brouillard.

— J'y vais de ce pas.

Après son départ, j'étais pour le moins mal à l'aise parce que je n'avais pas joué franc-jeu avec lui. Avec personne d'ailleurs. Laisser croire à mon patron que ma mission d'infiltration m'intéressait, au collectif cinéma que le film militant était ma passion, à Virginie que la GP était ma tasse de thé, à Isabelle que j'étais romancier, à Adrien que je ne savais rien sur cette dernière.

Paradoxe de la situation, la seule qui me connaissait sans faux-semblant était Karen. Et elle était partie.

La seule chose qui m'avait redonné le goût de l'enquête était la mort mystérieuse de Couverture qui semblait dans l'impasse. Dépossédé par Adrien de la partie active de l'enquête, je m'étais réservé Isabelle. Jusqu'à n'en rien dire à Adrien comme si je craignais qu'une intervention de sa part ne me démasquât aux yeux de l'écuyère.

Consciemment, je partais de l'hypothèse suivante : le vol de la pellicule n'étant pas le fait des pornographes amateurs, alors Isabelle y était impliquée, directement ou non. Couverture était militaire comme son père, ancien des colonies comme lui. Boucles d'Ange vendait les images de son corps aux plus offrants, Isabelle en aurait été déshonorée.

Inconsciemment…

Sorti place de la Nation, je me suis aidé d'un plan de l'arrondissement pour situer la rue de Picpus. Parvenu devant le 41, j'ai consulté ma montre :

19 h 45. Le temps d'avaler un rhum, en vitesse au bistrot tout proche.

Rhum, cul sec, cigarette grillée, comme une dernière. Que m'arrivait-il ? Ou plutôt qu'allait-il m'arriver dont j'avais l'intuition ? L'infiltration me conduisait-elle à ma perte ? Peu probable, la GP n'était ni l'OAS, ni le SAC. Ils n'avaient pas l'envergure de tueurs cyniques. Alors ? J'ai écrasé ma cigarette, réglé la consommation, décidé à retrouver calme et lucidité professionnels.

Un type d'une trentaine d'années m'a ouvert la porte. Un mètre quatre-vingt-dix, maigre, chevelure noire gondolée et grasse, coiffée en arrière, visage à la pâleur de vampire anémique orné d'un collier de barbe bien taillée, yeux noirs et vifs contrastant avec des lèvres molles esquissant un sourire artificiel de bienvenue, main droite tendue, aux doigts infinis, molle aussi. La silhouette du traître dans les films de cape et d'épée.

“Entre, entre, nous t'attendions. Un bon point pour la ponctualité. Un signe de fiabilité…”

Un couloir sombre, un chemin bordé de part et d'autre de centaines de livres empilés attendant, résignés, une bibliothèque toujours promise, jamais acquise.

Une chambre sur la droite, ouverte, en désordre, occupée par un lit et toujours des livres éparpillés au sol, deux portes fermées, la cuisine, à la peinture jaunâtre écaillée et crasseuse où attendait assise à une table Virginie qui lisait le dernier numéro de *La Cause du peuple* sous les yeux de plâtre d'un buste de Mao trônant sur le frigo. Un plat de pâtes tordues et agglutinées en une mélasse peu appétissante au fond d'un plat de porcelaine ébréchée voisinait avec deux verres, l'un empli de vin, l'autre d'une tisane marron.

— Tu as mangé ? a demandé Laurent.

— Oui, ça ira.

— Un verre de vin ?

— Pourquoi pas ?

Il a sorti du frigo une bouteille de Gévéor qui revigore… surtout le clodo, une piquette infâme dans laquelle j'ai trempé les lèvres par politesse.

Laurent a extrait d'un cartable en cuir noir un cahier d'écolier corné qu'il a ouvert et sur lequel il a inscrit la date, mon nom, celui de Virginie et le sien. Puis il m'a demandé mon âge, ma profession, mon adresse et mon numéro de téléphone.

— Bien. Commençons. Tu veux toujours être des nôtres…

— Sinon je ne serais pas ici…

— Bien sûr. Nous allons essayer de te guider à travers ce long chemin vers la conscience révolutionnaire et la compréhension de la classe ouvrière. Pour plagier certains camarades : de ton passé, il va falloir faire table rase. Oublier tes préjugés petits-bourgeois, tapis au fond de ta conscience, conditionnés par ta culture, ton éducation, l'école des patrons, la publicité, l'intoxication quotidienne par la télé…

— Je suis fils de républicain espagnol mort pendant la guerre civile…

— Une victime du fascisme.

— Non pas une victime, un combattant mort les armes à la main à Barcelone.

J'avais décidé d'épurer l'histoire paternelle des scories sentimentales, des mensonges grand-maternels, et surtout de la barbarie de Staline contre les anarchistes et autres trotskistes dont il avait ordonné la liquidation. Les maos, contrairement à la plupart des communistes, n'avaient pas renié Staline et ses folies…

— Tu dois être fier de cette ascendance ?

— Plutôt oui. D'ailleurs, en Algérie, où j'ai vécu, j'ai très vite compris que le combat pour l'Algérie française n'était qu'une tentative de maintenir les peuples sous l'oppression de l'impérialisme et des grands propriétaires.

— As-tu participé à la lutte du peuple algérien ?

— Avec mes petits moyens. J'étais prof et avec quelques collègues de gauche nous avons tenté d'animer des réunions pour expliquer leur juste lutte. J'ai failli y passer lors d'une attaque de l'OAS chez un de nos collègues où nous devions nous réunir. Ils l'ont assassiné quelques minutes avant mon arrivée. Après cela, j'ai demandé ma mutation à Marseille par lâcheté sans doute mais aussi parce que je n'étais pas préparé à la lutte armée contre des soldats aguerris, sans foi, ni loi…

— Ensuite, m'a demandé Virginie, l'œil luisant de l'enfant qui attend la suite des histoires de l'oncle Paul.

— Ensuite, j'ai sympathisé avec des militants luxembourgistes.

— Luxembourgistes ? Quelle idée, ils sont minoritaires et plus idéologues que pragmatiques. Des intellectuels !

— Bien d'accord avec vous. C'est pourquoi j'ai pris le large. J'avais besoin de faire le point. J'ai obtenu une année sabbatique pour apprendre le cinéma. J'aimerais bien réaliser des films comme Marin Karmitz, Chris Marker ou Joris Ivens.

— Belle ambition !

— Il nous faut inventer une contre-culture de l'image. Dire la vérité au peuple, lui révéler aussi tout ce qu'on lui cache sur les injustices que subissent les travailleurs du monde entier…

— Je constate que tu as, sans nous, fait la moitié du chemin.

Tout au long de notre discussion, il a pris des notes. Puis il a posé son stylo et m'a regardé comme s'il cherchait à scruter le fond de mes pensées, à évaluer les limites de ma sincérité :

— Tu dois entreprendre une auto-analyse, cerner tes contradictions internes, pratiquer avant tout ta propre révolution culturelle. Repérer en toi des parcelles de révisionnisme, de gauchisme et de déviationnisme pour être en mesure de comprendre la lutte des classes ici et maintenant. C'est pourquoi nous allons te demander de rédiger ton autocritique…

— Ici et maintenant ?

— Non ! Pour qu'elle soit bien menée, tu dois prendre ton temps. Ensuite tu la remettras à Virginie qui t'aidera à corriger tes erreurs d'appréciation.

Enfin, elle la soumettra à nos camarades dirigeants qui évalueront le bien-fondé de ta demande.

— Entendu.

— Tu peux compter sur moi, à tout moment, a ajouté Virginie.

— Je te remercie.

M'adressant à Laurent, j'ai demandé :

— Tu reçois tes patients ici ?

— Non ! Je travaille en dispensaire d'hygiène mentale à Aubervilliers. Je méprise les psychanalystes installés. Ils ne s'occupent que d'intellectuels grands bourgeois et réactionnaires. J'écoute gratuitement ceux qui n'auront jamais les moyens de payer une cure. J'apprends beaucoup à leur contact sur la condition ouvrière et la violence du grand capital. L'équilibre psychique tient pour l'essentiel aux conditions socioéconomiques. La névrose est une maladie de riches, la dépression, le suicide et la folie se développent plus facilement chez des sujets épuisés par les cadences infernales et l'oppression quotidienne de petits chefs à la solde du patronat…

"Rabattons notre suffisance, critiquons sans relâche nos propres défauts, tout comme, chaque jour, nous nous lavons la figure pour rester propres et balayons pour enlever la poussière" a été la dernière sentence infligée par Mao, *via* Laurent, sur le pas de sa porte. Il aurait pu commencer par nettoyer son appart…

J'ai fui Laurent et Virginie, la rue de Picpus, la place de la Nation en me demandant s'ils restaient ensemble pour analyser mon comportement et échanger leurs impressions sur mon compte ou s'ils allaient tout simplement s'envoyer en l'air en attendant le grand soir…

En chemin, j'ai constaté que l'entretien avec un psy, fût-il maoïste, avait nettoyé mes angoisses. J'avais faim. D'Isabelle. Vendredi soir était encore loin. J'ai plus sagement opté pour le bistrot des Halles et sa vieille tenancière, histoire d'entendre un autre discours, de déguster un meilleur pinard.

Avais-je été crédible ? L'exercice de l'autocritique serait déterminant. J'ai remercié mon père au passage pour la généalogie révolutionnaire, la guerre d'Algérie pour son histoire que je maîtrisais assez bien, les RG marseillais pour les infos sur les mouvements gauchistes.

Les camions commençaient à décharger autour des pavillons Baltard parcourus par leur faune de malabars, de grossistes en viandes et légumes, de putes et de rats. La vie du petit et du gros commerce qui, selon les journaux, commençait à s'agiter, encouragé par les appels à la grève de l'impôt d'un certain Gérard Nicoud, porte-parole du Cidunati.

La mère Angèle n'attendait que moi. Ou l'inverse. Besoin d'affection. Son gros câlin m'a fait du bien. Son bordeaux et son bœuf bourguignon aussi.

— Et la belle jeune dame qui vous accompagnait ?

— Elle va bien, merci.

— Rien n'est perdu alors ?

— Rien n'est gagné non plus. J'en saurais plus ce week-end.

— Ne lâchez pas l'affaire, jeune homme, cette pouliche vaut le détour. Croyez-en mon expérience. Les femmes sentent ces choses-là…

J'avais promis de remettre ma copie autocritique pour le lundi. Néanmoins, chez moi m'attendait un nouveau message de Virginie impatiente de me voir rejoindre la troupe de la GP. J'ai rédigé quelques commentaires dans mon journal d'infiltration et je me suis couché. L'angoisse m'attendait au coin de l'oreiller, agitant mon sommeil, m'habitant de cauchemars dont, au petit matin, il ne restait rien, sinon des draps trempés de sueur. Une fièvre inexplicable s'était emparée de moi, en forme de grippe, sans température, sans rhume, sans toux. Aussi invisible, imprévisible qu'une peur d'enfant sans mère…

UN HOMME NOMMÉ CHEVAL – 1

Mon trisaïeul, Alexandre d'Outremont, a été anobli par Bonaparte pour bons et loyaux services au cours des guerres napoléoniennes. Né d'une famille de commerçants, Alexandre a décidé d'une nouvelle règle : le premier fils devait suivre un enseignement militaire, devenir officier et servir sa patrie. Il avait anticipé la sentence de Giraudoux : la paix est l'intervalle entre deux guerres.

Notre légende familiale commence véritablement en juin 1830, avec son premier fils donc, Hippolyte, mon bisaïeul, âgé alors de vingt-cinq ans. Les troupes françaises débarquent en Algérie. Trente-sept mille hommes dont l'un de mes ancêtres, commandant un des trois escadrons de cavalerie légère. En octobre 1830, le général Clauzel, successeur du maréchal de Bourmont, accepte les services des spahis, pour la plupart d'origine turque, qui constituent l'essentiel des troupes montées du dey d'Alger. A ces derniers se sont joints des autochtones pour former le corps auxiliaire des chasseurs indigènes.

A Joseph Vantini dit Yusuf ou Youssouf – Italien de l'île d'Elbe, enlevé par les corsaires barbaresques, élevé à la cour du bey de Tunis et passé au service de la France – on confie la formation de ces troupes disparates. Aux côtés du général Daumas, Hippolyte d'Outremont suit les enseignements de ce maître au point de tomber amoureux des pur-sang arabes et de servir toute sa vie durant dans ce corps de cavalerie.

Il tombe aussi amoureux de l'Afrique du Nord. A son retour de campagne, il ne cesse de transmettre à ses descendants et à ses proches dessins, peintures, mémoires sur l'Algérie, sa culture, ses paysages et surtout ses chevaux dont un couple qu'il a transporté dans sa propriété à Senlis. De plus, il enrichit la règle familiale : non seulement le premier fils doit épouser la carrière militaire, mais également veiller à la descendance de ce couple de chevaux arabes, sans mélange. Des chevaux purs de sang arabe.

Louis, mon grand-père, né en 1851, sert, très jeune, contre les Teutons pendant la guerre de 1870. La défaite et la perte d'une partie du territoire national l'ont meurtri. Il transmet sans relâche à son fils Joseph qu'il était du devoir de l'armée de récupérer par les armes ces territoires.

Mon père donc, né en 1880, a épousé ma mère, avec laquelle il a conçu mes deux sœurs et moi-même, prénommé Philippe, en charge de perpétuer la tradition. Troisième de la fratrie, j'avais six ans quand il nous a quittés en 1914 pour une guerre qui promettait d'être brève et humiliante pour les Teutons.

Pendant quatre ans, j'ai assisté, impuissant, aux angoisses de ma mère à l'idée de perdre son époux au combat comme des dizaines de milliers d'autres femmes et enfants. Grand a été son soulagement à la signature de l'armistice.

Las, capitaine d'un escadron de spahis, il a dû continuer la guerre au-delà du 11 novembre. Par ordre de l'état-major, son régiment a poursuivi jusqu'à Budapest des officiers allemands qu'ils ont capturés. Il a été tué au cours de l'assaut de la citadelle de Loth où s'était réfugié le maréchal von Mackensen, presque un mois après la fin des hostilités. Il avait trente-huit ans. Cette sinistre anecdote a pesé lourd dans mes choix.

Né en 1908, orphelin de père à dix ans, fils unique, j'ai baigné dans un univers féminin, ma mère et mes deux sœurs aînées. Désarmé face au chagrin de ces femmes, je me suis juré de ne jamais mourir au combat quand je serai mari et père… Serment d'enfant qui, au fond de lui, devait savoir qu'il n'avait pas l'envie d'être soldat.

De nature plutôt douce, passionné par les chevaux, j'aurais préféré m'occuper d'élevage plutôt que suivre les cours de l'académie de Saint-Cyr. Mais un d'Outremont ne peut pas déroger à la règle édictée par ses ancêtres.

Officier dans un régiment de cavalerie, j'ai subi la débâcle face à l'offensive allemande de 1940 et été fait prisonnier. Envoyé dans un camp en Allemagne dont je n'ai jamais cherché à m'évader, je suis retourné dans mes foyers à la fin des hostilités.

Mal à l'aise dans cet après-guerre français, déconnecté de cette réalité dont j'avais raté les épisodes précédents, j'ai décidé d'intégrer le 1er régiment de spahis en Afrique du Nord. A Alger, précisément. Là, avec ma jeune épouse j'ai coulé des jours heureux jusqu'à sa fatale grossesse… Je ne me suis jamais remarié.

Ma fille unique Isabelle, née de cette tragédie, m'a délié d'une partie du serment familial. Elevée au milieu de chevaux, elle a montré, enfant, un réel talent pour l'équitation. Après avoir participé à de multiples concours hippiques, elle a décidé d'enseigner l'équitation. Fille loyale, elle contribue, avec ses modestes moyens, à l'entretien de la demeure familiale qui est un gouffre financier.

Je menais une vie d'ermite scandée par les visites d'Isabelle en fin de semaine et l'entretien des chevaux :

Réveil à cinq heures. Concasser le grain. Emplir les auges et les seaux d'eau, nettoyer les écuries, puis, étrille, bouchon et cure-pied en main, panser les chevaux. Une fois le pansage terminé, se doucher, se mettre en tenue et monter Youssouf, mon cheval et ami, pour travailler quelques exercices au manège. Le soir, doucher le cheval, brosser la robe avec une brosse douce, passer l'époussette pour faire briller les poils, peigner la crinière et la queue, passer le couteau à chaleur pour éliminer l'excès d'eau, nettoyer à l'éponge les naseaux, les yeux, l'anus et le fourreau, graisser les sabots. Après cela, ne pas négliger le nettoyage du matériel.

Depuis quelque temps, je m'occupe, par charité, d'un fugitif, Olivier, condamné à mort par contumace par le régime de De Gaulle pour haute trahison en raison de sa participation à l'attentat du Petit-Clamart. Il a un cancer qui se généralise. Je lui prodigue chaque jour les soins prescrits par un ancien médecin militaire, membre de notre Association des anciens de l'Indochine et de l'Algérie. Il réside dans l'ancien pavillon de chasse. Son temps est compté. Sachant que j'étais un ami du lieutenant Roger Degueldre, fusillé au fort d'Ivry, quelques jours après l'indépendance de l'Algérie, il m'a fortement encouragé à écrire son histoire pour que ce héros ne soit pas rayé de l'histoire.

Je m'y suis attelé avec constance. Le résultat est médiocre et insatisfaisant. Ma fille a rencontré un jeune écrivain qui, dit-elle, serait prêt à m'aider. Compte tenu du propos, j'ai tout d'abord été réticent. Lorsqu'elle m'a annoncé qu'il était d'origine pied-noir et plutôt sympathique, j'ai accepté de le rencontrer ce week-end. S'il me fait bonne impression, peut-être accepterai-je son aide.

Comme Isabelle a, semble-t-il, rompu avec le fils d'un ancien camarade de promotion, Henry Thibaud de la Bénédette, je lui ai demandé s'il était son nouveau fiancé. Elle s'est montrée elliptique. J'en saurai plus bientôt.

Dimanche 15 mars 1970

II

HARAS QUI RIT

Isabelle m'attendait dans le hall de la gare du Nord. Bottée, emmitouflée dans une peau de mouton retournée, moulée dans un jean de velours nègre, couronnée d'un bonnet de laine, le visage illuminé par un sourire éclatant.

Le vent du nord qui balayait Paris depuis le matin avait dégagé le ciel, me donnant l'illusion d'un climat méditerranéen. Hélas, quand Paris n'était pas plongé dans la grisaille, il y faisait un froid de canard. Je ne m'étais pas encore résigné à m'équiper comme un nordiste, par conséquent, à chaque variation brutale de température, j'étais surpris par la froidure. J'avais tenté de me coiffer d'un borsalino, relique de ma relation à Irène, mais j'y avais renoncé face à l'allure de truand gitan que donnaient à voir mes cheveux longs, ma barbe et mon blouson délavé. Porter un chapeau tel que celui-ci imposait une coupe et une tenue classiques.

— Il y a une très jolie gare à Senlis, mais désaffectée et classée. Nous descendrons à Chantilly après une petite heure de trajet. Mon père vient nous chercher en voiture. Vous n'aviez pas de vêtements plus chauds ?

— Pas vraiment.

— Je vais l'appeler pour qu'il vous apporte un de ses manteaux.

— Est-ce nécessaire ?

— Oh oui ! Quand vous verrez son véhicule, vous le vérifierez.

Sans vraiment comprendre, j'ai fumé une maïs pour réchauffer mon souffle pendant qu'elle téléphonait à son père d'une cabine.

En ce vendredi soir, des hordes de banlieusards frigorifiés s'empressaient en direction des différents quais alignant leurs omnibus.

Pendant le trajet, la promiscuité nous a interdit tout échange. Dans le noir de la nuit, ont défilé sous mes yeux des noms de villes inconnues, des dortoirs en forme d'immeubles en barre ou de pavillons sinistres. Autant la capitale exposait un charme et une beauté hors du commun, autant sa périphérie nord exhibait une architecture lugubre et monstrueuse.

Dans le petit hall de la gare de Chantilly, attendaient des maris ou des femmes venus chercher leur moitié. Un père venu accueillir sa fille et son invité. Un type qui, malgré sa tenue civile, gabardine anthracite, écharpe de laine nouée à la mode légionnaire, pantalon et bottes noires, manteau kaki de l'armée aux bras, avait une allure martiale. Une chevelure brune barrée d'une longue mèche blanche, les yeux cernés de fatigue et le même sourire que sa fille, d'une franchise déconcertante. Quelque chose de naïf et fragile émanait de cet homme. Une évocation de Gregory Peck hésitant entre *Les Nerfs à vif* et *Les Canons de Navarone.*

Il a serré Isabelle dans ses bras puis ma main avec énergie. Il m'a dit en me tendant le manteau :

— Isabelle avait raison, vous en aurez besoin.

J'ai enfilé le manteau en m'interrogeant sur un possible microclimat polaire à Senlis. Plus petit et moins athlétique que Philippe d'Outremont, je flottais un peu dans le lourd vêtement militaire, mais à la guerre comme à la guerre…

Sur le parking de la gare, j'ai enfin compris en le voyant se diriger vers une jeep de l'armée bâchée certes mais ouverte aux quatre vents !

Nous avons quitté Chantilly par une départementale. Après avoir traversé Avilly et Courteuil, deux patelins déserts, nous avons bifurqué à gauche, abandonnant la route de Senlis pour la campagne picarde qui, de nuit, me semblait aussi menaçante que les djebels pour les appelés du contingent en Algérie. La nuit en campagne réveillait en moi des craintes d'enfant redoutant d'y croiser un loup ou un ogre. Parfois les peurs infantiles étaient justifiées…

Le trajet n'avait duré qu'un quart d'heure, mais j'ai été soulagé de distinguer la grille d'une propriété, puis, au bout d'un long chemin de terre, bordé d'arbres centenaires, une demeure éclairée. Les d'Outremont possédaient un domaine occupant plusieurs hectares, loin de tout à mes yeux.

Totalement inculte en architecture, je ne pouvais que constater l'immensité grise d'une baraque sans âge. Un chien aboyait à l'intérieur.

Philippe a garé sa jeep à distance de l'entrée principale, près de l'aile droite de la bâtisse.

"Nous habitons dans les communs. Plus facile à chauffer et moins cher à entretenir", a expliqué le père en ouvrant la porte, aussitôt assailli par un épagneul breton.

"Couché, Socrate !" a ordonné le maître.

Les communs, en réalité gigantesques comparés au studio d'Isabelle ou à mon appart, étaient composés d'une grande cuisine, mitoyenne d'une ancienne salle à manger reconvertie en salon d'une centaine de mètres carrés dont l'un des murs était occupé en totalité par une cheminée de pierre digne du château de *Citizen Kane*. Le reste de l'espace avait du mal à se satisfaire de quatre fauteuils club au cuir craquelé éparpillés sur un grand tapis de laine aux couleurs passées.

Quant à ma chambre, l'une des quatre à l'étage, meublée d'un lit à deux places, d'un bureau et d'une armoire Louis-Philippe avec salle de bains communicante, elle aurait fait baver d'envie plus d'un locataire de foyer Sonacotra. J'y ai déposé mon sac dont j'ai sorti une bouteille.

Après avoir abandonné le vin sur la table de la cuisine, je suis retourné dans le salon auprès de mes hôtes qui m'attendaient en compagnie d'un pouilly-fuissé blanc et du chien qui somnolait aux pieds de son maître.

“Allons monsieur De Murcia, venez vous réchauffer près de la cheminée”, a invité le propriétaire des lieux.

Un tronc y brûlait, éclairant la pièce de lueurs qui donnaient au visage d’Isabelle, regard perdu dans le foyer, une douceur chargée de nostalgie.

— Ainsi, vous êtes pied-noir… a entamé d’emblée le père.

— En réalité, je suis né à Barcelone. Arrivé à Alger à l’âge de sept ans. Parti en 62. Comme tout le monde…

— Dans quel quartier d’Alger viviez-vous ?

— A Bâb-el-Oued.

— Un vrai de vrai, donc. Vous étiez professeur de français, m’a dit Isabelle.

— Oui. Au lycée Bugeaud.

— Un grand et beau lycée.

— En effet.

— Et ensuite…

— Père, vous n’êtes pas obligé de lui faire subir un interrogatoire. Laissez-le au moins se réchauffer et goûter au vin…

— Vous avez raison. Pour qu’il n’y ait pas de méprise, je m’informe sur mon futur lecteur car je redoute son jugement…

— Vous en parlerez plus tard…

— Je ne suis ni critique littéraire, ni éditeur. N’ayez crainte, mon jugement restera modeste et mes remarques seront à la mesure de mes compétences, modérées…

Nous faisions déjà salon, au coin du feu. Je n'étais pas à l'aise avec la bourgeoisie, encore moins avec l'aristocratie, surtout en ma position d'imposture.

— Hélas pour moi, il m'est plus facile de m'adresser aux chevaux qu'aux hommes. D'ailleurs, je vais vous laisser pour surveiller la cuisson de mon plat. Vous aimez le gibier, j'espère ? J'ai préparé un civet de sanglier aux morilles.

— J'ai apporté une bouteille de bordeaux, mais je doute qu'elle soit à la hauteur de votre plat.

— Merci pour l'attention, nous lui ferons honneur.

Il s'est redressé comme si un officier supérieur était entré dans la pièce et a filé vers la cuisine.

— Pas trop impressionné par les lieux ? m'a demandé Isabelle.

— On le serait à moins.

— Mon père n'est pas aussi bavard, d'habitude… Voulez-vous visiter le reste de la maison ?

— Le reste ?

— L'aile principale est, disons, plus solennelle…

A droite de la salle, une porte ouvrait sur le hall de l'entrée principale, dominé par un escalier de marbre qui permettait d'accéder au premier où un couloir, distribuant une dizaine de chambres, était tapissé de peintures équestres.

— En effet, on pourrait s'y perdre.

— L'entretien, trop onéreux, nous oblige à ne pas chauffer l'étage. Du coup, l'humidité dégrade les peintures des murs et les moulures s'écaillent. J'ai essayé de le convaincre de vendre un poulain pur-sang. Il s'y refuse.

— Retournons au salon avant que j'aie envie de me réchauffer à votre contact…

— Soyez sage, mon père n'est pas loin. Je suis toujours sa petite fille…

— Pour moi, vous êtes, avant tout, une grande belle femme…

Elle a rougi, a déposé un baiser sur mes lèvres et s'est enfuie dans l'escalier.

Dans le salon, père et fille s'étaient retrouvés près du feu.

— Le dîner sera prêt dans quelques minutes, a annoncé Philippe.

Après avoir terminé nos verres, nous sommes passés à table.

Terrine de lièvre en entrée, civet de sanglier en plat, fromages de chèvre, fruits, le tout arrosé de mon petit vin et d'un grand cru bourgeois. L'épagneul a eu droit aux restes du civet.

Lorsqu'ils ont dégusté leurs fruits avec couteaux et fourchettes, j'ai renoncé à en manger, tel un garçon de ferme invité à la table du maître et trop intimidé pour peler un fruit avec ses doigts. S'ils m'avaient vu dévorer à pleine bouche pastèques et melons dans la cuisine de ma grand-mère, ils auraient compris à quel point nos cultures étaient aux antipodes. La seule étiquette qu'on m'avait enseignée était celle qu'on collait d'un coup de langue sur les cahiers d'écolier ou sur les dossiers du commissariat de Bâb-el-Oued.

— Excusez-moi mais les chevaux m'imposent de me lever tôt, a annoncé Philippe, nous reprendrons notre conversation demain. Je vais faire un tour avec le chien avant de me coucher.

— Accepteriez-vous de me confier votre manuscrit pour la nuit ?

— Pourquoi pas. Attendez un instant, je vous l'apporte.

— Je suis fatiguée aussi… Bonne nuit, père, a dit Isabelle en débarrassant la table.

— Moi, je vais prendre un bain, ai-je ajouté pour moi-même.

— Bonne baignade… a souhaité Isabelle avec un sourire espiègle que je ne lui connaissais pas.

Je suis retourné dans ma chambre avec le manuscrit que j'ai posé sur la table de chevet. J'ai fait couler une eau brûlante dans la baignoire et, toutes lumières éteintes, je m'y suis plongé. Yeux fermés, j'ai somnolé dans l'obscurité.

Presque deux ans, sans prendre un bain. Ni en eau douce ni en mer Méditerranée. La dernière fois, dans la baignoire d'Irène à Aix-en-Provence, la dernière fois dans une calanque de Marseille. Un manque.

J'étais passé au nord de la Loire, en zone occupée par la grisaille, la pluie, le froid. La peau privée d'Irène, de soleil en terrasse, de lumière, punie, mise en quarantaine à Vincennes, la tête, privée de tout, sauf d'images…

Un craquement sur le parquet de la chambre. Une trouille panique. Je n'avais pas pris mon flingue. Un piège. La prémonition d'un danger se confirmait. Respiration bloquée, j'ai attendu l'ennemi, sans bouger, vulnérable. Seul mon cœur, affolé, s'agitait dans sa cage. La porte s'est ouverte dans un grincement sinistre sur… un fantôme, une silhouette, un corps drapé de blanc dont je distinguais mal les formes mais dont je devinais l'identité. En contre-nuit, une chemise s'est déboutonnée, laissant apparaître les volumes longs et nus d'Isabelle. Mon cœur a continué d'accélérer sous l'emprise d'une autre émotion, d'autant plus délicieuse qu'imprévisible. Un pied, puis l'autre se sont glissés dans la baignoire, son buste s'est lové contre ma poitrine. Mes bras se sont refermés sur son dos, mes lèvres sur sa langue.

Sans un mot, nous nous sommes étreints dans l'eau tiède et accueillante, bercés par le clapotis provoqué par les ondoiements de ma sirène. Pendant que nos bouches poursuivaient leur jeu de langues, sa peau s'est hérissée d'une chair de poule. Sa chevelure humide flottant à la surface du liquide noir, la joue posée sur mon épaule, elle s'est accrochée, de ses doigts, à mes flancs, serrée contre ma verge battant au rythme de mon cœur contre son ventre. N'y pouvant plus, mes mains ont plongé pour pétrir la rondeur de ses fesses tant convoitées, la soulever, me glisser en elle. Mais elle s'est refusée, en murmurant à mon oreille :

— Un amuse-bouche, en attendant la suite… Père va rentrer…

Avant que j'aie pu répliquer, la retenir, elle s'est esquivée de la baignoire aussi souplement qu'elle y était entrée, a saisi sa chemise blanche, et, tel le fantôme qu'elle n'était pas, a disparu derrière la porte, m'abandonnant à une érection douloureuse. Les tempes battantes, je suis sorti de la baignoire, cherchant à tâtons une serviette. Quand j'ai allumé la chambre, seules subsistaient les traces humides de ses pieds nus sur le parquet bicentenaire.

Hitchcock avait raison sur les blondes glacées.

Le corps encore hanté par le parfum et les caresses d'Isabelle, les doigts tremblants encore imprégnés de la peau humide de son cul, je me suis couché. Sous le drap, ma verge, n'ayant toujours pas renoncé, appelait Onan à son secours. Je lui ai refusé ma main, en la consolant d'un proverbe "Erection du soir, espoir...", puis, histoire de justifier ma présence en ces lieux, j'ai saisi le manuscrit du père pour en commencer la lecture.

En exergue, figurait une curieuse citation :

> *Et, si d'agréer je n'emporte le prix, j'aurais du moins l'honneur de l'avoir entrepris.*
>
> JEAN DE LA FONTAINE

D'Outremont avait photocopié une photo de Roger Degueldre. Ce type avait, sans conteste, une gueule. Une gueule de héros, ou de salaud. Selon... Sa vie et sa mort avaient été à son image. Né à Louvroi dans le Nord le 19 mai 1925, il avait hérité de sa culture d'origine un goût pour la parcimonie verbale. Un homme d'action avant tout.

A dix-sept ans, il s'était engagé dans la Résistance et avait continué de se battre jusqu'à la défaite des nazis.

Ensuite, il avait signé pour la Légion sous un faux nom sans qu'on sût pourquoi. Cet homme n'avait jamais aimé s'épancher. Il s'était retrouvé en Indochine où il avait été de toutes les batailles, construisant ainsi sa légende. Et, pour clore cet épisode, il avait été blessé lors du désastre de Diên Biên Phu.

Au cours de cette guerre, il avait sauvé la vie à un officier blessé dans une embuscade, le capitaine de Blignières. Bien que tout les opposât, leurs origines, aristocrate et cultivé pour l'un, roturier pour l'autre, leurs grades, officier supérieur et sous-officier, une amitié s'était nouée entre les deux hommes. Elle allait durer douze ans. Jusqu'à la mort de Degueldre que de Blignières n'avait pu empêcher puisqu'il avait été, lui-même, arrêté en qualité de chef d'état-major de l'OAS pour la France, en septembre 1961, quelques mois avant son ami. Une dette qu'il n'avait pas pu rembourser…

Après l'Indochine, Degueldre était réapparu en Algérie. Sous son vrai nom, au 1er REP où il était passé lieutenant après avoir osé franchir l'obstacle qui séparait sous-officiers et officiers. Assez vite, il avait pratiqué la médiation entre base et sommet de la hiérarchie militaire. Aplanissant les conflits, connaissant et comprenant mieux les simples soldats que ses pairs, il était devenu un sujet d'admiration pour ses collègues, d'amour pour ses hommes. Tous le respectaient.

Lors d'une rencontre avec son ancien camarade de captivité en Allemagne, de Blignières, d'Outremont avait été présenté au fougueux lieutenant. Ainsi avait commencé leur amitié. Degueldre représentait, aux yeux d'Outremont, ce qu'il imaginait des qualités de son père…

Ironie du sort, sous une forme différente, tous deux étaient morts après la fin du conflit. L'un en décembre 1918, tué par des balles allemandes à la tête de ses spahis, l'autre, le 4 juillet 1962, deux jours après l'indépendance de l'Algérie, exécuté par des balles françaises…

Une lecture attentive m'a imposé deux constats :

Le premier, Philippe d'Outremont, dès l'instant où Degueldre avait déserté, se contentait de mettre en avant l'engagement total de ce dernier pour l'Algérie française. Il rapportait notamment une phrase de son héros à Susini[1], un des futurs chefs de l'OAS : "Quand nos colonels nous ont intéressés à l'Algérie, je me suis senti repris par une pensée que j'avais oubliée. Je leur ai dit après «la semaine des barricades» : Faites bien attention. Vous affirmez que rien ne vous empêchera de garder l'Algérie à la France. J'ai prêté serment avec vous. Mais sachez bien que, en ce qui me concerne, il sera respecté. J'irai jusqu'au bout."

Illustrant ses propos par sa lutte acharnée contre les barbouzes, occultant toutes les opérations

1. *Histoire de l'OAS*, La Table Ronde.

ponctuelles, en clair, les exécutions sommaires de fonctionnaires, flics, magistrats, soldats, enseignants et membres de la société civile, médecins, avocats, journalistes soupçonnés d'être de gauche et donc des traîtres potentiels, sur simple dénonciation de sources supposées fiables.

Le deuxième, Degueldre avait été arrêté dans des conditions rocambolesques puisqu'il avait des papiers en règle et non des faux, au nom de Joseph Esposito, inspecteur de l'enseignement primaire. Comment était-on remonté jusqu'à sa planque du Telemly ? Mystère. Quelqu'un l'avait donc balancé. Un voisin, un ami, sa maîtresse évoquée comme une passionaria de l'OAS, fille d'officier supérieur ?

Décrit comme un tombeur, qui avait toutes les femmes qu'il voulait sans jamais se lier, était-il tombé à cause d'une femme ?

Après avoir annoté ces deux passages de questions sans réponses, j'ai abandonné mon antihéros dont je connaissais la fin tragique.

Ce bouquin était surtout le récit d'une amitié. Chargée de culpabilité. Entre deux hommes, l'un issu du petit peuple, devenu guerrier professionnel, d'un engagement total dans tous ses combats, de l'adolescent résistant, au déserteur terrorisant, en passant par l'Allemagne et l'Indochine, l'autre né d'une fraîche aristocratie, doutant de tout, de ses choix imposés par ses ancêtres, l'armée, par sa religion, la vie de l'enfant plutôt que celle de la mère, par sa paternité, la vie de sa fille plutôt que la mort pour la France coloniale. Y avait-il de la lâcheté chez Philippe d'Outremont ? Pas sûr.

Comme disait Camus, "Parce que la vie n'a pas de sens, il faut lui en donner un". Ce qu'avait accompli Degueldre et ce que tentait de faire le père d'Isabelle en honorant sa mémoire, celle d'un militaire déshonoré.

Cette biographie relevait plus de l'hagiographie. Vie et mort d'un héros trahi par les plus hautes autorités de l'Etat qui l'avaient emprisonné et exécuté dans l'infamie.

Ayant assisté aux exactions de l'OAS en Algérie, après celles du FLN, je ne pouvais pardonner aucun des deux camps. L'un avait tué mon ami, l'autre blessé gravement Irène au point de l'amputer d'un bout de jambe. Pas plus que je ne pardonnais au SAC, l'officine gaulliste à la solde de Foccart, ses dérapages mafieux.

Mais je me sentais curieusement proche de Philippe d'Outremont. Ses doutes étaient les miens. Malgré tout, il était resté dans l'armée, malgré tout, j'étais toujours inspecteur de police. Il avait été longtemps prisonnier de loyautés familiales. Moi aussi. Nous avions tous deux perdu nos compagnes par notre faute. La sienne en couches, la mienne en viol. Il avait une fille, pas moi. Il l'aimait. Peut-être étais-je sur le point de l'aimer aussi ?

Confus, je me suis levé pour fumer une dernière cigarette. Posté derrière la fenêtre, j'observais, en rêvassant, la sombre campagne à travers les vitres encore embuées par les vapeurs du bain.

Au fond du parc, entre les bosquets, luisait une lumière à la fenêtre d'une maisonnette. L'habitation d'un serviteur, d'un garçon d'écurie ?

Entre les arbres, s'est faufilée une silhouette en gabardine, accompagnée d'un chien. Philippe d'Outremont venait de rendre visite à l'occupant mystérieux de la maisonnette.

— Qu'est-ce que tu fabriques encore ? a demandé Choukroun.

— Quoi ? J'ai plus le droit de manger avec les doigts ?

Nous étions installés au bar des Arènes à siroter une anisette tout en grignotant une kémia, cacahuètes, olives pimentées et tramousses. Au cœur de Bâb-el-Oued.

— Je rigole pas ! Cette fille, elle est pas pour toi. Une aristo ! En plus, son père il est copain avec ceux qui m'ont buté ! Tu me déçois !

— Justement, peut-être sait-il précisément qui a fait ça…

— Ça fait huit ans ! La guerre elle est finie. Réveille-toi, Paco ! Je suis mort, tu as perdu Irène et ton copain Khoupi. A force d'être seul, tu deviens maboul. Et tu bandes pour une gamine qui va t'entraîner dans les emmerdements ! On dirait que ton zeb il a pris le pouvoir. Oublie tout ça. Rentre chez toi, il est encore temps. Reprends ta petite enquête tranquille chez les gauchistes…

— Rien à foutre des gauchistes ! Ce type, d'Outremont, m'intéresse. D'une certaine manière, il me ressemble. Comme moi, il a perdu son père à la guerre, comme moi, il a été longtemps prisonnier de sa loyauté. "La volonté d'un homme est avant tout sa nostalgie…" disait Camus.

— Arrête un peu ton cinéma ! Tu veux niquer sa fille, un point c'est tout.

— C'est vrai, mais pas seulement. Je ne me suis jamais pardonné les morts de ma grand-mère et la tienne, Philippe celles de sa femme et de ses amis. Son livre est mal écrit, mais il a le mérite d'être sincère. S'il sait quelque chose, il me le dira tôt ou tard. Je sais qu'il sait. Sans être membre de l'OAS, il en a été un sympathisant actif et informé…

— Têtu comme un bourricot ! Je t'aurais prévenu. Tant pis pour toi…

Magiquement, il a disparu du bistrot.

— Choukroun ? Choukroun ? Où tu es passé ?

Un des tableaux de corrida qui décoraient la salle m'était inconnu : le taureau y piétinait un toréador connu. L'homme étendu dans l'arène avait mon visage…

Je me suis réveillé, angoissé comme jamais dans cette chambre étrangère. Le souffle court, le sexe rabougri. Débandade du matin, chagrin.

Je savais ne pas être là pour Choukroun. Tout s'embrouillait. Le passé, le présent. Faux gaucho, faux facho, faux écrivain, je devenais mon propre imposteur.

Au matin, je suis descendu dans la cuisine. Seul Philippe y était, lisant un journal devant un bol de café noir.

— Bien dormi, jeune homme ?

— Pas vraiment. J'ai eu la visite de fantômes…

— Je connais ça. Les morts ne vous quittent jamais. Ils sont les fantômes de notre culpabilité…

— Où est Isabelle ?

— Elle monte Yasmine, sa jument.

— J'aurais voulu voir ça.

— Ne soyez pas déçu, elle ne quittera pas sa selle du week-end. Ma fille est un centaure.

— Vous ne montez plus ?

— Si, bien sûr. Mais je ménage ma carcasse et celle de mon vieux Youssouf. Et puis, nous avons du travail, vous et moi. Avant cela, déjeunez : thé, café, lait, pain grillé ou frais, beurre, miel et confitures, au choix. Ensuite, rejoignez-moi dans la bibliothèque, nous y serons plus tranquilles.

— Où est-elle ?

— Isabelle a manqué à tous ses devoirs lors de la visite. Dans l'aile noble, au rez-de-chaussée. C'est la seule pièce que je m'obstine à chauffer dans cette partie de la demeure. Les livres me coûtent cher, mais ils le méritent.

Je me suis contenté d'un bol de café noir et d'une cigarette. Le cauchemar m'avait noué l'estomac. Après avoir récupéré dans la chambre le manuscrit, j'ai retrouvé Philippe dans la bibliothèque.

Les murs étaient tapissés de livres reliés cuir, alignés par ordre alphabétique sur des rayonnages en bois massif, conçus sur mesure pour la pièce. J'ai parcouru les titres pour me faire une idée plus précise du bonhomme : des encyclopédies, des ouvrages d'histoire, de géographie, des classiques de la littérature française ou étrangère, des traités militaires allant de la Grèce antique aux derniers conflits mondiaux. Une multitude d'archives sur l'empire colonial français. Un nombre incalculable de biographies dont celles de De Gaulle et de Salan. Livres et revues hippiques occupaient plusieurs mètres de rayonnages. En tas, sur un rayonnage, les bulletins de l'ADAIAF, Association des anciens de l'Indochine et de l'Algérie françaises. Etaient-ce les mêmes bulletins retrouvés chez Couverture… ?

— Vous avez lu tout ça ?

— Non, il me faudrait plus d'une vie. Toute la littérature équestre, oui. Pour les autres, quelques dizaines seulement.

— Vous avez une bibliothèque exceptionnelle.

— Gide a écrit : Tout a été dit, mais il est important de le répéter car tout le monde a oublié. Relisez Saint-Simon, Rousseau ou Montaigne et vous vérifierez qu'il a raison.

— Pourquoi écrivez-vous alors ?

— Parce que rien n'a été dit sur la guerre d'Algérie. Des chiffres, quelques attentats spectaculaires, tortures et exécutions sommaires mais rien vraiment sur les gens qui l'ont faite et qui en sont morts.

— Qu'est-ce qui vous pousse à témoigner ?

— Rappeler que l'homme est complexe et que ses choix ne sont pas toujours dictés par la raison mais plutôt par les sentiments.

— Ça n'apparaît pas assez dans votre texte que je trouve un peu trop hagiographique.

— J'aimais cet homme pour ce qu'il était et non pour ce qu'il a fait. Pour moi, les choix ont été dictés dès ma naissance, lui a choisi de vivre et mourir comme il l'entendait.

— Pas vous ?

— De vivre certainement pas. De ne pas mourir, oui pour Isabelle… et pour mes chevaux.

— Les légendes ont la peau dure. Que savez-vous de Degueldre ? Ce que l'on vous en a dit. Il semblait peu bavard sur son histoire. Pourquoi a-t-il changé de nom pour s'engager dans la Légion après la Seconde Guerre mondiale ? Pourquoi a-t-il cherché dans l'armée une famille ? Au nom de quel serment intime s'est-il transformé en tueur à la solde d'une cause dont il devait savoir qu'elle était perdue ? Il existe un film de John Huston, tourné en 1951, intitulé *La Charge victorieuse*. Le connaissez-vous ?

— Non. Je vais peu au cinéma et, de plus, je n'aime pas les films de guerre.

— Ce film a été commandé par l'armée US pour une campagne de propagande. On a tenu à ce qu'Audie Murphy, soldat couvert de médailles pour sa bravoure pendant la Seconde Guerre mondiale, en soit la vedette. C'était, en principe, un film sur l'héroïsme. Il y est question d'une bataille pendant la guerre de Sécession. Huston y montre une vraie boucherie et suggère que l'héroïsme n'est qu'un malentendu né de la conjugaison de peur, lâcheté et culpabilité. Le "héros" ramasse le drapeau de son régiment et fonce sur l'ennemi non pas par bravoure mais dans une fuite en avant. Lorsque l'armée l'a visionné, elle a renoncé à le projeter, consciente que Huston avait réalisé un film antimilitariste. Il a été coupé et remonté, sans l'accord de son réalisateur...

— Qu'essayez-vous de me dire ?

— Je ne sais pas. Peut-être que, tout simplement, vous vous racontez des histoires. Vous ne savez rien des raisons qui ont poussé Degueldre à jouer les héros puis les soldats perdus. Les verbeux s'expliquent et dissertent sur leurs choix existentiels. Rationalisation, habillage et imposture ! Les taiseux n'expliquent rien. Ils laissent aux autres, aux témoins, aux historiens le soin d'interpréter leur vie, d'en faire des fictions à leur sauce.

— Peut-être avez-vous raison. En écrivant sur Degueldre, c'est sans doute de moi dont je parle. De ce moi qui a toujours obéi aux injonctions familiales, militaires, religieuses. Je n'ai jamais été libre. En écrivant sur la vie de Degueldre, à travers ce que j'imaginais de sa liberté, je parlais, en creux, de mes prisons intérieures...

— Ce type est un mystère. Témoignez de ses actes, héroïques ou monstrueux. Mais surtout ne les expliquez pas, ne les justifiez pas. Il est mort comme il a vécu, dans la violence. La guerre a été sa raison de vivre et de mourir. N'est-ce pas suffisant ?

— Je vous remercie pour votre franchise. Que me conseillez-vous ?

— La sincérité, sans emphase, le chagrin, sans effet… J'ai signalé, au crayon à papier, les passages qui mériteraient d'être travaillés et ceux que je trouvais trop longs. Ce ne sont là que les remarques d'un lecteur pas vraiment objectif.

— Voulez-vous faire la connaissance de mes chevaux ?

— Les fameux pur-sang arabes ?

— Isabelle vous a donc raconté une des légendes familiales.

— Brièvement.

— Aimez-vous l'histoire ?

— Moyennement. Elle parle plus souvent des hommes politiques et des soldats que des gens.

— Il s'agit plutôt des chevaux et des hommes et plus précisément de l'histoire de notre famille.

— La grande et la petite histoire en quelque sorte ?

— Exactement.

Il s'est levé pour sortir de sa bibliothèque un ouvrage iconographique sur les spahis et me l'a tendu :

— Observez ces images, leur tenue est une des plus belles des régiments d'Afrique.

Poliment, j'ai parcouru les dessins et peintures : portant des burnous rouges ou bleu sombre et des turbans blancs, les cavaliers montaient sur de petites selles arabes, en cuir brodé. Chevaux et uniformes n'avaient jamais été pour moi que des silhouettes de western ou de cape et d'épée, sur les écrans de cinéma, combattant les Indiens, s'entretuant au cours de la guerre de Sécession ou croisant le fer avec les hommes du cardinal. Quant aux peintures équestres, j'avais toujours été insensible à leur supposée beauté ou majesté. Néanmoins, par respect pour mon hôte, j'ai commenté avec hypocrisie :

— En effet, les tenues sont belles. Enfant, j'ai eu l'occasion de les voir défiler à Alger, lors des parades du 14 Juillet.

— Daumas, un camarade de la même génération que mon bisaïeul, est lui aussi tombé amoureux de ces chevaux. Il a d'ailleurs consacré un ouvrage aux principes généraux du cavalier arabe.

Il a cherché puis trouvé l'ouvrage en question qu'il m'a tendu.

— Pour nous, c'est une bible. Tout y est dit. De façon simple et concise. Lorsque Isabelle était encore une enfant, je lui lisais chaque soir quelques principes pour qu'elle s'en imprègne. Car Daumas y dit : *Le cheval, comme l'homme, ne s'instruit vite et bien que dans le premier âge*. Ou encore : *Les leçons de l'enfance se gravent sur le marbre, les leçons de l'âge mûr disparaissent comme le nid des oiseaux.* Mais assez de paroles, Isabelle m'a dit que vous vous documentiez sur les chevaux, sans n'en rien connaître. Suivez-moi jusqu'aux écuries, vous comprendrez…

N'en ayant vu que dans des fictions, je n'imaginais pas que des écuries puissent être aussi bien tenues. La chambrée d'une caserne avec lits au carré ! Aussi impeccable qu'irréprochable !

Six box de trois mètres sur trois, bordés de paille tressée, une machine à concasser le grain, des auges emplies d'orge, du foin dans les râteliers, rangé comme des livres dans une bibliothèque. Chaque cheval avait son seau d'eau fraîche.

— Où sont les chevaux ?

— Dans leurs prés. Mais pas ensemble. Comme les humains, les chevaux ne s'entendent pas forcément entre eux. De plus, les pur-sang arabes sont particuliers. Ils sont très affectifs. Il y a des dominants, des agressifs. Des juments et des étalons. Nothing, mon plus vieux canasson, a trente-deux ans ; amaigri par une colique chronique, il ne mange presque plus et il va bientôt mourir. Mais si vous le laissez à proximité d'une jument en chaleur, le gaillard a encore de la ressource pour ce genre de chose…

Nous sommes sortis des écuries pour entrer dans le corps du bâtiment les jouxtant. Au rez-de-chaussée, des chevalets pour selles, des cantines militaires en métal et un mur d'armoires en bois massif occupaient l'espace, imprégné d'une odeur de cuir et de cire :

— C'est ici que nous rangeons les cuirs.

Il a ouvert l'un des battants pour me faire découvrir selles, bottes et brides, patinées et brillantes aussi irréprochables que les écuries.

Les militaires ne rigolaient pas avec l'entretien du matériel !

— C'est vous qui entretenez tout ça ?

— J'avais un palefrenier qui logeait au-dessus mais j'ai dû m'en séparer…

— C'est un sacerdoce !

— Ils le méritent… Voulez-vous faire leur connaissance ?

Une fois de plus, j'ai accepté, par politesse.

Les cinq chevaux étaient répartis dans trois prés distincts. Ils avaient tous des robes grises. Il me les a présentés un à un :

Youssouf, tout d'abord, son fidèle compagnon, un bel animal aux yeux vifs, d'une vingtaine d'années qu'il a encouragé à trotter, d'une tape sur le train, pour que j'admire sa démarche aérienne et son allure fière, Nadia sa jument poulinière, âgé de quinze ans, Falbalas, un poulain de trois ans, Malbrouk, un étalon de vingt-cinq ans, celui qui semblait le moins fougueux, et, enfin, seul dans un pré, Nothing, maigre, faible, l'air de savoir qu'il allait bientôt mourir auquel Philippe a murmuré quelques mots tendres.

Le sixième, Yasmine, était en promenade avec Isabelle, sa cavalière attitrée.

Après les présentations, nous avons travaillé aux corrections du manuscrit toute la journée et une partie de la nuit, nous contentant de dîner, en tête à tête, de saucisson, pain et fromage, arrosé d'un excellent vin dont nous avons éclusé deux bouteilles et conclu par quelques verres de cognac. Isabelle n'est apparue que pour nous apporter le plateau de victuailles dans la bibliothèque et nous souhaiter une bonne nuit.

D'Outremont a travaillé sur son manuscrit comme il entretenait ses écuries et soignait ses animaux, avec détermination, méthode jusqu'à épuisement.

Le dimanche matin, j'avais une sacrée gueule de bois, mais mon sommeil avait été de plomb, sans visiteur du soir, ni, hélas, de fantôme érotique.

Quand je suis descendu, la cuisine était déserte. Père et fille avaient déjeuné depuis longtemps.

Après avoir avalé un rapide café noir, je suis parti à leur recherche. Ils étaient ensemble au carré de dressage comme l'avait nommé Philippe, la veille, en désignant un champ clos recouvert de sable, de quarante mètres sur vingt.

J'en ai profité pour me diriger vers la maisonnette où Philippe s'était rendu, de nuit. Un pavillon de chasse. Les rideaux de ce qui semblait être une chambre n'étaient pas tirés : le buste rehaussé par deux oreillers, un type, orbites caverneuses, yeux fermés, joues creuses, teint semi-cadavérique, bras branché à une perfusion, sommeillait. Un hôte malade et secret !?

Pour éviter d'être surpris, j'ai repris par un autre chemin la direction du carré de dressage.

Philippe en tenue impeccable, cravate, vareuse et bottes cirées, à pied, dirigeait Isabelle sur son cheval en la grondant :

— Trop de mains, Isabelle !... Pas assez de transition... Vous changez d'allure trop brutalement !... Reprenez les diagonales et, cette fois-ci, correctement !

Il la traitait comme une gamine qui montait pour la première fois. Ou plutôt comme un père qui transmettait un savoir ancestral. Probablement habituée depuis l'enfance à ses directives, elle obéissait sans rechigner. Enfin, elle m'avait vu, s'était arrêtée et, au pas, s'est approchée de moi sans plus écouter son père :

— Vous avez une petite mine.

— Nous avons travaillé tard et bu aussi.

— Mon père semblait ravi de vos discussions. Que diriez-vous d'une balade à cheval, ce matin ? Le temps est très doux. Presque un air de printemps... a suggéré Isabelle, sans me regarder.

— Je ne sais pas monter à cheval. Une balade à pied m'irait mieux.

— Yasmine a un petit frère idéal pour les débutants, Falbalas. Il a toujours été indolent, au grand désespoir de mon père. Jamais un de ses chevaux n'a été dressé aussi facilement. A croire qu'il est né pour être monté par des novices.

— Je ne suis pas sûr d'en avoir envie.

— La lumière sur l'étang sera… inoubliable…
— Je n'ai pas de tenue pour…
— Père vous prêtera une de ses bombes et une paire de bottes.
J'ai résisté, en toute mauvaise foi :
— Il est plus grand que moi, je vais être ridicule.
— N'êtes-vous pas curieux de chevaucher dans les bois en ma compagnie ?
— Soit. Néanmoins, sachez que je préfère la cavalerie dans les westerns.
— Nous irons au pas.
Une fois au pied de la bête, j'ai compris que je n'y arriverai pas. Trop haute pour moi.
— Vous n'avez pas de vélo ici ?
— Si, pourquoi ?
— Je préférerais vous suivre à deux roues.
— Comme vous voulez.

Elle semblait déçue par mon manque d'enthousiasme. Son amoureux n'était pas à la hauteur de la situation. La désillusion la guettait. J'ai enfourché un vieux vélo mal entretenu qui grinçait à chaque coup de pédale. Devant moi, elle trottinait. J'avais une vue imprenable sur la croupe de Yasmine, surplombée par celle, plus attrayante, d'Isabelle. Après un petit kilomètre à travers bois, elle a bifurqué et accéléré le trot. Puis, au détour d'un bosquet, elle a disparu. J'avais une curieuse sensation : celle d'être épié. Ma parano de cycliste, sans doute. J'ai continué mon chemin sur les traces du cheval. Bientôt j'ai aperçu un étang. L'étang. Mais toujours pas d'Isabelle en vue. J'ai laissé tomber le vélo pour continuer à pied. Manifestement, cette jeune fille n'avait pas peur du loup. Arrivé au bord de l'étang, j'étais seul. Des bruits me parvenaient alentour sans que j'arrive à les situer. J'ai fumé quelques minutes en attendant qu'elle se manifestât. L'onde irisée par les rayons du soleil n'était même pas troublée par le mouvement d'un canard. Près de la bonde, des algues marron oscillaient. Comparé à la mer, un étang n'était rien d'autre qu'une vaste baignoire naturelle. Cheval, demeure aristocrate, étang, bois et clairières, tout cela m'était totalement étranger et me laissait de marbre. J'y attendais une femme que je désirais et qui s'était esquivée, me plantant là, comme un prince pas si charmant transformé en crapaud. J'avais du mal à croire qu'elle m'eût conduit jusqu'à l'étang pour m'y égarer. Enfin, j'ai entendu le piétinement du cheval avançant à petit pas au milieu des frondaisons. Dans mon dos. Je me suis retourné. Un spectacle incroyable s'offrait à mes yeux éberlués : Isabelle, nue, totalement, tachée d'ombres sylvestres, juchée à cru sur sa jument. L'animal s'est immobilisé, a secoué sa crinière à l'instant même où Isabelle, d'un mouvement gracieux de son bras gauche, a masqué sa poitrine. J'ai jeté ma cigarette en songeant qu'en un instant, par sa mise en scène, j'étais devenu personnage de roman érotique. Je me suis approché du couple barbare, excité comme un satyre en rut. Elle m'a souri avec malice, les joues rosies par une pudeur réelle ou feinte.

L'amazone s'était métamorphosée en une Eve dans son Eden privé, offrant, en hommage à l'auteur plagiaire les fantasmes de Bataille. Un Adam pédestre qui croyait, à tort, avoir perdu la cote aux yeux de sa belle écuyère.

J'ai tendu les bras au creux desquels elle s'est laissé glisser, porter sous un arbre et déposer sur un lit de feuilles mortes. Malgré la fraîcheur hivernale, sa peau était brûlante. Je me suis déshabillé, aidé par ses doigts impatients.

— Ecrasez-moi de votre corps, j'en ai tellement rêvé…

Et je l'ai dévorée tout entière sans qu'elle se défendît… Yasmine n'est pas intervenue pour protéger sa maîtresse qui poussait de petits cris plaintifs. Elle semblait plutôt être la gardienne attentive de notre étreinte. Peut-être savait-elle, d'instinct, que nous n'étions pas différents.

Jamais, je n'avais connu pareille émotion.

Jamais plus je n'en connaîtrais d'équivalente avec Isabelle.

La tête au creux de mon épaule, blottie sous mon blouson, elle a caressé d'un doigt curieux mes cicatrices :

— Quels insectes monstrueux vous ont piqué ?

— Des guêpes métalliques lancées à grande vitesse…

— Qui vous a tiré dessus ? Des soldats ?

— Non des bandits. J'étais au mauvais endroit, au mauvais moment. Un règlement de comptes entre truands dans les rues de Marseille.

— Quelle horreur ! Vous auriez pu mourir…

— En effet, j'ai failli…

Et la mélancolie m'a envahi en songeant à Irène penchée, durant des nuits, sur mon corps plongé dans le coma.

— Vous semblez triste, tout à coup. Je suis trop curieuse, j'ai réveillé en vous de vilains souvenirs.

— Vous n'y êtes pour rien. Je suis là, avec vous, et heureux d'être toujours de ce monde.

— Moi aussi. Comme vous, j'ai échappé à la mort. Dès ma naissance. Grâce à mon père. Je lui dois ma vie.

— Vous avez redonné goût à la mienne.

— Pourquoi êtes-vous si mélancolique ?

— C'est ma nature, je suppose.

— Non, votre tristesse vient d'ailleurs.

— D'un exil, sans cesse répété.

Je l'ai embrassée pour mettre fin à ses questions. Le désir s'est occupé de nos corps, le plaisir de nos ventres, mais ma tête avait pris le large, loin d'Isabelle, loin de tout, parasitée, par la voix de Choukroun. Une voix de tragédien…

UN HOMME NOMMÉ CHEVAL – 2

Isabelle m'a annoncé qu'elle ne viendrait pas la semaine prochaine. Des cours imprévus à son programme. Un prétexte pour rester à Paris en compagnie de son bel Espagnol. Elle semble avoir trouvé un homme à sa mesure. Peut-être nous donneront-ils des petits cavaliers bientôt…

Paco a promis de revenir, une fois le manuscrit corrigé. J'ai hâte que cette histoire de livre se termine. Je suis persuadé que j'en serai soulagé, libéré d'un poids que je traîne depuis trop longtemps.

Cette visite m'a fait du bien. Ce garçon m'a séduit. Pourtant, il y a un hic : un homme qui a peur des chevaux, leur préférant une bicyclette, est toujours un sujet de méfiance pour nous. Peut-être, avec le temps, apprendra-t-il à les aimer, à les monter. Isabelle est un excellent professeur. Elle saura le convaincre de lui faire confiance.

Mais comment lui en vouloir de les considérer comme des animaux ? Il est humain alors que, depuis des années, je suis plus proche de mes seuls vrais amis, les chevaux, que des hommes ? C'est à Youssouf que je confie mes joies, mes secrets, mes douleurs. Combien de fois me suis-je excusé de ne pas l'emmener en balade, cloué sur mon fauteuil par une poussée de rhumatisme. Mes chevaux, Youssouf en particulier, sont mes compagnons les plus fidèles, les plus loyaux.

A la mort de mon père à Budapest, son corps est revenu avec son cheval vivant. Il s'appelait Youssouf. C'est à lui que j'ai demandé en vain de me raconter la dernière bataille de mon père, c'est sur son flanc que je pleurais quand j'étais en manque de père. Parce qu'un homme, même s'il n'avait que dix ans, devait se montrer courageux en toutes circonstances et retenir ses larmes.

Lors des obsèques du président Kennedy, j'avais été frappé des commentaires louant le courage de son fiston qui n'avait pas versé une larme durant toute la cérémonie. Foutaises ! Il pleurait en dedans comme sa famille avait dû l'exiger dès sa première chute, dès ses premiers pas.

Quand j'ai été prisonnier après la débâcle de 1940, j'aurais voulu que mon cheval soit à mes côtés pour lui confier mon humiliation.

Après la mort de ma femme, plutôt que de pleurer sur le berceau d'Isabelle, j'ai préférer épancher mon chagrin auprès de Nothing, ma monture de l'époque.

Dès l'annonce de l'exécution de Degueldre à la radio, j'ai grimpé sur Youssouf et je suis parti au galop jusqu'à ce que nous soyons épuisés tous deux. Nous nous sommes effondrés dans l'herbe humide, et, ma tête posée sur la sienne, mes larmes se sont confondues avec la sueur qui inondait mon visage et sa robe. Dans certaines circonstances, les mots n'ont plus de sens. Il ne reste qu'une douleur partagée.

Je ne parle que des humains mais combien de chevaux sont morts sous la selle de mes aïeux ou la mienne ? Lors des combats contre les nazis dans les Ardennes belges, mon cheval a été tué ainsi que la plupart des chevaux et de leurs cavaliers de la 3e brigade des spahis, anéantie ce jour-là.

Combien étaient morts aux côtés des d'Outremont, en Afrique du Nord, au Sénégal, à Madagascar, en Extrême-Orient, en Crimée ?

Ma poulinière m'a donné Youssouf quand Isabelle avait deux ans. Assez vite, j'ai eu à me rendre à l'évidence : il avait tout ce que le général Daumas exigeait d'un bon cheval.

Quatre choses larges : le front, le poitrail, les lombes et les membres.

Quatre choses longues : l'encolure, les rayons supérieurs, la poitrine et la croupe.

Quatre choses courtes : les reins, les paturons, les oreilles et la queue.

Il a vieilli à mes côtés. Nous sommes devenus inséparables. C'est lui qu'Isabelle a monté la première fois…

Après le départ des enfants, je suis allé m'occuper d'Olivier. Je lui ai raconté combien j'avais eu de plaisir à évoquer l'Algérie avec Paco, et combien ses remarques sur le manuscrit m'avaient semblé judicieuses. Dix ans à fuir la police l'ont rendu totalement paranoïaque. Méfiant, il m'a bombardé de questions sur ce jeune homme, m'a accusé de mettre sa vie en danger, m'a soupçonné d'une nouvelle traîtrise... Je sais qu'il me hait mais qui ne hait-il pas ? Nul ne trouve grâce à ses yeux : pas plus ses anciens compagnons de l'OAS que nos camarades de l'association qui, pourtant, n'ont cessé de le protéger et de le cacher, comme moi à présent. Je comprends qu'il ne veuille pas finir les quelques mois qui lui restent à vivre entre les quatre murs d'une geôle mais de là à soupçonner le tout-venant de fomenter un complot... Olivier dit avoir aperçu une silhouette qui l'épiait. Probablement une hallucination provoquée par le traitement lourd qui lui a été prescrit.

Mon erreur a été de croire que je pourrais rédiger le texte sur Degueldre en toute liberté. En réalité, il m'a imposé son droit de regard. Les passages que Paco trouvait ampoulés et grandiloquents m'ont été imposés par Olivier. S'il avait été en bonne santé, je l'aurais chassé. Je me sentirais trop coupable d'infliger cela à un cancéreux. Mon sens de la charité l'a emporté. Je n'aime pas plus Olivier qu'il ne m'aime mais il me fait pitié.

Lundi16 mars 1970

III

AUTOCRITIQUE

Si la critique est aisée, l'autocritique est un art difficile.

Senlis avait été une parenthèse, hors temps, hors Paris. Une exfiltration bénéfique. Je me sentais aimé, comme je ne l'avais pas été depuis longtemps. Depuis Alger...

Avant de m'atteler à la tâche fastidieuse de l'aveu de mes errances contre-révolutionnaires dans une dialectique qui ne cassait pas des briques, j'ai tenté d'analyser ma relation à Isabelle.

Etais-je tombé amoureux ? Oui et non.

Oui comme on tombe amoureux d'un territoire exotique où l'on se verrait bien vivre, s'alanguir, découvrir, chaque matin, de ses yeux ouverts sur ce nouveau monde, un paysage d'une beauté à vous couper le souffle, la lumière douce et tiède d'un printemps qui n'avait que vingt-deux ans...

Et non, parce que je n'étais pas un contemplatif. Mais aussi parce que je n'avais ni la langue, ni les mœurs de sa culture.

Je savais être condamné à la maladresse à chaque coin de peau, à chaque coin de phrase, de table, à l'affût de mes inéluctables manquements à la bienséance ou à l'étiquette. Je manquais d'une éducation bourgeoise sans qu'elle ne m'ait jamais manqué. "Un petit voyou espagnol", ainsi me nommait Irène avec bienveillance. D'origine bourgeoise, elle avait rejeté sa culture familiale. Sans parler *pataouète*, elle s'était affranchie des conventions pesantes de son éducation.

De mon côté, sans renoncer à mon appartenance populaire, j'avais utilisé l'ascenseur social de l'Education nationale et je m'étais assez rapidement trouvé coincé entre deux étages, entre deux mondes : l'un, celui des livres, des films, du lycée Bugeaud peuplé de fils de bourgeois, de hauts fonctionnaires, d'enseignants ou d'officiers, l'autre celui de la Bassetta, de ses bandes, composées d'enfants d'ouvriers, petits salariés ou commerçants, qui partageaient foot, volley sur la plage de Padovani, plongeons spectaculaires aux bains sportifs ou à la Pointe Pescade, injures affectueuses et *baruffa*[1].

Heureusement, il y avait eu Camus dont l'ascenseur avait grimpé jusqu'au Nobel de littérature mais dont la vie s'était écrasée aux côtés d'un grand bourgeois de l'édition. J'étais fier qu'un pied-noir fût allé si loin non pas dans les affaires mais en littérature tout en m'interrogeant sur cette mort dans l'habitacle d'un véhicule aussi vaniteux. Il n'y était pas à sa place comme moi je n'étais pas à la mienne aux côtés d'Isabelle ou de son père au volant de sa jeep…

1. Querelle théâtrale.

Sans compter la culture politique. Curieusement, il avait été plus facile de dialoguer avec un officier sympathisant de l'OAS et ami de Degueldre qu'avec les étudiants maoïstes. Pourquoi ? Peut-être que la proximité était plus évidente dans l'amour partagé d'Isabelle et d'un pays perdu qu'avec une bande d'étudiants jargonnant au nom d'un maître à penser d'une Chine mythique que, pour la plupart d'entre eux, ils ne connaissaient qu'à travers les écrits idéologiques et les images documentaires de cinéastes militants. L'idéalisme passionné des prosélytes avait, à mes yeux, quelque chose d'inquiétant.

D'Outremont avait toujours obéi, douté souvent. J'avais toujours douté, souvent désobéi. Nous avions donc, faute de nous entendre, des terrains communs de réflexion qui nous permettaient de nous comprendre.

Pour autant, cette relation m'obligeait à vivre dans une imposture que j'avais grand mal à assumer. Isabelle finirait par découvrir ma véritable identité et sombrerait dans la désillusion. Seul Paco était vrai. De Murcia, nom de jeune fille de ma mère, nom d'une légende dont il ne restait qu'un sentiment archaïque d'abandon. Me l'approprier comme une fausse identité était une manière de m'inscrire dans une filiation fictive, celle de mon grand-père maternel, petit-bourgeois réactionnaire pro-franquiste, abandonnant ainsi ma filiation paternelle anarchiste. Paradoxe de l'imposture où je me nommais dans une lignée fasciste pour infiltrer des gauchistes et où je jouais l'intellectuel humaniste dans une famille aristocrate et militaire. Isabelle aurait du mal à me pardonner tous ces mensonges. Avais-je le désir d'être, un jour prochain, pardonné par Isabelle ? Pas sûr…

D'autant que deux détails me chiffonnaient : l'occupant malade du pavillon de chasse et les bulletins de l'Association des anciens de l'Indochine et de l'Algérie françaises… J'avais essayé de joindre Adrien pour en savoir plus mais il était parti à Béziers interroger l'alcoolique de l'ORTF et rentrerait dans la journée.

Désabusé par mes réflexions sur cet amour mal né et ces interrogations sans réponse, j'ai commencé la rédaction autocritique à l'intention de mes nouveaux "camarades" maoïstes.

J'ai fantasmé une petite enfance à Barcelone auprès de parents anarchistes tués par les franquistes (mon père devait s'agiter sous la terre qui l'avait enseveli), une fuite avec ma grand-mère en Algérie où je me suis inventé une adolescence de sympathisant FLN (lisant ces lignes, Irène, victime du FLN, me lacérerait le visage), un ami, assassiné par l'OAS ("Qu'est-ce que ti as besoin de leur raconter ça !" aurait juré Choukroun), un exil à Marseille, où j'ai mené une vie d'adulte enseignant le français au lycée Victor-Hugo à des élèves d'origine modeste (Khoupi m'en voudrait de m'approprier un peu de son histoire). Quant à ma vie privée, hormis un militantisme actif au sein d'un mouvement luxembourgiste, j'ai imaginé une compagne enseignante qui m'avait quitté pour un trotskiste ("Tu es gonflé !" s'offusquerait Eva, la compagne de Khoupi). Blessé par balles (au cas où ils découvriraient mes cicatrices) au cours d'échange de coups de feu entre truands marseillais un soir de malchance, j'avais décidé de donner une nouvelle orientation à ma vie. Etre passé près de la mort m'avait poussé à réfléchir sur mes choix existentiels. J'avais toujours été passionné par le cinéma et le militantisme. Vincennes m'avait semblé être le lieu idéal pour concilier les deux. Je m'étais fourvoyé dans le luxembourgisme et l'enseignement. Le maoïsme me paraissait plus pragmatique, plus proche des préoccupations du peuple, loin des débats intellectuels des petits-bourgeois gauchistes qui jouaient à la révolution sans s'en donner vraiment les moyens…

En relisant mon autocritique, je me faisais honte, non à cause du tissu de mensonges que j'avais rédigé, mais de la prose oscillant entre emphase et jargon révolutionnaire mal maîtrisé. J'ai repris l'exercice, le nettoyant de ses certitudes, y injectant des interrogations, le saupoudrant de notes affectives. Il semblait plus humain, mettant au jour une fragilité qui me ressemblait plus. Les références réelles et personnelles n'étaient évidentes que pour moi seul, mais il me plaisait qu'elles y figurent entre lignes et mots, entre points et virgules. Comme s'il fallait que j'existe un temps soit peu dans cette fiction révolutionnaire…

J'ai fourré l'autocritique dans mon sac et quitté mon appartement pour me rendre au local de la GP où j'avais rendez-vous avec Virginie en début d'après-midi. Dans la boîte aux lettres m'attendait une enveloppe expédiée de Suède : à l'intérieur un dessin d'Olaf, un chat souriant dessiné assis sur une barrière, une évocation des *Contes du chat perché*, un soleil doré et un *Bises* accompagné d'une signature *Olaf* rédigés de la main de Karen. Jointe au dessin, une carte de visite avec les coordonnées postales et téléphoniques ; au verso elle avait écrit : "Paris nous manque, toi aussi…"

En me dirigeant vers la station de métro Etienne-Marcel, je me suis demandé si j'aurais pu larguer mon boulot, les amarres, quitter la France pour un pays scandinave, y couler des jours tranquilles aux côtés d'une ancienne prostituée et de son charmant bambin, passant commande pour les produits d'une sex-shop, sirotant de l'aquavit pendant les longues soirées d'hiver en me regardant vieillir, comme Michel Simon dans son bordel familial. Les vieux rêvaient d'une retraite dans le Sud, moi, presque quadragénaire, je me voyais fuyant vers le nord, comme Céline qui avait croupi au Danemark… Décidément, non. Ma vie était ailleurs, dans un ailleurs coupé de la vie, de la réalité. Pour l'instant, ne plus être moi-même me convenait bien. Une sorte de Stiller : je ne suis pas celui que vous imaginez que je suis, revendiquait le héros de ce roman de Max Frisch.

Au passage, j'ai jeté un œil sur *Aux Plaisirs d'Eros* : une nouvelle vendeuse avait remplacé provisoirement

Karen. Elle tentait de faire disparaître à coups d'éponge et de diluant un "Halte à la pornographie !" bombé sur des vitrines par un riverain excédé ou par un groupuscule d'extrême droite.

La bouche du métro a englouti ma confusion sous le sol de Paris.

Dans le local de la GP, Virginie, en m'attendant, faisait chauffer de l'eau sur un camping-gaz. Dans un coin, son copain, Jérémie, yeux collés à une feuille, rédigeait un tract, avec fièvre, comme si un examinateur imaginaire allait ramasser sa copie dans la minute. Pourtant c'est la mienne que Virginie était sur le point de corriger :

— Je suis en train de me préparer une infusion, tu en veux ?

— Non, sans façon.

— Ne te fie pas à la couleur, c'est délicieux et bien plus efficace que toutes les cochonneries qu'on vend en pharmacie pour stimuler le cerveau…

— Je n'en doute pas. D'où te vient cette culture des produits naturels ?

— Mon… Ma famille m'a transmis un peu de son savoir…

— D'où es-tu ?

— De la vallée de la Chartreuse.

— C'est où ?

— En Isère.

— Et pourquoi te retrouves-tu à Paris ?

— J'ai suivi ce que disait ma voix intérieure…

— Que disait-elle ?

— Tu es trop curieux.

— Excuse-moi…

— Je suis un peu comme Charlotte Corday…

— Qui est ton Marat ? ai-je demandé légèrement inquiet.

— Rassure-toi, je n'ai pas l'intention de tuer Raymond Marcellin[1] dans son bain, a ricané Virginie. Je suis montée à Paris pour être à l'avant-garde des luttes. Mai 68 était une répétition générale, je veux être là quand le système capitaliste s'effondrera et fière d'avoir contribué aux luttes qui l'auront sapé.

— … J'ai fini mon autocritique.

— Parfait, je vais la lire tout de suite, assieds-toi. Veux-tu lire le dernier numéro de *La Cause du peuple* ?

— Volontiers.

Elle a allumé une lampe d'architecte qu'elle a orientée vers la table où elle s'est installée avec sa décoction et un bic rouge. Je me suis assis à l'écart, le journal en main. De temps en temps, je jetais un coup d'œil sur Virginie qui, tout en sirotant son breuvage, annotait ou soulignait, telle une enseignante consciencieuse, les feuillets que je lui avais remis. La rédaction du tract terminé, Jérémie s'est adressé à Virginie en se levant :

— J'ai fini. Il faut que j'aille au boulot. Tu me diras ce que tu en penses ?

— OK.

Il a quitté la pièce en laissant les feuillets mille fois raturés.

1. Ministre de l'Intérieur.

— Tout cela a l'air très bien, a annoncé Virginie, avec un grand sourire, après avoir achevé la lecture de ma prose. Mais…

— Mais…`

A son sourire s'est subitement substituée une méchante grimace :

— Tu as censuré tes relations avec les femmes…

— … !? En quoi cela concerne-t-il la cause ? ai-je rétorqué, agacé par ce commentaire.

— La révolution passe avant tout. Pas de sentimentalisme, pas de compromission avec nos ennemis de classe. Nous ne pouvons nous permettre de…

— De quoi parles-tu ?

— Tu n'as pas de femme dans ta vie ?

— Non… Enfin, si.

— Qui est-elle ? Que fait-elle ?

— Elle est prof.

— De quoi ?

— D'équitation.

— Une ancienne copine d'Henry ? C'est ça ?

— Comment… Comment le sais-tu ?

— Didier Gros se sert de nous et nous nous servons de lui. Mais nous ne sommes pas dupes. Lui et Henry trafiquaient de drôles de trucs avec Couverture, le projectionniste de la fac. Il en est mort.

— Qui ça !?

— Couverture.

— Comment ? Pourquoi ?

— Je n'en sais rien. On l'a trouvé mort. Mais ils étaient une bande de magouilleurs. A cause d'eux, les flics ont débarqué chez nous !

— Je savais pas. J'aime le cinéma militant…

— C'est pour cette raison que tu en profites pour baiser une pute bourgeoise.

— N'importe quoi !

— Jure qu'elle ne t'a pas baisé !

— Baisé ? Tu es jalouse ? Tu es jalouse !

— Ne sois pas ridicule !

— C'est insensé ! Je vis seul depuis mon arrivée à Paris. Je passe mon temps à la fac et au cinéma et tu me soupçonnes de mettre en danger la cause avec la première bourgeoise venue. Tu m'as en piètre estime. Je pensais que tu étais mon amie. Je me suis trompé. Salement trompé.

Déstabilisée par ma contre-offensive, elle a effacé son rictus pour m'offrir un pauvre sourire d'excuse :

— Désolée, c'était une mise à l'épreuve… Tu comprends, nous allons mener dans les prochaines semaines des actions spectaculaires au service des masses et il est essentiel que chaque membre du groupe soit exemplaire.

— Je le serai si on me fait confiance un minimum.

— Je vais donner un avis favorable au comité. J'espère que tu ne me décevras pas.

— Je ferai mon possible pour être à la hauteur. Qu'attends-tu de moi ?

— Jeudi matin, rendez-vous au métro Luxembourg. Je passerai te prendre avec un camarade en voiture.

— Entendu. A quelle heure ?

— 11 heures. Cette fille, la cavalière…

— Eh bien ?

— Oublie-la, elle aime plus les chevaux que les hommes. Tu mérites mieux.

— Je n'y pense déjà plus.

J'ai quitté le local, la laissant à la correction du tract, passablement perturbé. Virginie m'inquiétait.

Me soupçonnait-elle d'être un sous-marin ?

Etait-elle simplement jalouse de ma relation à Isabelle ?

M'avait-elle suivi après la représentation théâtrale quand j'avais retrouvé mon amazone dans son studio du 15e ? J'en doutais.

Etait-ce cela l'intuition féminine ?

Pour être membre de la GP devait-on faire vœu de chasteté ?

Je suis devenu plutôt parano quand j'ai aperçu Jérémie à l'autre bout du quai de métro. Pour quitter Vincennes, c'était le moyen le plus commun. Je devais rester lucide. J'ai consulté *Pariscope*, choisi d'aller voir au Styx *La Nuit des morts-vivants*, un film d'horreur d'un certain Romero, histoire de vérifier si j'étais filé.

Je suis descendu à Châtelet pour prendre la correspondance en direction de la porte d'Orléans. Jérémie, aussi. A Saint-Michel, même chose. Je me suis engagé dans la rue de la Huchette, sans me retourner. Au mieux, il constaterait que j'allais au cinéma, au pire, il prendrait une place aussi.

Je n'avais jamais mis les pieds au Styx depuis mon arrivée à Paris. Une salle plutôt marrante où l'ouvreuse avait une combinaison avec une tête de mort. La salle était décorée de squelettes en plastique et de toiles d'araignée synthétiques.

A cette heure, la clientèle était réduite. Je me suis levé et dirigé vers les toilettes.

J'ai attendu deux minutes puis je suis retourné dans la salle. Nous étions cinq spectateurs, le militant de la GP n'y figurait pas. Je me suis installé à ma place, moins tendu durant les cinq premières minutes de projection : dans un cimetière, un type s'amusait à effrayer sa sœur, lui disant avec une voix d'outre-tombe : *"He's coming to get you, Barbara!"*, alors qu'en profondeur de champ apparaissait un zombie qu'aucun des deux n'avait vu. Quand le zombie s'est jeté sur la fille, son frère est venu à son secours, l'a dégagée, mais, après une brève lutte, le frère a chuté, s'assommant sur la pierre d'une tombe. Ensuite, l'horreur.

Le film, d'un noir et blanc sale, était terrifiant. Ces zombies qui bouffaient tout ce qui passait, y compris une gosse dévorant son père, puis tuant sa mère, me poussaient, malgré moi, à me tasser dans mon fauteuil, et, tel un môme, à masquer mes yeux à la vue de certaines scènes particulièrement horribles. Et l'épilogue terrible, ce pauvre Noir, indemne, auquel j'avais fini par m'identifier, seul survivant, flingué par les flics qui l'avaient pris pour un zombie... Brr...

J'ai quitté la salle, plutôt remué. J'avais même cru reconnaître, en une femme zombie, Virginie. Un sale moment de vraie parano. La nuit tombait, la pluie aussi. J'avais faim et envie d'Isabelle mais la prudence m'imposait de renoncer, pour l'instant, à la rencontrer. Refusant l'idée de me retrouver seul devant une conserve dans ma caverne, j'ai appelé de nouveau Adrien. Il venait de rentrer de Béziers. Je l'ai invité à dîner sous le prétexte de faire le point sur l'enquête. Il a accepté mais en avait marre de la gare de Lyon. Comme il habitait Montparnasse, il m'a proposé de le retrouver au Rosebud, rue Delambre.

J'ai repris la direction de la porte d'Orléans pour, cette fois, descendre à Vavin.

Apparemment, personne ne me suivait.

La Coupole et la Rotonde, les deux brasseries chics du quartier, étaient bondées d'intellectuels parisiens. Je n'y avais jamais mis les pieds, les consommations y étaient aussi chères qu'à la Closerie des Lilas ou qu'au Flore. Ces lieux mythiques, vivier de l'intelligentsia parisienne, vus de ma province algéroise, me paraissaient, à présent, surfaits.

La rue Delambre était une diagonale qui débutait boulevard du Montparnasse pour s'achever boulevard Edgar-Quinet. Sur le trottoir de gauche se tenait le

Rosebud, un bar empli de jeunes intellectuels palabrant par petits groupes sur fond de jazz d'avant-garde. Une évocation de Saint-Jean-du-Désert à Marseille et de Chambon qui avait tenté de m'initier au free-jazz. L'ambiance du bistrot semblait bon enfant. Je me suis installé dans un coin en attendant Adrien. Un groupe de quatre garçons, manifestement cinéphiles, échangeaient sur *Les Damnés* de Visconti, *L'Enfant sauvage* de Truffaut et s'engueulaient sur le dernier film de Chabrol, *Le Boucher.* Trois films que je n'avais pas vus. Ils en parlaient en termes savants, techniques, passionnels. Moi, j'en étais resté au *Guépard*, à *Baisers volés* et aux dernières conneries de Chabrol avec mon compatriote Roger Hanin, ses *Tigres.* J'avais dû, ces dernières semaines, me contenter de l'art du montage d'Eisenstein et du documentaire militant en long, en large et en travers.

Adrien est arrivé :

— Salut Paco ! Tu as commandé ?

— Ouais. Un *mojito.*

— Bonne idée, je vais prendre la même chose. Ça va ?

— Non. Je me suis payé une crise de parano.

— Raconte…

J'ai raconté ma crainte d'une filature, de soupçons sur ma loyauté envers le mouvement maoïste, en omettant cependant la référence à Isabelle.

— Je connais rien aux maos. D'après ce que tu dis, ils se la jouent réseau de résistance… Fais gaffe, un mauvais coup est vite arrivé…

— Je sais, j'ai déjà reçu, par des confrères. Et toi, des infos ?

Il n'avait rien appris par l'interrogatoire de Lebansard, l'alcoolique de l'ORTF. Puisqu'il était foutu, il a confirmé, sans rechigner, la version d'Henry et Didier. Il leur vendait de la pellicule volée et la faisait développer moyennant finances. A la vitesse où il descendait les bouteilles de pastis, son salaire ne suffisait plus.

Il n'avait jamais entendu parler de Couverture.

— Se souvient-il d'avoir développé celle avec la fille aux bottes ?

— Isabelle d'Outremont ? Oui. Il s'en souvenait parce que c'est le plus beau cul qu'il voyait depuis le début de leurs affaires. C'est même la dernière bobine qu'il leur a remise avant son arrêt maladie.

— Donc, soit les gars mentent, soit elle a été volée à Couverture et serait le mobile.

— Oui, mais pourquoi ? La fille m'a peut-être roulé dans la farine…

— Et les autres filles ?

— On les a retrouvées et interrogées. Elles étaient toutes consentantes. Chacune pour des raisons avouables ou non. Les unes, pour se voir en action, les autres, pour être vues, certaines parce qu'elles trouvaient que ça pimentait les rapports, d'autres enfin comme un acte militant de libération sexuelle… Consternant ! Je t'avoue que je suis paumé. La seule personne à avoir eu intérêt à la disparition de la pellicule, c'est Isabelle d'Outremont puisqu'elle ne savait pas qu'elle était filmée. Je me suis renseigné sur son compte. Elle mène une vie rangée, rentre tous les week-ends chez son père, un ancien officier de cavalerie. Elle est prof d'équitation et plutôt sérieuse comme nana. On ne lui connaît pas de passion pour les araignées venimeuses.

— Et toi, c'est quoi ta passion ? j'ai demandé pour faire diversion.

— Le jazz et les femmes de quarante ans.

— Pourquoi de quarante ans ?

— Parce que j'en ai quarante, mais, même quand j'en avais vingt-cinq, je les aimais déjà. Elles ont l'expérience de la vie, elles commencent à douter de leur séduction, elles veulent être encore aimées, elles n'ont pas les exigences et les caprices des petites jeunes. Elles sont sensibles à la galanterie et se montrent souvent des maîtresses attentives.

— Un peu macho sur les bords, non ?

— Pas un peu, carrément. J'aime faire la cour à une femme qui l'apprécie. Le reste c'est à la portée de tout le monde… Tiens écoute ce morceau !

Une mélodie au saxophone, douce comme une berceuse.

— C'est beau, c'est quoi ?

— *Naima*, John Coltrane au sax soprano, Jimmy Garrison à la basse, Elvin Jones à la batterie, McCoy Tyner au piano. Ça, c'est pas à la portée de tout le monde… Moi, j'ai la dalle, ça te dit un chili con carne ?

Il a commandé aussi deux nouveaux *mojitos*.

— Et rien sur les revues trouvées chez Couverture ?

— Hein !? Tu t'arrêtes jamais de bosser, toi ?

La revue retrouvée chez Couverture était éditée par une assoce, l'ADAIAF, Association des anciens de l'Indochine et de l'Algérie françaises, loi de 1901, créée en 1965 par des anciens de l'OAS, dont il avait retrouvé la parution au *Journal officiel*. Dans la rubrique "But", il y avait lu : défendre les intérêts moraux et matériels des anciens détenus politiques et exilés de l'Algérie française. Défendre la mémoire des martyrs et de toutes les victimes des ennemis de l'Algérie française. Elle avait aussi pour objet de conseiller les anciens détenus politiques, les anciens internés administratifs, les anciens condamnés par défaut, les anciens condamnés par contumace. Il avait contacté les RG. Ils les connaissaient bien. Ils avaient deux sièges pour leur assoce : un à Paris et un dans le Var. Leurs héros étaient Dovecar, Degueldre et Bastien-Thiry, trois soldats de l'OAS fusillés par les tribunaux d'exception gaullistes.

Sans conteste, l'inspecteur Adrien était un flic consciencieux qui ne négligeait aucune piste. Je doutais de pouvoir lui cacher bien longtemps ma relation à Isabelle…

— Tu en as entendu parler ?

— De qui ?

— Des héros en question.

— Un peu…

— Parmi les membres, un paquet d'anciens officiers qui ont participé au putsch de 1961 mais aussi des civils de l'Action française, du Front national, des sympathisants et des "bienfaiteurs". Des types qui ont pas hésité à tuer, armes à la main, seraient passés par un poison pour exécuter Couverture ? J'y crois pas. D'autant que ce dernier n'a pas été fiché par les RG. Et le tuer pour quelles raisons ? Parce qu'il travaillait dans une fac gauchiste ? Ça tient pas la route !

— Les types de la GP étaient au courant des combines de Couverture avec Gros. Vous n'avez vraiment rien trouvé dans le passé ou le présent de la victime ?

— Dans le passé, rien. Pas de faits de guerre, pas de trahison. Même pas de condamnation dans son dossier militaire. Dans le présent, seulement les films pornos.

— Pas de nana ?

— Non.

— Homo ?

— Pas que je sache… En bon soldat, il devait se taper, de temps en temps, une pute du Bois.

— Probable… Je ne sais pas où on va, mais on y va…

— La piste la plus vraisemblable, c'est un truc en rapport avec la fac. Il faut que tu creuses de ce côté-là. Nous, on a d'autres affaires sur le feu et on est dans une impasse. Soit cette histoire va tomber dans l'oubli, soit l'assassin récidive et on aura peut-être de nouveaux éléments à se mettre sous la dent…

— Un nouveau crime te semble possible ?

— Pas vraiment.

On s'est séparés, ventres pleins, pistes vides.

De retour chez moi, j'avais trois messages : l'un de Blanc, mon patron, qui venait aux nouvelles, le deuxième de Virginie qui me rappelait notre rendez-vous, le troisième du fils de mon fantôme, Paul Choukroun qui me demandait de le rappeler. Ce que j'ai fait aussitôt, oubliant qu'il était 1 heure du matin.

Après quelques sonneries, sa voix endormie m'a répondu.

— Paul ? c'est Paco. Tu m'as laissé un message…

— Ah oui ! Paco. Il n'y avait pas d'urgence… Voilà. En fait, il y a quelques jours, j'ai rêvé que je retournais à Alger avec toi… Marrant non ?

— Si l'on peut dire. Ensuite ?

— Je me suis dit qu'il fallait toujours réaliser ses rêves. Alors je voulais te proposer d'y aller faire un tour ensemble pour voir ce que c'était devenu…

— C'est gentil, mais prendre des nouvelles du pays par les journaux me suffit. Par contre, si tu passais me voir à Paris ça me ferait plaisir.

— Tu ne viens plus ni à Marseille, ni à Aix, je suppose ?

— Je n'ai plus de… motif pour venir à Aix et je n'ai pas vraiment la nostalgie de Marseille. Comment vas-tu ?

— Bien. La routine. L'enseignement à la fac, quelques réunions politiques de-ci de-là pour rester dans le coup. Et toi ?

— La routine. Et tes amours ?

— Une étudiante en sociologie qui me drague, trop jeune pour moi. Et toi, si ce n'est pas indiscret ?

— Une écuyère qui me drague, beaucoup trop jeune pour moi, ai-je menti.

— Alors tu ne veux vraiment pas venir avec moi en Algérie ?

— Tu es sérieux ?

— Ouais. Je compte y aller pendant les vacances de Pâques. Un copain de fac algérien qui enseigne à présent le français à Alger m'a invité. Surtout n'en dis rien à ma mère, ça la rendrait dingue d'inquiétude.

— Promis. A ton retour, tu me raconteras ?

— Evidemment.

— Embrasse ta mère pour moi.

Après ce que m'avait raconté Karen sur l'Algérie, j'avais été tenté de le dissuader. Au-delà du retour aux sources, il souhaitait sans doute partager ses émotions avec quelqu'un dont il était sûr qu'il les comprendrait, un ersatz de père. Négligeant que ce voyage risquait d'être redoutable pour moi. Il n'avait pas vécu l'année 1962 à Bâb-el-Oued et ne pouvait comprendre, malgré la mort violente de son père, la douleur et la culpabilité qu'un retour en ces lieux provoquerait chez moi. Plus tard peut-être. Si ce pays devenait démocratique, qu'il ne resterait plus que des vestiges de la présence française. Alors, peut-être, en étranger…

Je me suis mis à fredonner :

Nous qui aurons aux mauvais jours
Dans la haine et puis dans la guerre
Cherché la paix, cherché l'amour
Qu'ils connaîtront alors, mon frère[1].

1. *Quand les hommes vivront d'amour*, chanson de Raymond Lévesque, auteur québécois.

UN HOMME NOMMÉ CHEVAL – 3

L'état d'Olivier s'est aggravé. J'ai aussitôt appelé à la rescousse les camarades de l'association. Quelques heures plus tard, une demi-douzaine de véhicules stationnaient dans ma propriété. Venus de Paris mais aussi de province.

Une dizaine d'hommes se sont rendus à son chevet. Après avoir fini de m'occuper des chevaux, je les ai rejoints.

Comme Olivier avait du mal à respirer, l'un des inconnus a ouvert la porte-fenêtre du pavillon. Au moment où je suis entré, Bignon, l'ancien médecin militaire qui supervise depuis des mois son traitement, m'a donné des consignes en me remettant des ampoules de morphine. Michel, un vieux camarade, a évoqué l'Indochine et les fumeries d'opium, le bon temps, disait-il. Un autre a proposé de lui offrir une petite Viet ou une petite moukère pour alléger ses souffrances. Un autre s'est insurgé :

— Je trouve que nous avons autre chose à proposer à notre ami que des plaisanteries grivoises. Qu'attends-tu de nous qui te soulagerait ?

— … que Philippe termine et publie le livre sur Roger…

— D'après ce qu'il nous en a dit, c'est bien avancé.

— … Et aussi… Finir le "travail"…

— Tu es sérieux ?

— Suis-je en état de ne pas l'être ?

— Tu sais bien que nous n'avons plus les moyens, les réseaux…

— A quoi sert cette amicale, alors ? A vous réunir comme de vieilles badernes pour échanger des souvenirs de guerre ? A organiser des cérémonies du souvenir, faire dire des messes, ériger des stèles à la gloire de nos martyrs ?

— Non ! Bien sûr que non ! Nous restons solidaires et toujours prêts à nous battre contre les bolcheviks…

— Sans avoir fini le "travail" ? Depuis 64, plus personne n'a rien tenté…

— Ce vieux a la baraka.

— Tu es fou ! suis-je intervenu, Comme toi, je ne veux pas finir mes jours en prison.

— Déjà, là-bas, tu t'es servi de ta fille pour te planquer…

— Calomnie…

— … et tu as collaboré avec l'ennemi en provoquant l'arrestation de notre chef…

— Assez ! ai-je hurlé avant de quitter la pièce.

Olivier s'est mis à tousser comme un damné pendant que je sortais, tremblant de rage. Malgré moi, au lieu de m'éloigner, je suis resté posté sur le perron, entendant tout ce qui continuait à se dire par la fenêtre ouverte.

Clément, le plus vieux d'entre eux, a calmé les esprits :

— Tout le monde a été dupe pour Lavanceau[1]. Il nous a bien eus, et Salan, le premier. Personne ne l'a soupçonné d'être un agent double.

— C'est Philippe qui nous l'a présenté comme un type dévoué à la cause…

— Peut-être, mais il était de bonne foi. Il s'occupe bien de toi… Il te soigne…

— Ça lui permet de se racheter de sa lâcheté en Algérie.

— D'autres, parmi nous, ont trahi aussi, surtout à la fin de la guerre.

— Je n'ai jamais été d'accord pour passer un accord avec le FLN, c'était une manœuvre stupide et désespérée. J'ai eu honte que Susini…

— Ne refaisons pas l'histoire…

— … Tu as raison… Faites-la. Si mes forces ne m'abandonnaient pas, si un médicament miracle pouvait me donner quelques jours d'un corps en état de marche, je vous jure que je finirais le travail. Après, je pourrais mourir en paix…

— Nous sommes là pour que tu puisses mourir en paix…

— Non, vous êtes là pour que je souffre moins… Ma souffrance est beaucoup moins douloureuse que ma haine de ce salaud…

— Calme-toi. On va y réfléchir…

1. Agent double qui a provoqué l'arrestation de Salan, chef de l'OAS.

— Prends cette lettre, promets-moi de l'envoyer à son destinataire, le jour où tu apprendras ma mort…

— Promis.

De quelle lettre parlait-il ? Un brûlot adressé à *Minute*[1] ? Un message destiné aux lecteurs du bulletin de l'association ? Une confession ? Une délation ? Un testament ? Qui en était le destinataire ? Il se défiait à ce point de moi qu'il n'avait pas imaginé me confier ses dernières volontés comme si, dans son délire paranoïaque, j'allais, une fois de plus, trahir…

Et puis la fenêtre a été fermée. Les hommes sont sortis, m'ont salué, le regard fuyant. Seul Bignon m'a adressé quelques mots d'encouragement :

“Ne prends pas mal ses balivernes, il n'en a plus pour longtemps. Et, crois-moi, avec la morphine, ses propos deviendront de plus en plus incohérents. Ta compassion doit être plus forte que ton amour-propre. Tu es un homme courageux et généreux…”

Ils sont remontés dans leur voiture et ont quitté les lieux, me laissant abasourdi.

1. Journal d'extrême droite.

Mardi 28 avril 1970

IV

NORMAN BETHUNE

Le camarade Norman Bethune était membre du Parti communiste du Canada. Il avait une cinquantaine d'années lorsqu'il fut envoyé en Chine par le Parti communiste du Canada et le Parti communiste des Etats-Unis ; il n'hésita pas à faire des milliers de kilomètres pour venir nous aider dans la guerre de résistance contre le Japon. Il arriva à Yenan au printemps de l'année dernière, puis alla travailler dans le Woutaichan où, à notre plus grand regret, il est mort à son poste. Voilà donc un étranger qui, sans être poussé par aucun intérêt personnel, a fait sienne la cause de la libération du peuple chinois. Quel est l'esprit qui l'a inspiré ? C'est l'esprit de l'internationalisme, du communisme, celui que tout communiste chinois doit s'assimiler.

Le léninisme enseigne que la révolution mondiale ne peut triompher que si le prolétariat des pays capitalistes soutient la lutte libératrice des peuples coloniaux et semi-coloniaux et si le prolétariat des colonies et semi-colonies soutient la lutte libératrice du prolétariat des pays capitalistes.

Le camarade Bethune a mis en pratique cette ligne léniniste. Nous, membres du Parti communiste chinois, devons faire de même. Il nous faut nous unir au prolétariat de tous les pays capitalistes, au prolétariat du Japon, de la Grande-Bretagne, des Etats-Unis, de l'Allemagne, de l'Italie et de tout autre pays capitaliste, pour qu'il soit possible d'abattre l'impérialisme, de parvenir à la libération de notre nation et de notre peuple, des nations et des peuples du monde entier. Tel est notre internationalisme, celui que nous opposons au nationalisme et au patriotisme étroits.

L'esprit du camarade Béthune, oubli total de soi et entier dévouement aux autres, apparaissait dans son profond sens des responsabilités à l'égard du travail et dans son affection sans bornes pour les camarades, pour le peuple. (...)

Le camarade Bethune était médecin. L'art de guérir était sa profession, il s'y perfectionnait sans cesse et se distinguait par son habileté dans tout le service médical de la VIIIe armée de route. Son cas exemplaire devrait faire réfléchir tous ceux qui ne pensent qu'à changer de métier sitôt qu'ils en entrevoient un autre, ou qui dédaignent le travail technique, le considérant comme insignifiant, sans avenir.

Je n'ai rencontré qu'une seule fois le camarade Bethune. Il m'a souvent écrit depuis. Mais, pris par mes occupations, je ne lui ai répondu qu'une fois, et je ne sais même pas s'il a reçu ma lettre. Sa mort m'a beaucoup affligé.

Maintenant, nous honorons tous sa mémoire, c'est dire la profondeur des sentiments que son exemple nous inspire. Nous devons apprendre de lui ce parfait esprit d'abnégation. Ainsi, chacun pourra devenir très utile au peuple.

Qu'on soit plus ou moins capable, il suffit de posséder cet esprit pour être un homme aux sentiments nobles, intègre, un homme d'une haute moralité, détaché des intérêts mesquins, un homme utile au peuple.

MAO ZEDONG

Je n'avais jamais entendu parler de ce type, et, pourtant, j'avais participé indirectement au hold-up d'une librairie du boulevard Sébastopol qui portait son nom. Un hold-up bidon, un peu comme ceux que pratiquait l'OAS en 1962, braquant, pour la cause, des banques dont le personnel, sympathisant, ouvrait les coffres sans résister.

J'étais resté au volant de la Coccinelle de Jérémie pendant que ce dernier et Virginie embarquaient livres et rames de papier, sans cri et sans alarme de la part des employés de la librairie. Une sorte d'impôt révolutionnaire. Pour la cause du peuple. Les bouquins seraient vendus dans les souks de Vincennes ou de Nanterre. Le papier servirait à tirer des tracts. J'avais fait le guet. Pour la forme.

Au fond, nous n'étions guère différents des petits voyous qui avaient tenté de dévaliser la sex-shop de Louis. Nous, nous ne tentions pas de violer la vendeuse, nous avions une noble cause à défendre. Celle du peuple. Ou supposée telle…

La librairie Norman Bethune comme Maspero ne portaient pas plainte. Quitte à devoir déposer le bilan, un jour ou l'autre.

Malgré leur gravité toute relative, ces actes finiraient par désespérer les libraires.

Quand j'ai demandé à Virginie : "Qui est Norman Bethune ?", elle a cherché dans les bouquins fauchés dans la librairie pro-chinoise et m'a lu des extraits du texte que Mao avait rédigé en hommage posthume à l'héroïque médecin communiste.

— Comment est-il mort ?

— D'une septicémie, après avoir opéré un camarade blessé, a répondu Virginie.

Puis ils m'ont débarqué rue Réaumur en m'annonçant qu'ils me contacteraient bientôt.

J'avais passé un test sans savoir si je l'avais réussi ou pas. Espéraient-ils que je me démasque au cours de cette action sans vrai risque ? Je n'en savais rien. Par crainte d'être filé par d'autres camarades, je suis entré chez Gibert où, par autodérision, j'ai mis un point d'honneur à acheter et non voler un livre : *L'Automne à Pékin* de Boris Vian. Il n'y était question ni d'automne ni de Pékin et ça m'allait bien.

Puis je suis rentré à pied chez moi, déprimé par cette aventure peu glorieuse. Il fallait que je passe un coup de fil à Blanc avant qu'il ne me persécutât. Si je lui rapportais que cette infiltration tournait au folklore et qu'il n'y avait pas de réel danger dans les activités de la GP ce serait un retour à la case commissariat assuré. Il fallait donc que je dramatise, tant qu'à être dans l'imposture, je devais l'être jusqu'au bout.

Je lui ai décrit un groupuscule déterminé, puissant, financé, soutenu par de brillants intellectuels, prêt à tout pour atteindre son but : la révolution prolétarienne.

— Je le savais. Ces petits cons vont me pourrir mes dernières années. Avez-vous d'autres infos ?

— Je crois qu'ils préparent un gros coup. Si j'en suis, il est probable que je serai coupé du monde pendant plusieurs jours, peut-être plusieurs semaines…

— Faites pour le mieux, Paco. Foncez. Vous êtes un homme d'action. Au bon endroit, au bon moment. Vous trouverez bien un moyen pour me faire parvenir une info sans attirer des soupçons. Un flag serait parfait. Je quitterai mes fonctions, la tête haute.

— D'accord, patron. Je ferai de mon mieux.

— Par ailleurs, l'inspecteur Adrien m'a confirmé que vous avez apporté des éléments intéressants à son enquête qui, malheureusement, piétine.

— J'en suis désolé.

— Montrons-leur qu'on est les meilleurs ! Bonne chance.

Il avait énoncé cette formule comme si j'allais débarquer en Normandie sur Omaha Beach. Quelle fumisterie ! Au moins, j'avais gagné du temps. Du temps pour en faire quoi ? Je n'en savais rien.

Ensuite j'ai appelé mon vieux copain le professeur George, médecin militaire à Alger, avant de l'être à Marseille pour m'informer sur Bethune. Ce gars m'intriguait et George, médecin érudit, saurait m'en parler sans langue de bois :

— Tu ne donnes plus de nouvelles pendant des mois et tu m'appelles pour enrichir ta culture médicale. Tu n'es pas croyable ! On pense qu'il a été assassiné par Mao et tu as été chargé de l'enquête, c'est ça ?

— Non, il a été cambriolé et je veux savoir pourquoi.

— Tu te fous de moi.

— Oui. Sans blaguer, raconte. Jusqu'à aujourd'hui je n'avais jamais entendu parler de ce type.

— Inculte ! D'origine canadienne, il était le petit-fils d'un chirurgien militaire, Norman Bethune itou, compagnon d'Henri Dunant, un confrère. Tu en as peut-être entendu parler de celui-là ?

— Non.

— Pauvre France ! Le fondateur de la Croix-Rouge ! Ils ont fait la guerre de Crimée ensemble. Pendant la Première Guerre mondiale, Norman Bethune travaille comme brancardier jusqu'à ce qu'il soit blessé, à Ypres en Belgique, commune tristement célèbre pour la première attaque au gaz de combat. Il continue, par la suite, ses études en médecine à l'université de Toronto, puis s'enrôle de nouveau dans l'armée britannique comme chirurgien. Il est médecin militaire des aviateurs canadiens en France pendant les six derniers mois de la Première Guerre mondiale.

— Pourquoi est-il fasciné par la guerre ?

— Probablement parce qu'il avait une grande admiration pour son grand-père.

— Après la guerre, il fait quoi ?

— De retour à Montréal, choqué par l'injustice sociale et la pauvreté, il adhère au Parti communiste du Canada. Il met sur pied une clinique médicale gratuite pour les gens défavorisés dans le cadre de son idéologie humaniste de médecine sociale. Il invente et perfectionne plusieurs instruments chirurgicaux, dont certains sont encore utilisés aujourd'hui.

— Un type bien, donc.

— Plus que ça. Un aventurier. Un personnage de roman héroïque. La suite va t'intéresser personnellement. Il s'engage dans la guerre civile espagnole du côté républicain et organise l'unité mobile de transfusion sanguine sur la ligne de front républicaine.

— Il a peut-être connu mon père.

— En tout cas, il ne l'a pas vu mourir parce qu'il s'embrouille avec les républicains. Il rentre au Canada et repart pour la Chine qui a été envahie par le Japon.

— Il est insensé, ce mec !

— Arrivé en Chine avec une cargaison de matériel médical et une seule infirmière…

— Jolie, l'infirmière ?

— L'histoire ne le dit pas… Norman Bethune rejoint la VIIIe armée de marche de Mao dans le Nord de la Chine. Dans les conditions de mobilité de la guérilla, Bethune organise des antennes mobiles chirurgicales sur la ligne de front avec tout le matériel transporté à dos de mulet. C'étaient les prototypes du MASH[1].

— Tu as vu le film d'Altman ?

1. *Mobile Antenna of Surgical Hospital.*

— Non. J'ai toujours eu en horreur les films dont le sujet est la médecine…

— C'est aussi un film antimilitariste, non ?

— Peut-être. Mais tu connais ma position là-dessus. La même que celle de Saint-Exupéry : "La guerre n'est pas une aventure. La guerre est une maladie. Comme le typhus."

— Rien à ajouter. Continue…

— En plus des soins médicaux, Norman Bethune s'est consacré à la formation sur le tas d'infirmiers, en six mois, et de médecins, en un an, les précurseurs des médecins aux pieds nus. Le Dr Bethune commence donc à offrir de la formation en premiers soins, en mesures sanitaires et en interventions chirurgicales simples. Il crée des hôpitaux de soins et d'enseignement, met sur pied des services médicaux mobiles et transporte des cliniques mobiles à cheval dans les montagnes.

— Je comprends mieux pourquoi Mao lui rend un tel hommage. Et sa mort ? Elle est vraie cette histoire de septicémie ?

— Absolument. En 1939, pendant qu'il opère, sans gants chirurgicaux, un soldat blessé, il se coupe accidentellement la main. Sans pénicilline, la plaie s'infecte et empoisonne son sang. Norman Bethune meurt quelques semaines plus tard.

— Il a été puni par là où il a sauvé. Etrange destin.

— C'est une manière de voir. Beaucoup de médecins militaires sont morts comme ou avec leurs patients.

— Beaucoup de soldats qui étaient des héros sont morts en salauds.

— A qui penses-tu ?

— A Degueldre.

— Le chef des commandos Delta ?

— Oui.

— Tu es devenu un nostalgique de la guerre d'Algérie ? Elle te manque ?

— Effet pervers de mon séjour en région parisienne.

— Reviens dans le Sud.

— Tu sais bien que je peux pas…

— Des conneries. Tu es un grand sentimental. Ça te perdra.

— C'est déjà fait, merci.

— Tu as ton compte concernant Bethune ?

— Je n'en attendais pas tant de Votre Gracieuse Majesté…

— Abondance de biens ne nuit pas… Parlons d'autre chose. Je monte à Paris pour un congrès à la fin du printemps. Tu y seras ?

— Avec grand plaisir. Un congrès sur quoi ?

— J'en sais rien. C'est un prétexte pour venir à Paris aux frais de la princesse. Ici, ça manque de culture. Je compte sur toi pour me concocter un programme sexy.

— Genre ?

— Théâtre, concert, expos…

— Tu places le sexy au niveau cérébral.

— Il y a des femmes à Marseille, tu sais ? Je ne connais rien des pratiques sexuelles de Norman

Bethune, mais, moi, j'aime bien les jolies infirmières...

— Comment s'appelle la dernière en date ?

— Caroline.

— Elle vient avec toi ?

— Non, je ne mélange pas le sexe et la culture.

— Tu n'as jamais songé à te marier ?

— Si, deux ou trois minutes de temps en temps, mais c'est comme l'envie de pisser, ça passe une fois que c'est fait.

Malgré ses tendances didactiques et ses blagues de carabin, George était un type sensible, attachant et d'une loyauté sans faille. Un ami. De longue date. Un camarade de lycée d'origine modeste comme moi, qui avait dû, pour financer ses études de médecine, signer un contrat avec l'armée. Il était devenu médecin militaire, puis chef de clinique en neurologie à l'hôpital Maillot à Bâb-el-Oued. En 1962, il avait été précieux aux pires moments, l'insurrection de l'OAS, la fusillade de la rue d'Isly, la mort de ma grand-mère. Je l'avais retrouvé à Marseille, où, là, aussi, il avait été présent aux côtés d'Irène pendant toute la durée de mon coma. Un ami, mais aussi un collaborateur utile à certaines enquêtes... Quant à ses amours, il avait eu quelques chagrins et avait fait siennes les paroles de Céline : *On prend tout pour des chagrins d'amour quand on est jeune et qu'on ne sait pas...*

Par ailleurs, je trouvais étrange que Norman Bethune, comme d'Outremont, eût opté pour des choix existentiels liés à la transmission. Bethune, l'image d'un grand-père admirable, d'Outremont, le mythe du pur-sang arabe et de la cavalerie militaire. Bethune, comme Degueldre, avait été de tous les combats, côté damnés de la terre. L'un était mort en héros, l'autre fusillé. Rien n'était dit dans le texte de Philippe sur la généalogie de Degueldre. Quelles valeurs lui avaient été transmises ? De quelles loyautés familiales avait-il été prisonnier ? Rien n'était dit là-dessus. Degueldre, semblait-il, n'avait pas laissé de descendants. D'Outremont avait eu une fille unique qui n'avait repris à son compte que la part assumée du père, les chevaux. Bethune avait-il laissé quelque enfant canadien, belge, espagnol ou chinois aliéné comme moi par mon-père-ce-héros ? Ce rejeton imaginaire n'avait-il retenu que le goût des voyages, ou bien avait-il participé à la Seconde Guerre mondiale, à celles de Corée, du Viêtnam ? Les enfants étaient-ils condamnés à être dans le désir de leurs parents ou de ce qu'ils en imaginaient ?

"Bon Dieu ! Mais c'est bien sûr !" comme disait Raymond Souplex en commissaire Bourrel sur le point de résoudre une enquête dans *Les Cinq Dernières Minutes*. L'impasse généalogique ! Arrêter les frais, cesser de transmettre des bâtons merdeux à des mômes. Fin de l'histoire. Là était la solution.

Père instit, fils jouant à l'enseignant, père anarchiste, fils jouant au maoïste, père défaillant, fils sans enfant.

Au fond, je ne faisais que revisiter mon histoire encore et encore. Fatigué de ma vie professionnelle et blessé dans ma vie affective, je m'étais réfugié dans l'imposture pour me mettre en vacances de moi-même.

"Alors on dirait que je suis un autre, le héros d'une révolution, l'amoureux d'une princesse, un futur documentariste...", tel un enfant qui crée un monde ludique à son image où tout finirait bien. Pour échapper à une réalité morne ou sinistre. Ou à un héritage trop difficile à assumer, à transmettre.

Les semaines qui ont suivi n'ont été qu'un long apprentissage de la vie quotidienne du militant gépiste. Ayant réussi mon examen de passage, on m'a assigné aux tâches du maoïste de base. Finis les cours de cinéma et les visites paresseuses à Vincennes. Tractage à l'aube devant les usines de région parisienne, avec la menace tantôt de voir débarquer les flics appelés à la rescousse par les vigiles, tantôt de se faire casser la gueule par les gars de la CGT. Puis prosélytisme dans les facs, Vincennes bien sûr mais aussi Nanterre et Censier. Et des réunions : du débat public aux rencontres secrètes dans des cités U avec des cadres du Parti, aux réunions contradictoires sur l'internationalisme avec les autres groupuscules. Les chefs gépistes étaient essentiellement d'anciens étudiants de Normale sup, de futurs ingénieurs de l'Ecole des mines ou de futurs architectes. Pourquoi les idéologues se recrutaient-ils dans ces milieux ? Mystère. Quant à Sartre, figure emblématique de la GP, caution intellectuelle, il me confirmait dans ma sensibilité camusienne. Mais je n'étais pas à plaindre en regard des "établis". Car l'essentiel, aux yeux des jeunes "gardes rouges", était de faire en sorte qu'étudiants et ouvriers continuent de se donner la réplique, voire d'échanger les rôles. Et, dans *La Cause du peuple*, le journal de la GP, une obsession revenait sans cesse, directement inspirée de la "révolution culturelle" chinoise : lutter contre le clivage entre travail manuel et travail intellectuel, surmonter la division entre "ceux qui triment et ceux qui pensent". Pour cela, la première urgence était de multiplier les contacts sur le terrain : "Celui qui n'a pas enquêté n'a pas droit à la parole", martelaient les militants les plus déterminés en reprenant une formule de Mao. Cette sentence ne manquait pas de faire écho…

"On ne passe pas comme ça du statut d'étudiant à celui d'OS[1]", m'avait confié Jérémie, qui avait entamé un cursus scientifique avant d'entrer chez Renault, "c'est tout un itinéraire, il faut d'abord faire oublier son passé. Et puis, sur une même chaîne, à Billancourt, tu es au milieu d'Angolais, de Marocains, de Portugais. Tu dois apprendre à parler avec trois cents mots. Il y a un côté prêtre-ouvrier : on

1. Ouvrier spécialisé.

est comme des curés, mais des curés rouges… qui mordent[1].”

Dévouement, courage, discipline : entre le travail à l’usine et les réunions avec les camarades, lui, “l’établi”, dormait peu, donnait tout. Citant un de nos leaders il affirmait : “Au cœur de l’engagement, un révolutionnaire ne craint pas la mort.”

Tout le monde avait des pseudos, parfois exotiques tels que Tarzan, Didier le Gaulois, U Cervu (le cerf en corse), Roro le Mammouth…

Virginie se comportait avec moi le plus souvent comme une initiatrice politique, parfois comme une collégienne maladroite qui tentait de me séduire à coups d’invitations à boire des infusions ou à partager des meetings. Je me défilais comme je pouvais en essayant de ne pas la froisser. Elle me paraissait de plus en plus cinglée, polarisée par la lutte finale et la nécessité de me maintenir dans la juste ligne du Parti. Elle interprétait sans cesse mes faits et gestes de formules souvent obscures. Sa sexualité semblait inexistante et son attrait à mon égard purement intellectuel. Pas un geste, pas un regard n’évoquait le désir au point de m’interroger sur mes interprétations à son sujet. Peut-être avais-je besoin de croire que sa motivation n’était pas que politique ?

1. Inspiré d’un article du *Monde* de février 1970.

Prétextant l'écriture du roman, je croisais Isabelle de moins en moins souvent. Quelques minutes ou quelques heures volées à l'activisme révolutionnaire. En veillant toujours à ne pas être suivi. A trop fréquenter des paranos, je le devenais.

Jusqu'au jour où notre chef de groupe nous a annoncé que nous allions frapper un grand coup, bientôt. Nous étions le 28 avril.

En rentrant chez moi, j'ai découvert une carte postale d'Alger de Paul représentant l'avenue de la Bouzareah, disant "Tu reconnais ? Affection" et un message d'Isabelle annonçant :

"Père a fini les corrections, il voudrait votre avis. Etes-vous libre ce week-end pour une invitation à Senlis ?"

Je n'ai pas su résister à la tentation de l'inviter à dîner au Vauvilliers. Sur-le-champ. Elle a accepté sans minauder.

J'ai rapidement rangé mon appart, planqué mon journal d'infiltration et tous les documents inhérents aux maos avec la ferme intention de passer une dernière nuit avec elle. Chez moi. Je tentais de me faire croire que c'était pour faire avancer l'enquête et jouir du repos du guerrier avant la lutte finale…

Le restau était plein à craquer de jolies touristes anglaises. Angèle, débordée, m'a casé dans un coin. Isabelle est arrivée enfin. A l'heure. Souriante, le visage lumineux et les yeux brillants de la femme amoureuse. Elle a osé m'embrasser sur la bouche en public, ce qui, pour elle, devait être d'une témérité absolue.

— Je ne vous imaginais pas capable d'une telle audace…

— C'est juste pour signifier aux jeunes filles alentour tentées par votre charme que vous n'êtes plus disponible.

— Agréable façon de marquer votre territoire. Que voulez-vous boire ?

— Du champagne, mais c'est moi qui vous l'offre.

— En quel honneur ?

— La fin des corrections. Et votre roman ?

— Il avance mais il est loin d'être fini…

— Quand pourrai-je enfin le lire ?

— Bientôt…

La commande passée, je l'ai observée avec les yeux mouillés d'un homme amoureux. Je l'étais. A vrai dire, la lumière tamisée des lieux éclairait son visage de reliefs splendides. A la façon de Piccoli dans *Le Mépris*, j'aimais tout d'Isabelle, ses lèvres, ses yeux, ses oreilles, ses cheveux, sa voix, son rire, son voussoiement, son corps filiforme et musclé. Son cul. Sa manière simple et animale de m'aimer. Tout cela, je le disais, sans mots énoncés, dans ma tête. Et elle me répondait, en silence, de ses yeux bleus. Nous devions avoir l'air complètement idiots à nous regarder ainsi, à la manière de télépathes. Dans une bouffée de parano, j'ai jeté un œil dans la rue pour vérifier que la silhouette de Virginie ne s'y glissait pas.

— Un problème ?

— Non, j'ai vu, il y a quelque temps, un film d'horreur, et depuis j'ai la sensation d'être suivi par un zombie.

— Quelle idée ! Etes-vous resté un enfant qui a peur du noir ?

— Surtout depuis mon "accident".

— J'avais oublié. Cela a dû être une expérience traumatisante.

— Après avoir traversé les "événements" d'Algérie sans dommage corporel, j'avais acquis un sentiment de toute-puissance. Le *Fatum*, sans doute. Il était dit que je serai criblé de balles en temps de paix.

— *Mektoub*, dirait mon père. Ne parlons plus de cela. Vivons, buvons cet excellent champagne. Ensuite nous mangerons.

— Ensuite…

— Nous aimerons, si monsieur veut toujours de ma compagnie.

La soirée s'est terminée chez moi. En suivant à la lettre le programme annoncé. Je ne lui ai pas laissé le loisir d'explorer mon univers maussade car, sans allumer, je l'ai entraînée vers la chambre. L'amour nous a inspiré de belles étreintes. Le reste de la nuit m'a réservé quelques cauchemars. Virginie, en zombie, poursuivait Isabelle pour la dévorer.

Choukroun qui tentait de s'interposer était flingué puisqu'il était forcément un mort-vivant. Et moi, je me suis réveillé en sursaut, la vessie pleine de champagne. Rêver de morts, selon ma grand-mère, ne présageait rien de bon. Pourtant, elle ne savait rien de Morphée qui se présentait en êtres chers pour leur permettre de sortir des machinations des dieux. Zeus allait-il le foudroyer pour m'avoir révélé quelque secret inquiétant ?

Après avoir pissé, j'ai allumé une maïs que j'ai fumée à la fenêtre du salon comme je l'avais fait, jadis, à Bâb-el-Oued quand une *strounga* explosait dans la nuit. Aucune silhouette inquiétante n'errait dans la rue Bachaumont.

De retour dans la chambre, je me suis allongé, la main gauche posée sur la croupe tiède de mon amazone pour me sentir vivant, les yeux collés au blanc sale du plafond en attendant l'aube d'une journée incertaine.

Le vacarme des livraisons de primeurs du marché Montorgueil m'a encouragé à me lever à nouveau. Pendant que je préparais le café, Isabelle m'a rejoint, yeux bouffis, frissonnant dans ma chemise. Je l'ai serrée un long moment dans mes bras, elle était glacée. J'ai rempli un seau de boulets dont j'ai gavé la chaudière puis l'ai rejointe pour boire un jus en sa compagnie.

— Ça va mieux ?

— J'ai fait un rêve affreux, a répondu Isabelle.

Mon attention s'est tendue :

— Vous voulez en parler ?

— Il ne me reste que de vagues images… Il s'agissait de papa… on m'annonçait qu'il était mort au combat… pendant la guerre d'Algérie… C'est idiot… Cette histoire de livre sur Degueldre m'a rendue malade… Vous savez, je suis vraiment heureuse qu'il l'ait achevé… La guerre est finie depuis longtemps… J'en ai assez de tous ces fantômes…

— Il est difficile de s'en débarrasser.

— Il faut que je prenne une douche en vitesse et que je repasse chez moi prendre mes affaires. Je donne des cours, ce matin.

— Désolé, je n'ai pas de salle de bains.

— Tant pis, je me débarbouille et j'y vais. Ne m'en veuillez pas de m'échapper si vite.

— Je vous accompagne jusqu'au métro.

— Inutile, le jour s'est levé, les zombies sont couchés.

— Ça me fait plaisir d'imaginer vous protéger des dangers urbains.

Arrogance de l'imposteur amoureux, je n'allais la protéger de rien. Plutôt le contraire…

J'avais cru oublier que j'étais flic, voulu ignorer mon enquête. La réalité savait nous rattraper avec brutalité…

UN HOMME NOMMÉ CHEVAL – 4

Paco et Isabelle m'ont rendu visite ce week-end. Deux journées étranges.

Comme à son habitude, Isabelle a monté toute la journée.

Paco et moi avons terminé les corrections.

Je suis sorti de la bibliothèque bien plus épuisé que par un exercice physique ou par un cross avec Youssouf. Néanmoins, j'avais pris grand plaisir à travailler avec cet homme.

Au cours d'une de nos pauses, il m'a confié que lui aussi avait perdu un ami cher en Algérie. Un certain Maurice Choukroun.

— Par le FLN ? ai-je demandé.

— Non, par l'OAS.

— Ah ! J'en suis désolé. Un sympathisant FLN ?

— Non. Il voulait seulement quitter le pays parce qu'il devait être soigné en métropole.

— Un terrible malentendu, je suppose. Les guerres propres n'existent pas. Combien d'Américains ont-ils été tués par des bombes ou des obus alliés pendant le débarquement en Normandie ? Combien de soldats français sont-ils morts tués par d'autres soldats français pendant la guerre d'Algérie ?

— En 62, beaucoup, et beaucoup de civils français sous les balles de l'armée française.

— Les guerres civiles sont plus terribles que les conflits entre Etats parce qu'elles font s'entretuer des frères, des voisins, des amis…

Cette confidence aurait pu créer un malaise, pourtant j'ai eu le sentiment qu'elle nous rapprochait.

Peu après, par je ne sais quel miracle, Isabelle a convaincu Paco de monter un de nos vieux compagnons, vingt-cinq ans d'âge, doux comme un agneau. Il ne risquait pas de gagner le prix de l'Arc de Triomphe avec lui. Après avoir aidé Paco à se mettre en selle et l'avoir confié aux bons soins de ma fille, j'ai monté Youssouf, quelques minutes. Au petit trot. Puis, n'y tenant plus, je suis allé récupérer le manuscrit et je me suis rendu jusqu'au pavillon de chasse. J'avais envie ou besoin de parler à Olivier.

Après avoir parcouru les corrections, il est entré dans une violente colère, m'accusant, à nouveau, de trahison et d'outrage à la mémoire d'un héros. En vérité, Olivier n'avait pas aimé les modifications apportées au manuscrit. Plutôt que de me justifier ou d'argumenter, j'ai préféré me retirer avec les feuillets. J'étais blessé bien plus que je ne le laissais paraître.

J'ai rejoint aux écuries les enfants qui étaient déjà de retour.

Deuxième désillusion : Paco, malgré une monture plutôt placide, avait lourdement chuté. Son cheval avait simplement fait un écart pour éviter une flaque d'eau ! Ce garçon n'allait pas simplifier la vie d'Isabelle. J'imaginais mal une cavalière dans l'âme renonçant à monter pour rouler à bicyclette avec son amoureux. Demanderait-on à une passionnée de la danse d'épouser un cul-de-jatte ? Tant qu'à tomber amoureuse d'un Espagnol, elle aurait pu le choisir d'un régiment de cavalerie de Xeres !

Dans la nuit, alors que la visite des compagnons, quelques jours plus tôt, avait provoqué une amélioration spectaculaire, l'état d'Olivier s'est subitement aggravé. Je suis resté à ses côtés jusqu'à l'aube. J'étais furieux de le ménager ainsi, bien qu'il fût odieux à mon égard.

Pour calmer ma rage, je suis allé m'occuper des chevaux. Comme à mon habitude quand j'étais secoué par des émotions, je me suis adressé à Youssouf. En réalité, je me conspuais pour ma bêtise. J'ai maudit mes ascendants, Olivier et de Gaulle.

Hélas ! Youssouf ne pouvait m'être d'aucun secours. Ces histoires d'hommes le dépassaient. Nos rapports étaient plus simples et plus sincères. Cavaliers et chevaux s'entendaient décidément mieux que les hommes entre eux. Trotter et galoper nécessitaient une entente parfaite et une totale confiance entre partenaires. Ce qui ne semblait pas être le cas entre Olivier et moi. Olivier avait inspiré le livre et j'avais tenté de l'écrire. Il apparaissait plus compliqué d'écrire à quatre mains que de marcher à quatre pattes…

Le dimanche en début d'après-midi, Paco, éreinté, nous a annoncé son départ. Il avait, disait-il, des engagements à Paris qui l'obligeaient à nous quitter. Si Olivier pouvait disparaître aussi, j'en serais fort aise.

Isabelle est devenue aussi morose que le ciel, chargé de nuages. Mes os me disaient que le temps allait être à la pluie. Une pluie mortelle…

Vendredi 8 mai 1970

V

FAUCHON(S)

Ahuri, je suivais la trajectoire des boîtes, bouteilles et conserves des rayonnages jusqu'à la chute finale dans le grand sac dont je tenais fermement les poignées. Virginie, à la manière d'une femme au foyer pratiquant un violent ménage de printemps, balayait de son bras droit les rayonnages pendant que je réceptionnais les victuailles dans leurs emballages précieux qui s'amoncelaient comme les lingots des coffres d'une banque braquée par les quarante voleurs. Ou comme les courses pratiquées dans l'urgence par un couple de grands bourgeois ayant oublié qu'ils donnaient une réception chez eux dans la demi-heure suivante. A l'inverse, une jeune militante examinait les étiquettes et les produits, donnant l'impression de les choisir pour elle-même…

L'étrange sensation de participer à des soldes hystériques dans une épicerie fine.

Soudain, sont apparus des bouchers ou charcutiers qui devaient préparer des plats dans l'arrière-boutique. Des hachoirs à la main, ils moulinaient des bras en crachant des injures en direction des gars du SO qui, du coup, n'en menaient plus large.

Pour éviter toute effusion de sang ou dérapage, Tarzan a ordonné le repli. Sous la protection relative de nos camarades, nous avons reflué vers la sortie.

Portant à deux le sac chargé d'une bonne trentaine de kilos de produits, Virginie et moi avons foncé vers la bouche de métro que d'autres avant nous avaient déjà atteinte. Une partie a pris la direction de Balard, l'autre de Mairie-d'Issy. Les quidams en attente sur le quai ont semblé effrayés par l'irruption de cette bande qui, sitôt la rame arrivée, s'y est engouffrée…

Quelques minutes plus tôt, Virginie et moi étions sortis du métro Madeleine. Elle portait son grand sac de sport bon marché en bandoulière d'une main, de l'autre s'accrochait à mon bras. Avec nos foulards autour du cou et notre pas pressé, nous étions totalement anachroniques sur cette place dominée par son église plutôt riche. Nous avions rendez-vous et je ne savais toujours pas où ni pourquoi. Bientôt des dizaines d'autres, comme nous, étaient apparus aux quatre coins de la place.

Quelle action allait donc mener la GP ? Attaquer l'église, piller son tronc et ses reliques ? L'occuper en criant des slogans anticléricaux ?

Virginie avait consulté sa montre et m'avait enfin annoncé les raisons de tous ces secrets :

— Nous attaquons Fauchon, l'épicerie de luxe dans deux minutes.

— Fauchon ? Quel intérêt politique ?

— Voler caviar, foie gras, terrine, vins et champagnes pour les redistribuer au peuple…

— Aux passants dans la rue ?

— Non dans les bidonvilles, à ceux qui n'en connaîtront jamais le goût. (Elle a consulté une fois de plus sa montre.) Allons-y.

Nous avions remonté nos foulards sur nos nez et, en un instant, étions au milieu de soixante jeunes gens regroupés pour envahir les locaux de Fauchon. Vingt types du service d'ordre, armés de barres de fer, commandés par Tarzan, un géant hirsute, avaient, tout d'abord, terrorisé les vendeuses en brandissant leurs armes et en leur criant de ne pas intervenir, puis quarante, dont Virginie et moi, avaient surgi dans les locaux en binôme…

— Nous descendons porte de Versailles pour la livraison.

J'ai suivi sans broncher.

Debout dans la rame, nous avons voyagé sans échanger un mot pendant tout le trajet. A observer Virginie, l'impression d'être un porteur de valises du FLN, prêt à jouer sa peau pour livrer des armes alors que nous allions offrir aux habitants des bidonvilles du caviar et du foie gras qu'ils s'empresseraient de revendre pour s'acheter des kilos de thon en boîte et des poulets maigres. J'ai eu un fou rire mental que j'ai neutralisé en me demandant ce que dirait Blanc en apprenant ma participation à cette expédition. Informé, il aurait prévenu les services parisiens qui auraient interpellé notre bande en flagrant délit. J'aurais pu prendre des risques pour l'avertir s'il s'était agi d'une attaque de banque à main armée. Mais là, trop comique. Pendant quelques minutes, j'avais été un acteur des aventures de Robin des Bois. Personne ne pleurerait sur le sort de Fauchon. Ses assureurs feraient sans doute la gueule, mon patron aussi…

A la station Convention, j'ai eu la tentation de planter Virginie pour rejoindre Isabelle. J'y ai résisté pour éviter de me griller également chez les maos. Nous sommes descendus et, d'un pas rapide, avons rejoint la surface. Près de la bouche nous attendait la Coccinelle de Jérémie. Virginie a tapé du plat de la main sur la tôle, Jérémie, en veste de treillis, en est descendu, a ouvert le coffre. Virginie et moi avons glissé le sac entre deux autres qui avaient déjà été livrés. La Coccinelle a démarré en trombe. Il avait donc fallu six ou sept bagnoles pour réceptionner tous les colis. Avec leurs petits moyens, les gépistes ne s'étaient pas si mal débrouillés. De plus cette action allait avoir la sympathie populaire puisqu'elle s'était déroulée sans violence et à l'égard d'une entreprise dont les produits n'étaient consommés que par la grande bourgeoisie parisienne.

Une fois la Coccinelle disparue sans encombre, Virginie m'a sauté dans les bras en riant : “On a réussi, c'est génial, on a réussi… !”

Nous sommes les nouveaux partisans
Francs-tireurs de la guerre de classes
Le camp du peuple est notre camp
Nous sommes les nouveaux partisans

s'est-elle mise à fredonner. Le refrain du tube maoïste chanté par Dominique Grange.

Nous ne savions pas à cet instant que deux camarades avaient été interceptés par les charcutiers : une jeune femme, de bonne famille, qui n'avait pas entendu l'ordre de dispersion – peut-être celle qui prenait son temps avant de choisir –, l'autre avait glissé dans le métro, s'était cassé la gueule et avait été rattrapé par les malabars en tablier blanc qui l'avaient massacré. Flagrant délit sur un vol de plusieurs centaines de milliers de francs de marchandises, ils allaient déguster…

— Formidable, ai-je énoncé avec un sourire forcé. J'imagine qu'on va devoir se planquer quelque temps…

— Tu as hâte de retrouver ton écuyère…

— Tu ne vas pas recommencer ?

— Et toi continuer ?

— Tu me fatigues !

Je me suis éloigné sans me retourner pendant que, dans mon dos, elle hurlait sans précaution :

— Tu as tort Paco ! Cette fille te perdra !

Comment savait-elle ? Avait-elle hérité d'un don divinatoire ?

Pourtant, j'étais sûr de ne pas avoir été suivi au cours de mon trajet en train vers Senlis et aucun véhicule n'avait semblé nous filer durant le parcours en jeep de la gare à la propriété.

Si j'étais un si piètre simulateur, elle aurait dû se rendre compte de mon imposture militante, voire démasquer mes fonctions policières. Prudemment, j'ai jugé préférable de ne pas appeler Isabelle et de ne pas la voir au cours des jours suivants. La suspicion de Virginie m'agaçait au-delà du raisonnable parce que j'y percevais quelque chose de malsain. Une hostilité menaçante et trouble.

De retour chez moi, je me demandais s'il fallait appeler Blanc avant qu'il ne m'appelle. Je n'ai pas eu à m'interroger trop longtemps. Sur le répondeur, m'attendait un message péremptoire de mon cher commissaire :

— Au rapport, Paco. Sur Fauchon et sur l'enquête de ce détective espagnol…

Fauchon, je m'y attendais. Le détective espagnol débarquait de nulle part dans ma vie parisienne.

Attablé dans un coin du Canon de la Bastille, j'ai avalé ma mauresque après avoir tout raconté à Blanc. Il m'avait écouté, sans broncher.

— Donc, vous n'avez pas jugé utile d'avertir nos services pour préserver votre couverture dans le cas d'une action plus spectaculaire. Vous attendiez quoi ? Qu'il y ait mort d'homme ?

— Patron ! Il n'y a même pas eu coups et blessures. Le SO n'était armé que de barres de fer ! La dernière action spectaculaire de la GP a été de piquer trente-huit mille tickets de métro à la station Passy. Qui en a parlé ? Le même principe "Voler et redistribuer". On peut imaginer que, le coup suivant, ils aient l'idée de braquer une banque pour redistribuer le pognon, non ?

— Hum ! Bon. De toute façon, les collègues parisiens, aidés par les RG, vont les coincer, ces petits cons. Mais, le prochain coup, Paco, quelle que soit l'envergure de leur action, je veux être informé avant et c'est moi qui déciderai de contacter la PJ. On est bien d'accord ?

— Sous réserve que j'y participe…

— Démerdez-vous pour en être ! Par ailleurs, que vous veut ce flic espagnol ?

— Je n'en sais rien. Expliquez-moi au moins.

— Il a débarqué de Madrid et a demandé à vous parler.

— De quoi ?

— Il n'a rien voulu en dire.

— J'ai quitté Barcelone gamin et je n'ai plus remis les pieds en Espagne depuis.

— Le ministère lui a donné vos coordonnées professionnelles mais pas personnelles. Je voulais en savoir plus avant de les lui communiquer.

— Vous avez les siennes ?

— Il est à l'hôtel.

Il m'a tendu une carte de l'hôtel du Passage à République sur lequel était griffonné Manuel Tolédano.

— Vous êtes sûr qu'il est flic ?

— Flic ou équivalent. M'étonnerait pas qu'il soit des services secrets… En tout cas, il avait un ordre de mission de son ministère.

— Je vous jure, patron, je n'y comprends rien.

— Je vous crois. Continuez à jouer franc-jeu et je vous ficherai la paix. Cependant, j'aimerais savoir ce qu'il vous veut…

— Je vous promets de vous tenir au courant. D'ailleurs, je vais appeler l'hôtel pour en savoir plus.

En me rendant au taxiphone dans le sous-sol de la brasserie, mon cœur s'est mis à battre plus fort. Pourquoi ? Je n'en savais rien.

— Je voudrais parler à M. Tolédano ?

— Un instant, je vais appeler sa chambre, a répondu la standardiste.

Les mains moites, j'ai entendu la sonnerie puis :

— *Diga ?*

— Monsieur Tolédano ?

— *Sí.*

— Paco Martinez.

— Ah enfin ! Pouvons-nous nous rencontrer ?

Il parlait un français impeccable mâtiné d'un accent castillan.

— A quel propos ?

— Affaire privée.

— C'est flou.

— Votre mère.

De battre, mon cœur s'est arrêté.

— Monsieur Martinez ? Vous êtes là ?

— Oui. Que lui arrive-t-il ?

— Une longue histoire. Trop longue pour en parler au téléphone… Je vous attends dans le hall de l'hôtel.

— J'arrive.

Je suis retourné, groggy, auprès de Blanc.

— Alors ?

— …

— Alors Paco ?

— Une… Une affaire privée…

— De quelle nature ?

— Il n'a pas souhaité en dire plus… Un membre éloigné de ma famille, peut-être… Je vais le retrouver à son hôtel.

— Appelez-moi au commissariat, après votre entrevue.

— D'… d'accord.

— Ça n'a pas l'air d'aller, mon vieux ?

— Je… Je ne savais même pas que j'avais encore de la famille en Espagne.

— On a tous une famille. Merveilleuse chose, la famille, parfois encombrante. Moi, par exemple, j'ai un beau-frère qui ne cesse d'avoir des PV et qui…

Je n'ai pas entendu la suite parce que j'étais parti en trombe, tel un véhicule fou dont le chauffeur avait perdu la maîtrise.

Ma mère !

Celle qui m'avait largué en pleine guerre civile pour fuir chez sa famille !

Six ans, *mierda* ! Je n'avais que six ans !

Certes, elle y avait été encouragée par mon père et ma grand-mère.

Oui, mon salaud de père m'avait offert à sa propre mère pour aller courir la gueuse anarchiste ! Et alors !

Ma mère aurait pu refuser, m'enlever à l'affection dévorante de sa belle-mère ! Mais, surtout, elle aurait dû me chercher, à travers le pays, toute l'Espagne, et aussi le reste du monde. Sans répit.

Le père d'Olaf avait retrouvé son fils assez vite, pourquoi avait-elle attendu trente ans ?

Je zigzaguais entre les passants à la recherche d'une bouche de métro qui s'esquivait sans cesse. Egaré, confus, paumé.

Un enfant oublié par sa mère dans la foule d'une ville inconnue.

Après que j'eus accompli le tour complet de la place de la Bastille, une entrée du métro a daigné apparaître enfin devant mes yeux hagards. Les autres s'étaient perdues, entre-temps, dans la quatrième dimension.

L'hôtel du Passage était situé au début de la rue de Lancry.

Un type d'une cinquantaine d'années, moustaches et cheveux bruns, costume sombre, la mine d'un voyageur de commerce usé par le démarchage.

— Monsieur Tolédano ?

— Monsieur Martinez ?

— Oui. Je vous écoute.

— Asseyez-vous sinon…

— Sinon quoi ?

— Au mieux vous serez fatigué de rester debout au pire, vous vous évanouirez… a prévenu Tolédano d'une voix lasse.

Les informations se sont succédé sans briser la gangue de glace dans laquelle mon cerveau avait subitement hiberné :

Ma mère.

Plus Martinez.

Désormais, Cortázar.

Argentine.

A fui l'Espagne avec ses parents avant la fin de la guerre.

Emigration en Argentine.

Rencontre avec Roberto Cortázar, industriel argentin.

Remariage à la fin de la guerre quand la disparition de son mari, M. Martinez, est confirmée.

Pas d'autres enfants car son nouvel époux est stérile.

Veuve depuis peu. Pour la seconde fois.

De retour en Espagne, à la recherche de son fils unique.

Perdu pendant la guerre civile.

Grâce aux relations solides de son père, fait rechercher Paco.

En Espagne, puis en France, terre d'accueil pour les exilés républicains.

Sans passer par la case Algérie.

— Pourquoi maintenant ?

— Parce qu'elle séjourne à Madrid, depuis peu.

— Tiens ! Puisque je passe par Madrid, si j'en profitais pour savoir si mon fils est toujours vivant !

— Ne soyez pas sévère. Rencontrez-la. Elle vous expliquera mieux que moi.

— Comment cela ?

— Elle souhaite que vous vous rendiez à Madrid avec moi.

— Non.

— S'il vous plaît ! Ma mission ne sera terminée que lorsque je vous remettrai à votre mère en mains propres.

— Comme un paquet !

— Je n'y peux rien. Ce sont les ordres de mes supérieurs. Votre grand-père maternel a entretenu des liens très étroits avec notre pays. Il est normal que…

— Un ami de Franco si je comprends bien…

— Un ami fidèle.

— Pourquoi est-elle à Madrid ?

— Des troubles inquiétants à Buenos Aires, les *monteneros* troublent l'ordre public…

— Qui sont les *monteneros* ?

— Des agitateurs, des terroristes péronistes… Alors que décidez-vous ?

— Je ne peux pas quitter mon service comme ça. De plus je suis en mission, disons… spéciale.

— Je sais. D'ailleurs, vous vous faites appeler De Murcia. Un signe, non ?

— Pourquoi ?

— Vous savez bien pourquoi. C'est le nom de jeune fille de votre mère. En connaissez-vous l'origine ?

— Aucune idée, et je m'en fous.

— C'est un nom de *converso.*

— De quoi ?

— Quand les juifs d'Espagne ont été persécutés par l'Inquisition, ils avaient comme seul choix : se convertir ou fuir. Ceux qui se sont convertis, les *conversos*, ont pris des noms à consonance espagnole. La plupart ont choisi pour racine le nom de leur ville d'origine. Tolédano, pour Tolède, De Murcia pour ceux issus de Murcie, et ainsi de suite…

— J'en conclus que vous-même…

— Eh oui. Je suis passionné de généalogie. Je sais même que plusieurs De Murcia ont été condamnés et exécutés pour avoir continué à pratiquer les rituels religieux juifs, en secret. Vous avez, comme moi, du sang juif dans les veines…

"Nobody is perfect", comme disait le personnage de *Certains l'aiment chaud…*

Juif ! comme Choukroun ! Comme ma mère ! A Madrid ! Basta !

— OK. Qu'attendez-vous de moi ?

— Moi, rien. Votre mère veut vous rencontrer. Quoi de plus légitime pour une mère. Partons par le train de nuit pour Madrid. Allez préparer votre valise et rejoignez-moi à 19 heures, gare d'Austerlitz. Pendant ce temps, je vais passer quelques coups de fil pour vous dégager de toute obligation professionnelle. Il va de soi que votre mère prend tous les frais à sa charge.

— Quoi de plus légitime pour une mère disparue il y a plus de trente ans…

J'ai marché de République à la rue Montorgueil, le moral dans les chaussettes, les yeux loin de leurs trous, les pieds bien à côté de leurs pompes.

Je n'ai pas fait ma valise. Mains dans les poches, j'ai quitté mon domicile sans appeler Blanc pour l'informer.

Ni Virginie, ni Isabelle.

Ni personne.

Je voulais disparaître sans laisser d'adresse.

Comme Stiller.

Un temps.

Le temps que mes univers basculent dans le chaos.

UN HOMME NOMMÉ CHEVAL – 5

Youssouf était effondré, suffoquant.

J'étais en larmes depuis que je l'avais découvert allongé dans l'écurie. Il avait mal, au ventre, son regard vitreux me disait sa souffrance. Comme la sienne, ma vue se troublait, comme les siennes, mes forces m'abandonnaient. Mon cœur s'épuisait à battre ses coups. Il mourait. Je lui murmurais à l'oreille que le vétérinaire allait bientôt arriver, lui demandais de tenir bon. Sans y croire. Je sentais qu'il était trop tard. Son corps le lâchait. Ses tripes se sont vidées, ses membres se raidissaient par secousses, mon esprit s'embuait, des frissons secouaient sa robe.

Avant cela, il avait dû voir les autres s'effondrer un à un. Il avait henni, rué pour me prévenir que quelque chose d'anormal se passait, mais j'étais avec Olivier. Ce n'est que sur le chemin du retour que j'avais entendu le vacarme dans les écuries, constaté la mort de trois de mes chevaux et l'agonie de Youssouf. J'ai couru jusqu'au téléphone pour appeler le vétérinaire. Mais, en moi, je savais qu'il était trop tard. Trop tard. Il allait mourir. Comme les autres.

Quand il a rendu son dernier soupir, j'ai sombré dans le désespoir. Comme si, subitement, il était devenu la somme de tous mes chagrins, de tous mes deuils. Je suis resté longtemps à sangloter sur son corps sans vie. Et puis le vétérinaire est arrivé pour constater le décès des quatre chevaux. Par empoisonnement, selon lui. Il a décidé de faire pratiquer une autopsie par l'école vétérinaire de Maisons-Alfort.

Après son départ, j'ai creusé un trou. Pendant des heures. Puis je suis revenu auprès de Youssouf et j'ai tiré ses quatre cents kilos sur une planche. J'avais envie de me faire mal, de partager ce supplice. J'étais vieux, il était lourd, beaucoup trop lourd pour moi. Mètre après mètre, je l'ai traîné, suant, soufflant, m'épuisant sans répit. Ensuite, j'ai attaché ses membres postérieurs à l'arrière de la jeep. A la vitesse d'une procession funéraire, avec délicatesse, j'ai progressé jusqu'à la fosse dans laquelle je l'ai poussé en ahanant.

A l'aube, il s'est mis à pleuvoir. Une pluie glacée qui a mélangé nos corps à la terre nous transformant en une boue animale et humaine telle l'ébauche argileuse d'un centaure fabriquée par un dieu barbare.

S'il n'y avait pas Isabelle, je me serais laissé mourir là, ensevelir avec lui.

Après quelques minutes ou quelques heures, je me suis redressé, emparé de la pelle et j'ai comblé le trou comme on tente d'étouffer une hémorragie de douleur.

Le ciel, son visage, le monde ont disparu à jamais.

Après avoir quitté la compagnie de mon cheval, j'ai entamé une longue rumination, dans la solitude. Youssouf m'avait abandonné à la détresse et à la haine de son assassin…

Troisième partie

LA MAMAN ET LA PUTAIN

Ci-gît au fond de mon cœur une histoire ancienne
Un fantôme, un souvenir d'une que j'aimais
Le temps, à grands coups de faux, peut faire des siennes
Mon bel amour dure encore, et c'est à jamais

GEORGES BRASSENS,
Je suis un voyou.

Mardi 12 mai 1970

I

MADRID

Une gare inconnue, celle d'Atocha, chef-d'œuvre de l'architecture du XIXe, selon Tolédano, son jardin planté dans le hall gigantesque, métal, verre et pierres. Une serre tropicale sillonnée de trains et de voyageurs. Belle, sans doute, mais invisible, diapositive projetée sur un écran surexposé par la lumière réfléchie de ma glace intérieure. Absent au monde ferroviaire, Paco.

Un peu comme un zombie de *La Nuit des morts-vivants*, surpris par le jour, je suivais d'un pas lent mon guide vers la sortie de la gare.

Je n'avais pas fermé l'œil de la nuit. Allongé sur ma couchette de première classe, celle du haut, j'avais écouté les ronflements, en contrebas, de mon compagnon de voyage et les bruits du rail tout en essayant de retrouver dans mes souvenirs les traces de ma mère.

Il y en avait forcément. A six ans, je n'étais plus un bébé ! Mais où étaient passées les images de ma petite enfance ? Enfouies sous le sable et les cendres.

Dans l'album de ma grand-mère étaient collées quelques photos de moi, nourrisson, à deux, quatre et six ans. Aux bras de mon père. Seules traces de ma mère, les photos de leur mariage, en noir et blanc, et d'elle, prise de loin, poussant un landau à la mode Potemkine. Les quelques tirages que mon grand-père maternel lui avait offerts avant la guerre civile. Sinon rien.

A vingt ans, elle semblait jolie dans sa robe blanche. Pourquoi avait-elle accepté de me laisser à la garde de mon père sachant qu'il combattait dans les rangs anarchistes ?

La légende disait qu'il avait refusé de me confier à une famille catholique et sympathisante fasciste.

Avait-elle été déchirée par la séparation ?

Avais-je été malheureux de cet abandon de poste ?

Les images mais aussi les mots et les sentiments avaient déserté ma mémoire. A moins qu'ils n'y soient toujours au milieu des horreurs, des terreurs que mon esprit avait soigneusement planquées pour me protéger d'une trop grande douleur au souvenir de cette époque. *No pasarán !* continuait de proclamer mon esprit aux velléités du souvenir.

Madrid est apparue, ville inconnue, capitale d'un pays quitté à l'âge de sept ans, en catastrophe. Après la mort de mon père anarchiste, officiellement liquidé par les communistes à Barcelone.

Nous avons pris un taxi. La cité défilait, moderne, grandiloquente, arrogante, s'effaçant derrière les images documentaires de *Mourir à Madrid*, réalisé sept ans plus tôt, par Frédéric Rossif ; les voix de Tolédano et du chauffeur, qui conversaient de la météo ou de résultats sportifs, étaient couvertes par celles de Jean Vilar et Suzanne Flon commentant les images de la guerre civile.

Et les photos de Capa. Toute l'iconographie que j'avais compulsée à la grande bibliothèque d'Alger s'incrustait sur les vitres du taxi pour m'éviter la confrontation à une réalité trop insupportable. Une terre natale que je retrouvais sans y être préparé, une capitale dynamique d'un pays dirigé par un vieux fasciste, régent à vie d'une monarchie qu'il avait restaurée.

Une ville nouvelle où, quelque part, une vieille mère m'attendait.

Le taxi s'est arrêté sur la plaza de las Cortes, devant l'hôtel Villa Real. Un grand bâtiment pompier pour grands bourgeois friqués. Là où résidait Mme Cortázar en attendant qu'on lui ramenât son rejeton. La glace qui m'habitait s'est subitement changée en lave incandescente prête à engloutir la terre qui l'avait mise au monde.

— Où est-elle ?

Tolédano qui réglait la course m'a observé avec perplexité comme s'il avait perçu dans le ton sec de mes paroles un changement inquiétant :

— Je vais la prévenir de notre arrivée. Elle ne sort pas beaucoup de sa chambre car elle a quelques difficultés à se déplacer depuis son opération.

— Quelle opération ?

— De la hanche. C'est aussi une des raisons de son séjour en Espagne. Attendez-moi dans le salon quelques minutes, le temps que je la prépare à votre hostilité.

— Je ne suis pas hostile, je suis fou de rage.

— Alors buvez quelque chose qui apaisera votre rage.

— Dans ce cas, il faudrait que l'hôtel ait une fumerie d'opium…

Il a eu un sourire triste :

— Je comprends…

— Je ne crois pas.

— Vous pensez sérieusement être le seul fils espagnol à avoir été ballotté par les drames de la guerre civile ?

— Non. Mais je suis, jusqu'à preuve du contraire, le seul fils de cette mère-là !

Il a soupiré, s'est éloigné sans répliquer. Un chasseur nous a ouvert la grande porte vitrée de l'hôtel. Le hall, vaste et chargé de mobilier lourd et confortable, distribuait un restaurant et un salon où je me suis rendu pour m'affaler dans un fauteuil. Au garçon qui s'est précipité, j'ai commandé deux cafés.

En attendant le retour de Tolédano, je les ai sirotés en tétant cigarette sur cigarette. J'avais la bouche sèche, les tempes battantes, les mains moites, les idées confuses. J'avais mal. Mal à ma grand-mère qui m'avait tout donné et que j'avais l'impression de trahir en ayant obéi à l'injonction maternelle. Mal à l'Espagne de mon père. *La guerre est finie*, disait un personnage de Resnais. L'était-elle ?

La mienne, celle d'Algérie, oui, celle de mon père, aussi avec lui. Celle du fils, hanté par ses fantômes ennemis, pas encore. Pas tout à fait.

Un concerto pour violon et orchestre était diffusé dans le salon comme pour donner de la solennité à nos futures retrouvailles. L'instrument à cordes égrenait des notes mélodramatiques et pleurnichardes. Je le détestais pour cet appel à l'apitoiement.

Je détestais tout de cet endroit. Le décor, la musique, le brouhaha feutré de la rue, le son des voix chuchotées par le personnel ou les clients, les goûts amers du café et des cigarettes.

Je détestais tout de moi, mon souffle court, ma posture de visiteur froissé par une nuit sans sommeil, mes doigts que j'entremêlais pour calmer leur tremblement, le fils que j'avais été si peu, pas beaucoup, pas assez, le petit-fils et l'ami défaillants, l'amant décevant, le flic, l'imposteur que j'étais devenu. Tout.

Lorsque j'ai aperçu les deux silhouettes s'avancer dans le salon, j'ai cru à une hallucination : une élégante sexagénaire aux cheveux roux permanentés, fardée, vêtue d'un sobre tailleur sombre, appuyée sur une canne s'avançait, accrochée au bras de Tolédano. Irène à soixante ans !

Je me suis levé, les jambes flageolantes, elle s'est assise avec des gestes nerveux, un sourire crispé aux lèvres. Malaise. Pas d'embrassades ni d'effusion. Pas de mots non plus. Le flic avait dû la mettre en garde.

Ils ont échangé quelques mots en espagnol. Je n'ai rien compris, sourd à la langue maternelle. Tolédano s'est levé et dirigé vers le garçon en mouvement. Ce dernier s'est éclipsé dans les cuisines. Il avait dû ordonner qu'on nous fiche la paix.

— *Como estas, Paco ?* a demandé ma mère.

— Dites à Mme Cortázar que je ne comprends pas l'espagnol, ai-je répondu à Tolédano de retour.

— Vous êtes sûr ? Elle ne parle pas le français.

— Vous si, alors traduisez.

Il a traduit. Elle a écouté, l'air désolé.

Elle a parlé. Je l'observais, cherchant dans son visage quelque chose de familier sans écouter le débit accéléré de cette langue si proche et si lointaine. Une évocation. Quelque chose a vibré en moi. La voix. Cette voix grave ne m'était pas inconnue. Je l'avais entendue déjà, l'enfant la connaissait, l'enfant en moi l'identifiait, à mon insu. Et les yeux. Ses yeux qui avaient dû se pencher sur mon berceau. La voix et les yeux. La mélodie de son verbe, la mélancolie de son regard. Ce qu'il restait de ma mère chez l'enfant que j'avais été.

Elle parlait, il traduisait, j'écoutais.

Des mots, des expressions perdues et retrouvées, comme ces bulles de gaz qui remontent à la surface d'une mare pétrolifère, noires et gluantes. Et des informations, probablement censurées, sur l'histoire et les aventures des De Murcia. Le père, négociant en farine, voulait fuir la guerre civile. Un cousin germain installé en Argentine propose un accueil provisoire. Il y part avec femme et enfants. Sans moi.

Moi qui suis inaccessible dans la zone des combats. Ma mère arrache à son père la promesse de me faire rechercher. Il promet. En 1939, la guerre finie, le grand-père renoue avec l'Espagne et son régime franquiste, tisse des liens. Il a monté une nouvelle minoterie en Argentine, l'argent ne manque pas. Il demande aux services administratifs de rechercher Paco Martinez. On a perdu sa trace en 1937. Introuvable, Paco. Et pour cause.

— Où étais-tu ? En France, déjà ?

— Non en Algérie. A Alger avec grand-mère.

— Pourquoi l'Algérie ?

— Pour les mêmes raisons que toi. Un commerçant du Barrio Gótico, un voisin, avait un cousin qui avait refait sa vie quelques années plus tôt dans la Bassetta de Bâb-el-Oued.

— Je comprends mieux pourquoi tu étais introuvable.

— Ensuite ?

— Pardonne-moi, j'ai cru que tu étais mort dans les bombardements. J'ai pleuré pendant des jours et des nuits…

— Et Cortázar t'a consolée.

— C'est vrai. Il est tombé amoureux de moi dès qu'il m'a vue. Je n'ai cédé à ses avances que lorsque j'ai appris la mort de ton père. Tu dois savoir que notre couple a commencé à battre de l'aile quand il s'est engagé aux côtés des républicains. Je l'adjurais

“Pense à notre fils !”, “Pense à l’Espagne et à l’avenir de notre fils”, répondait-il. Plus j’avais peur, plus il était téméraire. Nous ne comptions plus. De surcroît, puisque mon père ne cachait pas ses sympathies pour l’armée et le Caudillo, le tien refusait tout contact avec ma famille. Un enfer, pour moi…

— Et tu as choisi ta famille…

— Non ! Je voulais t’emmener avec moi pour fuir les combats. Il me l’a interdit. Il m’a chassée, me traitant de lâche et de fasciste. Tu étais toujours son fils, je n’étais plus son épouse. Il me citait des noms de femmes dans nos relations qui luttaient pour la république…

— Lesquelles ?

— J’ai oublié. Des syndicalistes. J’ai été élevée dans un cocon, coupée du monde et des réalités politiques. Je ne comprenais rien à cette guerre et l’instituteur qui m’emmenait au bal à la Paloma, l’homme doux et gai qui me protégeait et me faisait découvrir les plaisirs futiles du monde, cinéma, restaurants, promenades romantiques sur les Ramblas, s’est transformé en guerrier dur, violent, en un combattant pour la liberté, comme il disait. Même le père avait changé. Il passait les soirées dans des réunions militantes où il t’emmenait parfois pour que tu aies, dès l’enfance, une conscience politique… Tu l’admirais. Tu refusais de t’endormir pour l’attendre. Seul ton père comptait pour toi…

— Je ne me souviens de rien…

— Tu étais un gamin. Comment pouvais-tu comprendre ?

— Peut-être. Pourquoi te manifestes-tu maintenant ?

— Au fond de moi, je n'ai jamais cru que tu étais mort. Disparu, oui mais pas mort. Une mère sent cela. Miguel, mon second mari, ne supportait pas mon obstination à te croire vivant d'autant qu'il était stérile… Alors j'ai fait silence sur toi. Jusqu'à sa mort, il y a quelques mois. La situation en Argentine se dégrade. Je crains que ce pays aussi me coure à la guerre civile. Depuis deux ans, mon médecin m'encourage à être opérée de la hanche. J'ai décidé de fuir les troubles et accepté l'opération.

— Elle a eu lieu ?

— Oui. Il y a deux semaines. Tout s'est bien passé. Pendant ma convalescence, j'ai rêvé de toi. J'ai pris contact avec les relations de papa à Madrid…

— Qu'est-il devenu ?

— Ton grand-père ? Mort, il y a une dizaine d'années d'une embolie. Il connaissait un haut fonctionnaire qui a accepté de m'aider dans mes recherches. Ce dernier a chargé M. Tolédano de te retrouver si tu étais toujours en vie. (Elle lui a souri.) Et il a réussi.

— Qu'attends-tu de moi ?

— M. Tolédano m'a appris que tu n'étais pas marié et que tu n'avais pas d'enfant.

— Exact.

— Tu es donc libre, n'est-ce pas ?

— L'est-on jamais ?

— Tiens-tu à ton travail de policier ?

— Plus vraiment.

— Alors viens avec moi en Argentine. Tu repartiras de zéro, une nouvelle vie, rattraper le temps perdu entre nous.

— Pour me retrouver plongé dans une nouvelle guerre civile ? Très peu pour moi.

— M. Cortázar possédait la plus grande entreprise de papeterie du pays. Tu apprendras le métier… Il n'a pas d'héritier, en dehors de ses neveux qui ne rêvent que de s'emparer de sa société…

— Nous y voilà !

— Comment cela ?

— Tu redoutes d'être dépouillée par ses neveux et tu as pensé à moi pour lui succéder ! Ton joker dans une stratégie de pouvoir !

— Tu es méchant !

— Je sais ! Un méchant garçon ! Face à une bonne mère qui se souvient subitement qu'elle a, peut-être, encore un fils !

— Je t'offre la fortune, un vrai travail, une nouvelle vie… Je connais quelques jeunes filles de bonne famille qui te trouveraient fort à leur goût…

— De la viande sur le marché ! Tu veux faire de moi de la viande fraîche sur le marché argentin. Un, je suis de la bidoche plutôt avarié, deux, les Argentines, côté embouche, ont ce qu'il faut dans leur pampa. Je n'aime pas ce que je suis devenu mais je déteste ce que tu représentes. Ta collusion avec le pouvoir franquiste, ta manière d'imaginer mon avenir et le tien. Non, je ne suis pas le fils que tu espérais, pas plus que tu n'es la mère idéale. Tu crois pouvoir jouer la fée dans mon histoire, oubliant que les fées se penchent sur les berceaux et protègent les enfants des sorcières ou des ogres.

— Je suis donc une sorcière à tes yeux ?

— Point trop n'en faut ! Une vieille dame qui ne veut pas finir sa vie dans la solitude et le remords.

— J'ai beaucoup d'amis et je ne me sens pas coupable de ce qui est arrivé.

— Parfait ! Je ne suis donc d'aucune utilité.

— Comment peux-tu parler ainsi ? J'ai fait ce long voyage pour te retrouver et, nous retrouvant enfin, tu me rejettes comme si j'étais responsable de tout ce qui t'est arrivé. Si tu es malheureux, je n'y suis pour rien. Je suis seulement une mère qui veut donner un peu de bonheur à son fils qu'elle a perdu dans la tourmente de la guerre.

— Tolédano ! demandez au tenancier de faire jouer les violons ! Je n'en reviens pas ! Mais qu'espérais-tu ? Que je te baise les mains ? Que je m'agenouille, chargé de reconnaissance, devant le retour de la mère prodigue ? Tu rêves, *mamacita* ! Ma vraie mère, c'était ma grand-mère paternelle, celle qui m'a protégé, veillé, soigné, aimé, sauvé du franquisme, nourri, encouragé à devenir un homme. Celle qui a vécu à mes côtés jusqu'à sa mort…

— Quand est-elle morte ?

— En 1962, en Algérie. Elle devenait sénile… Elle est morte et la guerre m'a empêché d'être avec elle pour ses derniers instants…

— Tu vois bien ! Parfois les événements interdisent d'être là où on devrait être !

— C'est vrai. Mais, moi, je me sens coupable. Si tu savais à quel point je me sens coupable ! Même de ton abandon, je me sens coupable ! J'ai pensé que je n'étais pas un garçon assez aimable pour que sa maman l'abandonne ainsi. Tu vois ! Les souvenirs reviennent comme des miasmes ! Si maman m'a laissé, c'est que je n'en valais pas la peine, que je n'avais pas su l'aimer et me faire aimer ! Grand-mère me consolait comme elle pouvait. Quand papa a disparu de ma vie, à son tour, quoi qu'elle dise, j'étais convaincu d'avoir été un mauvais garçon. Pour l'un comme pour l'autre. Je n'avais de valeur qu'aux yeux de ma grand-mère et elle est morte seule et abandonnée...

Des larmes d'enfant, venues du fond de ma mémoire, ont envahi mes sinus. Je me suis levé et précipité aux toilettes où j'ai éclaté en sanglots sous les yeux ahuris d'un obèse espagnol en costume gris perle qui m'a demandé :

— *Estas bien ?*

— Fichez-moi la paix !

Je me suis réfugié dans les chiottes. Assis sur la cuvette, j'ai pleuré tout mon saoul comme on chie son chagrin. Un marin d'Amsterdam qui pisse comme on pleure sur les mères infidèles.

Paco, après être parvenu à calmer les pleurs de l'enfant, est sorti de la cabine. Il a nettoyé le chagrin à grandes eaux, posé les mains à plat sur le lavabo de marbre, observé son visage dégoulinant d'eau et de larmes, les traits tirés, tiré un trait sur l'enfant, souri tristement à son image, s'est séché la peau, cette peau qui lui allait si mal, s'est passé les doigts dans sa tignasse brune, a gratté la barbe qui le démangeait, allumé une cigarette et murmuré : *It's showtime, folks !*

Puis je suis retourné dans le salon auprès du couple de revenants. Il n'y était plus.

Tolédano est réapparu, seul :

— Votre mère a été bouleversée par vos propos. Elle a eu besoin de se reposer quelques minutes.

— Tout est dit. Chacun se replie dans sa détresse pour ne pas l'offrir à l'autre. Une proximité impossible.

— Vous avez été dur.

— Je sais. Il fallait que ça sorte. C'est sorti. C'est fini. Vous lui direz que…

— Rien. C'est à vous de lui donner votre décision. Réfléchissez. Après une nuit de sommeil…

— Je n'y tiens pas. Vous lui direz que…

— Rien. Je vous ai réservé une chambre et une table pour dîner. Laissez un peu de temps passer. Croyez-moi.

— Vous serez là ?

— Personne ne m'y oblige puisque ma mission est accomplie. Mais oui puisque vous jouez à ne pas comprendre l'espagnol.

— Je ne joue pas ! Je dois maîtriser deux mille mots. Pas assez pour comprendre les subtilités de la langue.

— Soit. Reposez-vous. Baladez-vous dans la ville. Madrid a de très beaux musées, de grandes avenues et des jolies femmes. Tenez. (Il m'a tendu une liasse de pesetas et une carte de visite.) Achetez-vous quelques vêtements frais et jouez les touristes.

La clef de votre chambre est à la réception. Si vous avez un problème quelconque vous pourrez me joindre à ce numéro…

Sans vraiment savoir pourquoi, j'ai obéi, empoché les billets et la carte…

La chambre gigantesque et luxueuse s'ouvrait sur une petite terrasse meublée d'une table de jardin et de deux chaises, occupée par une bouteille de rioja, solitaire. Offerte par la direction. Je me suis installé et j'ai avalé le vin tel un vampire se nourrissant du sang de ses ancêtres. Jusqu'à l'ivresse. Puis mon corps s'est jeté sur le lit et s'est accroché à ce radeau d'infortune. Espoir inutile, le bain maternel en tempête, additionné de rioja, a coulé à pic ma conscience, me livrant, sans défense, au chaos de mon imaginaire.

J'ai rêvé de Choukroun : nous étions, côte à côte, à prier dans une synagogue. Comme lui, je priais en hébreu ! Entre deux psaumes, il me souriait.

J'ai rêvé de ma grand-mère qui m'attendait dans son petit appartement de la Bassetta. Je m'excusais d'être en retard ; elle répondait sur un ton de reproche :

"Il était temps, mon fils, j'allais mourir !"

J'ai rêvé d'Irène qui se moquait de son petit voyou espagnol, de celui qui lui faisait la morale au sujet de sa famille orléanaise. Puis elle me quittait. Un homme, non identifié, l'attendait dans sa Studebaker.

J'ai rêvé d'Isabelle m'enviant cette mère qui m'avait retrouvé.

Et j'ai rêvé de moi, enfant, tenant dans chacune de mes mains celles de mes parents. Nous courions sur une plage inconnue, en criant *un, dos, tres*, et ils me soulevaient en riant. J'étais transporté de joie. Dans tous les sens du terme. Et puis je m'étais retrouvé, désemparé, les mains vides, sur la plage de Padovani, à Bâb-el-Oued. Leurs cadavres nus gisaient, enlacés…

Les sanglots qui me secouaient m'ont réveillé.

Il fallait restaurer Paco, corps et âme.

Une douche brûlante, un café double accompagné de pain beurre et confiture, d'œufs au jambon, commandés au *room service.*

Vêtu d'un peignoir de bain mis à la disposition de la clientèle, j'ai ouvert au serveur auquel j'ai demandé d'installer le tout sur la terrasse. Il a embarqué le cadavre du rioja sans ciller. Un cinq-étoiles n'autorisait pas les commentaires désobligeants.

Sur la terrasse, exposée plein sud, il faisait chaud. Nous n'étions qu'en mai, Madrid devait être torride en août. Une chaleur poisseuse, de la terre comme à Paris, en été. Une torpeur de bassin. D'une femme en rut, sans un souffle d'amour. Sans une once de sensualité. La moiteur d'Alger me manquait. Les senteurs du printemps sur le rivage méditerranéen aussi. Sur les plages, les corps des femmes encore blancs, en quête de dorure, l'eau de la mer encore fraîche, en quête de tiédeur, les terrasses des glaciers peuplées d'enfants et d'adultes…

Plus pied-noir qu'espingouin, Paco. Plus français qu'ibérique. Plus flic que papetier. En quête de mère. En manque de père…

Ni la ville ni le costume que j'avais acheté Gran Vía ne m'allaient. L'impression de flâner dans une cité autrichienne, ou ce que j'en imaginais. Je n'ai pas visité le Prado, ni aucun des monuments recommandés par les guides. J'ai erré dans l'ancien barrio de las Letras, actuellement Huertas, fréquenté par des étudiants, en souvenir de Vincennes, et dans Lavapiés, ancien quartier juif de Madrid, cosmopolite et chaleureux, en compagnie du fantôme de Choukroun.

Et puis je suis retourné à l'hôtel pour ce fameux dîner où j'étais décidé à ménager ma mère sans pour autant céder à sa requête.

Tolédano m'attendait dans le hall. Je lui ai demandé :

— Pourquoi faites-vous ça ? Vous vous êtes spécialisé dans les réconciliations mère-enfant ?

Il a éclaté de rire :

— Vous semblez oublier que nous sommes de la même partie.

— J'en doute.

— Au lieu de jouer les médiateurs, je devrais être à mon bureau et faire le point avec mon équipe sur les terroristes de l'ETA.

— Mais encore ?

— Une organisation terroriste de nationalistes basques qui va nous donner bien du souci.

— Vous êtes barbouze ?!
— Barbouze ? Je ne connais pas ce mot.
— Une police parallèle.
— Pas du tout. Je suis un officier de police.
— Chargé des sales besognes.
— Maintenir l'ordre et protéger les citoyens ne sont pas de sales besognes. M'occuper de votre mère et vous est une sale besogne.
— Pourquoi l'avoir acceptée ?
— Parce que c'était un ordre de mes supérieurs et que je suis le seul, hélas, à parler correctement le français dans ce service. (Il a souri.) Pour être tout à fait honnête, je voulais aussi connaître Paris... Votre mère arrive. Allons-y.

Nous nous sommes dirigés vers la salle de restaurant, chacun de nous convaincu de l'inutilité de ce dîner. Un dîner de famille, une fois tous les trente ans, ça ne s'évitait pas. Ça se vivait. Comme un deuil.

Au cours du repas, chacun de nous a pesé ses mots pour ne pas infliger de blessure supplémentaire. J'ai questionné ma mère sur sa vie argentine. Une vie de grande bourgeoisc, réglée comme le papier d'une musique à la ritournelle ennuyeuse. La gestion du personnel domestique, la bonne tenue de la demeure familiale, le soutien sans faille à son défunt mari dans son entreprise ; côté loisirs, point de tango ni de théâtre, les bonnes œuvres et la messe, le dimanche. J'ai répondu aux questions sur ma vie parisienne. Je lui ai expliqué mon impossibilité à la suivre. Je n'avais rien d'un homme d'affaires, pas envie d'un nouvel exil. De plus j'étais amoureux d'une jeune femme trop attachée à ses racines et à son père pour accepter de me suivre à l'autre bout du monde. Elle a semblé déçue, sans plus. Elle était sur la voie de la résignation, me faisant seulement promettre de lui donner des nouvelles et d'accepter le billet d'avion open qu'elle m'offrait au cas où je changerais d'avis. Je l'ai pris sans laisser paraître mon humiliation. Je demeurais à ses yeux un gamin sans le sou, sans avenir. Elle n'avait peut-être pas tort…

Tolédano a paru soulagé de notre prudente conversation.

— Quand retournes-tu en Argentine ?

— Dans quelques semaines. Je dois revoir le chirurgien à la fin du mois. Si tout va bien, je rentrerai… sans toi.

Elle a écrasé une larme. Je n'ai pas su décoder si elle était formelle, de dépit ou de réel chagrin.

Un garçon s'est approché de Tolédano : on le demandait d'urgence au téléphone. Il s'est levé et dirigé vers une cabine où le standard a transféré l'appel. Il est revenu, le visage décomposé, en annonçant :

— Je dois vous quitter. Un imprévu…

Ma mère l'a remercié en alignant de ronflantes formules de gratitude.

— Merci pour votre patience et vos talents de traducteur, ai-je ajouté en l'accompagnant jusqu'à la sortie de l'hôtel. Vous semblez avoir un problème sérieux ?

— En effet, a-t-il confirmé.

— Personnel ou professionnel ?

— … Professionnel, a répondu Tolédano, se décidant à m'en dire plus, sans doute en raison de notre appartenance policière. Un de mes gars a été tué au cours d'une filature.

— Par qui ?

— L'ETA, je pense. Comme je le prévoyais, elle va nous donner bien du souci.

Après le départ de Tolédano, la guerre entre ma mère et moi s'est terminée. Une autre semblait commencer entre l'Etat franquiste et les indépendantistes du Pays basque. Le premier barbouze à la mode espagnole avait été exécuté. La police parallèle française en Algérie avait été décimée par l'OAS qui voulait que la colonie reste française, l'espagnole allait l'être par ceux qui voulaient l'indépendance. Je ne connaissais pas assez Tolédano pour savoir s'il était un simple exécutant ou s'il aimait pourchasser les opposants au régime. La justice ibérique avait la réputation d'être expéditive avec l'opposition politique. Les procès et les condamnations des antifranquistes se déroulaient en secret, façon cour martiale.

Mon père avait séparé la mère de l'enfant, Tolédano leur avait permis de se retrouver, trente ans plus tard. L'histoire de l'Espagne nous avait rattrapés au moment où nous reprenions le cours de notre histoire.

Mon père mort n'avait pas permis les retrouvailles, Tolédano avait donné un nouveau départ à la relation dont la tonalité avait pris, d'emblée, un tour tragique.

J'ai encouragé ma mère à aller se coucher et promis de la retrouver le lendemain matin au petit-déjeuner.

Parasité par l'épilogue de la soirée, j'ai sombré dans un sommeil agité par des images de cadavres : victimes du FLN, OAS et armée régulière, Arabes, Français, civils et militaires ont défilé dedans mes yeux fermés en une danse macabre. Point d'orgue, les obsèques de Choukroun dans le carré juif de Saint-Eugène, à la différence que c'était le corps de mon père qu'on ensevelissait. Irène était à mes côtés...

Au matin, sans imaginer les conséquences, j'ai appelé Irène à sa boutique pour lui annoncer que ma mère m'avait retrouvé. Un prétexte pour entendre, à nouveau, sa voix. Une autre voix m'a répondu, inconnue :

— Pourrais-je parler à Irène, s'il vous plaît ?

— De la part de qui ?

— Un ami.

— Elle est en vacances pour quelques jours en Espagne.

— Où... Où ça !?

— A Barcelone...

— A quel hôtel ?

— Je ne sais pas. C'est elle qui m'appelle chaque jour pour s'informer des commandes ou d'éventuelles difficultés. Je la remplace pour lui rendre service mais je suis dilettante dans la profession…

Après avoir raccroché, je tremblais. Les émotions se succédaient avec une violence inouïe. J'ai sorti de mon portefeuille la carte de Tolédano et je l'ai appelé aussitôt.

— Que puis-je encore pour vous, monsieur Martinez ?

— Pouvez-vous me trouver le nom d'un hôtel à Barcelone ?

— Vous avez des guides et l'office du tourisme pour cela, a-t-il répondu, agacé.

— Non, excusez ma confusion. Je cherche à trouver le nom de l'hôtel où une amie très chère séjourne. J'imagine que vous avez accès aux fiches des hôteliers…

— Hum ! Le nom de votre amie…

Il avait des affaires autrement plus importantes à régler mais il m'a promis de me rappeler s'il obtenait l'info.

Qu'il trouve l'adresse ou pas, ma décision était prise. J'allais me rendre à Barcelone me recueillir sur la tombe imaginaire de mon père. Ma mère m'avait retrouvé, je me devais de retrouver un peu de mon père, un peu de ma mémoire. Plus Irène, si c'était possible.

Une heure après, le téléphone a sonné :

— Elle est descendue dans un quatre-étoiles, le Duques de Bergara, carrer de Bergara, dans le quartier de l'Eixample, chambre 425... Rien d'autre ?

— Y est-elle seule ?

— Non, mon ami. Elle est en compagnie d'un homme d'affaires français. Mais, en Espagne, les couples non mariés n'ont pas le droit de séjourner dans la même chambre. Ils ont donc des chambres mitoyennes...

Tolédano ne savait pas que, même s'ils l'autorisaient, elle aurait eu sa propre chambre car elle ne supportait pas de dormir avec ses amants. Ça tuait le désir, disait-elle...

Après le petit-déjeuner, j'ai serré ma mère dans mes bras, lui promettant de lui donner de mes nouvelles et de prendre des siennes.

— Viens me voir à Buenos Aires avec ta fiancée. Je serais heureuse de faire sa connaissance...

— Pourquoi pas.

Nous avons échangé nos adresses et nos numéros de téléphone comme des touristes ayant sympathisé à l'étranger. Nous n'étions plus des étrangers l'un pour l'autre. Nous étions vivants et nous le savions. Quant à la suite de notre histoire, elle se développerait à distance. Le temps que nos représentations réciproques se redessinent telles que nous étions et non telles que nous nous imaginions être.

UNE FEMME SOUS INFLUENCE – 1

Virginie Lecorps est mon nom, vingt-huit ans, mon âge.

Etudiante en arts plastiques, en réalité, militante révolutionnaire maoïste à plein temps.

C'est mon destin. Nul n'y peut rien.

Je suis née à Entre-deux-Guiers, dans la vallée de la Chartreuse, l'aînée de quatre enfants. Deux frères et une sœur m'ont suivie. Un trio de crétins.

Mes parents, sont, je pense, toujours agriculteurs. Un couple de minables.

Je les déteste. Depuis toujours.

Le seul auquel je me sois attaché est mon grand-père paternel. Il est mort il y a une dizaine d'années. C'était un homme qui avait des pouvoirs magnétiques, disait-il. Il pouvait guérir grâce à ce don qui lui était venu du ciel. Chaque fois que mes frères et sœur, mes parents ou moi-même étions malades, il posait les mains sur notre tête, notre corps, et grâce à son fluide nous guérissait. Enfin pas toujours, mais suffisamment pour être respecté et craint. C'était un autodidacte plutôt orgueilleux, aussi quand la maladie le mettait en échec, il l'étudiait dans des livres anciens de médecine où les seuls remèdes conseillés étaient basés sur les plantes. Ainsi, il a étudié les plantes médicinales, des plus communes aux plus rares. Il a appris aussi à les préparer, les classer pour les prescrire aux malades qui résistaient à son magnétisme.

Ma vie a changé, l'année de mes huit ans : pour mon bonheur, il a dit avoir décelé chez moi les mêmes dons que les siens.

A partir de ce moment, j'ai su que j'étais différente de mes deux frères et de ma sœur. J'ai commencé à m'interroger : peut-être n'étais-je pas une enfant de cette famille ? Comme chez mon grand-père, bâtard d'une fille au service d'un grand propriétaire du coin, coulait dans mes veines un sang plus noble, plus puissant. Etais-je, en réalité, la fille de mon grand-père paternel et d'une fée ?

Dès lors, une fois par semaine, je suivais l'enseignement et les consultations du grand-père, avec la bénédiction de mes parents qui, l'aïeul disparu, pensaient que ça pourrait toujours servir…

Mon père, écrasé par l'aura de son propre père, était taciturne et faible.

Ma mère, forte mais rustre, élevait ses filles comme elle avait été élevée elle-même, les destinant à devenir épouses d'agriculteur, mères, femmes au foyer, rien d'autre.

Pourtant, j'étais une enfant vive et intelligente, plutôt bonne élève, au dire de l'institutrice.

Mes seules amies étaient les araignées dont j'imaginais les toiles tissées comme des voiles protecteurs.

L'une d'elles, particulièrement, veillait sur moi, installée dans le coin qui dominait mon oreiller. Je l'avais même nommée Clochette. Jusqu'au jour où ma mère l'avait écrasée d'un coup de balai. La seule fois où j'avais piqué une crise de nerfs. Ma mère m'avait jetée sous la douche froide pour me calmer. Mon frère Michel s'est moqué de moi en répétant : "Elle a une araignée dans le plafond." Ça a amusé ma mère. J'ai pris un tisonnier pour lui éclater la tête. Mon père m'a giflée et m'a privée de dîner.

J'étais sûre, désormais, que cette famille me détestait... D'ailleurs, c'est après ce crime que ma mère a exigé que je la seconde dans les tâches ménagères et le suivi scolaire de mes frères.

J'ai dû espacer mes visites chez mon grand-père qui habitait au village. C'est alors que j'ai décidé de mettre à l'épreuve mes dons. C'est à ce moment-là que je suis vraiment devenue moi-même...

J'ai commencé à étudier ma famille comme une ethnologue. Manifestement j'étais étrangère à leur monde, leurs us et leurs coutumes. Ils ne voyaient pas ce que je voyais, n'entendaient pas ce que j'entendais. Ils passaient, sans cesse, à côté des signes, des sens. Au contraire d'eux, je n'étais pas dupe de leur connivence, de leur jeu. Puis, je me suis enhardie, explorant les mœurs de mes camarades de classe, les alliances et coalitions entre gamines. Evidemment, comme dans ma famille, les autres élèves avaient tendance à m'exclure. Elles me trouvaient "bizarre", sans s'interroger sur leur propre bizarrerie.

Leurs jeux dans la cour étaient le plus souvent débiles, leur coquetterie, misérable.

J'avais hâte d'aller au collège pour échapper à la promiscuité de cette école de village. Je voulais découvrir le monde, un autre monde. Un monde qui correspondait à la vision du mien…

Mercredi 13 mai 1970

II

BARCELONE

Impressionnée par son architecture, j'étais entrée dans la Sagrada Familia, la cathédrale dessinée par Gaudí.

La Studebaker était garée à proximité. J'avais hésité à la prendre pour rejoindre Max à Barcelone. Comme moi, elle n'était plus toute jeune. Offerte à Alger par un vieux soupirant, excellent danseur, après l'amputation partielle de ma jambe gauche, elle m'avait suivi à Aix-en-Provence. Malgré le sang de Paco qui avait taché son cuir, je ne m'étais toujours pas résolue à m'en séparer. Max aurait préféré me voir arriver en train. Trop de contraintes et de changements.

Le trajet m'avait permis de réfléchir à mon avenir en toute quiétude.

Mon avenir de femme mais aussi de mère. Max ne le savait pas encore. J'avais eu les résultats du laboratoire la veille de mon départ. En fait, je l'avais su bien avant. Mon cycle a toujours été régulier. Ce retard ne pouvait signifier que grossesse ou maladie. Max n'a jamais caché depuis le début de notre liaison son désir de fonder une famille avec moi.

Une famille ! La seule décision que j'avais prise avait été de laisser faire la nature. Fin des précautions d'usage. Fin de la nullipare comme disent les gynécologues. Primipare, désormais. J'avais du mal avec le mot enceinte. Quelque chose de carcéral dans ce mot pour moi qui aimais tant la liberté. J'avais failli appeler Marthe Choukroun pour le lui annoncer. Et puis j'avais renoncé de peur qu'elle ne me vrille les oreilles de youyous et qu'elle ne me questionne sur le géniteur. Elle aime tellement Paco qu'elle aurait pu m'en vouloir de concevoir un enfant avec un autre.

Si cet enfant avait été de Paco, j'aurais imaginé une mise en scène spectaculaire pour le lui annoncer, louer une salle de cinéma où j'aurais demandé la projection d'*Une femme est une femme*, lui offrir le poème de Victor Hugo *Lorsque l'enfant paraît* ou un chapeau de notable. Je lui aurais peut-être chipé dans son album de famille cette photo de lui, bébé, assis sur la plage, que j'aurais fait agrandir et encadrer…

A Max, qui sortirait, épuisé, d'une négociation difficile concernant un énorme projet immobilier, j'allais l'annoncer simplement. Il y aurait sa prévisible émotion puis il me gronderait d'avoir roulé en voiture tout ce temps, ensuite il me traiterait comme si j'étais proche du terme, avec délicatesse, prêt à céder à tous mes caprices. Il m'offrirait des fleurs, une bague, que sais-je encore ? Tout ce qu'il est convenu de déposer aux pieds gonflés d'une future maman.

Quelle maman serai-je ? Cette question avait tourné dans ma tête pendant tout le trajet. Distante, dévorante, aimante, rejetante, trop présente, trop absente, intrusive, maladive, dépressive ou juste à la hauteur des attentes de son enfant ?

Une fille, un garçon ?

Ne voudrais-je pas donner à une fille tout ce que je n'ai pas reçu ? Ne risquerai-je pas d'étouffer un garçon par mes baisers et le trop grand désir d'en faire mon deuxième homme ? Foutaises. Je serai comme je pourrai. Et je ne serai pas seule à l'élever, à décider. Max construirait sa paternité comme le reste avec sérieux et détermination. L'immobilier lui avait donné le goût de fondations solides.

Cette cathédrale avait quelque chose d'étrange, un mélange de beauté mystique et de sensualité. J'aimais son côté inachevé. Ça la rendait plus fragile, plus proche de nous. Elle était en devenir, comme moi. J'étais incomplète comme elle. La seule chose que j'aie aimée pendant mon enfance orléanaise, la cathédrale. Rien à voir avec celle de Gaudí. Tellement plus vieille, ayant subi tous les affronts, tous les assauts. Jusqu'à être bombardée. Et toujours debout. Comme moi.

J'ai pris l'escalier qui accédait à une galerie. De là-haut, j'ai observé les visiteurs qui déambulaient. Un type est entré d'un pas hésitant, l'air de chercher quelqu'un.

Il dévisageait toutes les femmes qu'il croisait. Sans doute un amoureux qui avait donné rendez-vous à sa belle. Lui avait-elle posé un lapin ? Etait-il en retard au point qu'elle ne l'ait pas attendu ?

Il portait un costume mal taillé, de fabrication locale, et des cheveux longs et bruns. Je ne distinguais de son visage que les mouvements qu'il opérait. Comme une gamine à son balcon, j'avais envie de siffler pour qu'il lève la tête et que je puisse voir enfin à quoi il ressemblait. Il s'est arrêté sous moi et a attendu que les visiteuses qui l'avaient précédé quittent les lieux. Les femmes, au passage, semblaient gênées par ses regards insistants. Un satyre ? Curieux endroit pour courir la gueuse. Puis comme s'il avait senti mon regard sur son crâne, il a levé lentement la tête avec l'espoir d'y découvrir sa Juliette lui criant son amour. J'ai cru m'évanouir. Paco, chevelu et barbu, sapé comme l'as de pique. Impossible ! Pas mon Paco ! Pas ici ! Pas maintenant ! Par réflexe, j'ai reculé, craignant le flagrant délit de présence.

Quand je me suis penchée à nouveau, il avait disparu. J'avais halluciné Paco en lieu et place d'un inconnu. Etait-ce l'effet de la grossesse ?

— Irène ? a murmuré une voix. Sa voix.

Je me suis retournée, comme si j'allais voir le diable en personne.

— Irène c'est moi, Paco. La barbe et les cheveux longs c'est parce que je suis dans la peau d'un autre. Mais c'est moi, en tout cas ce qu'il en reste…

— Que… Que fais-tu là ?

— Et toi ?

— Moi, je… Je visite… Barcelone.

— Drôle d'endroit pour une rencontre, après tout ce temps. Ça te ressemble bien, encore une de tes mises en scène pour me surprendre…

— Comment savais-tu que j'étais là ?

— Je ne le savais pas. Ou plutôt, j'ai vu la Stude dehors. J'ai cru, tout d'abord, que c'était son sosie espagnol, puis la plaque d'immatriculation et mon sang sur le siège arrière m'ont confirmé que c'était la tienne. J'ai pensé que tu l'avais peut-être vendue. A tout hasard, je suis entré et je t'ai cherchée. Imaginant que tu avais peut-être changé la couleur de tes cheveux, j'ai observé les rousses mais aussi les blondes, les brunes… Tu as laissé à nouveau tes cheveux boucler ?

— Oui. Ils ont résisté à tous les coiffeurs d'Aix. Ils ont fini par gagner la partie.

— Ils te donnent une beauté sauvage à nulle autre pareille…

— Arrête, Paco. Ça me fait mal de te voir…

— Moi, ça me fait du bien. Tu existes toujours et c'est l'essentiel. Telle qu'en mon souvenir…

— Arrête, Paco ! Je ne veux rien savoir de toi. Rien de ta vie, de tes amours. Et surtout rien de ton métier.

— Rassure-toi, je suis ici à titre privé. Accepterais-tu de prendre un verre ?

J'ai hurlé un "Non !" silencieux et j'ai murmuré un "Oui… mais juste quelques minutes j'ai rendez-vous bientôt", à la façon d'une midinette.

— Tu achètes tes chapeaux en Espagne, à présent ?
— Non. Un rendez-vous privé.
— Ah ! Prends mon bras pour descendre si ça ne te compromet pas.
— Ne sois pas idiot !
— On ne lutte pas contre sa nature…

J'ai pris son bras du bout des doigts, préférant m'appuyer sur ma canne. Néanmoins, le contact de sa chair à travers l'étoffe a suffi pour m'électriser. Le salaud ! Dans mes pattes, au pire moment ! J'avais envie de fuir, la cathédrale, la ville, le pays, Paco, Max…
— Prenons ma voiture.
— Mais pourquoi ? il y a un bistrot en face.
— S'il te plaît.

Nous avons roulé quelques instants en silence.
— Tu t'intéresses aux cathédrales ?
— Non à celle-ci, particulièrement… Et puis, je crois que mon père a été tué tout près d'ici. Bien que mécréant, je suis en pèlerinage.
— Pourquoi ces cheveux et cette barbe ridicules, tu ressembles à…
— Un petit voyou espagnol, je sais… J'adore ton profil, mais je préférerais te parler en face à face.
“Si vous voulez faire tourner la tête à une femme, dites-lui qu'elle a un joli profil”, disait Sacha Guitry, à raison.
J'ai freiné avant de le foudroyer du regard.

— Que me veux-tu ?

— Ah ! Ces flammes violettes au milieu de ces yeux verts ! je les identifierais entre toutes.

— OK ! Tu as gagné. Descendons et buvons ce verre qu'on en finisse !

— Irène, Irène ! C'est déjà fini. Depuis presque deux ans… Je pensais… j'espérais que tu avais cessé de me haïr…

— Je ne t'ai jamais haï…

— Et si nous allions au cinéma…

— J'ai passé l'âge de me laisser emballer dans une salle obscure.

— Qui parle de t'emballer ?

— Moi.

Je me suis penchée, lèvres entrouvertes, yeux fermés. Vaincue. Nous nous sommes embrassés avec une violence inouïe. Si nous n'avions pas été dans un cabriolet décapoté et en plein jour, nous aurions fait l'amour sur l'instant, en nous fichant du monde entier, au coin de cette rue inconnue. Longtemps après le baiser, nous sommes demeurés enlacés par une étreinte désespérée. Désespérée pour moi, pleine d'espoir pour lui, hélas.

J'étais folle.

Devenue folle.

Enceinte et folle.

Enceinte, garce et folle.

Encore et toujours folle de lui.

Pourquoi maintenant ?

Un coup à retrouver la foi en un dieu qui me mettrait à l'épreuve.

Les passants nous dévisageaient avec réprobation.

Et si Max m'avait surprise dans les bras de Paco ? Quelle horreur ! Il fallait me rendre rapidement invisible. Je me suis brutalement détachée de lui et suis sortie de la voiture. J'ai aperçu une brasserie.

— Entrons dans celle-ci.

Il m'a suivie sans rien comprendre à mon attitude.

Je me suis dirigée vers le coin le plus obscur de la salle et me suis assise en soupirant.

— Sûr, chef, d'ici, on pourra continuer la planque sans être vus. Mais est-ce qu'on le verra ? a ironisé Paco.

— Moque-toi. Tu débarques, tu me sautes dessus, tu m'embrasses comme un mort de faim et…

— Je dirais plutôt, on se rencontre, tu t'offres, je t'embrasse, nous étions à deux doigts de faire l'amour et tu renonces pour une *cerveza.*

Décidément stupide, j'ai ri :

— Malgré ta tignasse de gitan, tu n'as pas changé.

— Oh que si ! Pas beaucoup mais plus que tu ne crois.

— Il y a une nouvelle femme dans ta vie.

— Une ? tu me sous-estimes ! Plusieurs. Une maoïste herpétique…

— Plutôt rédhibitoire.

— En effet. Une tenancière d'un bistrot des Halles…

— Jolie ?

— Pour son âge, bien conservée.

— Quel âge ?

— Soixante-dix, mais elle en fait soixante-cinq. Une superbe Suédoise, aussi…

— L'exotisme du Nord ?

— Elle tient une sex-shop.

— Une blonde courtisane…

— Non, rousse…

— Ah…

— Elle est retournée en Suède avec son fils…

— Son fils et le tien ?

— Si c'est le mien, j'ai dû oublier avoir enquêté à Stockholm, il y a fort longtemps. Il a quatre ans. Enfin, une somptueuse Argentine…

— C'est la bonne, celle-là, ou te moques-tu encore ?

— C'est la bonne. Elle m'a même proposé de la suivre à Buenos Aires, de m'héberger, de m'entretenir et de faire ma fortune…

— Paco, gigolo ! J'ai dû mal à y croire.

Il a sorti un billet d'avion de sa poche portefeuille. Je n'ai pas résisté à l'envie de vérifier s'il me racontait des bobards. Incroyable ! Un billet open, en première classe, Paris-Buenos Aires !

— Tu pars donc. Elle doit beaucoup t'aimer, cette femme pour te proposer pareille folie.

— Comme une mère.

— Elle est vieille ?

— Disons mûre, mais élégante, raffinée, et ce qui ne gâte rien veuve d'un riche papetier.

— Le grand saut alors ?

— Non. Tu me connais. Je suis sur une enquête passionnante que je ne peux abandonner.

— Même pour la femme de ta nouvelle vie ?

— Elle est plutôt la femme de mon ancienne vie, ma vie en Espagne.

— De quoi parles-tu ? Je ne comprends rien à tes allusions.

— J'ai retrouvé ma mère ou plutôt ma mère m'a retrouvé.

— Quoi ! Sans blague ! Raconte…

— Ceci est une longue histoire et tu es pressée.

— J'ai encore un peu de temps devant moi.

Un vrai mensonge dont je sentais qu'il allait me coûter cher.

*

En fin de matinée, j'ai pris le train pour Barcelone dans lequel j'ai parcouru un quotidien. J'y ai décodé que l'assassinat d'un flic avait été revendiqué par l'ETA. Sans plus de précision sur ce mouvement qu'on décrivait comme un groupe terroriste indépendantiste. L'article se terminait sur l'Espagne, pays uni et indivisible grâce à Franco. Un autre article, dans la rubrique "Etranger", décrivait les troubles en Argentine : les *monteneros*, un groupe de péronistes, avaient enlevé l'ancien président Aramburu – qui avait renversé Juan Perón en 1955 – afin de le traduire devant un tribunal révolutionnaire. Ma mère ne m'avait donc pas raconté de balivernes…

Barcelone, enfin.

Ma tête n'a pas reconnu cette ville, à cause, peut-être, des bouleversements architecturaux opérés depuis trente ans. Mes sens, ma peau, oui.

La musique du catalan me parlait plus que celle du castillan. Les odeurs de la ville, la lumière, la proximité de la mer m'étaient plus familières.

Habité par un trac insupportable, j'ai choisi d'entamer un pèlerinage avant de me rendre à l'hôtel d'Irène.

Prenant comme repère la vieille cathédrale et son parvis, j'ai laissé décider de l'itinéraire mes pas qui m'ont guidé, par instinct, à travers les ruelles du Barrio Gótico jusqu'à la carrer Bellafila où se tenait, jadis, la boutique de charcuterie de mes grands-parents paternels.

Toujours là ! Différente, moderne, mieux approvisionnée, mais toujours là ! Sa vitrine était chargée de jambons crus, fumés, de chorizos, conserves et vins. A l'intérieur, un jeune couple servait deux clientes avec bonne humeur. Les images sépia de photos de l'époque me sont revenues en mémoire. Des bruits aussi que je n'arrivais pas à distinguer de ceux de la Bassetta, mélangés aux bribes barcelonaises. Une confusion des sens. L'adulte cherchait en lui l'enfant de cette ruelle, sa vie, son quotidien. Curieusement, je n'avais aucun souvenir de l'appartement de mes parents, alors que je n'avais jamais oublié la charcuterie. Sans doute à cause des photos dans l'album de ma grand-mère, les photos d'un paradis perdu qu'elle avait exhibé chaque fois que je lui avais demandé de me raconter l'Espagne. Son Espagne de légende, son fils de légende…

Mitoyenne de la charcuterie, la minuscule échoppe d'un marchand de journaux m'évoquait un personnage connu et oublié, un personnage ami, bienveillant. Sans visage. J'ai piétiné sur le trottoir, sans oser entrer dans l'un des deux commerces.

J'attendais… Quoi ? Que, par miracle, ma grand-mère apparaisse sur le seuil ? Que des souvenirs déferlent ? Et si mes pas m'avaient trompé ? J'attendais, tel un amnésique en quête de lui-même.

Une voix m'a interpellé, en catalan : "Vous cherchez quelque chose ?"

Celle d'un homme aussi minuscule que son officine, un vieillard maigre et ratatiné, un béret noir enfoncé jusqu'aux oreilles, le visage sillonné de rides profondes, les yeux rieurs.

J'avais, sans m'y attendre, compris la phrase et répondu par une question :

— C'est bien l'ancienne charcuterie de la famille Martinez ?

— Oui, il y a longtemps. Après la mort de son fils en… en 1937, je crois, Mme Martinez est partie avec… (Il m'a observé avec insistance, a fixé mes yeux.) Tu es Patufet, non ?

— … Oui !

Ses yeux rieurs se sont emplis de larmes et sa bouche édentée s'est ouverte d'un large sourire. Il s'est précipité sur moi pour me serrer dans ses bras en jurant des formules affectueuses, tendres et absurdes.

— Comme tu as grandi ! Tu te souviens de moi ? Xavi Ledesma ! *Los tebeos*[1] que je te lisais en cachette ! Ton père voulait pas que tu lises ces bêtises. C'était notre secret.

Mon surnom secret. *En Patufet*[2], un illustré que me lisait Xavi. Soudain, l'image est apparue : Patufet, un minuscule enfant de la taille d'un grain de riz portant une grande *barretina*[3] rouge afin que ses parents puissent le retrouver plus aisément !

Toute l'histoire de ce conte catalan lu encore et encore par Xavi m'est revenue en déferlante :

Patufet était un curieux et vilain garçon jusqu'au jour où il avait décidé de prouver au monde entier qu'il pouvait se rendre utile et être fiable.

La première tâche qu'il avait entreprise avait été d'aller au magasin acheter du safran. Minuscule, il évitait de se faire écraser par les passants en chantant :

Patim patam patum,
Homes i dones del cap dret,
Patim patam patum,
No trepitgeu en Patufet[4].

Les gens ne voyaient qu'une pièce de monnaie marchant et chantant. Malgré le danger, Patufet parvenait à accomplir sa mission.

1. Les illustrés.
2. Magazine catalan pour enfants publié de 1904 à 1938 puis de 1968 à 1973.
3. Chapeau traditionnel des Catalans.
4. "Patim patam patum / Hommes et femmes qui venez vers moi / Patim patam patum / Ne marchez pas sur Patufet."

Par la suite, il avait décidé d'aller à la ferme et de porter son repas à son père, mais il avait manqué de chance et avait été avalé par un bœuf.

Ses parents le recherchaient en appelant *"Patufet, on ets ?"* (Patufet, où es-tu ?) et il répondait de l'intérieur du bœuf :

Sóc a la panxa del bou,
que no hi neva ni plou.
Quan el bou farà un pet,
Sortirà en Patufet[1]*!*

Ils entendaient la petite voix de Patufet au bout d'un moment et la mère nourrissait le bœuf d'herbes faisant péter…

Un flot d'images désordonnées, ponctuées de rires, les miens, ceux de l'enfant, la sensation retrouvée du plaisir de la transgression. La complicité avec ce vieillard qui, à l'époque, ne l'était pas encore. Une émotion du ventre, du corps. Loin de la tête et de ses élaborations. De l'archaïque, du puéril. Une amitié née de l'enfance et perdue dans la tourmente de la guerre.

Xavi est retourné dans sa boutique pour en revenir avec un exemplaire d'*En Patufet* :

— Il a cessé de paraître en 1938, un an après ton départ. Et il est réapparu en 1968, deux ans avant que tu reviennes. Un symbole, non ?

1. "Je suis dans la panse du bœuf / Où il ne neige ni ne pleut. / Quand le bœuf pétera / Patufet sortira !"

En 1968 j'avais failli mourir.

J'ai allumé une cigarette pour éteindre mon émotion.

— Vous avez le temps de prendre un verre ?

— Non, je peux pas laisser la boutique. Va au bistrot en face et demande deux verres de vin sur mon compte.

— Non, c'est moi qui régale.

— Tu vas me vexer, fils !

Je suis revenu avec deux verres d'un vin épais, et, comme une habitude, nous avons trinqué. Jadis, le mien était empli de sirop d'orgeat…

Naturellement, nous nous sommes assis sur le perron. L'enfant avait pris le pouvoir. Naturellement. Et je l'ai laissé agir à sa guise.

Xavi m'a parlé longuement de moi, de mes grands-parents, de mes parents. Des anecdotes. Il m'a parlé de nous. Et je riais. L'enfant riait aux bêtises, aux secrets, aux joies et aux petites blessures. Il n'a jamais abordé les drames comme s'il avait senti que j'y baignais encore. Il était resté là, tout ce temps, comme le gardien du temple, de la mémoire défaillante. D'un temps révolu. Au moment de nous séparer, il a osé demander ce qu'était devenue ma grand-mère. L'adulte a repris la parole pour mieux la censurer :

— Elle est morte de vieillesse chez elle, à Alger. Elle n'a pas eu à connaître un nouvel exil…

— Franco, lui, est toujours vivant…

— Il finira bien par mourir aussi…

— *Aixo se farà al temps de batre les carbasses*[1]... a conclu Xavi.

Je l'ai embrassé lui promettant de revenir, sachant que je ne reviendrais pas. Certains fantômes étaient réapparus, sous forme humaine, à leur place, les autres, les vrais, continueraient d'errer dans les limbes de mon esprit durablement.

Ensuite, mes pas m'ont porté dans le quartier de l'Eixample. J'ai trouvé l'hôtel sans difficulté. J'ai piétiné le temps d'une cigarette, avant de me décider à y entrer, le cœur battant.

A la réception, j'ai demandé si Irène était dans sa chambre. Non. Elle était allée visiter la Sagrada Familia.

Je m'y suis rendu d'un pas nerveux.

Au dire de ma grand-mère, mon père m'avait emmené admirer les immeubles conçus par Gaudí, à l'exception de la Sagrada Familia où il avait refusé de me laisser entrer. J'avais pleuré de dépit. Ses explications sur l'Eglise, servante des grands propriétaires, ne m'avaient pas convaincu. L'enfant avait trouvé injuste que son père lui refusât ce petit

1. "Ceci se fera au moment de dépiquer les citrouilles." Soit à la saint-glinglin.

plaisir. Je l'avais connue inachevée, elle l'était toujours et pour encore quelques décennies.

Hésitant à y pénétrer de peur de subir les foudres paternelles *post mortem*, j'ai tourné autour de la porte de la Passion, puis de la Nativité quand j'ai aperçu, garée tout près, la Studebaker d'Irène !

Troublé, puis curieux, je m'en suis approché, l'immatriculation était la même, mon sang séché maculait toujours le siège arrière ! Sa voiture, à Barcelone !

Plutôt que de stationner indéfiniment devant le véhicule en attendant son retour, j'ai cherché la silhouette d'Irène dans la foule, puis dans l'église. Et je l'y avais trouvée !

A Irène, je n'avais raconté qu'une partie de mes aventures. J'avais délibérément omis de parler d'Isabelle, des infos recueillies sur son hôtel, mettant en avant le hasard et l'épisode le plus spectaculaire, la réapparition de ma mère. Je m'étais enlisé un peu plus dans l'imposture pour mieux la retenir. La retrouvant, je voulais la reconquérir alors que, retrouvant ma mère, je l'avais quittée sans vraie douleur. J'avais pardonné à cette dernière, mais je ne me pardonnais pas d'avoir perdu Irène.

Retrouver sa silhouette magnifique, ce visage couronné, à nouveau, par sa tignasse rousse en bataille, ses yeux au vert splendide, découvrir les quelques ridules qui ornaient désormais le coin de ses yeux, entendre le timbre de sa voix m'avait bouleversé.

Pire, en quelques instants, regards, baisers, j'avais oublié Isabelle, et ce que j'avais pris pour de l'amour à son égard semblait être devenu une vague tendresse, une aventure sans lendemain.

Irène demeurait à jamais ma courtisane orléanaise, ma favorite, ma *putana* de Bâb-el-Oued, mon amour. Celle qui, à tous les moments importants de ma vie, avait été là, et l'était une fois de plus en cet instant particulier de retour en terre d'origine.

Pourtant, ses hésitations et colères, sa façon de se réfugier dans le fond d'une brasserie comme si nous étions des amants adultères signifiaient bien que je ne tenais plus la même place dans sa vie, du moins qu'un autre homme avait pris la mienne. Je voulais savoir et je le redoutais. Apprendre qu'elle avait une liaison ne me posait pas de problème. Deux ans s'étaient écoulés. Un amoureux, un vrai, m'effondrerait.

— Et tes amours ? ai-je demandé d'un ton faussement désinvolte.

— J'ai envie de toi.

— Tout de suite ?

— Oui.

— Là ?

— Non, bien sûr. Ni dans les toilettes, ni dans ma voiture. Partons. Sortons de cette ville.

— Pour s'envoyer en l'air…

— Paco, je t'en prie, ne sois pas vulgaire !

— Laissez-moi terminer, belle Irène ! je ne vois que le Montjuïc. On y accède par un téléphérique dont le départ est sur le port.

Dans la cabine occupée par quelques passagers, nous montions, soudés l'un à l'autre, brûlant d'un désir dont j'avais pris le risque de différer l'accomplissement pour lui permettre de se rétracter ou, tout au moins, nous laisser le temps d'évaluer son intensité. Le tremblement de nos corps, nos mains qui les exploraient, vérifiant les reliefs déjà parcourus, la texture des peaux, la tiédeur des creux et des bosses, tout concourait à exacerber notre désir plutôt qu'à l'essouffler.

Nous n'avons rien vu du splendide panorama de Barcelone, les yeux rivés à ceux de l'autre. Sitôt descendus nous avons fui le groupe des visiteurs à la recherche d'un endroit isolé.

Comme des adolescents, émus par leurs premiers ébats, nous avons fait l'amour au sol, dans un coin de verdure, au pied du château. Presque maladroits dans nos gestes pour nous dévêtir, trop émus pour prendre le temps, trop excités pour nous montrer délicats. Sans mots échangés. A la mode barbare. Comme si c'était la dernière fois. Nous avons joui, ensemble. Elle a pleuré, en silence. Et puis elle a parlé…

UNE FEMME SOUS INFLUENCE – 2

L'apparition de mes premières règles a été un choc. Affolée devant tout ce sang qui sortait de mon sexe, j'ai couru vers celle qui affirmait être ma mère. Elle s'est contentée de me dire : "Tu es une femme, prends ça et mets-la dans ta culotte", en me tendant une serviette hygiénique. Pas une explication, pas un geste de tendresse. Elle a juste ajouté en s'éloignant : "Faut te méfier des gars si tu veux pas te retrouver enceinte avant l'heure..."

De quelle heure parlait-elle ? Pourquoi saigner risquait-il de me transformer en femme enceinte ? Je connaissais la sexualité grâce aux animaux de la ferme. Mais je ne savais rien de celle des femmes et des hommes. J'entendais bien, de temps en temps, le lit des parents grincer dans la nuit, ma mère se lever peu après et faire couler l'eau du bidet. Je sentais bien dans la salle de bains cette odeur désagréable qui traînait après son passage, certains jours dans le mois.

Prudente, j'ai décidé d'observer les hommes à mon passage pour vérifier s'ils voyaient une différence. J'ai dû me rendre à l'évidence ; les hommes ne me regardaient plus de la même manière.

Les hommes me désiraient. A commencer par mes frères :

“Quand Michel se gratte les cheveux, c’est qu’il a envie de caresser ma toison naissante. Jean n’est pas timide, s’il baisse les yeux c’est pour mieux observer mes mamelons qui pointent sous la blouse.”

“Mon grand-père, sous prétexte de m’enseigner les plantes, n’a qu’une envie c’est me peloter.”

“Mon père me respecte parce qu’il a trop peur de sa femme…”

J’interprétais toutes les ambiguïtés masculines. Ou animales : chiens qui copulent sous mes yeux, mouches qui s’accouplent sur la table.

Jusqu’au cheval du voisin auquel j’aimais, enfant, donner des carottes, et qui, à présent, bandait en me voyant approcher…

“C’est qu’il va falloir songer à la marier, la petite Virginie, c’est un petit bout de femme à présent…” ricanait à mon passage, l’alcoolique du village.

Hommes et mâles étaient à l’affût de mes attributs sexuels.

Désormais, je prenais garde pendant ma toilette, je me sentais épiée, espionnée. Chaque soir, je fermais les volets de ma chambre avant de me déshabiller ! Je faisais mes besoins en cachette.

Evidemment, je ne parlais de cela à personne et continuais, apparemment, à être celle qu’on croyait que j’étais. Je suis demeurée une bonne élève, une jeune fille sage et obéissante, mais je n’en pensais pas moins.

Dans la solitude de ma chambre, je reconstruisais mes souvenirs avec une nouvelle grille de lecture pour donner un autre sens à des faits antérieurs : si ma mère avait accepté de me confier à mon grand-père, c'est qu'elle était jalouse de moi. Elle voulait m'éloigner du foyer. Comme Blanche-Neige. D'ailleurs, je songeais à fuir la ferme familiale avant que ma mère n'envisage de m'empoisonner…

C'est au moment où je commençais à me méfier d'elle qu'un événement imprévu conforta mon interprétation et mes craintes : ma première éruption d'herpès.

Tout d'abord, mon grand-père s'en était occupé, en vain. Ni imposition, ni traitement par les plantes n'en étaient venus à bout. La conviction que ma mère m'empoisonnait s'est amplifiée. Les moqueries de mes camarades de classe, aussi. On riait dans mon dos. On me ridiculisait. Toutes étaient férocement jalouses de mes pouvoirs. Une méchante gamine, Isabelle, dont tous les garçons tombaient amoureux, confondant herpès labial et génital, avait même sous-entendu que j'avais une maladie vénérienne.

Malgré ma vigilance, un homme s'était donc introduit dans ma chambre pendant mon sommeil et m'avait transmis sa maladie !

Plus aucun homme ne voudrait de moi !

J'allais les détester, indéfiniment.

Je devais fuir mon univers, décidément trop hostile…

Sourde aux protestations de mes parents, n'écoutant plus que moi, j'ai quitté la maisonnée pour la grande ville : Grenoble. Là, j'allais prendre toute la mesure de mes pouvoirs…

Jeudi 14 mai 1970

III

SENLIS

Une fois de plus, j'étais passé du Sud au Nord, une fois de plus le cœur gros.

Ma mère réapparue n'avait fait qu'accentuer mon acrimonie. Quant à Irène, elle m'avait flingué plus sûrement que quelques balles dans la peau. Sitôt retrouvée, sitôt perdue. Elle avait été d'une brutalité inouïe : "Je suis enceinte…" avait-elle lâché comme on avoue une faute.

L'enfant, la grossesse annoncée après les larmes, après l'amour.

Encore invisible, mais déjà entre nous. Et puis le père, ce Max, promoteur immobilier, qu'elle allait retrouver après avoir fait l'amour avec moi. La garce !

Ce Max qu'elle disait aimer et qu'elle venait de tromper avec son ancien amant.

Je n'avais jamais rien compris aux femmes et ce sinistre épisode ne me les rendrait pas plus intelligibles.

Et puis, la rage passée, est venu le temps de la mélancolie. En quelques heures, j'avais semé la zizanie dans la tête d'Irène. L'histoire avec Max durait depuis des mois, la grossesse n'était pas un accident dû au hasard, ce type n'était pas une aventure d'un soir. Ils avaient des projets, une histoire, un avenir. J'étais un homme du passé. Paco, un salaud qu'elle avait mis des mois à oublier et qui, manifestement, comptait toujours pour elle. J'étais le même, avec mes qualités et ces défauts qui l'avaient tant fait souffrir. Il me fallait sortir de sa vie aussi vite que j'y étais réapparu. Une hallucination barcelonaise, une parenthèse, une fièvre de printemps, une grippe espagnole.

De retour sur le port, je l'ai accompagnée jusqu'à la Studebaker.

Elle allait rejoindre Max à ce rendez-vous où elle serait très en retard. J'ai grimpé dans un taxi en ordonnant au chauffeur de me déposer à la gare où j'allais attendre des heures le prochain train de nuit pour Paris.

Le trajet a été interminable. Chaque kilomètre de rail parcouru m'éloignait de mon enfance, de mes parents, de la femme que j'aimais toujours. J'étais Patufet dans la panse du train, *où il ne pleut, ni ne neige*. J'étais un voyou, comme chantait Brassens, qui avait tété Irène longtemps avant son futur bébé.

J'avais eu envie de vomir, de pleurer, de boire, mais rien dans ce train n'était possible à moins d'avoir le goût de l'obscène. J'étais dans un compartiment tueur d'émotions visibles, accompagné de voyageurs alignés sur des couchettes qui tentaient, comme moi, de s'isoler dans cette promiscuité insupportable. Odeurs de pieds, de sueurs, de parfums bon marché. Odeurs d'angoisse, d'insomnie et de déprime.

L'arrivée à la gare d'Austerlitz a signé la fin du calvaire ferroviaire. Un crachin tiède imprégnait Paris d'une humidité dégueulasse, d'une chaude pisse. J'avais été salement baisé sur ce coup-là. Et aucun antibiotique n'y pourrait rien. J'ai marché sous la pluie pour justifier de mon tremblement intérieur. De la gare jusqu'à la rue Montorgueil. Me retrouver, à l'aube, mélangé aux masses laborieuses dans le métro m'aurait été insupportable. Me retrouver seul dans les rues n'était pas plus apaisant, mais au moins j'étais seul à savoir que je souffrais comme un dingue. Les piétons n'avaient pas le temps de s'interroger sur ma gueule d'enterrement, trop pressés de rejoindre leur lieu de travail, de fuir la pluie de ce printemps pourri.

Sans m'arrêter pour prendre mon courrier, j'ai grimpé les marches de mon immeuble avec l'espoir absurde qu'une fois chez moi il me serait plus facile d'échapper au monde. C'était sans compter sur le répondeur dont les messages allaient me dessaouler de l'ivresse douloureuse qui me poursuivait depuis Barcelone.

D'abord, Isabelle, Isabelle, Isabelle à la manière de Virginie, persécutrice. Pas son genre. Trois appels qui se succédaient, triste, amer, froid. Me demandant de la rappeler. Puis de l'appeler à Senlis. Enfin interprétant mon silence comme une fin de non-recevoir.

Virginie, ensuite, m'injuriant pour ma lâche disparition, ma désertion, ma trahison.

Blanc s'interrogeant sur mon silence, me demandant, me sommant de m'expliquer, me menaçant d'une mise à pied.

Karen, m'annonçant la fin de ses vacances et son retour à Paris.

George, m'informant de son arrivée à Paris en fin de semaine.

Paul Choukroun, m'expliquant d'une voix morose qu'il avait dû revenir d'Alger plus tôt que prévu et qu'il avait hâte de me raconter ses aventures.

Par qui commencer ? Par moi.

Je me suis préparé un café fort, serré avec ma petite cafetière italienne à quatre tasses et la mouture achetée quelques jours plus tôt au torréfacteur de ma rue. J'ai bu et fumé, les yeux perdus sur la façade de l'immeuble d'en face. L'appartement était gelé puisque la chaudière, privée de sa noire pitance, était éteinte. Mai à Paris pouvait être glacé. Ou bien était-ce moi qui ne parvenais pas à faire le deuil de la chaleur méditerranéenne ?

Je ne pouvais pas continuer à jouer la comédie à Isabelle. Elle ne méritait pas ça.

J'avais cru être sincère. Je savais, à présent, que je m'étais raconté des histoires et qu'elle avait été victime de l'imposture de mes sentiments et de leur dérive. J'ai composé son numéro, elle n'a pas répondu. J'ai appelé Senlis. C'est elle qui a répondu :

— C'est Paco. Je viens seulement d'avoir vos messages, j'étais à l'étranger…

— Ah…

— Que vouliez-vous me dire…

— Il y a eu une tragédie…

— Votre père ?

— Non, les chevaux. Quatre sont morts.

— Comment cela ? Une épidémie ?

— Non, empoisonnés.

— Intoxication alimentaire ?

— Non. Malveillance.

— C'est insensé ! Qui a pu faire ça ?

— Nous n'en savons rien. Notre vétérinaire a demandé des analyses.

— Youssouf ?

— Mort. Et Yasmine, Nadia, Falbalas.

— Terrible ! Comment allez-vous ?

— Mal. Surtout, papa. Je ne l'ai jamais vu comme cela. Un chagrin inépuisable. Depuis qu'il a enseveli Youssouf, il ne dort plus, ne mange plus, ne parle plus. Je suis très inquiète.

— Et vous ?

— Je suis une femme. J'ai beaucoup pleuré la mort de Yasmine, mais j'essaie de garder la tête froide, de comprendre, de gérer la situation. J'ai peur. Pour la première fois de ma vie, j'ai vraiment peur.

— Vous avez prévenu la police ?

— Oui, les gendarmes sont venus et nous ont interrogés. J'ai eu l'impression d'être l'actrice d'un mauvais film policier.

— J'arrive. Pouvez-vous venir me chercher à la gare ?

— Etes-vous sûr de vouloir venir ?

— Les amis ne sont-ils pas présents dans les moments difficiles ?

— Les amis… ?

Aïe. Les formules toutes faites sont parfois assassines. Ce n'était pourtant pas le moment de lui révéler mes doutes à son égard. J'ai rattrapé ma maladresse comme j'ai pu :

— Il peut vous sembler présomptueux que je me considère comme un ami de votre père…

— Non, non, il a une réelle affection pour vous. Votre visite peut l'aider à surmonter cette épreuve. Peut-être même desserrera-t-il les dents pour vous parler.

— Je viens aussi pour vous.

— Merci.

Par je ne sais quelle magie ou intuition Isabelle savait que je n'étais plus tout à fait le même depuis mon retour. Ou bien n'était-ce pas tout simplement la désillusion de ne pas avoir pu compter sur mon soutien, ma présence dans ces moments difficiles qu'elle traversait aux côtés de son père ? Le préjudice. Quand le sentiment de préjudice apparaissait, le ver était dans le fruit de la relation. Il l'était, indépendamment de ma rencontre avec Irène. Il l'était parce que je n'avais pas été là dans les heures qui avaient suivi le drame.

Virginie, Blanc, George et Paul attendraient de mes nouvelles. Chacun, à sa manière, me ferait, sans doute, payer cette déloyauté. Tant pis.

Une nouvelle gare, un nouveau train, en route vers une nouvelle femme que je savais ne pas aimer comme elle l'aurait souhaité. En route vers une enquête inavouable, le temps que je passe aux aveux.

A Senlis, Isabelle m'attendait, le teint pâle, les traits défaits, un triste sourire aux lèvres qui ont effleuré les miennes. Le crachin ne m'avait pas suivi jusqu'ici ou plutôt il avait poursuivi sa route vers l'est. Un soleil voilé feignait de fêter mon retour. Les cœurs n'y étaient pas. Ni le mien, ni celui d'Isabelle. A mes questions, elle m'a rapporté les commentaires du vétérinaire. Rien de plus puisque son père s'était enfermé dans un silence de deuil. Elle imaginait qu'il avait été ainsi à la mort de sa femme en couches, qu'il serait ainsi si elle venait à disparaître avant lui.

— Je ne crois pas. Je pense qu'il ne vous survivrait pas. Vous êtes plus précieuse que Youssouf, plus précieuse que tout à ses yeux. Mais vous lui survivrez. Vous êtes solide.

— Mais lui, va-t-il survivre à son cheval ?

— Il a vécu des épreuves bien plus douloureuses, la mort de ce cheval a un effet de résonance. Sa douleur en est démultipliée. Je ne crois pas qu'il s'agisse de Youssouf…

— A quoi pensez-vous ?

— Je ne sais pas. Celui qui l'a frappé au cœur, qui est-il ? Un ami, un voisin, un rival, un ennemi intime ?

— Papa n'a pas d'ennemi. En tout cas, pas à ma connaissance.

— Qui habite dans le pavillon de chasse ?

— Que… Comment savez-vous ?

Elle a failli provoquer une embardée et a arrêté la jeep sur le bas-côté de la route.

— Votre père lui rend visite chaque nuit en promenant son chien.

— Un… ami, malade. Qu'il héberge par charité.

— La pitié est parfois dangereuse… Et l'homme qui vous a malmenée au club hippique de Vincennes ?

— Décidément, vous remarquez tout.

— Normal, c'est mon métier.

— Votre métier !?

— Je suis flic.

— Je ne suis pas en état d'apprécier ce type d'humour.

— Vous avez raison, ça n'en est pas.

— Vous vous êtes bien moqué de nous !

— Pas du tout. Je ne pouvais pas vous le dire avant, et, s'il n'y avait pas eu la mort des chevaux, vous ne le sauriez toujours pas.

— Mais pourquoi ? Enquêtez-vous sur nous ?

— … J'enquêtais dans le cadre de l'université de Vincennes sur le meurtre d'un projectionniste. Henry Thibaud de la Bénédette m'a mené à vous.

— Stupéfiant ! Je vous raccompagne à la gare ! Nous n'avons pas besoin de la présence d'un individu hypocrite et menteur dans ces moments difficiles.

— Ne soyez pas orgueilleuse ! Je peux vous aider et vous le savez. Je n'avais pas le droit de vous révéler mon identité, pour le reste j'étais sincère. N'ayez crainte, je ne lui parlerai pas du film. Dites-lui que j'enquêtais sur un escroc fréquentant le centre équestre et que notre rencontre a été fortuite…

— … Mon père décidera en connaissance de cause s'il doit vous faire encore confiance ou pas.

— Ça me va.

Elle a démarré en trombe et n'a plus dit un mot jusqu'à notre arrivée à la demeure familiale.

Isabelle m'a conduit jusqu'à la bibliothèque où elle m'a demandé d'attendre son père. J'ai allumé une maïs en m'interrogeant sur ma présence en ces lieux. Après avoir cambriolé Fauchon en habit mao, j'étais sur le point d'enquêter sur le meurtre de chevaux. Pauvre Paco ! Le Nord ne lui réussissait pas ! Non seulement il s'était séparé de la seule femme qu'il avait jamais aimée mais encore il s'était mis à singer le seul boulot qu'il avait plaisir à exercer. Il était venu chercher à Senlis une piste sur la mort du projectionniste, et il allait se proposer pour démasquer l'assassin de chevaux. Opération de police vétérinaire…

Philippe est entré, épuisé, l'air fermé. Il n'avait pas apprécié les révélations de sa fille sur mon compte. Il s'est assis face à moi, a allumé sa pipe, m'a observé longuement, se demandant s'il s'était trompé sur mon compte :

— J'ai été très déçu par ce que m'a appris Isabelle.

— Je m'appelle Paco Martinez et non De Murcia, c'est vrai. Je suis flic et pas plus prof de lettres en année sabbatique qu'écrivain en herbe. Encore que… J'ai une licence de lettres modernes et j'ai renoncé à l'enseignement pour m'engager dans la police. Un jour, peut-être, je vous expliquerai pourquoi. J'ai réellement la passion des salles obscures. Tout ce que je vous ai confié sur moi est vrai. Lors de nos conversations ou discussions, je ne vous ai menti que par omission pour ne pas me démasquer. N'oubliez pas que c'est votre fille qui a fait appel à moi pour votre bouquin que, je crois, j'ai corrigé avec sérieux…

— C'est exact.

— J'étais curieux de vous connaître parce que votre fille et vous êtes parfaitement exotiques à mes yeux. Je suis un enfant de la plèbe et de la république. Je me fiche des généalogies aristocratiques, ne connais rien à l'art de la guerre, rien aux chevaux et si je ne vous avais pas rencontré je n'aurais pas souffert de ne pas m'en approcher. Néanmoins, j'ai apprécié nos conversations sur l'Algérie et certains chapitres de votre manuscrit. J'ai de sérieuses compétences en matière criminelle et ce qui vient de vous arriver n'est pas anodin. Je vous propose mon aide en toute amitié, si vous n'en voulez pas je le comprendrai et je m'en irai sur-le-champ.

— Je vous crois.

— Merci de votre confiance. Depuis le drame, vous avez réfléchi, je suppose, émis des hypothèses, essayé de comprendre pourquoi on s'en était pris à vos chevaux.

— Quitte à vous surprendre, pas vraiment. J'ai la tête dans le sac. Le choc a été trop violent ou plutôt il a réveillé de multiples douleurs.

— Allons-y. Que représentent ces chevaux ?

— Pour moi, tout. La loyauté familiale, la transmission, la paix, l'amour, un rapport sincère entre homme et animal, une amitié indéfectible, le bonheur de ma fille à la voir monter. Tout. Je me suis refusé jusqu'à présent, malgré les difficultés financières, à m'en séparer. J'ai cessé depuis longtemps l'exercice des concours hippiques. Isabelle, à l'adolescence, s'y est frottée un temps avec Nadia, mais elle y a renoncé. Elle n'a pas vraiment le goût de la compétition. C'est une sauvage comme moi. Si elle enseigne l'équitation c'est pour m'aider à l'entretien de cette demeure qui nous coûte une petite fortune.

— Donc, selon vous, aucune raison de s'en prendre à vos chevaux. Pas de jaloux, pas d'acquéreur éconduit…

— Rien, vous dis-je. Nous n'avons même plus d'employé pour les soigner. Je m'occupais d'eux, seul, non sans mal…

— Un palefrenier licencié…

— Non. Le dernier est parti, il y a trois ans. Il serait resté si j'avais pu le payer en temps et en heure, à chaque fin de mois. Il aurait fallu vendre un ou deux poulains. Je n'ai pas pu m'y résoudre.

— Pas de contentieux avec un voisin concernant le pâturage de vos chevaux ?

— La propriété est isolée et mitoyenne de bois communaux.

— Oublions les chevaux. Les ennemis potentiels… Amis de la famille, ennemis familiaux, soldats, créanciers…

— L'ami dont vous avez parlé à Isabelle, celui du pavillon de chasse. Il a un cancer en phase terminale. Il a été condamné à mort par contumace pour avoir participé à l'attentat du Petit-Clamart. Il s'est réfugié chez moi pour y mourir libre. Je ne pouvais pas lui refuser cette aumône, c'est un ancien camarade d'Algérie…

— Un ancien de l'OAS, je suppose…

— Vous supposez bien. Un de ceux qui ont tué parfois aveuglément des Français d'Algérie comme votre ami. Cette histoire est vraie n'est-ce pas ?

— Oui.

— C'était un policier ?

— Oui. Un peu mon maître. Malade lui aussi, il voulait quitter l'Algérie avant que la France ne la quitte. Il a été enlevé, jugé et exécuté par l'OAS pour trahison ou délit de fuite. Salan aurait voulu faire un exemple pour endiguer la "désertion" des Français d'Algérie. Comme Pétain, en 14-18, a fait fusiller des innocents qui ne voulaient plus de l'abattoir des tranchées…

— Vous avez pensé que j'aurais pu vous renseigner sur son assassin, n'est-ce pas ?

— Exact, ai-je répondu m'emparant de son explication pour mieux protéger Isabelle.

— Huit ans après les faits ! Vous êtes un individu obstiné.

— On le dit. Pas vous ?

— Non, je crois que je suis lâche.

— Cet ami malade justement ne vous aurait-il pas puni pour ce que vous appelez lâcheté ?

— Il aurait été physiquement incapable de se traîner jusqu'aux écuries pour y commettre ce forfait.

— Donc, vous y avez songé.

— Il ne m'aime pas. Il jouit de ma complicité à son égard. Il a voulu vérifier si j'allais le livrer aux autorités comme… Bref. Il m'a mis à l'épreuve. Allez-vous le dénoncer aux autorités ?

— La délation n'est pas dans ma culture et je ne suis ni membre de la DST, ni chasseur de primes. Je ne suis pas là pour vous créer des ennuis mais pour vous aider… C'est lui qui vous a poussé à écrire ce livre ?

— Comment le savez-vous ?

— Le premier jet ne vous ressemble pas. C'est lui qui vous a dicté les passages emphatiques et hagiographiques, n'est-ce pas ?

— Oui. Au départ, j'étais son nègre. Mais s'il était dévoué à Degueldre, il n'était pas son ami, moi, oui. Si tant est que Degueldre eût de vrais amis. J'ai donc tenté d'infléchir ses propos. Autant vous dire qu'il n'a pas du tout aimé notre nouvelle mouture.

— A-t-il pu faire appel à un complice pour vous punir ?

— Je suis sûr que non.
— Pourquoi ?
— Parce qu'il a été pris de panique quand il a appris la mort des chevaux. Il a exigé que je ne déclare pas les morts suspectes de peur de la visite de policiers chez moi. Il ignorait que le vétérinaire était tenu de déclarer les faits à la gendarmerie.
— Il a été interrogé par les gendarmes ?
— Non. Officiellement, seuls ma fille et moi résidons ici. Il ne sort jamais et c'est moi qui lui prodigue les soins palliatifs avec les conseils d'un médecin militaire à la retraite.
— Un ancien de l'OAS aussi ?
— Evidemment.
— Toute une amicale.
— En effet. Une amicale des anciens combattants pour l'Algérie française, civils ou militaires, beaucoup d'anciens détenus pour leurs activités antigaullistes.
— Ils sont nombreux ?
— Assez pour être solidaires…
— Vous en êtes donc ?
— Oui et non. Comme par le passé, un sympathisant mais pas un membre actif…
— L'un d'eux n'aurait-il pas… ?
— Non ! Ils ont gardé des habitudes plus expéditives…
Il confortait l'analyse d'Adrien. Y avait-il un lien entre le meurtre de Couverture et l'empoisonnement des chevaux ? Et si oui, lequel ?
— … Si vous le dites… Côté famille ?

— Rapports distendus. Invitations formelles aux baptêmes, communions et mariages dont tous savent depuis longtemps que nous ne les honorerons pas. Je représente la branche pourrie et paupérisée de la famille. Veuf, une fille comme seule enfant, criblé de dettes donc peu fréquentable.

— Ne restent plus que les relations d'Isabelle ?

— Vous n'y pensez pas, j'espère ?

— Pourquoi non ? Elle est incapable de susciter la haine, l'envie, la jalousie, la méchanceté ?

— Absolument.

— Pourtant, elle a été capable de vous présenter un prof qui en réalité est flic mais qui aurait pu être truand.

— Comme je vous l'ai déjà dit, elle n'est pas un bon parti, sa seule dot était les chevaux et il n'en reste plus que deux et pas les plus vigoureux. S'ils ne sont pas morts, c'est qu'ils n'ont plus beaucoup d'appétit. Quant à la propriété, couverte d'hypothèques, elle appartient plus aux banques qu'aux d'Outremont.

— Vous ne m'aidez pas beaucoup.

— J'en ai conscience.

— Quel poison a utilisé le tueur ?

— Nous attendons le rapport d'autopsie vétérinaire de Maisons-Alfort.

— Puis-je examiner les écuries ?

— Si vous voulez. Suivez-moi.

Les écuries occupées par deux vieux canassons, dont l'un moribond, me donnaient l'impression d'une grande maison familiale désertée par les enfants et laissée à l'abandon par les parents. Fini l'entretien impeccable des box et des râteliers. Ça puait la merde et la pisse de chevaux. Ça puait la mort et la désolation. Un grand vide imprégné par l'émotion de Philippe, palpable, insupportable. Cet homme souffrait au-delà de ce que je pouvais imaginer. Au nom de tous les siens. J'ai déambulé avec la sensation d'être un profanateur de sépultures. Les bruits des chevaux, leurs souffles, cette ambiance si peu familière pour moi, avaient disparu. Ce silence, lourd pour le citadin que j'étais, provoquait un malaise identique à celui que j'aurais éprouvé dans une ville privée de son brouhaha. Le sentiment d'une catastrophe imminente. Un couvre-feu après un attentat hippique…

Le flic a, cependant, repris l'initiative, à la recherche d'indices, de traces. Quelles maladresses pouvait commettre un empoisonneur de chevaux ? Je n'en savais fichtrement rien. J'ai examiné, d'un œil incrédule, les box, n'y voyant que de la terre battue, de la paille. Cet univers m'était aussi étranger que celui de Cousteau. Un monde du silence, un monde qui ne me parlait en rien.

Pour me donner une contenance, j'ai questionné Philippe sur les heures des repas, le type de nourriture, l'eau. Une fois de plus un fort sentiment d'imposture s'est imposé. Une impuissance à aider l'autre. Il me fallait l'ébauche d'un mobile, l'esquisse d'une trame dramatique pour y comprendre quelque chose. Bien évidemment Philippe m'a confirmé qu'il n'avait reçu aucune menace, ni verbale, ni écrite, ni téléphonique. Cette violence assassine s'était abattue sans crier gare. Philippe semblait sincère quand il affirmait ne rien comprendre aux raisons de l'agresseur. Alors Isabelle ?

L'interroger a été un moment pénible. Pouvait-on impunément questionner sa maîtresse dans le cadre d'une enquête totalement officieuse ?

Après la mort de Choukroun, j'avais compris combien il était difficile d'enquêter sur la disparition brutale d'un être cher. Fouiller dans la vie privée d'une amoureuse s'avérait aussi difficile.

Dès mes premières questions, elle s'est raidie :

— Me soupçonnez-vous d'être impliquée dans la mort des chevaux ?

— J'essaie de comprendre qui était visé à travers ces chevaux… Votre père semble exclure être l'objet d'une quelconque vengeance.

— *Si ce n'est toi, c'est donc ta fille.* C'est ainsi que vous l'entendez, n'est-ce pas ?

— Et vous ?

— Moi ? J'étais à Paris au moment des faits. Mes élèves n'ont aucune information sur ma vie privée. Le seul personnage trouble que j'ai fréquenté ces derniers temps, c'est vous.

— Merci pour l'adjectif. Et à la fac ?

— Je n'ai entretenu que des relations superficielles avec quelques étudiantes, des camarades d'Henry. La plupart ne connaissaient même pas mon nom de famille.

— Un soupirant éconduit ?

— Contrairement à vous, je n'ai jamais cessé d'être sincère. Quant à Henry, l'homme est à classer plutôt dans la catégorie des mauviettes de bonne famille que dans celle des psychopathes tueurs de chevaux.

— Vous semblez croire que vous êtes incapable de susciter des réactions passionnelles ?

— Je n'en ai jamais suscité que je sache.

Par lâcheté, je n'ai pas relevé. Quelques jours plus tôt, je me serais insurgé, argumentant pour la convaincre de ma passion à son égard. Depuis mon passage à Barcelone, je savais que la passion n'avait rien à voir avec les sentiments que m'inspirait Isabelle.

A cet instant, je n'éprouvais qu'une minable compassion. Aussi minable que moi.

Ne soulevant à aucun moment l'hypothèse que je pouvais avoir quelque responsabilité dans leur détresse…

UNE FEMME SOUS INFLUENCE – 3

Les années passées à Grenoble ont été terribles pour moi. J'habitais dans une petite chambre sordide du quartier Saint-Bruno parce que je travaillais dans une entreprise à la chaîne à proximité. Que des femmes, hormis les chefs, de petites terreurs pour nous qu'ils humiliaient et maltraitaient.

Quémander pour une pause pipi, s'abrutir à assembler des pièces en plastique dont je n'ai jamais compris l'usage. S'évanouir d'épuisement. Pour un salaire minimum interprofessionnel. De quoi bouffer, payer mon loyer, acheter quelques vêtements chauds.

J'interprétais toujours à bon escient les comportements agressifs des contremaîtres et du patron qui ne se gênaient pas pour le confirmer, en menaçant, à tout moment, le personnel féminin de licenciement. La première à l'avoir été avait eu l'arrogance de se syndiquer. Pour le coup, les ennemis persécuteurs étaient identifiables et facilement démasqués.

Mes collègues partageaient mes interprétations et, comme moi, se taisaient sans se rebiffer, de peur de perdre leur emploi si peu qualifié.

Ma haine des hommes et des bourgeois se développait comme une maladie infectieuse. Pendant toutes ces années, je n'avais jamais cédé aux avances d'aucun homme. Et s'il y en avait un qui me faisait douter, l'herpès apparaissait quasi instantanément en mesure dissuasive. Je me caressais bien de temps en temps, yeux fermés dans la nuit de ma chambre, dans un demi-sommeil, comme si ma main passait là, par hasard, vérifiant que l'herpès ne s'étendait pas à mes lèvres vaginales.

Je ne rêvais jamais que de punir tous ceux qui voulaient me réduire à l'état d'automate. Heureusement, j'avais continué à m'intéresser au savoir que mon grand-père m'avait transmis et soignais gratuitement quelques camarades de travail qui, pour me remercier, m'offraient quelques babioles, verroteries ou sucreries. Je voyais dans ces présents la reconnaissance de mes pouvoirs que j'étais sûre de mettre au service des petites gens, un jour prochain.

Et les événements de l'année 1968 sont arrivés. Alors qu'avec mes camarades nous nous mettions en grève, sans crainte, soutenues par les syndicats et les gauchistes, j'ai compris que j'avais un rôle à jouer dans cette histoire…

La rencontre a eu lieu un soir de réunion politique. Un étudiant, Jérémie Bourdin, qui avait laissé tomber l'université pour travailler en usine, a commencé à m'entreprendre. Tout d'abord, je l'ai écouté avec méfiance. Que me voulait-il ? J'ai fait appel à mes dons pour interpréter son attitude. Il avait une tache sur son pantalon. Il s'était donc masturbé pendant la réunion. Son foulard rouge autour du cou annonçait un danger. La bague qu'il tripotait à son doigt en parlant signifiait qu'il avait l'intention de me séduire et de tromper sa femme…

Il a sorti un petit ouvrage relié en plastique rouge de la poche de sa veste et me l'a tendu en disant : "Lis ce livre, camarade, et on en reparle à la prochaine réunion. Je pense qu'il t'éclairera sur nos positions politiques…"

J'avais accepté pour me débarrasser de lui.

Plus tard, chez moi, je l'avais ouvert. Je savais, dès les premières lignes parcourues, que les pensées du président Mao alimenteraient durablement mon activité. Les phrases du chinois étaient parfois si métaphoriques, si imagées qu'elles permettaient les interprétations les plus étonnantes.

Mao me parlait comme jamais personne n'avait su. Il avait une vision du monde qui m'enchantait. De plus, il connaissait bien le peuple rural. Il utilisait des mots que je comprenais contrairement aux textes de grands révolutionnaires que je trouvais trop intellectuels, trop abstraits à mon goût.

Mao avait le sens des formules simples et moi j'ai développé un de mes talents : expliquer, commenter, traduire en langage clair des formules cryptographiques, mettre au jour, à travers des grilles, des phrases secrètes destinées à moi seule. Mao s'adressait à moi, personnellement :

Dans le chapitre "Les classes et la lutte des classes", cette phrase : "… Quels sont nos ennemis et quels sont nos amis ? C'est une question d'une importance primordiale…" m'a renvoyée aux humiliations pendant ma scolarité.

Dans le chapitre "Les femmes" : "Au cours des dernières années…, la base même de l'autorité du mari sur la femme s'est trouvée minée…" Mao décrivait mes parents.

"A travail égal, salaire égal", c'est ce pour quoi je me battais depuis mon embauche à l'usine.

Mao me parlait. Mao m'entendait…

Samedi 16 mai 1970

IV

AIX-EN-PROVENCE

Le séjour à Barcelone avec Max a été un véritable calvaire. Une représentation hypocrite où j'ai puisé ce que je détestais le plus dans ma féminité, le mensonge, le faux-semblant, le trompe-l'œil. Jusqu'à feindre la jouissance la seule fois où j'ai toléré que nous fassions l'amour. L'impression désagréable de tromper Paco avec le père de mon futur enfant.

Je devenais vraiment cinglée ! Mon corps aussi ! Nausées, vomissements, migraines, somnolence, symptômes dont on disait qu'ils étaient naturels en début de grossesse, ont pris des proportions telles que Max a proposé que nous rentrions plus tôt. Il n'était pas question pour moi de faire capoter ses projets professionnels. Aussi, m'appuyant sur ce corps qui m'échappait, je l'encourageais à se rendre sans moi dans les quelques soirées mondaines auxquelles nous étions conviés. Je devais passer pour une sacrée emmerdeuse. Ce que je devenais depuis ma rencontre inopinée avec Paco.

Je détestais ce que j'étais amenée à jouer pour me protéger mais aussi pour sauver notre relation que, quelques jours plus tôt, je trouvais encore merveilleuse.

Je me méprisais d'avoir basculé en quelques heures du côté du doute. Je m'étais manifestement leurrée sur ma lucidité lors de mes dernières séances d'analyse. J'en voulais aussi à mon analyste de ne pas m'avoir mise en garde sur mes projets. Peut-être l'avait-il fait sans que j'aie voulu l'entendre ?

Chaque jour passé accentuait les interrogations et l'inquiétude de Max. Ne s'était-il pas trompé sur mon compte ? Cette solidité qu'il disait m'envier s'effritait sous ses yeux depuis nos retrouvailles et l'annonce de la grossesse. J'aurais pu ne rien dire, m'enfuir et me faire avorter sans autres explications. Mais je voulais cet enfant car j'avais la conviction intime que Max serait un bon père. Non seulement il désirait l'être, mais en plus il s'en donnait les moyens. Lui n'exerçait pas un métier qui pouvait, du jour au lendemain, fabriquer de la veuve et de l'orphelin. Aussi lui avais-je annoncé qu'il allait être père, malgré cet intermède absurde avec Paco, cette catastrophe naturelle.

Il a failli pleurer de joie, m'a couverte de baisers, m'a remerciée pour ce cadeau. Il était heureux, sans ambiguïté. Et ça m'a fait mal.

Nous sommes revenus en Studebaker, lui conduisant, moi, feignant, yeux fermés, de sommeiller. Pauses aux stations-services, remplir le réservoir de la voiture, vider les vessies, grignoter en silence, cernés par des routiers espagnols ou français. Interminable voyage, côte à côte, pendant lequel je sentais le regard tendre de Max sur mon visage qui s'empourprait de honte.

— Tu as trop chaud ? Veux-tu que j'ouvre ma vitre ?

— … Comment ? Non. Des bouffées de chaleur. Mon état, je suppose. J'espère que mon corps va se calmer…

— Surtout pas, à travers ton corps, c'est notre enfant qui se manifeste, qui existe. Il est avec nous, dans cette voiture. C'est comme s'il me parlait par l'intermédiaire de ton corps. Une sorte de dialogue entre père et fils…

— Parce que évidemment tu rêves d'un fils !

— Excuse-moi, non, un réflexe de mâle. Une fille m'irait tout aussi bien… Tu préférerais une fille ?

Ma préférence inavouable eût été d'être la mère de l'enfant de Paco, d'un enfant qu'il aurait désiré sans réticence, élevé sans mettre sa vie en danger, au service des archives de la police, terré dans un bureau, loin des risques de son métier. Un rêve de femme, le cauchemar de Paco.

Qu'il aille au diable ! Je n'avais depuis longtemps plus rien à espérer de lui. J'avais veillé à n'être que sa maîtresse, que sa compagne, imaginant protéger mon indépendance, n'imaginant pas qu'ainsi je lui avais permis d'éviter tout projet à long terme. Son histoire l'avait vacciné contre la paternité, la mienne, avais-je cru, m'avait dégoûtée de la vie de famille. C'était sans tenir compte de l'horloge biologique, cet impitoyable sablier qui rappelle la fuite du temps, la vieillesse du corps et de ses fonctions. Notamment celle qui permet de créer de l'humain et qu'on se reproche, un sale jour, de ne pas avoir explorée…

— … Ça m'est égal. L'important c'est que le bébé naisse en bonne santé.

— Nous sommes d'accord. Et puis rien ne nous interdit de recommencer.

— Ne nous emballons pas ! Attendons de voir comment se passe cette grossesse…

— Je suis sûr qu'il n'y aura pas de problème.

Pourtant, un sérieux, venu du passé, avait fait irruption dans notre vie, à Barcelone.

Et comme si ça ne suffisait pas, aussitôt arrivée à Aix, j'avais reçu un appel de Paul Choukroun. Il m'invitait à une projection privée d'un film de vacances, réalisé par lui :

“Je crois que ces images vont t'intéresser, mais je voudrais ton avis avant de les montrer à maman…” avait-il annoncé au téléphone.

J'avais accepté l'invitation plus pour échapper au face-à-face avec Max que par intérêt pour le film de vacances en 8 mm de Paul.

Je pensais, comme sa mère, qu'il était parti aux Baléares avec son amie du moment, une jolie petite blonde, prénommée Sophie, que j'avais croisée à ses côtés sur le cours Mirabeau. Paul semblait en être amoureux. De là à supposer qu'il l'avait filmée, dorée à point, sous son jour le plus avantageux, afin de prévenir les commentaires éventuellement désagréables d'une mère trop possessive. Il voulait donc avoir mon sentiment sur les réactions de Marthe à la vue d'une *romya*[1], avant de la lui présenter en direct. C'est ce que je croyais en me rendant, seule, à son domicile, un deux-pièces aux abords de l'université où il enseignait la littérature française.

Première surprise, Sophie n'était pas présente. Deuxième surprise, j'étais la seule invitée. Troisième surprise :

— Alors, les Baléares, c'était bien ? ai-je demandé comme on dit bonjour.

— Je n'étais pas aux Baléares.

— Tu n'es pas parti ? Un problème avec Sophie ?

— Non. Sophie ne m'accompagnait pas.

— Mais où étais-tu alors ?

— Mystère ! Installe-toi, m'a-t-il invitée, d'une voix chargée d'excitation. j'ai préparé une petite kémia.

— Tu es donc passé voir ta mère.

— Détrompe-toi, je l'ai préparée moi-même. Non, je mens, j'ai acheté les variantes et les olives chez un petit épicier arabe.

Incrédule, je me suis assise dans un des deux fauteuils, face à un écran blanc tendu sur un des murs du salon. Sur un tabouret de fortune, un petit projecteur 8 mm, allumé, chargé d'une bobine, attendait de se mettre en marche. Trois autres bobines fermées étaient posées au sol. Je ne pouvais pas détacher les yeux d'une photo encadrée qui, jadis, décorait la chambre de Paco à Bâb-el-Oued : la

1. En judéo-arabe, "femme non juive", en clair : une catholique.

main de Robert Mitchum tatouée de *Love* et *Hate* dans *La Nuit du chasseur*, volée par Paco, enfant, dans le hall d'un cinéma d'Alger. Un étrange sentiment de fragilité m'a envahie. Comme si Paco, tapi dans un recoin de l'appartement, pouvait surgir à tout instant. Paul a ouvert une bouteille de blanc, a rempli un verre qu'il m'a tendu :

— Merci pour l'attention. Je n'ai jamais apprécié les mauresques.

— Seul Paco apprécie les mauresques. Sa grand-mère devait lui mettre du sirop d'orgeat dans son biberon. Comme toi, je préfère le vin blanc à l'anisette ou à cette horrible piquette *cashir* que mon père buvait à table. Prête ?

— Prête à quoi ?

— Attention les yeux !

Il a tiré les rideaux et lancé la projection.

Après les images blanches d'amorce, une grande gifle. La baie d'Alger !

— Des images d'archives ?

— Pas du tout. Regarde et tu vas comprendre.

Malgré la maladresse de la prise de vue, sur le pont d'un bateau, j'ai vite compris que les images étaient récentes car le port et ses abords n'étaient occupés que par des Algériens. Une foule d'hommes, de femmes et d'enfants venus attendre sur le quai des membres de leur famille de retour au pays. Des douaniers et des policiers aussi, aux uniformes inconnus. Au sentiment de fragilité s'est substituée la nostalgie. Un jeune Algérien bien mis et souriant était à présent à l'image.

— C'est Mehdi, un ancien copain de fac, c'est lui qui m'a invité. Il est prof de français au lycée Abdel-Kader, l'ancien lycée Bugeaud.

— Pourquoi ne nous as-tu pas parlé de ce voyage ?

— Tu sais bien pourquoi. Maman aurait été folle d'inquiétude. Seul Paco était au courant. Je lui ai téléphoné pour lui demander de m'accompagner, il a refusé.

J'ai failli lui dire que je l'avais revu, presque naturellement, comme on évoque des amis communs. Je me suis mordu les lèvres en m'injuriant en silence.

— Pourquoi Sophie ne t'a-t-elle pas…

Les derniers mots se sont étranglés dans ma gorge. Bâb-el-Oued venait d'apparaître sur l'écran. L'avenue de la Bouzareah, les Trois Horloges. Le marché. La Bassetta. Rien n'avait changé sinon la population, décuplée, rajeunie. Arabe. Etrange sensation que ces lieux connus et pourtant étrangers. Comment réagirais-je, si, débarquant à Orléans, je la découvrais, peuplée de Vikings ou d'Asiatiques, sans plus aucun Orléanais ? Mal sans doute. A la différence que ceux que je voyais à l'image étaient chez eux, dans leur pays. L'évidence. Nous étions ultraminoritaires. Un pour dix à l'époque. Un pour vingt, aujourd'hui, pour cent dans quelques décennies si nous étions restés.

Deuxième choc, la rue Montaigne !

— Ma boutique ! Un marchand de fruits et légumes !

— Eh oui, désolé. Pas un n'a eu l'idée d'y fabriquer des voiles pour les fatmas ou des chéchias. Ça va ?

— C'est dur.

— Je continue ?

— C'est pire ?

— Une autre bobine. Qui vous… qui te concerne…

Le bar des Arènes était devenu un café maure, repeint, seule une petite toile de toréador subsistait de l'époque. Des hommes jouaient aux dominos ou aux cartes, sirotant du thé à la menthe, du café nature ou au lait dans des verres, en souriant à la caméra. Malgré le silence des images, j'imaginais que devait résonner une musique arabe à la Lili Labassi dans le bistrot.

Puis un appartement inconnu, une famille algérienne, un homme, une femme et leurs deux enfants, jouant les guides à travers les pièces peintes en rose, vert pistache, jaune, occupées par des meubles neufs et laids. Cependant, un objet a attiré mon attention, une patère art déco… Ma patère art déco ! Mon appartement ! C'était mon appartement que Paul avait filmé. Les balcons, la rue vue du cinquième grouillant de monde.

La patère était la seule trace de mon passage dans ce quartier, dans cette ville, la patère que j'avais oublié de décrocher avant de partir… Celle où je pendais ma veste ou mon manteau en rentrant.

Celle où Paco accrochait son borsalino avant de m'étreindre...

Huit années avaient tout balayé de notre histoire. Des larmes ont coulé sur mes joues.

— Hum ! C'est trop violent, hein ? Ta réaction ne m'encourage pas à montrer les autres bobines à ma mère.

— Qu'y a-t-il sur la pellicule ?

— Notre appartement, le commissariat de Bâb-el-Oued, la plage de Padovani, le carré juif de Saint-Eugène, la Casbah, le lycée Bugeaud dont j'ai pu filmer l'intérieur grâce à mon copain et, surtout, là où est né papa, Ghardaïa.

— Tu es allé à Ghardaïa ?

— Oui. De son vivant, il n'a jamais voulu m'y emmener. Trop dangereux, disait-il. Tu parles !

— Tu sembles oublier qu'à l'époque les routes n'étaient pas sûres et que les fellaghas tendaient souvent des embuscades et mitraillaient les véhicules, civils ou militaires.

— Sans doute. Les mozabites sont probablement la population la plus paisible et la plus accueillante d'Algérie. Ils ont été charmants. Ce qui n'a pas toujours été le cas pendant mon voyage...

— Raconte.

Ancien militant gauchiste, assagi depuis ses récentes fonctions universitaires, mais fermement ancré à l'extrême gauche, il avait noué des liens avec des étudiants algériens, notamment ce Mehdi, fils d'un partisan du FLN à Cherchell, retourné dans son pays pour "faire avancer les choses".

— *Nous sommes au bord du précipice ; alors je n'ai qu'une phrase à vous dire : "En avant !"* a proclamé dans un discours Boumédiène. Ce qui, en soi, est plutôt suicidaire. Néanmoins, l'Algérie a fait un grand pas en arrière. Corruption, népotisme, marché noir, combines en tout genre, trafic de bagnoles, d'électroménager, de devises. Un petit notable, relation de Mehdi, a changé mon argent français contre plus de deux fois le taux officiel. L'eau est coupée plusieurs heures par jour à Alger. Il y a, actuellement, une campagne de dératisation. Les services de la voirie doivent être en grève depuis huit ans.

— Quelle horreur ! Pourquoi ?

— Problème de maintenance, manque de techniciens qualifiés, laisser-aller. Les Russes sont supposés pallier le manque de cadres. Ils sont, partout, détestés parce qu'ils se comportent comme des occupants en terrain conquis. Les ingénieurs, médecins ou conseillers se pavanent dans les meilleurs restaurants d'Alger en picolant comme des trous du sidi brahim, cuvée du Président. C'est moche. J'ai même été invité au yacht-club où les gens du pouvoir et leurs femmes se prélassent comme les caricatures des colons et des riches bourgeois du temps de l'Algérie française. Il y avait un gigolo, un jeune éphèbe d'une vingtaine d'années, baptisé Angelo, cheveux bruns, longs et bouclés, regard de braise, qui draguait tout ce qui passait comme dans *Théorème* de Pasolini.

— Où logeais-tu ?

— A Alger, j'habitais au Telemly chez mon copain. Il fallait monter quatre étages à pied pour prendre l'ascenseur qui ne fonctionnait qu'à partir de ce niveau. Par ailleurs, comme tu as pu le constater, la ville est surpeuplée. Pas un seul bâtiment n'a été construit en huit ans. La Casbah a été envahie par tous ceux qui, arrivés trop tard après le départ des pieds-noirs pour occuper les appartements laissés vacants, se sont entassés dans ses ruelles. Ce joyau de l'architecture orientale est devenu un bidonville…

— Pourtant, ils ont du pétrole, du gaz, les infrastructures, non ?

— Oui. Mais le FLN et l'armée tiennent tous les rouages et s'en mettent plein les poches au détriment de la population.

— Des nouveaux colons, en quelque sorte ?

— Non, des nouveaux tyrans qui roulent pour eux et luttent pour conserver tous les pouvoirs. Je redoute le pire pour ce pays. Ils jouent les non-alignés à la mode titiste, mais, au fond, ils ne sont pas différents des petits dictateurs africains que les Français ont mis en place après la décolonisation de l'Afrique noire. Les dirigeants algériens, eux, se sont émancipés.

— Et le petit peuple ne s'insurge pas ?

— Le petit peuple ? Sympa, accueillant, regrette presque la présence française, mais la boucle par peur des représailles. Les jeunes n'ont qu'une envie, se tirer en France, en Belgique ou en Allemagne.

— Tu n'as pas été perturbé par tout ça ?

— Si. Il m'est arrivé deux trucs étranges. Le premier, une anecdote : je me promenais rue Didouche-Mourad, l'ex-rue d'Isly, quand je découvre qu'un cinéma dont j'ai oublié le nom est devenu la cinémathèque. Je filme la façade pour Paco en me disant que ça lui ferait plaisir de voir à l'affiche *Chien enragé* de Kurosawa, puis j'entre pour assister à la projection de ce film noir que je n'avais pas encore vu. La salle était presque déserte. J'ai été troublé par les personnages du film, un duo de jeune et vieux flic qui m'a rappelé Paco et papa… Deux rangs devant moi, un type était assis. Pendant un bon moment, il m'a agacé parce qu'il ne cessait de s'agiter sur son siège. Quand je me suis levé pour changer de place j'ai vu qu'il se masturbait ! Pourtant sur l'écran, il ne se passait rien de bien excitant, pas de femme ni d'homme nus, pas de sensualité. La misère et le désespoir des bas-fonds de Tokyo…

— Qu'en as-tu conclu ?

— Qu'il ne restait plus que l'obscurité pour fantasmer.

— Tu disais deux trucs, quel est le second ?

— Il était convenu avec Mehdi de le retrouver chez son père à Cherchell au retour de Ghardaïa. J'y ai été reçu par un type adorable qui, écœuré par les magouilles, a renoncé à toute activité politique et se contente de gérer sa petite entreprise de camions. Nous avons mangé des poissons grillés sur la plage, traîné aux terrasses des cafés. Le farniente. Loin d'Alger si décevante malgré les émotions des lieux retrouvés. Et puis patatras. Le deuxième jour.

Un ami de Mehdi, un étudiant en droit, est passé devant la terrasse d'un café où nous prenions le frais. Il m'a interrogé sur la politique française, notre gouvernement, etc. Oubliant que je n'étais pas dans une démocratie, je l'ai interrogé en retour. Il a évoqué avec moult précautions les erreurs du régime de Boumédiène. Le père de Mehdi, mal à l'aise, a écourté la conversation prétextant une affaire urgente à régler. Le lendemain, il a été convoqué chez les flics. Un mouchard avait rapporté notre conversation.

— Non ! Pour quelques mots échangés ?

— Ce n'est pas tout. Il m'a demandé d'apprendre par cœur la version qu'il leur avait donnée. J'étais supposé avoir hébergé et aidé son fils pendant ses études et c'est pourquoi il m'avait invité. Quelques minutes plus tard, deux flics, Dupont et Dupond, ou Omar Sharif et Omar Shérif, lunettes noires, moustaches, presque jumeaux, sont venus me chercher, ont confisqué mon passeport et m'ont embarqué. Après m'avoir fait poireauter une bonne heure dans les locaux de la sécurité, ils m'ont interrogé sur ma présence à Cherchell. Prudent, j'ai recraché la version du père. Heureusement pour moi, Mehdi est vraiment un ami. Aussi, je n'ai eu aucun mal à donner des détails sur sa vie, sa famille. Puis ils m'ont interrogé sur mes origines, mon père, ma mère. Excédé, je leur ai demandé de quoi ils me soupçonnaient. "On vous soupçonne d'être un espion sioniste", a dit l'un d'eux. "Pour espionner quoi ?" j'ai répondu presque en riant. "Cherchell est une académie militaire…" Comme disait mon père : "Petit, si un con te cherche des noises, mets-lui la tête au carré, s'il est plus fort que toi, tais-toi et écrase." Je me suis excusé pour ce malentendu. Souriants, ils m'ont donné vingt-quatre heures pour quitter la ville et le pays… Et me voilà. Sain et sauf. Et surtout libre. Tu imagines la tronche de maman si elle avait appris par l'ambassade que j'étais incarcéré en Algérie comme espion pour le compte d'Israël. Un gag !

— Un mauvais gag qui fait froid dans le dos. Elle en serait morte, la pauvre Marthe.

— Veux-tu voir les autres bobines ?

— Non, pas vraiment. Je préfère garder mes images. J'aurais l'impression de polluer mes souvenirs.

— Donc tu penses que ce n'est pas une bonne idée de montrer les films à maman ?

— Oui, trop tôt, selon moi. Dans quelques années peut-être, c'est elle qui te demandera de l'accompagner là-bas. Les vieux aiment revenir aux sources, même si elles sont parfois douloureuses.

— Tu as sans doute raison.

— Montre-les à Sophie. Elle aura une idée d'où tu viens. Elle sera curieuse, te posera des questions sur les lieux, les gens.

— Pourquoi me parles-tu de Sophie ?

— Parce que tu m'as semblé amoureux.

— Ça se voit tant que ça ?

— Assez pour que je le remarque.

— Je vais y réfléchir.

— Merci pour cette avant-première.

— Ne te moque pas, Paco m'a donné le virus du cinoche, mais je sais que je suis un très mauvais cinéaste.

— Un brillant universitaire, tout de même. Ton père serait fier de toi.

Etait-ce la bouteille de vin blanc que nous avions éclusée ? Etaient-ce les émotions réveillées par les images de son film ? De retour chez moi j'ai été secouée par hoquets et vomissements comme jamais depuis le début de ma grossesse. Puis j'ai pleuré sans savoir si c'était sur mon passé ou mon présent. Comme si les images avaient simultanément englouti l'histoire vécue et partagée avec Paco et réveillé un présent chargé d'angoisse.

J'ai posé les mains sur mon ventre pour apaiser le pauvre embryon ballotté par ma tempête intérieure. Pauvre de moi ! Pauvres de nous.

UNE FEMME SOUS INFLUENCE – 4

Jérémie était donc un ami et non un ennemi. Un solitaire, fils d'un épicier de Grenoble, il avait suivi des études de biologie auxquelles il avait renoncé pour bosser dans une des usines des établissements Bouchayer-Viallet, la plus prestigieuse, le pavillon Eiffel de l'Exposition universelle de Paris, la halle des machines achetée par les patrons. Un signe. Comme moi, il s'était senti aliéné dans l'univers familial et avait voulu en échapper et devenir autonome. Il l'était devenu, et, comme moi, il avait rencontré la pensée de Mao qui avait été une révélation. A aucun moment, il n'a eu un de ces regards lubriques que je repérais habituellement chez les hommes.

Quelque temps plus tard, j'avais discuté avec lui du chapitre "Art et culture" du *Petit Livre rouge* :

"Une armée sans culture est une armée ignorante, et une armée ignorante ne peut vaincre l'ennemi…" disait Mao.

J'avais osé lui livrer mon interprétation :

— Si les étudiants doivent travailler en usine pour comprendre les masses, moi, ouvrière, je dois me cultiver pour vaincre mes ennemis.

— Tu as totalement raison, m'avait répondu Jérémie. Mao dit aussi : "Il est nuisible au développement de l'art et de la science d'imposer par des mesures administratives un style particulier d'art ou une école de pensée à l'exclusion d'une autre." D'ailleurs, tu peux, désormais, t'inscrire dans une fac où il n'est pas nécessaire d'avoir le bac… m'avait encouragée Jérémie.

Malheureux de perdre une amie, il m'avait suivie en région parisienne.

C'est ainsi que nous avions décidé de quitter Grenoble pour nous inscrire à l'université expérimentale de Vincennes dont on disait que c'était un foyer révolutionnaire aussi bien dans les disciplines que dans la manière d'enseigner… J'ai appris et milité à plein temps. De son côté, Jérémie a été embauché chez Renault, devenant un "établi". Il avait trouvé une piaule dans le 5e, moi, un studio à Antony grâce à des camarades de la MNEF qui géraient des logements HLM attribués aux étudiants.

A Vincennes, j'étais comme un poisson dans l'eau. La population était si originale que quelques schizophrènes y avaient trouvé leur bonheur, jouant aux étudiants comme d'autres s'imaginent être Jésus ou Napoléon.

Les profs enseignaient ce qu'ils voulaient comme ils le voulaient, les étudiants se notaient eux-mêmes leurs unités de valeur. D'ailleurs, Gélinotte 3, un cheval de course, en a obtenu une en cinéma. Un signe. Le meilleur comme le pire.

Et la politique partout. Ecrite, orale, en dialogue, groupe, meeting ou manifestation. L'imagination était au pouvoir. La meilleure ou la pire.

Aux côtés de Jérémie, je m'étais mise à militer dans un groupuscule, la Gauche prolétarienne. Je vendais son journal, *La Cause du peuple*, distribuais des tracts à l'aube à l'entrée des usines et, accessoirement, assistais à quelques cours pendant lesquels j'exerçais mes talents de prosélyte.

Un jour, les étudiants en cinéma nous ont demandé s'ils pouvaient filmer notre activité militante à la fac et dans les usines. L'un d'eux, Henry, était trop beau pour être honnête. Un vrai dragueur. Il me lançait de drôles de regards, des regards lubriques. Aussitôt, j'ai senti un picotement au-dessus de ma lèvre supérieure. Je connaissais ce signal. Le signal d'une poussée d'herpès. Pendant que Didier, le chef de leur bande, expliquait son projet documentaire, Henry pelotait une camarade à ses côtés, tout en me regardant avec un sourire moqueur. Il m'invitait à les rejoindre, le salaud. Ça recommençait.

Quelques jours plus tard, alors que je tractais devant la salle de conférences, j'ai vu Didier débarquer avec sa caméra. J'ai demandé :

— Tu vas filmer quoi ?

Il a bredouillé :

— Je vais faire des essais avec Jacques.

Jacques Couverture, c'était le projectionniste de la fac. Un drôle de gars qui vivait dans une piaule au-dessus de la salle de conférences. Un solitaire. Il ne parlait à personne, allait et venait sans se préoccuper du reste du monde. J'ai vite compris que son nom était un signe. Il n'était pas ce qu'il disait être…

Peu après sont arrivés, bras dessus, bras dessous, Henry et une jolie fille, étrangère à la fac. Elle portait une minijupe qui mettait en valeur son gros cul et des bottes de cavalière. Que faisait-elle dans nos murs ?

Ils sont entrés dans la salle de conférences. J'ai saisi une bribe de conversation.

Elle lui a demandé :

— Pourquoi m'emmènes-tu là ?

— Isabelle, ma chérie… J'ai envie de toi…

Il l'a embrassée dans le cou.

Isabelle, comme la salope qui me persécutait au collège, minaudait…

Après quelques minutes d'hésitation, je suis entrée dans le hall de la salle de conférences. Le cœur battant, j'ai entrouvert la porte de la salle. Sur l'estrade, Henry embrassait Isabelle tout en la pelotant.

Où donc était Didier ? J'ai balayé du regard la salle. Il n'y était pas. C'est alors que j'ai remarqué l'objectif de la caméra à la place du projecteur dans la niche. Il les filmait !

Sur scène, Isabelle et Henry se caressaient. Puis, il a commencé à déboutonner son chemisier, a baissé sa culotte, l'a retournée, l'a allongée, ventre sur la table, a embrassé son cul et sa chatte. Pour finir, il l'a prise par-derrière. La salope s'est laissé faire sans résister. Quand elle s'est mise à jouir, j'ai quitté ma cachette, l'herpès en feu. Le cinéma militant était une couverture pour tourner des films de cul…

Pour en avoir le cœur net, j'ai surveillé Didier, puis je l'ai suivi. Il m'a menée à la maison de l'ORTF dont il est ressorti avec un sac puis dans une sex-shop à Pigalle dont il est ressorti sans le sac. Ainsi l'Etat et sa Télévision étaient complices de l'exploitation pornographique des femmes.

Quand j'ai raconté ça à Jérémie, il n'en revenait pas. Je me demande s'il m'a crue…

Quelque temps plus tard, on a retrouvé le projectionniste mort dans son lit. On disait qu'il avait été piqué par une mygale ! J'ai aussitôt pensé à mon amie araignée que ma mère avait sauvagement écrasée. La mygale avait fait justice en punissant les voyeurs et leur Couverture…

Vendredi 22 mai 1970

V

PARIS

“Puisque vous me traitez comme quantité négligeable, je vais vous apprendre qui est le patron !” avait hurlé le commissaire en me virant de son bureau.

Mise à pied. Je connaissais. J’avais déjà donné à Alger. Pour insubordination, comme son collègue de Bâb-el-Oued, Blanc n’avait pas traîné. Non seulement je n’avais pas répondu à ses attentes concernant les maoïstes, mais en plus je ne l’avais informé en rien au sujet de mon voyage à Madrid. De retour à Paris, j’avais attendu plusieurs jours avant de me manifester. En réalité, une bonne semaine.

Cet arrêt de travail obligé m’allait bien, me laissant le temps d’y voir clair dans cette bouillasse où je m’étais plongé. D’y voir clair était présomptueux, du moins tenter de sortir de la confusion dans laquelle les dernières nouvelles m’avaient entraîné.

Pour une fois George, de passage à Paris, ne s’était pas contenté de m’éclairer de ses lumières scientifiques. Il avait tenu à participer activement à cette enquête hors cadre que je menais au radar. Pas plus que moi, il ne s'intéressait aux chevaux, mais son savoir médical m'a rapidement conduit à démasquer le tueur de canassons. Une évidence. *A posteriori.*

J'étais allé l'accueillir à Orly. En chemin, je l'avais informé de mes récentes aventures, hormis les épisodes féminins avec Karen, Isabelle et Irène dont je n'étais pas très fier :

— Qu'en penses-tu ?

— De quoi ? Ta mère ? Les d'Outremont ? Les maoïstes ?

— Comme tu sens.

— Tu devrais passer un doctorat en emmerdements. On pouvait imaginer qu'en vieillissant tu te calmerais. Ben, non ! Que tu risques ta peau dans ton activité professionnelle, soit, mais tu ne peux pas t'empêcher de te fourrer dans des histoires tordues sans que personne ne demande rien.

— Tu crois que c'est inné ou acquis ?

— Les deux, mon adjudant.

— Quelques conseils amicaux, pour changer ?

— Cette histoire de chevaux, tu as eu le rapport du véto ?

— Non.

— Allons-y. Quand c'est sans danger, je veux bien être ton partenaire.

— Le cadavre d'un des chevaux est à l'école vétérinaire de Maisons-Alfort. J'appelle pour savoir si l'autopsie a eu lieu.

Coup de chance, le vétérinaire allait la pratiquer en fin de matinée. Nous avons décidé de prendre un taxi car George ne voulait pas rater ça.

— En attendant l'autopsie, j'en profiterai pour visiter le musée Fragonard.

— Une exposition de peinture dans une école vétérinaire ?

— Non ! Je parle d'Honoré, son cousin germain. Tu n'as jamais entendu parler de ses écorchés et de ses monstres ?

— Non. Et ne me traite pas d'inculte ou d'ignare sinon je te pose quelques colles cinématographiques !

— OK, OK.

Le bâtiment du musée faisait partie de l'école vétérinaire. Je n'ai pas été déçu du voyage. A n'en pas douter, Fragonard était un drôle de zigoto et ses "œuvres" pour le moins étranges. La salle des écorchés était sans conteste la plus spectaculaire, notamment, inspiré du célèbre tableau de Dürer, *Le Cavalier de l'Apocalypse* : un cavalier et son cheval disséqués !

— Formidable, non ? s'est exclamé George. La légende raconte que le cavalier était la fille d'un épicier d'Alfort dont Fragonard était tombé amoureux. Mais si tu observes bien son entrecuisse tu remarqueras un reste de pénis ligaturé. Soit la fille de l'épicier était un travelo soit l'écorché est un gars… Il paraît que, à la première exposition, le cavalier était accompagné de petits fœtus humains montés sur des moutons ou des fœtus de chevaux.

— Quelle horreur !

J'oscillais entre *La Nuit des morts-vivants* et la grossesse d'Irène, entre fantasmes malsains et nausées.

La suite de l'exposition était tout aussi hallucinante. Vingt et une pièces en tout, dont *L'Homme à la mandibule*, un grand écorché évoquant Samson abattant les Philistins avec une mâchoire d'âne. Il brandissait une mandibule, lèvres crispées, pénis en érection.

Le pire et le plus morbide à mes yeux étant le groupe de trois fœtus humains dansant la gigue !

Selon George, la collection avait été beaucoup plus importante, mais elle avait été dispersée, vendue ou détruite à la fin du XVIIIe siècle.

Je l'ai laissé poursuivre la visite sans moi. Il voulait parcourir les salles traitant des pathologies, notamment celle des monstres. Côté monstrueux, j'avais déjà vu *Freaks* au ciné et besoin d'en griller une pour reprendre mon souffle. Je l'ai attendu une bonne demi-heure. S'il ne sortait pas bientôt, nous allions être en retard à l'autopsie.

Il est enfin apparu, aussi radieux qu'un enfant qui venait de passer la matinée à la foire du Trône :

— Je suis ravi d'enquêter avec toi. Ça t'a plu ?

— Il y a plus réjouissant comme spectacle…

— Ce type a fait vraiment le lien entre art et médecine.

— Si tu le dis… Bon, on y va ?

La salle d'anatomopathologie avait l'allure d'un abattoir : une salle carrelée de blanc, haute de plafond, munie de treuils. Comme en salle d'autopsie humaine, ça puait le sang et la mort.

Elle était occupée par quatre types en blouse cachou, dont le plus vieux, ganté, botté, interrogeait les trois autres sur la dépouille d'un des chevaux de d'Outremont, au sol. Un maître et ses élèves.

— Alors que voyez-vous ?

Après avoir tourné autour de la bête, les élèves ont répondu :

— Mousse aux lèvres. Œdème du poumon…

— Bien. Quoi d'autre ?

— Yeux cyanosés.

— Oui et…

— Prolapsus anal.

— OK. On a donc déjà quelques éléments diagnostiques. Hissez-le.

Attaché par les membres postérieurs, le cheval a été soulevé et pendu par un treuil.

Le patron, à l'aide d'un bistouri, a ouvert la cage thoracique et l'abdomen. Sont apparus les organes internes, notamment une masse impressionnante de tripes et boyaux.

— Voyons ce qu'il a dans l'estomac…

Il a entamé à coups de bistouri l'estomac de la bête dont il a recueilli le bol alimentaire dans une bassine en métal. De ses mains gantées, il a fouillé dans un amas de foin, d'orge, d'avoine, et de liquide gastrique. Il en a empli sa main gauche pendant que, de la droite, il a trié puis retiré quelques trucs minuscules écarlates.

— C'est quoi, d'après vous ?

— Ça semble être des baies…

— Pas mal. On continue.

Il s'est attaqué ensuite au thorax, a mis à nu le cœur qu'un coup de bistouri a ouvert. Un sang noir, épais comme du goudron en a coulé.

— Je vous écoute…

— Insuffisance respiratoire…

— C'est bon, inutile d'aller plus loin. Diagnostic ?

— Intoxication alimentaire… ont répondu en chœur les trois jeunes types.

— Gagné !

Il a retiré ses gants, s'est écarté de la bête et nous a enfin aperçus :

— Vous êtes le proprio ?

— Non, inspecteur Martinez, chargé de l'enquête… et voici le professeur George, neurologue.

— Enchanté…

— Nous avons entendu votre constat. Ils n'ont donc pas été empoisonnés.

— Pas si vite ! A l'époque où les corbillards étaient traînés par des attelages, on appelait ça la maladie des chevaux de cimetière. Pendant la cérémonie de mise en terre, les chevaux bouffaient ce qu'ils avaient à portée de la bouche. Malheureusement pour eux, ils tombaient parfois sur des taxus ou ifs à baies qui décorent souvent ces lieux. Et là, ça ne pardonne pas, en trois heures, ils étaient, à leur tour, bons pour le cimetière. Enfin pour l'équarrissage… Ça va si vite qu'il n'y a même pas besoin d'analyses toxicologiques, les baies sont encore présentes dans l'estomac, le cœur droit est vide et le gauche, vous avez vu sa couleur…

— Cliniquement, comment ça se passe ? a demandé George toujours prêt à apprendre.

— Il n'était même pas nécessaire de mélanger des baies à leur nourriture. Tout est toxique dans l'if. Les alcaloïdes sont présents dans l'écorce, dans les feuilles et dans les semences. Assez rapidement, ils provoquent une détresse gazeuse, diarrhée, vomissements, tremblements, dyspnée, pupilles dilatées, difficultés respiratoires, collapsus, convulsions, bradycardie, insuffisance respiratoire et mort sans lutte.

— Vous décrivez un empoisonnement au cyanure…

— En effet, il y a de l'acide hydrocyanique dans les feuilles. Si je n'avais pas lu le rapport de mon confrère de Senlis, j'aurais conclu à une mort accidentelle. Mais comme il certifie que les chevaux ont tous été nourris simultanément en écurie et que les décès ont eu lieu de nuit, c'est forcément un acte de malveillance.

— Qui a pu commettre un acte pareil ?

— Quelqu'un qui s'y connaît soit en chevaux, soit en plantes.

J'en connaissais un dans chaque catégorie. Louis et sa passion des courses hippiques, Virginie et celle des plantes.

Louis n'avait aucune raison d'en vouloir à Isabelle ou à son père, Virginie, peut-être que oui, à cause de moi…

Alors Virginie ? Il fallait que j'en aie le cœur net. J'ai appelé au numéro qu'elle m'avait donné. Personne n'a répondu. Je n'avais ni son nom, ni son adresse. Viré de mon propre commissariat, j'ai appelé d'une cabine Adrien au sien pour qu'il m'obtienne les coordonnées de Virginie grâce à son téléphone.

Quelques minutes plus tard, il me rappelait au numéro de la cabine.

— Virginie Lecorps, bât. B2, cité Les Baconnets, à Antony. Elle était sur liste rouge. Tu veux que je t'y retrouve ?

— … Non, ça ira. Je te tiens au courant.

A lui aussi, il allait falloir que je révèle mes mensonges par omission.

J'ai proposé à George une virée en train de banlieue. Direction le Sud de Paris.

A Denfert, nous avons emprunté la ligne de Sceaux qui se divisait en deux directions, l'une Sceaux, l'autre, Saint-Rémy-lès-Chevreuse. Après un décodage laborieux des informations ferroviaires et vingt minutes de trajet nous sommes descendus à la station Baconnets, entre Fontaine-Michalon et Massy-Verrières.

La banlieue sud mêlait populations bourgeoise et prolétaire.

La cité des Baconnets, à la périphérie d'Antony, était constituée d'une barre proche du métro mais aussi d'Orly. Les avions qui sillonnaient le ciel semblaient mettre les gaz à la verticale des bâtiments. L'architecte, commis à ces basses œuvres, avait eu le cynisme d'édifier des appartements en passerelle au-dessus d'une voie très empruntée. Les habitants devaient avoir l'impression de vivre sur un pont, en bordure de piste, envie parfois de s'y jeter.

— Pour une participation à un congrès, c'est plutôt original ! Après l'autopsie d'un cheval, une balade dans une cité-dortoir ! Super ! a protesté George en découvrant l'univers des Baconnets.

— Ne te plains pas ! Tu as visité le musée Fragonard…

— Heureusement que je suis là pour veiller à ton éducation, je suis sûr que, sans moi, tu n'y aurais même pas jeté un œil…

A vrai dire, je m'en serais passé, mais j'ai préféré éluder.

Le studio de Virginie était situé au septième étage. Nous avons suivi une jeune maman et son gamin de deux ou trois ans dans un vaste ascenseur aux parois métalliques d'un gris sinistre. Pendant le trajet, le bambin nous a dévisagés de ses yeux ronds, puis, comme s'il venait de prendre une décision, m'a pris la main.

— Laisse le monsieur tranquille ! a gentiment grondé la mère. Il faut l'excuser, depuis que son père est parti, il s'est mis dans la tête de me trouver un compagnon.

— C'est plutôt un compliment puisqu'il semble me trouver à la hauteur.

La mère a rougi, le garçonnet, souri. Leur descente au cinquième m'a permis de fuir cette demande en paternité, sous le regard narquois de George. A croire que, parisien, j'étais devenu un bon parti pour les enfants de mères célibataires.

Après une tournée sur le palier du septième, nous avons enfin trouvé la porte derrière laquelle se nichait l'univers de Virginie. J'ai sonné. Personne n'a ouvert.

— Qu'est-ce qu'on fait ? a demandé George. On attend ici jusqu'à son retour ou tu forces la porte ?

— Ça n'est pas vraiment légal. Et puis je ne suis pas très doué pour ce genre d'effraction.

— Moi si.

Il a sorti de sa poche un couteau suisse en expliquant :

— Depuis que j'ai paumé, à répétition, les clés de mes cadenas de cantine, je me suis équipé. Laisse-moi faire.

Pendant qu'il bricolait la serrure, j'ai songé à celle que j'avais forcée rue d'Isly et derrière laquelle un cadavre m'attendait. Il l'a ouverte en deux minutes.

— Ouah ! C'est Nostradamus, ta copine ! s'est-il exclamé en découvrant l'antre de Virginie.

La baie vitrée, masquée par un épais rideau de jute nègre, laissait filtrer une lumière anémique. Les murs étaient tapissés d'affiches révolutionnaires maoïstes et de reproductions de plantes telles qu'on en trouve chez les herboristes. Les quelques meubles, une table, deux chaises et une bibliothèque, avaient été peints en rouge vermillon. Sur les rayonnages cohabitaient des ouvrages d'idéologues marxistes et des dizaines de pots de verre emplis d'herbes séchées étiquetés d'appellations latines. Un lit à une place de type spartiate, sans draps. Dans le coin cuisine, une théière et des gobelets en terre cuite marron semblaient être les seuls accessoires culinaires. Sur la paillasse, un bec Bunsen branché sous un alambic dans lequel reposait un liquide verdâtre. L'antre d'une sorcière ou d'une alchimiste auquel ne manquait juste que quelques formules cabalistiques griffonnées sur des parchemins pour s'imaginer être chez un savant fou à la recherche de la pierre philosophale qui transformerait le petit matin en grand soir.

— Elle aime les plantes, a conclu mon ami médecin en examinant les pots emplis de feuilles séchées, mais aucun ne contient de produits toxiques. Tu crois que c'est elle ?

— J'en sais rien. Elle a peut-être suivi la consigne de ses chefs : disparaître après l'attaque de Fauchon…

— Bon, on se tire avant d'être pris en flagrant délit d'effraction ?

— Laisse-moi le temps de fouiller un peu les lieux.

Dans un premier temps, je n'ai trouvé que des revues gauchistes et quelques tracts. Pas de correspondance, pas de billet soigneusement caché dans un livre. Pas une arme. Pas non plus de baies d'if.

Je me suis accroupi pour explorer sous le lit où j'ai découvert une grande boîte à biscuits. Je l'ai posée sur la table et ouverte. Comme une môme, elle y avait planqué quelques reliques que j'ai mises au jour, sous le regard intrigué de George :

Un faire-part de mariage, celui d'une certaine Emilie Lecorps, l'année précédente. Une sœur, une cousine germaine ?

La photo d'un vieil homme au visage buriné et aux yeux sévères, les cheveux blancs en bataille, une chemise blanche au col boutonné. Un père, un grand-père ?

Une carte de visite au nom d'Etienne Lecorps, guérisseur. Le père, le grand-père, un oncle ?

Des photos d'identité.

Un *Petit Livre rouge*, dédicacé par Jérémie.

Et dans une pochette en plastique blanc pliée en deux, un photoroman porno intitulé *Un amour d'étalon*, illustré d'une femme blonde à poil aux formes opulentes, embrassant le museau d'un cheval blanc.

Virginie avait-elle acheté cette revue à l'adresse que j'avais donnée aux maoïstes, donc celle de la sex-shop ? S'y était-elle rendue et avait-elle su que j'avais menti ? Depuis quand ?

Pourquoi y avait-elle acheté ce photoroman ?

Virginie me mettait en garde contre Isabelle qui, disait-elle, aimait plus les chevaux que les hommes. Croyait-elle qu'Isabelle était zoophile et s'envoyait en l'air avec ses chevaux comme l'héroïne de ce photoroman ?

Pourquoi avait-elle empoisonné les chevaux des d'Outremont ? Avait-elle tué aussi Couverture ?

Le lien était la bobine disparue. Qu'y avait-il sur la bobine qui la compromettait ? Y avait-il des images de pornographie zoophile ? Isabelle avait-elle aussi participé à une telle horreur ?

Pendant que j'étais plongé dans mes interrogations en fumant une maïs, George feuilletait le photoroman zoophile :

— La petite maoïste devait avoir quelque problème de solitude… comme l'héroïne du photoroman. Le scénariste ne s'est pas foulé : elle est amoureuse d'un bellâtre qui la repousse, elle l'épie et le surprend en pleine action avec une jolie écuyère, bouleversée, elle se réfugie dans l'écurie et, par dépit, se caresse en présence d'un cheval qui se met à bander ; excitée par l'énormité de l'engin, elle le branle et se fait prendre par-derrière. Monstrueux ! Pour moi, c'est bien pire que Fragonard, ces photos !… Un palefrenier la surprend à son tour et se masturbe devant le spectacle… Dis donc ! Mais c'est toi, ce mec !

— N'importe quoi !

— Si, si. Je t'assure, il a un air de famille. Hormis la mensuration de son instrument qui doit avoir dix bons centimètres de plus que le tien…

— Qu'en sais-tu ?

— … Les cheveux longs et bruns, la barbe, ton regard brûlant d'hidalgo.

— Arrête tes conneries !

— Je ne plaisante pas. Elle devait se caresser en pensant à toi.

Pour argumenter, il a agité la revue sous mes yeux. En est tombé un papier qu'il a ramassé.

— Tiens ! regarde ce truc.

Il m'a tendu un papillon publicitaire que j'ai lu :

ROBERT
MÉDIUM VOYANT GUÉRISSEUR
Voyance précise et détaillée. Excellente réputation !!
Capable de trouver avec vous la solution
à toutes vos difficultés :
Amour, fidélité conjugale, solitude,
rencontre et mariage, impuissance sexuelle,
chance, désenvoûtements.
IL OU ELLE SERA POUR TOUJOURS UN TOUTOU
TRAVAIL RAPIDE ET SÉRIEUX
151, rue des Poissonniers Paris 18e

— Ça vaut peut-être le coup d'aller rendre visite à ce confrère. J'ai toujours rêvé de consulter ce type de sorciers pour mes problèmes de cœur.

— Tu te piques au jeu, hein ?

J'ai jeté un œil sur la gueule du palefrenier en photo. George avait raison : similitudes, type méditerranéen, même âge, même corpulence, différences, sexe beaucoup plus imposant que le mien, yeux plus rapprochés, nez plus long. Avec un peu d'imagination, on pouvait s'y tromper… Merde alors !

— C'est elle, sur les photos ? a demandé George en désignant les photos d'identité de Virginie.

— Ouais.

Photo en main, il a commenté :

— Elle est moche, non ? Si tu m'en disais un peu plus sur la dame ?

— Je vois que tu prends les choses en main.

— En me parlant de ta Virginie peut-être que je vais découvrir quelque chose dont tu n'as pas tenu compte…

Le pire est qu'il n'avait pas tort.

Pendant le trajet en métro en route vers le 18ᵉ, je lui ai raconté, par le menu, notre rencontre, son goût pour les infusions, son herpès, sa personnalité militante, sa jalousie à l'égard d'Isabelle, cette façon insensée qu'elle avait d'interpréter mes faits et gestes…

— Sérieux et Capgras !

— Pardon ? Qu'est-ce qui est sérieux dans un cap gras ?

— Le délire d'interprétation. Deux psychiatres, Sérieux et Capgras l'ont décrit au début du siècle dans *Les Folies raisonnantes*. A t'écouter j'ai hésité entre délire de jalousie et érotomanie. Mais, à aucun moment, elle ne t'a déclaré sa flamme ou menacé. Néanmoins, tu dis qu'elle interprète tout. Ça doit passer inaperçu chez les maoïstes puisqu'ils interprètent le monde à travers une grille de lecture partagée. Sa passion des plantes…

— Un de ses parents était rebouteux.

— Donc elle a été élevée dans un mode de pensée magique.

— Si c'est une délirante, comment cela peut-il passer inaperçu pour le reste du monde ?

— Elle n'a pas d'hallucination comme une apparition de la Vierge ni d'illusion comme don Quichotte prend des moulins à vent pour des géants… elle interprète tout…

— Mais moi aussi j'interprète dans mon boulot et, parfois, je me trompe…

— Bravo mon garçon ! Donc il faut différencier l'interprétation fausse de l'interprétation délirante. L'une est rectifiable, l'autre, incorrigible, l'une est isolée, l'autre diffuse et s'organise en système, l'une n'a pas pour objet le moi, l'autre est marquée par l'égocentrisme. Pourtant, comme le sujet demeure adapté au monde, on peut être tenté d'y adhérer. De plus elle évolue dans un monde d'idéalistes passionnés.

— Comment en est-elle arrivée là, selon toi ?

— Je ne suis pas psy. Ça vient de loin. Une culture familiale, une tendance à donner du sens à tout et pour tout. Une personnalité paranoïaque. Elle a probablement une imagination maladive.

— Pourquoi aurait-elle tué les chevaux ?

— Si c'est elle, ça a forcément un sens. Elle les associe à toi. Tu es son étalon qu'elle ne veut pas partager avec Isabelle... A propos, pourquoi Isabelle ? Tu as une histoire avec elle ?

— J'ai eu.

— Quand tu m'as dit t'intéresser au livre du père c'était pour draguer la fille... Un des chevaux morts était-il le sien ?

— Oui, Yasmine, une jeune jument... Elle va en rester là ou ça risque d'aller plus loin ?

— A mon avis, toi ou ta copine êtes en danger. Et comme elle est dans la nature...

N'interprétait-il pas trop hâtivement le comportement de Virginie ? Il ne la connaissait qu'à travers mes propos. N'avais-je pas forcé le trait ?

Le médium, un homme d'une cinquantaine d'années, chauve et bedonnant, à l'allure d'employé de la poste, occupait un petit appartement du 18e. Un espace propre et clair. Sur les étagères, quelques livres cabalistiques et d'autres sur la psychologie humaine. Pas de toge, ni de boule de cristal, pas d'accessoires bizarroïdes ou d'encens fumant.

— Que puis-je pour vous ?

J'ai sorti ma carte professionnelle et la photo de Virginie :

— Avez-vous vu cette femme ?

— Oui. Elle a fait une bêtise, n'est-ce pas ?

— En effet.

— Cette jeune femme est délirante. Je lui ai conseillé de consulter un médecin.

— Que voulait-elle ?

— Savoir si un homme qu'elle connaissait était en danger. Une demande somme toute banale si ce n'était ses propos incohérents. Elle m'a aussi montré la photo d'une jeune fille à cheval à laquelle elle voulait que je jette un sort…

— Isabelle ! Et vous l'avez fait ?

— Non. Je propose mes services pour lever les sorts non pour en jeter.

— Vous êtes un gentil, alors ?

— Non, je connais simplement la nature humaine. Les gens ont besoin de trouver le coupable de leur malheur. Je me contente de neutraliser le pouvoir qu'ils donnent à leur persécuteur dans leur tête.

— Comment procédez-vous ?

— J'ai mes recettes… Quelques rituels simples suffisent la plupart du temps pour "lever" les sorts… J'étais infirmier dans le service du professeur Henri Collomb en Afrique.

— L'ethnopsychiatre militaire ? a demandé George. J'ai assisté à quelques-uns de ses cours à Dakar. Une vraie révolution en psychiatrie coloniale.

— Oui. On travaillait beaucoup avec les sorciers et les guérisseurs.

— Il a eu l'intelligence de ne pas plaquer la psychiatrie européenne en Afrique, et de prendre en compte les facteurs liés à la culture des patients. Un type formidable…

— Votre cliente vous a-t-elle parlé de ses projets ? j'ai demandé pour reprendre la main.

— Non, elle m'a traité de charlatan quand je lui ai conseillé de consulter un médecin… Et elle est partie sans payer… Les risques du métier.

L'hypothèse Virginie se confirmait. Ma culpabilité s'amplifiait. J'avais indirectement provoqué la mort des chevaux et, pire, j'avais peut-être mis la vie d'Isabelle en danger. J'avais encore besoin de savoir si elle m'avait suivi, peu après notre première rencontre. Si cette dernière hypothèse se vérifiait, j'étais devenu un flic vraiment minable.

Nous avons pris la ligne 4 : direction les Halles.

— Il est malin, ce médium, non ? Il a choisi le bon quartier pour s'installer. Des Africains, des Arabes. Fragilisés par l'immigration, coupés de leur culture d'origine, loin de leurs familles. Il doit se faire plus de blé qu'un médecin de quartier… a commenté George.

— En attendant, je suis dans un beau merdier. Si Karen confirme…

— Qui est Karen ? Une autre de tes conquêtes ?

Je lui ai résumé l'histoire de cette relation en insistant sur l'enlèvement du petit Olaf et en éludant notre partie de jambes en l'air.

— Comment t'a-t-elle remercié ?

— Avec un café serré.

— A d'autres !

— Bon, c'est vrai ! J'ai eu une aventure d'un soir avec elle, mais c'est tout.

— Ne t'excuse pas ! C'est plutôt bon signe. Ça signifie que ton deuil amoureux est terminé.

J'ai préféré le laisser y croire que l'en dissuader.

Dès qu'elle m'a vu entrer dans la sex-shop, Karen m'a sauté dans les bras, folle de joie de me retrouver. Ses seins étaient toujours aussi fermes, son accent toujours adorable :

— Olaf va être content de te revoir.

— Moi aussi. Louis est encore sur les champs de courses ?

— Non. Comme il fait beau, il est parti voler. Ce n'est pas moi que tu voulais voir alors ?

— Si, si. Mais j'ai aussi un truc à te montrer. Tu connais cette fille ? je lui ai demandé en sortant une fois de plus la photo de Virginie.

— Non, je ne crois pas... Pourquoi ?

J'ai montré le photoroman zoophile.

— Elle l'a forcément acheté dans une sex-shop, non ?

— Sans doute. Nous ne sommes pas les seuls à vendre ces trucs dégueulasses. Seuls les pervers achètent ces revues. Jamais vendu ça à une femme ! Je m'en souviendrai. Pourquoi la recherches-tu ?

— Une enquête...

— Si je la vois par ici, tu veux que je t'appelle ?

— Je doute que tu la voies...

— On dîne ensemble ? je n'ai pas Olaf, ce soir...

— Non, une autre fois. Je dîne avec mon ami.

— Ne vous dérangez pas pour moi, je suis un grand garçon… Je vais vous laisser…

— Non ! J'ai encore besoin de toi. Je te rappelle, Karen. Promis.

Alors que je m'apprêtais à lui faire la bise, elle m'a roulé un patin d'enfer, sous les yeux amusés de George.

— Je voulais savoir si tu fumais toujours le maïs, a expliqué Karen, avec malice.

— Toujours…

Une fois sorti de la sex-shop, George a rigolé :

— Une vendeuse de revues cochonnes, jolie comme un cœur, et toujours accro à notre Paco, une écuyère qui tourne dans des films pornos, tu m'en caches d'autres… ?

— Oui. Une autre.

— Sans blague ? Qui ça ? Pas la délirante tout de même ?

— Pire. Irène. J'ai revu Irène.

— Seulement revue ?

— Non pas seulement.

— Merde ! Vous allez encore vous faire mal !

— C'est déjà fait, merci. Elle est enceinte…

— Non !

— Pas de moi.

— Non !

J'avais besoin d'un remontant et, comme George, l'estomac vide. Aussi, je l'ai entraîné chez ma vieille copine, au Vauvilliers. En chemin, j'ai raconté Barcelone. Il n'a plus ri.

— Je ne sais pas quoi te dire. Ça fait un bail que je ne l'ai pas vue…

— Alors ne dis rien. Et occupons-nous de notre enquête. Virginie aurait tué Couverture parce qu'il participait à l'oppression des femmes, *via* la pornographie. OK. Dérobe-t-elle la bobine pour faire chanter Isabelle et sa famille ou pour la détruire ? Elle tue les chevaux parce que Isabelle est complice et, selon elle, zoophile. Elle aurait pu la tuer aussi au lieu de passer par les chevaux. Mais pourquoi avoir acheté cette revue ?

— Peut-être voulait-elle te l'offrir. Plus sérieusement, la revue zoophile n'a servi qu'à alimenter son délire interprétatif. Une façon de se convaincre qu'Isabelle était une salope, qu'elle baisait avec ses chevaux…

— Comment vais-je la retrouver ?

— Bonne question. Elle a ton téléphone ?

— Oui.

— Demande à être mis sur écoute. Elle t'appellera peut-être avant de faire d'autres conneries.

J'ai retrouvé ma vieille tenancière, toujours heureuse de me revoir. Elle nous a servi de délicieuses andouillettes AAAAA.

— Les Français aiment tellement les tripes que, dans une vie, ils doivent bouffer un étron, disait Alphonse Allais.

— Pourquoi ?

— Si bien lavées soient-elles, il reste toujours des particules de merde dans les tripes…

— Tu es dégoûtant ! En plein repas, raconter un truc pareil !

— Non, lucide. Peu de gens savent que la bouche est un orifice bien plus sale que l'anus.

— Je vais commander deux cognacs pour nous désinfecter. Bon, reprenons. A part ma mise sur écoute qui ne va pas être une mince affaire puisque j'ai été mis en congé obligatoire, que puis-je faire d'autre ?

— Avertir ta copine Isabelle que quelqu'un pourrait lui vouloir du mal.

— Elle ne va pas aimer. Son père non plus quand il saura que ses chevaux sont morts par ma faute…

— Tu n'es pas obligé d'entrer dans les détails. Fais-lui croire que ce sont deux affaires différentes…

— Pas très crédible.

— Alors embarque-la avec toi dans un trip amoureux. Genre "Désormais, mon amour, je ne peux plus vivre sans toi". Elle n'y verra que du feu et tu pourras la protéger vingt-quatre heures sur vingt-quatre.

— Ça n'est pas très honnête.

— Qui sait, elle parviendra peut-être à te faire oublier Irène…

UNE FEMME SOUS INFLUENCE – 5

Peu de temps après la mort de Couverture, est apparu Paco De Murcia, un vieil étudiant, d'origine marseillaise, qui semblait égaré, tel un ange de pureté. Il s'est montré suffisamment fragile pour attirer mon attention, suffisamment mâle pour m'effrayer. Il représentait tout ce que je désirais et redoutais à la fois. Un homme, un vrai, séduisant et inquiétant, avec ce zeste de naïveté, cette disponibilité qui pourrait en faire une recrue… pour la Cause. La nôtre mais aussi la mienne.

Malheureusement, il s'était inscrit en cinéma et était tombé entre les pattes de Didier et Henry. J'ai demandé à Jérémie de le suivre. Ce qu'il ma raconté, après la filature, m'a stupéfiée. Il l'avait vu retrouver une blonde avec un gros cul dans un centre équestre. Isabelle, la salope. Paco était tombé dans leurs filets. Il finirait par jouer les étalons avec l'écuyère, filmé par Didier. J'étais loin du compte…

Depuis cette révélation, je n'ai cessé de le protéger. J'ai enquêté sur la salope afin de lui fournir des preuves de ses perversions. J'ai donc pris cette dernière en filature. Et, jour après jour, je l'ai explorée, analysée, décodée, interprétée.

J'ai découvert qu'elle menait une double vie : officiellement, elle vivait dans le 15e arrondissement et enseignait l'équitation. Le samedi elle prenait un train gare du Nord et disparaissait jusqu'au lundi.

Elle est entrée aussi en contact avec le flic venu enquêter sur la mort de Couverture. Elle était une flic infiltrée ! Elle se servait de son cul pour infiltrer la fac !

Est-ce que la sex-shop de Pigalle était aussi impliquée dans ce complot ?

J'y suis allée. Malgré mon dégoût pour ce lieu, j'ai exploré les rayonnages à la recherche d'indices dans la multitude d'horreurs que distribuaient ces lieux : l'un traitait de la perversion de l'écuyère, elle pratiquait l'amour avec ses chevaux, cette blonde, c'était elle ! Le photographe avait retouché son visage, grossi ses seins ! C'était elle ! Isabelle ! Peu après, j'ai découvert une autre revue : cette fois-ci, la blonde, en tenue policière, menottait un détenu, suçait son sexe et le violait parce qu'il ne voulait pas donner les noms de ses complices.

Elle était policière et allait un jour ou l'autre le séduire et abuser de lui comme dans le photoroman. Paco, trop faible, nous balancerait tous…

J'ai acheté le photoroman *Un amour d'étalon* pour l'étudier en détail sans manquer d'injurier le vendeur, lui reprochant de dégrader l'image des femmes et de participer à l'oppression masculine et à l'aliénation féminine… Un fasciste du sexe !

Chez moi, j'ai analysé la revue et j'ai tout compris. Dans un premier temps, elle attirait les hommes dans sa propriété pour y monter à cheval puis elle les violait…

Géniale intuition !

Pour s'assurer la collaboration de Paco, l'écuyère l'avait invité à Senlis. Equipée d'un sac de couchage, de nourriture et d'un thermos d'infusion, je les ai suivis dans le train, puis en taxi car un complice en uniforme les attendait en voiture.

La demeure était le quartier général de la police pour la mission de noyautage de l'université de Vincennes, son chef, planqué dans un pavillon de chasse. Le type en uniforme faisait son rapport de nuit. J'ai dormi dans les bois, près d'un étang.

Ma persévérance a été récompensée au cours du week-end : lors d'une promenade en forêt, à quelques pas de moi, la garce s'était présentée nue sur son cheval et, prenant Paco par surprise, l'a violé sous mes yeux !

J'en savais assez. J'ai quitté les lieux et pu rejoindre la gare de Chantilly en stop sans avoir été repérée.

Le lendemain, durant la correction de l'autocritique de Paco, j'ai essayé de lui faire entendre raison au sujet d'Isabelle. Il est demeuré aveugle et sourd à mes arguments. J'étais désespérée.

Quelques jours plus tard, à l'entrée d'une bouche de métro, un homme, d'origine africaine, m'a tendu un papier. Un médium était prêt, semblait-il, à m'aider dans notre entreprise. Un signe.

Hélas, la garce était plus forte que je ne l'imaginais. Le visitant, j'ai compris qu'il était un imposteur. En tentant de me convaincre que j'étais folle, il s'est démasqué comme un des complices du complot policier.

Je devais agir avant que Paco ne soit perdu pour la Cause. Aussi, après l'attaque de Fauchon, encouragée par notre réussite spectaculaire, j'ai pris la décision de frapper un grand coup.

L'enseignement du grand-père m'a été précieux. Je suis allée cueillir des baies d'if dans les bois de Massy. Puis je me suis rendue à Senlis avec la Coccinelle de Jérémie. Je l'ai garée à deux kilomètres de la propriété des d'Outremont. La nuit tombée, je me suis glissée dans l'écurie où j'ai mélangé les baies à la nourriture des chevaux. Une manière de leur faire comprendre qu'on pouvait les frapper où et quand on voulait.

De retour à Paris, j'ai décidé de disparaître pour me faire oublier, convaincue que la garce policière, privée de ses amants sur pattes, me ferait payer mon crime…

Plus tard, j'expliquerai à Paco comment je l'avais sauvé du piège tendu par Isabelle, la sorcière d'Outremont.

Quatrième partie

UN ÉTÉ MEURTRIER

Ne vaut-il pas mieux tomber entre les mains d'un meurtrier que dans les rêves d'une femme en rut ?

NIETZSCHE,
Ainsi parlait Zarathoustra.

Juin 1970

I

JE T'AIME, MOI NON PLUS

Je n'avais pas suivi le conseil de George. Au contraire, jalonnant le temps de mes expiations, j'avais travaillé activement à désertifier mon univers.

J'ai débarqué au commissariat du 12e pour tout déballer à Adrien.

Evidemment, il s'est montré furieux de mes cachotteries.

— Tu as pourri mon enquête, putain !

— Cette infiltration m'a fait perdre les pédales.

— Je vais demander une commission rogatoire pour perquisitionner dans les règles chez Virginie Lecorps.

— Tu ne trouveras rien.

— Si. Tu vas me filer la revue porno, le papillon du médium, la photo de Virginie et le reste.

— Je t'ai apporté ça, et le reste, je l'ai laissé sur place…

— Tu m'obliges à trafiquer des preuves et j'aime pas ça. Donne-moi aussi le nom de tes contacts à la GP.

— Ils ont tous des pseudos. Je ne connais que l'adresse de Laurent Blumenfeld, que j'ai rencontré chez lui, rue de Picpus. Il y a aussi un certain Jérémie, je ne sais pas si c'est un pseudo mais il était assez proche de Virginie… Il est OS chez Renault Billancourt et il conduit une vieille VW Coccinelle verte, immatriculée 128 BV 75. Quant aux autres, tu les connais, Didier, Henry…

— C'est mince mais je vais me débrouiller avec ça.

— J'ai un truc à te proposer…

— Encore une embrouille…

— Non. Un des moyens possibles pour la coincer. Je souhaiterais être mis sur écoute téléphonique.

— V'là aut'chose. Et dans quel but, s'il te plaît ?

— Dans l'espoir qu'elle m'appelle et qu'on puisse la localiser.

— Pour choper une tueuse de chevaux ? Tu rigoles, non ?

— Les types de la GP ont des planques et des soutiens dans tous les milieux, des intellos aux prolos. La plupart des militants qui ont participé à l'attaque de Fauchon doivent être au vert à l'heure qu'il est. Elle aussi.

— Ouais, mais je ne vais pas demander à un juge de te mettre sur écoute pour le meurtre de chevaux. Si tu avais trouvé la bobine du film ou quelque indice sur la mort de Couverture… Mais là, on n'a rien…

— Je suis persuadé qu'elle n'en restera pas là et que les vies des d'Outremont père et fille sont en danger. Voire la mienne…

— Le juge va me demander : “Quelles preuves avez-vous de ça ?”

— Aucune. Une intime conviction.

— Va convaincre un juge avec l’intime conviction d’un flic ! Tu plaisantes !

— Il ne s’agit pas de mettre sur écoute un honnête citoyen, mais un flic. Ça devrait plaire au juge, ça, non ?

— Hum. Qu’est-ce que j’ai à y gagner, moi ?

— Au mieux, l’arrestation d’une dangereuse maoïste et la gratitude d’une famille de soldats qui a servi la France depuis Napoléon…

— Baratin !… Je vais y réfléchir…

— Vite, s’il te plaît. Je crains le pire…

— Alors, commence par prévenir ces d’Outremont, c’est la moindre des choses. Le père ne sera peut-être pas très content d’apprendre que sa fille fricotait avec un petit flic de Vincennes, mais tant pis pour toi. Quant à la fille, désormais, je m’en occupe.

— Tu veux bien me tenir au courant ?

— J’y penserai…

Aussitôt après, j’ai invité Isabelle au Vauvilliers. Avant qu’Adrien ne la convoque. Pour tout lui révéler. Une catastrophe.

Une fois de plus, j’ai tout raconté, sans rien omettre, cette fois-ci.

Plus j'avançais dans mon récit, plus le visage d'Isabelle, fermé dès son arrivée, avait pâli puis rougi de colère :

— Vous êtes en train de m'expliquer que... que nos chevaux sont morts à cause... à cause de vous !

— D'une certaine manière, oui, je suis responsable de...

Ma phrase a été interrompue par une gifle plutôt violente. Une gifle méritée qui ressemblait étrangement au soufflet d'une provocation en duel ou à la réparation d'un affront.

Il y a eu un bref silence dans le brouhaha de la salle. Par-dessus l'épaule d'Isabelle, j'ai aperçu la main d'Angèle suspendant son vol vers une bouteille. Un choc pour nous trois.

— Je... Je maudis le jour où je vous ai rencontré !

— Pas moi. Je suis désolé de ce qui est arrivé, mais je ne pouvais pas prévoir que Virginie était folle et qu'elle allait s'en prendre à vous.

— Peu importe ! A cause de vous, mon père est détruit !... Et moi aussi !

Elle s'est levée et, avant que j'aie pu esquisser un geste, elle a quitté le bistrot.

Au final, mon entreprise de prévention tournait à la démolition. Après mes révélations, elle m'avait signifié plutôt brutalement qu'elle ne souhaitait pas mon aide ou ma protection.

Elle venait de donner raison à George. La stratégie de la sincérité ne s'avérait pas d'une grande efficacité. A moins de désirer la voir s'éloigner de moi.

J'ai laissé en vrac deux billets de cent francs qui couvriraient largement les frais de bouche et quitté sans un mot les lieux sous le regard affligé d'Angèle.

Tout avait été dit et pas de la meilleure façon.

J'ai remonté la rue Saint-Denis, sans rien voir de l'agitation des Halles qui s'annonçait.

“Paco ! Paco !” a crié une voix féminine.

J'ai cru, un instant, qu'Isabelle, regrettant son geste, m'interpellait. Mais non, Karen m'avait aperçu errer comme un zombie :

— Tu ne m'as donné aucune nouvelle depuis ta visite. As-tu retrouvé la fille ?

— La fille ?... Non... Toujours pas...

— Tu n'as pas l'air d'être... comment vous dites ?... dans ton plat... ?

— Dans ton assiette... Non, pas vraiment.

— Rentre un moment dans la boutique. Louis a des remontants dans son bureau.

Sans savoir pourquoi, je l'avais suivie.

Deux clients feuilletaient des revues, un troisième, homosexuel, s'intéressait aux accessoires sadomasos.

Karen a dégoté une bouteille de Glenlivet et deux verres.

Nous avons trinqué en silence près du comptoir caisse. J'ai avalé cul sec le triple whisky qu'elle m'avait servi. L'instant d'après, je me suis adossé pour ne pas tomber dans les pommes. Mon dîner n'avait consisté qu'en une commande passée, un ballon de rouge et une gifle reçue. Trop frugal pour effacer une surcharge alcoolique. Je me sentais ridicule.

— Oh là, mon pauvre chéri, va te reposer dans le bureau de Louis, je finis avec les clients et je m'occupe de toi.

— Inutile, ai-je répondu fièrement, ça va aller, je rentre.

J'ai fait trois pas et je me suis écroulé. La chute a provoqué la fuite des clients croyant sans doute que mon malaise était celui d'un toxico ou d'un ivrogne.

Je n'ai pas perdu connaissance, mais l'univers me semblait cotonneux. Cotonneux et obscène. A croire qu'en contre-plongée la pornographie et ses accessoires prenaient une tonalité agressive, envahissante. Toutes ces femmes nues affichaient un air moqueur à mon égard. Comme si je me traînais à leurs pieds et qu'elles n'attendaient qu'un geste, qu'un signe de moi pour me piétiner. Aidé par Karen, je me suis relevé, bredouillant :

— Je suis désolé.

La seule formule que je pouvais énoncer à ces dames, ce soir. Karen ne m'a pas giflé. Au contraire, elle m'a souri, en bonne mère :

— Mon Paco a un gros coup de fatigue. A présent, laisse-moi faire.

Elle a enfilé sa veste, cherché son sac, m'a saisi solidement par le bras, conduit à l'extérieur, lâché un instant pour verrouiller la boutique, récupéré avant que je ne m'écroule, à nouveau :

— Je me suis trompée, tu as besoin de manger quelque chose. Allons chez Chartier.

— Je t'assure, ça va mieux, inutile de…

— Blablabla. Les hommes sont trop orgueilleux.

A cette heure avancée, Chartier donnait le spectacle d'une gigantesque cantine installée dans un hall de gare sous verrière. La magnifique décoration art moderne m'a évoqué le goût d'Irène pour ce style. De la multitude de tables, seules quelques-unes étaient occupées par de vieux solitaires. La commande a été prise en un temps record par un serveur, pressé d'en finir.

Elle a choisi pour moi une bavette aux échalotes, une mousse au chocolat et une bouteille d'eau minérale pétillante.

— Tu ne dînes pas ?

— Déjà fait. Je me prépare des petites salades que je mange à la boutique. Il faut que je surveille ma ligne si je veux avoir une chance de trouver un homme.

— Ta ligne est parfaite.

— J'avais oublié combien les Français sont flatteurs. Tu t'es rasé et coupé les cheveux ? Tu es peut-être comme Samson…

— Je n'ai jamais été Samson et, la seule fois où j'ai joué les David, Goliath m'a tiré quatre balles dans la peau.

— Tu as des soucis ?
— Oui.
— Tu veux en parler ?
— Non.
— Alors mange et allons nous coucher.
— Je ne crois pas que ce soit une bonne idée…
— Je n'ai pas dit "et allons faire l'amour". Tu es fatigué. Même un peu plus, je crois…

La bavette est arrivée, je l'ai dévorée pendant qu'elle picorait les frites en disant pour elle-même :

— Karen, tu n'es pas raisonnable.

J'ai appelé le serveur :

— Deux cuillers, pour la mousse et l'addition.

Il s'est exécuté, griffonnant la note sur la nappe en papier.

— Tu veux me voir grossir…

J'ai songé instantanément à la grossesse d'Irène. Karen a dû voir passer un voile de tristesse :

— Tu n'es pas fatigué mais malheureux, n'est-ce pas ?
— Et toi, trop curieuse.
— Excuse-moi.
— Mais non, c'est à moi de m'excuser. Certains soirs, quoi qu'on fasse ou dise, on est maladroit.

Elle m'a serré la main avec tendresse, en annonçant :

— Assez parlé, dodo.

Elle m'a conduit jusqu'à son antre de la rue Bleue, déshabillé, couché, bordé. Puis, vêtue d'un large

T-shirt, elle s'est allongée à mes côtés et m'a serré dans ses bras. J'ai lové ma tête entre ses seins et je m'y suis endormi avec un sentiment de sécurité absolue. Aucun rêve ni cauchemar ne sont venus troubler ma nuit.

Au matin, une sensation de fraîcheur très agréable à l'entrecuisse, suivie d'une lente érection dans un écrin moelleux m'a tiré de mon sommeil. Puis, une langue exploratrice a parfumé ma bouche de la menthe d'un dentifrice. J'ai ouvert un œil.

— Dors, a dit Karen. Je m'occupe de tout…

Peu après, j'ai senti, en aveugle, un fourreau tiède et humide s'emparer de mon ventre, accompagnant sa chevauchée d'images inavouables, celles d'Irène en place de Karen. Et, au moment de jouir de son étreinte, j'ai ouvert les yeux pour me punir. La débandade a été instantanée.

Elle a voulu réveiller ma verge de sa bouche :

— Excuse-moi, j'ai très envie d'aller aux toilettes, ai-je dit en la repoussant gentiment. Elle a compris et renoncé.

Reposé et coupable, je me suis levé pour aller pisser mon sperme dans la cuvette.

De retour dans la chambre, je me suis habillé afin d'éviter toute récidive. Manœuvre inutile, Karen était sous la douche.

J'ai fui, sans un mot, un merci.

De retour chez moi, j'avais reçu un message de ma mère me demandant, en français, de la rappeler à Madrid. A l'intonation de la voix, j'en ai déduit qu'elle avait lu le message. Bel effort de communication.

J'ai saisi le combiné à contrecœur et composé l'international.

En espagnol, elle m'a annoncé qu'elle me rappelait dans quelques minutes. J'ai attendu en fumant, me préparant à une nouvelle salve d'arguments pour me convaincre de l'accompagner. Il n'en fut rien.

Le téléphone a sonné à nouveau. Une voix d'homme, inconnu, d'âge mûr, traduisait les propos de ma mère, en français. Un français approximatif, moins bon que celui de Tolédano…

— Votre maman va rentrer en Argentine. *Gracias a Dios*, la junte militaire a repris les choses en main après l'assassinat d'Aramburu par les *monteneros.* Il y a un nouveau président depuis le 18 juin, Roberto Marcelo Levingston. Nous rentrons au pays…

— Nous ?

— Oui. Je suis argentin aussi. Nous nous sommes rencontrés à Madrid, par hasard. Parfois, *un mal es algo bueno.* Je suis veuf aussi et… vous comprenez… Nous avons des affinités…

— Quel est votre métier, si ce n'est pas indiscret ?

— Je suis avocat. Avocat d'affaires.

— Un bien beau métier. Vous allez pouvoir l'aider à mettre de l'ordre dans l'entreprise familiale…

— … Et elle à me sortir de la solitude… Sans vouloir aller trop vite, nous pensons que cela pourrait marcher entre nous…

— Tous mes vœux de bonheur…

— Merci. Nous partons demain et votre mère voulait vous en informer et espère votre visite prochaine avec votre fiancée…

— J'y songerai. Embrassez-la de ma part…

— Elle vous embrasse aussi…

J'ai raccroché en soupirant. Elle était venue chercher un fils qui aurait pu gérer son entreprise et elle avait trouvé l'homme de sa troisième vie. Ma mère avait de la ressource. Plus que moi. Alors que j'avais tout mis en œuvre pour me séparer des femmes qui occupaient ma vie, elles continuaient leur chemin sans vraiment souffrir de me perdre.

Libéré de l'imposture, je me retrouvais Gros-Jean comme devant. Seul.

Pourtant, une femme m'obsédait plus qu'Irène en cet instant : Virginie Lecorps.

Contrairement à ce que j'avais cru, elle avait cessé de m'appeler depuis la mort des chevaux.

Le 25 mai, j'étais retourné au commissariat de Vincennes. J'avais vérifié que j'étais l'objet d'une disgrâce durable.

Blanc m'a informé que les gépistes menaient des actions spectaculaires, à Paris comme en province, et le ministère de l'Intérieur était sur les dents, notamment à Grenoble où les explosions se multipliaient.

— Je vous ai surestimé pour cette mission : la mort de Couverture, le fiasco de Fauchon, votre escapade à Madrid… Vous avez été d'une inefficacité redoutable…

— J'en ai conscience…

— Ouais. En attendant, vous reprenez vos fonctions, ici. Et vous ne bougez pas le petit doigt avant de m'en parler.

— Merci, patron.

Coupé de la fac et de son agitation, j'avais acheté *Le Nouvel Observateur*, qui affichait à la une un titre surprenant : "Jean-Paul Sartre fait parler les casseurs".

Il y revendiquait les actions et les prises de position de la GP : séquestration des patrons, pillage, vol, sabotage, guerre civile, lutte pro-palestinienne, opposition au PCF et, surprise, solidarité avec Gérard Nicoud leader de la révolte des petits commerçants du Cidunati. Il terminait par ces mots :

"Je ne dis pas que les quatre cent mille membres du CID sont maoïstes. Je constate seulement qu'on assiste à une radicalisation brutale de la révolte des petits commerçants qui peut déboucher sur une voie révolutionnaire…"

Le 27, Marcellin, le ministre de l'Intérieur, avait dissous la GP et saisi son organe de presse. Dix mille policiers sur le pied de guerre à Paris. Parce qu'il avait fait coïncider sa décision avec le procès, pour incitation à la violence, de Le Dantec et de Le Bris, les deux patrons officiels du journal *La Cause du peuple*. La nuit avait été chaude, à la Madeleine, aux Beaux-Arts, à Jussieu et à Vincennes.

Le 28, au juge qui demandait aux accusés, se présentant comme de nouveaux partisans, où se situait le parallèle entre la période de la Résistance contre les nazis et la période actuelle, Le Dantec avait répondu : "Les occupants sont les patrons, les collaborateurs les communistes, les résistants, les militants maoïstes."

De son côté, Jacques Fauvet du journal *Le Monde* affirmait :

"Proclamer (avec la GP) que le pouvoir est au bout des fusils, c'est accepter pour soi et pour les autres le risque de voir d'autres fusils prendre un jour le pouvoir. L'anarchie conduisant tôt ou tard à la dictature."

Le jugement avait été rendu : un an pour Le Dantec et huit mois pour Le Bris. Conséquences : de multiples incidents à Rennes, Nice, Bordeaux et, bien sûr, Paris, notamment de violents affrontements à Censier et Jussieu entre étudiants et forces de l'ordre. En tout, un millier d'interpellations.

Plutôt que d'enquêter à la fac où j'aurais pris le risque d'une nouvelle raclée, cette fois-ci, infligée par les gépistes après ma trahison, j'ai traîné, entre deux faits divers, aux alentours de la station de métro Vincennes. Sans succès.

Le 29, j'étais revenu à la charge auprès d'Adrien qui, enfin convaincu par les incidents récents, avait accédé à ma demande.

Un juge, au nom à particule, probablement concerné par la protection de l'aristocratie, avait accepté ma mise sur écoute.

Il n'avait pas jugé nécessaire de m'informer, sans doute pour garder l'exclusivité des infos qu'auraient données les écoutes. Cependant, il a daigné me faire part de ses investigations. Il avait travaillé avec méthode :

Il avait compulsé la liste des manifestants interpellés ou condamnés ces dernières semaines. Sans résultat. Ensuite, il avait tenté d'obtenir des RG quelques renseignements sur sa fiche signalétique et celles de ses camarades. Repérée depuis longtemps, elle ne présentait aucun intérêt pour eux :

— C'est un second couteau. Elle n'est ni dans le premier, ni dans le second cercle de Benny Lévy et Alain Geismar. Une maoïste de base. On n'a pas assez d'effectifs pour filer le menu fretin… lui avait-on répondu.

Il avait aussi cherché puis trouvé l'adresse et le téléphone de la famille Lecorps à Entre-deux-Guiers, un village dans la vallée de la Chartreuse. Il était tombé sur une femme, la mère de Virginie, qui disait n'avoir plus eu de nouvelles de la petite depuis son départ de Grenoble pour Paris.

— Sa mère m'a dit, je cite : Elle n'est même pas venue au mariage de sa petite sœur, il y a deux ans. J'ai jamais compris cette enfant. Elle s'est toujours crue au-dessus des autres… Et pas un sou de respect pour la famille !

Il avait vérifié ces infos auprès de la gendarmerie locale confirmant qu'elle n'était pas dans le coin. Il leur avait demandé de lancer un avis de recherche dans le département de l'Isère, au cas où…

Il avait interrogé Laurent Blumenfeld qui avait juré ne plus avoir aucune nouvelle de Virginie.

Grâce au service comptable de Renault, il avait pu avoir le nom et l'adresse de Jérémie qui avait abandonné son poste depuis plusieurs semaines. Il s'appelait Jérémie Bourdin. L'adresse était fausse. Elle correspondait à un entrepôt de camions des Batignolles. Personne n'avait entendu parler de lui.

— J'ai même fait le tour des hôpitaux parisiens. Sans résultat.

Pas à la fac, pas dans l'Isère, pas dans le secret des chefs maoïstes, mais où était-elle ? Et avait-elle encore l'intention de nuire ?

*

Je ne voulais pas sortir de mon lit depuis mon arrivée au goulag.

Le complot n'avait cessé de s'amplifier. Je me sentais prise dans la toile d'une méchante araignée. Une araignée à la solde du patronat et du pouvoir. Aux moyens considérables. Comme les Russes, les policiers français utilisaient les médecins, ou ceux qui se faisaient passer pour tels, pour leur sale besogne. Laurent m'avait raconté qu'en 1936, devant l'ampleur inégalée du mouvement social et du mot d'ordre syndicaliste de grève illimitée, un psychiatre avait inventé une nouvelle forme de paranoïa : le délire de grève. J'étais dans un goulag créé à l'intention des militants qui luttaient contre le capitalisme.

On m'a interpellée quelques jours après mon retour de Senlis. Officiellement parce que je dormais dans mon sac de couchage à la station de métro Bourg-la-Reine. J'ai hésité entre cette dernière et la gare de Choisy-le-Roi.

Bourre la reine ou Choisis le roi. Certains y voyaient un mauvais calembour. Pas moi, qui ai puni des aristocrates et qui pensais qu'on ne me trouverait pas dans la gueule du loup. De plus la station Bourg-la-Reine n'était pas très loin de mon domicile où j'avais l'intention de retourner dès que les choses se seraient calmées. Je m'étais débarrassée de mes papiers d'identité de peur que les ennemis, s'ils me trouvaient, ne me torturent pour obtenir le nom de mes camarades de lutte.

J'avais tenté, à plusieurs reprises, de contacter Paco pour le prévenir du danger, mais il n'avait pas répondu. Peut-être était-il déjà trop tard. Paco n'était pas assez aguerri à ce genre de combat. S'ils l'avaient coincé, il avait déjà parlé, donné mon numéro de téléphone et l'adresse de Laurent.

Au cours de ma deuxième nuit sur un banc de la station, épuisée, j'ai fini par m'endormir. Les flics n'attendaient que ça pour me prendre par surprise. Je me suis débattue, les ai frappés à coups de pied et de poing. Un combat perdu d'avance, mais je suis tombée avec les honneurs. Face à ma résistance acharnée, ils ont renoncé à me violer. Après m'avoir passé les menottes, l'un d'eux a dit :

"C'est pas une à «faire», cette nana !"

Je me suis retrouvée à l'infirmerie psychiatrique de police, à Sainte-Anne, la plate-forme de départ pour le goulag. Un jeune type en blouse blanche a tenté de me convaincre qu'il était médecin et que j'étais malade. Je n'ai pas desserré les dents. S'il croyait que j'allais me mettre à table aussi facilement, il se trompait gravement. On m'avait confisqué mon sac à dos dans lequel on avait découvert les sachets d'infusions. Ils pensaient que c'était de la drogue, ces crétins ! Le type a voulu me convaincre de donner mon identité, mon adresse contre la restitution des sachets. Un odieux marchandage auquel je n'ai pas cédé. De guerre lasse, il m'a envoyée dans un goulag à la campagne. A Sainte-Geneviève-des-Bois.

Apparemment, cet endroit était charmant : un parc de plusieurs hectares sillonné par l'Orge. Une apparence trompeuse. J'ai été droguée et enfermée dans un vieux bâtiment du XIXe peuplé de femmes. Sans doute, d'autres victimes de l'Etat policier.

Puis on m'a jugée de façon expéditive. Assise face à une table recouverte d'un drap blanc, j'ai été interrogée par un gros bonhomme chauve en blouse et tablier blancs, au regard lubrique et au sourire moqueur, flanqué de part et d'autre par des hommes et des femmes vêtus comme lui. Il disait s'appeler le Dr Henne. Haine, un nom prédestiné pour le sale boulot qu'il exerçait ! Il m'a questionnée sur mon identité, mon âge, ma profession, ma famille. Devant mon silence, il a conclu :

— Ça tourne à l'art vétérinaire…

Encore un zoophile ! Un porc qui traitait les femmes comme des truies.

Pour me punir de mon mutisme, il a ordonné une augmentation des doses de drogue qu'il nommait en langage codé : 150 mg d'Allô Père Idole[1], 50 mg

1. Halopéridol, neuroleptique.

de Largue acte il[1], trois fois par jour et les correcteurs[2] d'usage… On allait donc me corriger !

— Je vous la confie docteur Lerenard, a-t-il dit à une femme aux cheveux courts et bouclés d'une quarantaine d'années.

Comme moi, elle avait acquiescé, sans dire un mot. Me confier à un renard, c'était malin !

La farce du procès s'est achevée par l'entrée de deux malabars qui m'ont entraînée hors de la pièce. Une pauvre fille, maigre comme un clou, les yeux cernés, attendait, assise dans le couloir de passer en jugement.

On m'a ramenée à la chambre où je me suis cloîtrée, refusant la nourriture sans doute empoisonnée.

Pour ne plus avoir à supporter les piqûres dans les fesses – encore un prétexte pour mieux me tripoter – j'ai accepté de prendre les traitements par voie orale. Les drogues ralentissaient mon cerveau qui parvenait, néanmoins, à décoder leurs mots et leurs gestes.

Celle qu'on appelait Lerenard est venue dans ma chambre. Après m'avoir observée quelques minutes, elle m'a confié :

— Je ne vous veux aucun mal. J'aimerais vous aider à sortir d'ici. Si vous ne coopérez pas, le Dr Henne

1. Largactil, neuroleptique.
2. A cette époque, on associait un traitement préventif contre les troubles extrapyramidaux (raideurs, troubles de la motricité) et la chute de tension artérielle provoqués par les neuroleptiques.

va augmenter le traitement. Je ne suis pas d'accord avec ses méthodes, mais c'est un psychiatre de la vieille école et c'est mon patron. Il ne croit qu'à l'efficacité des médicaments et des électrochocs…

Comme chez les flics ! Le méchant et la gentille ! Eh bien, j'allais jouer leur jeu. Rira bien qui rira le dernier.

— Où sommes-nous ?

Lerenard a souri, convaincu de tenir le bon bout :

— A l'hôpital Perray-Vaucluse. Pavillon des femmes du Dr Henne. On vous a amenée de Sainte-Anne, *via* l'infirmerie psychiatrique de police. Vous êtes en placement d'office.

— Ce qui veut dire ?

— Il y a trois types d'hospitalisation : le placement libre qui concerne les malades qui la souhaitent, le placement volontaire, demandé par la famille, une assistante sociale ou le médecin traitant, le placement d'office ordonné par le procureur de la République…

— Pourquoi d'office ?

— Parce qu'on a jugé que vous étiez dangereuse pour vous-même et pour les autres en vertu de la loi de 1838…

Une loi utilisée par les Versaillais contre les communards, à n'en pas douter !

Ils avaient raison, pour les autres, les patrons, les politiques, les flics, les aristos, mais pas pour moi-même !

— A quelle peine ai-je été condamnée ?

— Bien que ça y ressemble, ce n'est pas une prison. Les femmes de ce service sont toutes malades comme vous…

— Je ne suis pas malade !

— Racontez-moi votre version des faits, madame ou mademoiselle…

— … Baconnet, Juliette Baconnet.

— Quel âge avez-vous, Juliette ?

— Trente ans.

— Que faites-vous dans la vie ?

— Je… Je suis guérisseuse.

— Intéressant. Quel type de patient soignez-vous ?

— Les gens du peuple.

— Vous consultez dans le métro ?

— Bien sûr que non ! Je ne suis pas folle !

— Je n'ai pas dit que vous l'étiez, mais à Paris tout est possible.

— Oui. Y compris d'enlever des gens innocents, de les enfermer et de les droguer…

— C'était pour vous aider. Un des policiers est en arrêt de travail. Vous lui avez amoché les roubignoles…

Un salaud de flic qui ne violera plus personne !

— Que dois-je faire pour être libérée ?

— Parlez-moi de vous. Faisons un peu connaissance, ensuite j'essaierai de vous sortir de là…

Evidemment, parler. Donner mes camarades. On voulait que je devienne une balance. Jamais. Dans un premier temps, me montrer coopérative, ensuite aviser :

— Je… Je ne me souviens de rien… Je me suis retrouvée dans le métro… endormie… sur un banc… Je ne sais pas qui m'a déposée dans cette station…

— Et avant ? Vous souveniez-vous où vous étiez ?

— Avant ? Non… Si, avec un homme, chez lui… Il m'a offert le gîte et le couvert… Après… Plus rien. Un trou noir…

— Votre adresse ?

— Je suis sans domicile…

— Depuis…

— Depuis que je n'ai plus de travail…

— Vous disiez être guérisseuse…

Ce renard jouait au chat et à la souris. Ce renard était un chat qui cherchait une chatte, une chatte en chaleur. Mon Dieu ! Ce renard portait des bottes, comme Isabelle d'Outremont. Un chat botté ! Je ne dirais plus rien, ni au chat, ni à son patron, la haine.

Le Dr Lerenard a attendu un instant puis renoncé :

— Bien. Je vais vous laisser vous reposer. Je repasserai bientôt.

C'est cela, elle repasserait. Ça ne faisait pas un pli. Pas un faux pli.

Après le départ du chat botté, j'ai longuement réfléchi. Pour m'évader du goulag, il me fallait explorer les lieux. De ma fenêtre je ne discernais qu'une galerie ouverte courant le long du pavillon et une cour fermée. Pour en savoir plus, je n'avais pas le choix : simuler la collaboration. J'ai donc accepté de sortir de ma chambre, de manger au réfectoire avec les autres. Quitte à vomir discrètement après le repas…

A table, on m'a installée aux côtés d'une très vieille dame, voûtée, ridée, édentée, Lisette. Une sorcière.

— Si tu manges pas ta purée donne-la-moi, avait demandé la vieille.

— Vous voulez me convaincre qu'ils ne mettent pas de drogue dans la nourriture, c'est ça ?

— De la drogue ? Non. La bouffe est pas terrible mais y a eu pire et mieux aussi. Crois-moi, vaut mieux prendre les médocs plutôt que des décharges électriques.

— Vous êtes là depuis longtemps ?

— Soixante-cinq ans.

— Soixante-cinq ans ! C'est horrible. Quel âge aviez-vous quand vous avez été emprisonnée ?

— Emprisonnée ? Qu'est-ce que tu délires, ma pauvre petite ! Je suis arrivée à l'hôpital à sept ans. A l'époque, on venait en calèche de Sainte-Anne. Je m'en souviens encore. C'était mon premier voyage. J'ai adoré. En ce temps-là, la banlieue c'était la campagne.

— Quel délit aviez-vous commis ?

— Aucun ! J'ai fait une crise d'épilepsie. On m'a hospitalisée à Paris, puis ici. Mes parents, des pauvres gens, pouvaient pas s'occuper d'une enfant épileptique. Alors on m'a placée ici parce qu'on voulait de moi nulle part. Comme j'étais gentille, je suis devenue la mascotte du personnel. J'ai grandi et vieilli ici…

— Et vous êtes restée enfermée ici pendant tout ce temps ?

— Moi ? J'ai une permission de sortie permanente depuis mes vingt et un ans. Avant, y avait une ferme ici à l'autre bout du parc. J'y ai travaillé. A la boulangerie, aussi. On avait des vaches pour le lait, des cochons, des poules, un grand potager, des champs de blé. On mangeait que des produits frais. Et puis, un jour, entre les deux guerres, le directeur a reçu l'ordre d'arrêter la ferme et les terres ont été vendues pour construire des maisons. Et on a reçu la nourriture en camion. Elle était beaucoup moins bonne et à cause de ça y a eu des centaines de morts…

— Vous avez été empoisonnés ?

— Pire. Pendant la guerre de 40, on nous a oubliées. Plus de nourriture et plus de ferme. On crevait de faim. Certains ont mangé de l'herbe. Ils sont morts par occlusion intestinale. Deux tiers des malades sont morts de faim ou de maladie. On était quatre mille au début de la guerre, mille cinq cents à la fin…

— Les gardiens aussi sont morts de faim ?

— Non, ni les infirmiers, ni les médecins, à part les tubards ou les alcooliques… Je pourrais t'en raconter des histoires sur les médecins. J'en ai vu passer, tu peux me croire, des salauds, des sympas, des fragiles, des costauds, des sains d'esprit et des cinglés…

— Ils habitent à Paris ?

— Non. Tu rigoles ! Nourris, logés, blanchis, servis, les médecins-chefs habitent sur place. Ils ont raison. Leurs maisons sont dans le parc. Pas besoin de prendre le train ou la bagnole pour venir au boulot. L'école à Sainte-Geneviève ou à Epinay pour les enfants. Tiens, Henne avait même pris une copine à moi, une paraphrène, pour s'occuper de ses petits, le soir, quand il sortait à Paris avec Madame.

— C'est quoi une paraphrène ?

— Délire fantastique. Les enfants adoraient les histoires qu'elle leur racontait quand elle les couchait. Des histoires de fusées, d'extraterrestres, d'ondes magnétiques venues de l'espace…

— Qu'est-elle devenue ?

— Elle est morte, y a une dizaine d'années, complètement gâteuse, la pauvre.

— Vous connaissez bien les lieux, non ?

— Comme ma poche, petite ! je te ferai visiter…

— Je n'ai pas de permission de sortie.

— Ça viendra. Prends ton traitement. Ne t'agite pas et tu pourras sortir. Tu as de la veine qu'on ait inventé les neuroleptiques. Y a pas si longtemps, les infirmiers te mettaient la camisole pour un oui pour un non. Sans compter les cellules pour forcenées, les packs humides, les comas insuliniques, les électrochocs et les lobotomies… Bon, c'est pas tout, mais c'est l'heure de la sieste…

J'ai compris combien il était important de cultiver cette relation. Lisette, mon abbé Faria, était la mémoire du goulag, un terme qui faisait partie des meubles, du paysage. Elle connaissait parfaitement le système, donc ses failles. Comme tous les collabos, cette enfant de l'asile jouait sans doute double jeu.

Pour m'évader, je devais paraître comme une créature inoffensive aux yeux de cette vieille femme qui ferait passer l'info au renard et à la haine.

En attendant, profil bas. Avaler la potion maléfique, accepter les entretiens avec le renard. Jusqu'à établir une confiance nécessaire et suffisante à l'autorisation d'une permission de sortie dans le parc.

Ma détermination s'est démultipliée quand j'ai suivi les infos télévisées diffusées dans la salle dite de loisirs : la GP avait été dissoute et ses dirigeants poursuivis. Notre chef, Alain Geismar, était en fuite.

Ma stratégie nécessiterait de la patience et de la détermination pour supporter la folie des autres pensionnaires. Cette folie que je savais être une mise en scène spécialement conçue à mon intention : les mélancoliques voulaient me pousser au suicide, les schizophrènes s'exprimaient en langage codé, les agitées m'encourageaient à la révolte pour finir en cellule capitonnée, celles qui bavaient et se pissaient dessus, supposées débiles pour mieux m'espionner, celles qui recevaient de voix l'ordre de m'injurier, celles qui se moquaient de moi à mon passage.

Accepter la promiscuité des repas, la ronde des infirmiers de jour comme de nuit.

Participer à des activités imbéciles telles que fabriquer des cintres en fil de fer afin de toucher un pécule qui partait en fumée de cigarettes pour la plupart des prisonnières. Pas le mien dont j'aurais besoin après mon évasion.

Répondre aux questions du renard qui voulait tout savoir de moi et à qui j'ai raconté ma vie à la ferme et l'enseignement de mon grand-père. Un conte où il était question d'une jeune fille naïve, venue de sa campagne à la grande ville pour exercer ses talents divinatoires, qui avait perdu ses repères puis l'esprit.

Taire tout ce qui pourrait mettre les matons sur la piste du maoïsme.

Serrer les dents pour ne pas dire tout ce que je savais sur les vraies raisons de ce goulag.

Et quand je pourrais enfin m'évader, ils auraient droit à un feu d'artifice digne des pyrotechniciens chinois les plus géniaux…

*

“Comment allez-vous, Irène ?” m'a demandé mon psy en m'accueillant, me donnant la garantie que, depuis ma dernière visite quelques mois plus tôt, il n'avait pas oublié mon prénom.

Pour ma part, je semblais avoir oublié tout ce que j'avais compris sur son divan.

Au début de cette nouvelle tranche, il m'a trouvée plutôt confuse. Au fil des séances, j'ai dû me rendre à l'évidence : j'avais aimé Paco, espéré voir disparaître ses mauvais côtés, puis je m'étais désespérée de leur permanence et je l'avais quitté. Une fois séparée de lui, j'avais eu tendance à oublier les points négatifs de la relation, à garder en mémoire les souvenirs heureux. Je l'avais regretté. Le retrouvant, j'avais pu croire, durant quelques heures, quelques jours, que tout était à nouveau possible. Mais, invariablement, ce qui avait provoqué la fuite ou la rupture ressurgissait, engendrant à nouveau la désillusion…

Et puis, il y avait eu les hasards du possible, comme disait le psy : cette rencontre improbable à Barcelone. A Aix, dans mon contexte, j'aurais réagi différemment. A Aix, j'aurais résisté à la tentation…

J'étais parvenue à m'en convaincre. Avec l'aide de mon psy mais aussi grâce à Max et au ventre qui commençait à grossir. Mon corps avait enfin consenti à calmer ses manifestations anarchiques, ses crises de panique. Un relatif apaisement s'était installé. La vie avait repris son cours. Apparemment.

Le Festival de musique d'Aix-en-Provence, les mariages et autres cérémonies familiales programmés durant le mois de juin ont occupé mon esprit de commandes de chapeaux, d'essayages, de bavardages futiles avec mes clientes.

Comme si Max avait eu l'intuition du malaise, il avait décidé, sans moi, de louer pour nos vacances une demeure à Sapounakeika, un village du Péloponnèse, propriété d'un de ses clients suisses. Loin de tout.

Max m'a vanté la beauté du site qu'il connaissait pour avoir conseillé son client sur la restauration de la vieille demeure de pierre, construite sur un promontoire rocheux dominant la baie. Il m'a montré quelques photos dignes des reportages sur quelque résidence secondaire de milliardaire.

J'ai craint qu'un voyage en avion ne mette en danger ma grossesse, mais mon gynéco m'a rassurée : ce n'était qu'à partir du sixième mois qu'il fallait se montrer prudent au cours de déplacements.

Les billets d'avion ont été réservés pour le 16 juillet. Max terminait ses derniers rendez-vous professionnels le 13. J'avais informé mes clientes que je ferais de même.

*

Isabelle a accepté de rester auprès de moi, tout le mois de juin pour me rassurer. A Senlis, je pouvais veiller sur elle et sur la propriété. Pas à Paris. Je faisais des rondes plusieurs fois par jour, armé de mon fusil de chasse. Le mois s'est écoulé sans que rien d'anormal ne se passe. Nous nous soutenions dans nos détresses : elle avait perdu son cheval et un amoureux, moi, le mien et un ami. Désormais, nous ne chevauchions plus. Nothing était moribond, et Malbrouk, trop vieux pour être monté. Olivier était le seul être à tenir le coup plutôt bien. Il s'accrochait à la vie comme un mécréant. Nous ne parlions plus de rien. Le livre sur Degueldre avait perdu tout sens pour moi. Je limitais le temps de mes visites aux soins que je lui prodiguais.

Paco appelait régulièrement pour prendre de nos nouvelles. Isabelle a toujours refusé de lui parler. N'étant pas de nature cruelle, je lui glissais qu'elle allait bien et qu'elle était en sécurité avec moi.

D'une certaine manière, ces épreuves m'avaient rapproché de ma fille. Il me fallait remonter aux vacances scolaires du temps où elle était lycéenne, pour me souvenir d'une période partagée aussi longue. Grâce à elle, je me sentais un peu moins malheureux, un peu moins seul.

Isabelle passait son temps à compulser les albums de photos de famille et de concours hippiques auxquels elle avait participé, enfant et adolescente. En observant les photos de mon mariage, elle m'a demandé :

— Maman avait un frère, n'est-ce pas ?

— … Oui.

— Pourquoi n'était-il pas aux noces ?

— … Je ne sais plus. Il avait des obligations à Paris.

— Pourquoi ne l'ai-je jamais vu ?

— Peu avant votre naissance, ils se sont brouillés… Une querelle de famille…

— Qu'est-il devenu ?

— Je n'en sais rien, ai-je répondu pour éluder alors que je ne le savais que trop…

De mon côté, j'ai tenté de mettre de l'ordre dans les comptes. Le dossier factures grossissait à vue d'œil. Pourtant je vivais en ermite. Notre situation financière était catastrophique. Je n'ouvrais même plus les lettres de relance de la banque. J'en connaissais le sinistre contenu : les rappels d'impayés se multipliaient. Cette demeure était un gouffre financier.

Juillet 1970

II

LES CHOSES DE LA VIE

J'ai appris les leçons du goulag. Chaque fois que j'avais exprimé du sens : "j'ai envie de gruyère" devenait pour moi "j'ai eu envie d'une grue hier", ou expliqué le sens caché du nom qu'on m'avait donné : "Virginie Lecorps" voulait dire "Vierge nie le corps", le renard augmentait la dose des drogues. Si je me montrais coopérative, obéissante et critique sur ce qu'ils appelaient mon délire, les doses diminuaient.

Je détestais l'état dans lequel la potion maléfique me mettait. Tous mes muscles devenaient durs comme du bois, ma langue pâteuse, ma vue se troublait, mon cœur battait au ralenti. Surtout la nuit. Les matons, qui passaient leur nuit à jouer au tarot et à se saouler au pastis, avaient la main lourde pour avoir la paix avec les prisonnières. Dans cet état, impossible d'imaginer une évasion. Chaque fois que l'un d'eux entrait dans ma chambre, je retenais mon souffle, certaine d'y passer. Mais, chaque fois, ils ne faisaient que passer…

Après un mois et demi, j'avais compris et je ne disais plus que ce qu'ils avaient envie d'entendre. Au fond le goulag n'était pas différent du travail à la chaîne en usine, et son personnel, semblable aux contremaîtres. Il fallait se soumettre si on voulait survivre. Les prisonnières qui sortaient dans le parc étaient les plus dociles : quelques femmes trisomiques, quelques vieilles, quelques douces dingues, les folles du roi Haine… Et Lisette qui me promettait que, un jour prochain, moi aussi je pourrais me promener dans le parc.

Ce jour était arrivé sans que je comprenne pourquoi, tel le fait du prince.

J'ai cru qu'on allait me gazer ou m'exécuter en secret, aussi j'avais refusé de sortir. Lisette m'a rassurée, me promettant que, si la promenade se passait bien, il y en aurait d'autres.

Etre dehors m'a effrayée. J'ai découvert, pour la première fois depuis mon arrivée, l'univers du goulag. Ils étaient vraiment forts. Personne ne pouvait deviner de la route ou de la voie ferrée de l'autre côté du parc que ces bâtisses étaient des lieux d'incarcération pour prisonniers politiques.

Eclairée par une lumière d'été, la campagne était magnifique, me rappelant la beauté de la vallée de la Chartreuse. Un groupe de prisonniers, des hommes, se promenaient aussi à l'orée des bois. Eparpillés en contrebas du parc, quelques pavillons à l'architecture moderne étaient cernés de pelouses impeccables. Des panneaux indicateurs codés étaient fichés à l'entrée des différents chemins qui menaient vers ces bâtiments : BO 1 service du Dr Lanter, BO 2 service du Dr Bailly-Salin, etc. Sans doute, des lieux d'expérimentation humaine, de lavage de cerveau…

En longeant la rivière en compagnie de quelques prisonnières et de deux gardiens en blouse blanche, je n'ai pas pu m'empêcher de demander :

— Qui vit dans cette demeure ?

— Le château ? Le directeur de l'hôpital. Il s'emmerde pas, hein ? avait répondu en ricanant un des hommes en blouse blanche.

J'ai craint, un instant, d'avoir posé une question dangereuse qui aurait provoqué ma mise au cachot. Au contraire, Lisette a poursuivi :

— Il y a cinquante ans, un directeur passionné par la botanique a eu la folie des grandeurs. Il a importé tous ces arbres exotiques du bout du monde. Ça a dû coûter une fortune. C'est vrai qu'ils sont devenus beaux en grandissant. Il avait ordonné aux jardiniers de former des malades à l'élagage et à l'entretien de sa forêt privée. S'il en prenait un qui maltraitait un de ses arbres ou pissait dessus, tu pouvais être sûre qu'il finissait en cellule, au pain et à l'eau.

Un univers de petits tyrans domestiques. Camps de la mort ou goulag, les prisonniers étaient toujours à la merci de petits chefs aux petits ou aux grands pouvoirs. J'avais déjà repéré les rapports subtils entre les blouses blanches. Les lèche-culs, les râleurs, les sadiques, les gentils, chacun jouait sa partie. Le pouvoir apparemment était aux mains de ceux qu'on appelait docteurs. En réalité, le surveillant-chef était le vrai patron : présent en permanence, un ancien sous-off, à ce qu'on disait, détesté mais craint par ceux qu'on appelait infirmiers qui prenaient les ordres mais n'en faisaient qu'à leur tête et étaient d'une solidarité sans faille.

Si une prisonnière se plaignait auprès d'un "docteur" et que ce dernier engueulait un "infirmier", le "malade", à coup sûr, voyait sa dose de drogue doubler malgré les consignes du "docteur". Une mécanique huilée depuis des décennies. Une mécanique de la carotte et du bâton. Du garrot et du maton. Un complot de l'Etat contre les masses opprimées. Sans révolte possible.

Je ne me sentais pas à la hauteur pour être leur Louise Michel. Je devais rejoindre mes camarades pour reprendre la lutte. Quand ils auraient renversé le pouvoir du Capital, alors, je mènerais personnellement la libération des prisonniers du goulag. Ma prise de la Bastille. Ma Commune. Je reviendrais. Sûr. Je reviendrais…

*

"Je suis vraiment désolé, Irène, mais nous ne pourrons pas partir le 16…"

Le 13, Max avait reçu une réponse positive d'un appel d'offres pour la construction d'un complexe immobilier en Espagne. La signature avait été fixée au 19 juillet à Madrid.

Ça recommence ! ai-je pensé. Le travail, une fois de plus, passait avant moi, avant nous. Puis je me suis raisonnée. Max n'y était pour rien. La date de la signature n'avait pas été fixée par lui. Il n'était pas Paco qui, lui, était prêt à tous les renoncements pour progresser dans une enquête.

— J'ai tenté de faire avancer la date mais le promoteur a été inflexible. Je hais ces gens qui ne tiennent compte que de leur agenda, m'a expliqué Max en s'excusant. Je vais demander à l'agence de changer les billets.

— Non, n'annule que le tien. J'ai besoin de vacances. J'y vais en estafette, ainsi quand tu arriveras, j'aurai pris mes marques.

— Tu n'y penses pas, dans ton état ! Seule, loin de tout.

— La Grèce n'est pas un pays sous-développé et je suis tout à fait capable de me débrouiller seule.

Malgré sa réticence, Max a accepté car il savait que son séjour à Madrid pouvait se prolonger et ne voulait pas m'infliger un nouveau report.

Il m'a accompagnée à l'aéroport de Marignane qu'il n'a quitté qu'après avoir suivi l'envol de l'avion pour Athènes. Il s'est senti malheureux et coupable et me l'a dit.

— Ne le sois pas. Je suis heureuse de partir. J'ai vraiment besoin de prendre du recul… avais-je répondu, masquant mon anxiété de voyager seule dans ce pays inconnu.

Le vol s'est passé sans problème. La seule mauvaise surprise a été la chaleur torride qui écrasait la ville. Max avait réservé une voiture à l'agence Hertz de l'aéroport dont un employé m'a remis les clefs, les papiers du véhicule Mercedes à transmission automatique et une carte du réseau routier. Le responsable de l'agence m'a noté l'itinéraire jusqu'au village de Sapounakeika.

— Il y a trois heures de trajet. Soyez prudente les routes sont sinueuses et mal entretenues.

— N'ayez crainte, je suis une excellente conductrice, m'étais-je vantée pour me donner du courage.

Parcourir la côte Péloponnèse sur une route en corniche, sous un ciel d'un bleu algérois, m'a éblouie. Afin de profiter du paysage méditerranéen déchiqueté, j'ai roulé en touriste, vitres ouvertes malgré la chaleur, dégustant l'apparition de chaque plage, chaque crique nichée entre deux falaises à pic, au bas de pinèdes ou d'oliveraies. Je m'imaginais au volant de ma Studebaker, flânant, cheveux au vent aux côté de P..., de Max. Y compris dans ma tête, le lapsus me guettait ! Paco fonctionnait comme un virus qui réactivait la fièvre à chaque évocation de l'Algérie. Ça n'en finirait donc jamais. Un camion qui roulait en sens inverse au milieu de la route, m'obligeant à serrer brutalement à droite jusqu'à frôler la paroi rocheuse, m'a ramenée à la réalité. J'ai caressé mon ventre pour rassurer l'enfant d'une frayeur qu'il n'avait pas eue.

Le reste du chemin, j'ai conduit prudemment, évitant les nids-de-poule et les cahots de la route.

Parvenue au lieu dit Sapounakeika, j'ai découvert deux villages, l'un minuscule, en bord de mer, de pêcheurs, l'autre juché sur la paroi rocheuse à trois cents mètres d'altitude, fortifié. A travers un chemin à une seule voie très escarpé et pentu, sans croiser aucun véhicule, j'ai grimpé jusqu'à une place de village dominée par une taverne dont la terrasse sous une tonnelle recouverte de vigne offrait un point de vue exceptionnel sur la baie.

La route s'arrêtait là où commençaient plusieurs ruelles pavées praticables seulement par ânes, deux-roues, voire Fiat 500 mais certainement pas par une Mercedes. Désemparée, je suis sortie du véhicule pour demander de l'aide à l'aubergiste.

Bien qu'avenant et souriant, il ne parlait que grec. J'ai sorti de mon sac l'adresse, le nom du propriétaire et celui de la personne chargée de l'entretien de la demeure. Il a appelé à la rescousse un vieux monsieur aux moustaches blanches imposantes. Ce dernier m'a fait signe de le suivre. Nous avons emprunté une des ruelles, tous deux, aidés par nos cannes. Il m'a demandé quelque chose en grec en désignant ma jambe amputée, j'ai répondu :

— Accident.

— *Accidente*, avait répété le vieillard qui malgré sa claudication et sa respiration saccadée, grimpait comme un cabri.

En chemin, j'ai eu l'impression de visiter une Casbah, impeccable, blanchie d'une chaux éblouissante, bleuie par volets et portails, aux voies parsemées de pétales séchés. De-ci, de-là, dans de petits enclos, sommeillaient chiens, chèvres et ânes.

Après cinq minutes d'escalade, nous sommes parvenus enfin devant un portail d'un bleu indigo, ouvert sur une terrasse où une grosse dame, vêtue de noir, aérait des serviettes de bain en les fixant sur une corde à linge. Assis sur une marche du perron, un type bedonnant fumait en lisant un journal, son mari probablement. Elle s'est adressée à moi avec un large sourire en baragouinant un *Bienvenou madame* et m'a introduite dans la demeure. Puis, habituée à l'arrivée d'étrangers, elle a ordonné à son mari d'aller chercher les bagages dans la voiture.

La maison, cernée d'oliviers, figuiers, pins, chênes nains et cactus, était somptueuse : trois terrasses avec trois expositions différentes, dont celle face à la mer occupée par une piscine, quatre chambres vastes et joliment décorées d'artisanat local, coffres de bois, bibliothèque, tables et chaises, tous blancs ou bleus, lits équipés de moustiquaire et ventilateur de plafond à larges pales de bois exotique, une salle de bains attenante à chaque chambre, un salon salle à manger sur tout le premier étage, soit une centaine de mètres carrés, une cuisine équipée des technologies les plus récentes. Une chaîne hi-fi et même une télé à écran large. Le luxe, le grand luxe. Digne d'une lune de miel. Le palais d'une Pénélope qui attendait le retour d'Ulysse.

La dame m'a encouragée du geste à m'installer sur la terrasse ombragée, face à la mer, et m'a apporté plusieurs récipients contenant d'énormes olives noires, quelques tomates, un fromage de chèvre, de l'huile d'olive, du sel, du poivre, du pain, de l'eau, du vin blanc frais et des figues. Le bonheur. Les Grecs avaient donc aussi la culture de la kémia. J'ai soupiré d'aise et picoré dans chacun des plats, m'autorisant, malgré ma grossesse, à déguster un verre d'un vin blanc fruité et léger.

Le jour déclinant a estompé les contrastes et coloré de pastels le paysage. Le bleu de la mer s'est adouci, celui de la piscine, irisé par un carrelage de petites mosaïques multicolores, évoquait une peinture pointilliste. Les montagnes devenues parme semblaient constituer une muraille naturelle et protectrice.

Bouleversée par ce spectacle, j'ai regretté de ne pas pouvoir partager cet instant magique avec… Max. Ouf ! Cette fois-ci, j'ai été la plus forte.

Quelque part dans la maison, le téléphone s'est mis à sonner. La servante s'est empressée de répondre. L'instant suivant, elle a appelé :

— Madame ! Mossieu pour vous…

Max avait bien calculé l'heure de son appel :

— Ça va, mon amour ? Bien arrivée ? Ça te plaît ?

Je l'ai rassuré, tout allait bien, la maison était parfaite, les gens charmants. J'étais impatiente qu'il en finisse et qu'il me rejoigne.

— Dans quatre ou cinq jours je serai avec toi. J'ai même réservé un vol Madrid-Athènes pour éviter de repasser par Aix. Tu me manques.

— Toi aussi.

— Dès que je serai à Madrid, je t'appellerai pour te donner mon numéro de chambre et le téléphone de l'hôtel.

— Ne crains rien. Il ne va rien m'arriver.

— Sois prudente, les routes sont dangereuses en Grèce…

— J'ai vu et j'ai été prudente pour deux…

Il a encore bavardé quelques minutes, juste pour échanger des banalités. Il a eu du mal à raccrocher.

Il m'a appelée matin et soir pendant les quatre jours suivants. Une demi-heure le matin, une heure le soir. Je l'écoutais parler de son quotidien à Aix pendant quelques minutes puis il me questionnait sur l'emploi de mon temps qui tournait autour de bain de soleil, lecture, piscine et promenades exploratrices du village. Au soleil couchant, j'écoutais du Satie ou les suites de Bach pour violoncelle, les deux seuls disques que j'avais trouvés à proximité de la chaîne hi-fi Bang et Olufsen de notre hôte. J'étais allée à deux reprises dîner à l'auberge où les clients, essentiellement des familles grecques, le vin aidant, terminaient leur repas en chantant et dansant.

L'une des deux fois, j'avais fait la connaissance d'une jeune couple de routards français. Cette rencontre et ma solitude du moment m'avaient rendue mélancolique.

Je n'avais pas pris la voiture depuis mon arrivée. Par prudence mais aussi par paresse. J'attendrais sa venue pour visiter ensemble les alentours, notamment quelques fameux sites archéologiques, tels qu'Epidaure ou Corinthe. Je ne souffrais pas de la chaleur car la maison avait des murs épais et restait relativement fraîche dans la journée. Je l'aimais et j'étais impatiente de le retrouver.

Il arriverait, en principe, le surlendemain. La signature définitive du contrat était prévue à 9 heures, son vol à 11 h 45. Il m'appellerait avant le décollage pour me confirmer l'heure de son arrivée à Athènes.

— Veux-tu que je vienne te chercher à l'aéroport ?

— Non. Je prendrai un taxi.

— Une course qui va enrichir un chauffeur grec.

— Je ferai passer cela en note de frais.

Le surlendemain arriva. Pas lui.

Tout d'abord, j'ai été surprise qu'il ne m'appelle pas de l'aéroport. Les cabines étaient peut-être en panne ou occupées.

Sans me l'avouer, je ne me suis pas éloignée du téléphone durant toute la matinée. J'ai renoncé à mon bain à la piscine, prétextant pour moi-même une trop forte chaleur.

L'atterrissage étant prévu pour 16 heures, j'aurais eu tout loisir de faire une sieste comme les jours précédents, cependant j'ai préféré lire sous un ventilateur, allongée sur une méridienne. Ma lecture de *Portnoy et son complexe* de Philip Roth avait été redondante : incapable de fixer les informations de ce roman que j'avais pourtant aimé découvrir pendant le vol, je lisais et relisais la même page. Une inquiétude sourde a insidieusement envahi mon esprit.

A 16 h 30, je n'ai plus lâché des yeux le combiné téléphonique. Je m'interrogeais sur ce silence, imaginant qu'il avait peut-être raté l'avion. Mais, dans ce cas, il aurait téléphoné pour s'en excuser.

Ensuite, les hypothèses, des raisonnables aux plus folles, se sont succédé : un réveil qui n'avait pas sonné, un embouteillage, un accident de la circulation sur le chemin de l'aéroport de Madrid, un malaise, une crise cardiaque, une agression, un enlèvement, un détournement de son avion par des terroristes palestiniens…

A 17 heures, n'y tenant plus, j'ai appelé l'aéroport d'Athènes. Après quelques minutes d'attente, on m'a confirmé qu'il ne faisait pas partie des passagers débarqués. Il avait donc raté l'avion. Mais dans ce cas pourquoi ne pas m'avoir prévenue ?

Proche du désespoir, habitée par une panique infantile, j'ai fini par composer le numéro de son hôtel à Madrid. Le réceptionniste, par chance, parlait un français approximatif : Max avait quitté l'hôtel à 8 heures et pris place dans une voiture qui l'attendait. Il avait laissé ses bagages à la réception et ne les avait toujours pas récupérés. Brutalement, une idée saugrenue s'est imposée : il avait été pris dans les filets d'une belle Espagnole tel Ulysse sous le charme de Circée…

J'ai laissé au réceptionniste mon numéro en Grèce, demandant que Max me rappelle dès son retour à l'hôtel.

Durant une longue heure, je suis restée prostrée, incrédule devant ce qui arrivait ou plutôt de ce qui n'arrivait pas. M'interrogeant en boucle sur la disparition de Max, sur le sens de ce silence. Je ne pouvais le soupçonner de duplicité. Il m'aimait, à l'évidence, il m'aimait. Il y avait forcément une explication crédible. Il allait m'appeler et m'expliquer ce fâcheux contretemps, une clause problématique du contrat signé, un malentendu. Quelque chose qui l'avait dépassé au point d'être dans l'impossibilité de m'appeler…

Enfin, la sonnerie du téléphone a retenti. J'ai décroché, le cœur battant, m'attendant à entendre enfin la voix de Max. Un Espagnol au français incertain s'est présenté comme un officier de police espagnol. Instantanément, je me suis préparée au pire. Au pire mais pas à la mort.

Car c'est la mort de Max que m'annonçait cet inconnu.

Mort accidentelle au volant de sa voiture. Mort dans sa voiture soufflée par l'explosion d'une bombe destinée au véhicule d'un amiral espagnol, mort aussi… figure du franquisme… victime innocente du terrorisme, disait la voix…

Je ne comprenais rien, n'entendais plus rien sinon des mots qui bourdonnaient, assourdie par les battements de mon cœur…

J'ai ressenti une violente douleur dans le ventre puis un étourdissement qui m'a contrainte à lâcher le combiné, à m'affaler dans un fauteuil, à m'écrouler en larmes.

Des larmes identiques à celles qui m'avaient secouée treize ans plus tôt, quand j'avais constaté le vide, la vacance de ma jambe sous le drap de l'hôpital à Alger. Après avoir été une des victimes de l'attentat du casino où j'étais allée danser sans Paco.

*

Le 3 juillet, Adrien m'a demandé de le rejoindre dans un appartement du 14e, rue Daguerre. Celui de Didier Gros, retrouvé flingué chez lui ! Virginie ou l'assassin de Couverture avait encore frappé.

Arrivé sur les lieux, j'ai appris que l'odeur de décomposition de son cadavre avait incommodé les voisins. Le corps avait déjà quitté les lieux ainsi que les gars du labo.

Adrien semblait embarrassé :

— Il a été tué par balles. Rien à voir avec une piqûre de mygale. Comme tu vois, l'assassin cherchait quelque chose.

— La bobine ?

— Je ne crois pas. Ou pas seulement.

En effet une multitude de *Cahiers du cinéma* et de livres avaient été feuilletés, des cadres d'affiches de ciné éventrés.

— L'assassin cherchait un document ou du pognon.

— Bien vu. Son portefeuille traînait près du cadavre, vide et pas un sou dans la piaule.

— Il avait peut-être un chéquier.

— Peut-être, dans ce cas, il a disparu.

— Un crime crapuleux ?

— Il disait qu'avec la vente des films pornos il voulait s'acheter une caméra dernier cri. Or les ventes précédant l'arrêt de travail du gars de l'ORTF n'étaient pas suffisantes pour cette acquisition. J'imagine qu'il devait être payé en liquide par les patrons de sex-shops et qu'il ne mettait pas ce fric à la banque. S'il ne l'a pas dépensé, ce serait, en partie, le mobile.

— Pas de documents intéressants dans le tas ?

— Si. Un agenda, sur lequel figurent des noms et des adresses qu'on va éplucher.

— Crois-tu que c'est Virginie ou l'assassin de Couverture ?

— J'en sais foutrement rien. On a trois modes opératoires différents : venin, poison végétal, arme à feu. Venin et poison à la limite sont de la même famille, mais arme à feu, c'est plus expéditif. On en saura plus après le rapport balistique.

Je l'ai invité à boire un coup à la terrasse d'une brasserie de la rue :

— Tu m'en veux toujours ?

— Non, puisque je t'ai appelé. Autant l'histoire des chevaux n'a aucun intérêt pour moi, autant ce nouveau cadavre me laisse perplexe. J'ai appelé les Thibaud de la Bénédette. La femme de ménage m'a répondu qu'Henry avait quitté Paris depuis plusieurs jours pour une destination inconnue…

— Pour quelles raisons ?

— Officiellement, les vacances universitaires.

— Hypothèses : Couverture et les chevaux ont été tués par Virginie. Henry et Didier ont ramassé du pognon avec les films pornos. Didier le conserve en attendant d'avoir la somme nécessaire pour acheter sa caméra. Henry a besoin de fric et demande à partager la somme. Après tout, il a payé de son corps dans cette histoire. Il vient exiger sa part, Didier refuse, ça tourne mal. Il le tue et le dépouille du magot…

— Autre hypothèse : Isabelle d'Outremont a un père officier qui a forcément une arme. Elle vient réclamer de Didier qu'il lui restitue la bobine. Il refuse, elle le tue, la récupère et pique le pognon par la même occasion. Une façon de se dédommager. Tu m'as bien dit qu'ils avaient des problèmes de fric… ?

— Pourquoi des mois plus tard et de cette façon ? Trop machiavélique, ça ne lui ressemble pas.

— Je vais m'en assurer en les interrogeant.

— Henry a un père officier aussi, un frère d'armes de Philippe d'Outremont. Il doit avoir un flingue…

— Toujours accro à cette nana ! Tu continues à la protéger. Les femmes de quarante ans, je te dis. Les jeunes c'est une source d'emmerdements.

— Tu as peut-être raison. Rien de neuf concernant Virginie ?

— Aucune trace. Elle s'est volatilisée… Son copain Jérémie, je l'ai retrouvé.

— Et alors ?

— Il est en taule après une baston avec les flics au cours d'une manif. Il était dans un sale état. Pas préparé à la prison, l'étudiant. Il n'a eu aucune nouvelle d'elle…

— J'espère qu'elle va m'appeler ou me faire signe…

Durant la première quinzaine de juillet, mon répondeur n'a plus enregistré aucun message. Karen avait renoncé à me relancer et, malgré mes coups de fil répétitifs à Senlis, Isabelle ne m'avait, manifestement, pas pardonné.

Philippe m'a informé de la visite d'Adrien, tout en essayant d'en savoir plus sur l'implication d'Isabelle. Mon collègue avait, semblait-il, été assez délicat pour ne pas informer le père du trafic de films pornos. Philippe n'y comprenait rien. Moi non plus.

Les jours m'enchaînaient au commissariat de Vincennes à enregistrer plaintes pour cambriolage, vols de véhicules ou à la tire, bagarres d'ivrognes, violences conjugales, tapage nocturne.

Les étudiants avaient déserté la fac et Blanc, mon patron, compulsait des guides touristiques pour ses prochaines vacances à Palma de Majorque. Pendant que mes collègues jouissaient de la routine comme d'un repos bien mérité, je me sentais crever à petit feu…

Les nuits ont été de longues dérives cinématographiques. J'ai vu, en vrac, *Shanghai Express*, Marlène dans une Chine de pacotille, *L'Arrangement*, Kirk Douglas en place de Kazan et ses conflits intérieurs, *Butch Cassidy et le Kid*, deux hommes, une femme et la mort au bout du chemin, *L'Aveu*, Montand en Arthur London dans les geôles soviétiques, *Dillinger est mort*, Piccoli en Ferreri déjanté, *Solo*, Mocky en Mocky romantique et suicidaire, plus quelques classiques à la cinémathèque de Chaillot. En prime, j'ai assisté, à la séance de minuit, au cinéma *La Pagode*, à la projection d'*A bientôt, j'espère*, un film documentaire de Chris Marker sur les ouvriers en lutte de Rhodiaceta, dans l'espoir d'y croiser Virginie. Enfin, à bout de souffle, j'ai revu *Psychose,* espérant comprendre quelque chose à la psychose en observant la folie d'Anthony Perkins se développer. Sans résultat.

La plupart de ces images ont défilé devant mes rétines aveugles, m'ont plus abruti que réjoui. J'allais donc mal puisque le cinéma n'opérait plus ses fonctions de divertissement et d'apaisement. Les salles n'étaient plus que des grottes où je me terrais, qu'une obscurité où je ne parvenais plus à m'oublier.

Puis les choses se sont précipitées. Le 15, Adrien m'a appelé à mon commissariat, me demandant de le rejoindre, de toute urgence, au sien.

Il m'a accueilli avec un "Tu avais raison !" euphorique. Il a ouvert une porte derrière laquelle pleurnichait Henry Thibaud de la Bénédette, puis l'a refermée.

— Raconte…

La balistique avait confirmé que le pistolet automatique utilisé par l'assassin de Didier était bien d'origine militaire : un pistolet 9 mm Mac 50, arme réglementaire de l'armée française. L'interrogatoire d'Isabelle et la saisie de l'arme du père avaient infirmé l'hypothèse d'Outremont. Il avait donc rendu visite aux Thibaud de la Bénédette :

"Mon fils est un fainéant ! avait déclaré le père. Et un voleur ! Plus d'une fois je l'ai pris la main dans le sac de sa mère. Je ne lui garantissais plus que le gîte et le couvert. Puisqu'il n'a pas envie d'étudier, qu'il aille donc travailler en usine comme un bon à rien." Quand Adrien a demandé à voir le Mac 50 du père, ce dernier, constatant sa disparition, est entré dans une colère noire. Il s'était engagé sur l'honneur à informer les services de police dès la réapparition de son fils. Sans le sou, Henry était revenu la veille au foyer familial, où il avait été interpellé.

— Le père vous a appelés ?

— Il n'en a pas eu le temps. Je fais une confiance modérée aux aristos, on a planqué jour et nuit avenue Victor-Hugo. Henry était bronzé et en pleine forme. Il était parti en Corse avec une nana. Il a tout nié, puis tout avoué. Ce gamin est minable. Comme tu l'as imaginé, il voulait sa part des ventes. Il a menacé Didier avec son flingue. Ce dernier lui a sauté à la gorge, le coup est parti. Enfin c'est sa version… Peu importe. Il a trouvé le pognon, tout foutu en l'air dans l'appart, piqué son chéquier pour simuler un cambriolage. Et tout claqué avec sa copine. Il a même vendu le flingue du père. Un petit con, qui ne voit pas plus loin que le bout de sa queue…

— Et la bobine ?

— Il s'en foutait. Elle n'était pas chez Gros.

— Couverture ?

— Il continue de jurer qu'ils n'y sont pour rien.

— Bon. Au moins, un meurtre de résolu.

— Grâce à toi.

— Mais non, tu serais parvenu aux mêmes déductions sans moi.

— Peut-être. Finalement, c'est sympa de travailler avec toi. Tu veux pas demander ta mutation dans le 12e ?

— J'y réfléchirai…

J'ai failli lui révéler que je portais la poisse et que mes anciens partenaires en avaient payé le prix.

Cette arrestation m'avait procuré un certain plaisir. Même si j'étais demeuré en retrait, je me trouvais moins inutile et moins médiocre qu'auparavant.

Jusqu'à cette nuit du 22 juillet où Marthe Choukroun, m'a appelé, en larmes.

En entendant son ton éploré, j'ai cru que son fils Paul était en cause.

— Non, Paco. Quel malheur il est arrivé à Irène…

— Elle a perdu son bébé… ?

— Non, pas elle, c'est Max, le père… Il est mort, le pauvre… Je reviens des obsèques. Ça m'a crevé le cœur de voir Irène dans cet état.

— Comment est-ce arrivé ?

— Elle est maudite, la pauvre chérie. Un attentat, encore un attentat, ça ne s'arrêtera jamais…

Elle m'a résumé le peu qu'elle savait, suffisamment pour que je comprenne la tragédie que vivait Irène. J'avais lu dans les journaux le récit de cet attentat. Une bombe avait été placée par l'ETA sur le parcours automobile de l'amiral espagnol. L'explosion, qui avait creusé un énorme cratère dans la chaussée, avait tué l'amiral, ses gardes du corps plus quelques automobilistes à proximité. Dont un homme d'affaires français. J'avais aussitôt pensé à Tolédano et ses prédictions. Le vieux Franco n'était pas au bout de ses peines et ses phalangistes, malgré une honorabilité de façade, allaient se déchaîner contre ce nouvel ennemi intérieur. Une guerre civile en chassait une autre…

Loin de moi l'idée que le Français fût le compagnon d'Irène…

Je me sentais totalement impuissant face à cette nouvelle.

— … Tu devrais l'appeler… ou descendre à Marseille…

Marthe était obstinée au point d'imaginer des retrouvailles autour d'un cadavre fraîchement enseveli.

— Ce n'est pas une bonne idée. Je vais réfléchir à la meilleure façon de l'aider si tant est qu'elle accepte mon aide…

L'appeler serait une maladresse de plus. Ne pas l'appeler, un manque d'empathie certain. Ecrire peut-être ? Oui, lui écrire. Elle m'avait envoyé cette horrible lettre de rupture en 68, j'allais tenter de la soutenir à distance, de la convaincre que je serais toujours disponible à son égard. Quoi qu'il arrive…

J'ai passé la nuit à rédiger une lettre, cent fois déchirée, parvenant, à l'aube, à écrire, en toute simplicité, en toute sincérité, les mots que j'espérais justes.

A l'image de ceux qu'elle m'avait murmurés dans mon coma.

Virginie n'était plus dans mon actualité. Pour l'instant.

Isabelle, non plus.

*

Au début du mois nous avons eu la visite de l'inspecteur Adrien. Il m'a demandé si nous étions allés à Paris ces derniers temps.

“Depuis l’empoisonnement des chevaux, nous n’avons pas quitté la propriété”, lui ai-je répondu. Néanmoins, il a tenu à parler en tête à tête avec Isabelle. Je lui ai proposé de discuter avec elle dans la bibliothèque. Après leur entretien, elle était en larmes. Elle s’est réfugiée dans sa chambre sans dîner.

Au petit-déjeuner, elle s’est excusée pour son attitude égoïste. J’ai voulu en savoir plus. Elle s’est contentée de me dire que c’était un collègue de Paco qui voulait s’assurer que nous n’avions pas reçu de menace. Elle mentait mal. J’ai insisté pour qu’elle me dise la vérité : un étudiant de Vincennes avait été retrouvé mort à son domicile, tué par balles et l’arme du crime était, selon la balistique, un Mac 50. Sans me demander mon avis, elle lui avait donné mon pistolet pour examen par leurs services. Il n’avait pas servi depuis la guerre d’Algérie. Pourquoi donc aurais-je tué un étudiant dont je ne savais rien ?

Isabelle me cachait quelque chose, mais quoi ? Ma petite fille n’était plus une enfant et avait, à présent, des secrets d’adulte…

Quinze jours plus tard, l’inspecteur Adrien m’a restitué mon pistolet, en m’apprenant que l’affaire sur laquelle il enquêtait était résolue : le jeune Henry avait été inculpé de meurtre avec préméditation suivi de vol ! Le moment de stupéfaction passé, j’ai été soulagé d’apprendre qu’Isabelle n’était en rien impliquée dans cette sombre histoire sinon par la relation entretenue quelque temps avec ce garçon. J'ai été effaré d'apprendre qu'il avait tué pour de l'argent amassé de manière illégale. Une histoire de films volés et revendus à des escrocs, m'a confié l'inspecteur.

J'ai appelé aussitôt son père, effondré par les dérives de la jeunesse. Nous avons devisé sur les jeunes gens de bonne famille qui perdaient tout sens des valeurs. Il se sentait déshonoré par l'attitude de ce fils qu'il n'avait jamais compris. Quand les fils ne suivaient pas les chemins tracés par les pères, étaient-ils condamnés à rater leur vie ?

Isabelle a décidé de retourner à Paris et de reprendre ses cours d'équitation, jugeant qu'elle ne courait plus aucun danger puisque nous n'avions été l'objet d'aucune menace, ces dernières semaines. En réalité, elle commençait à sérieusement s'ennuyer en compagnie d'un vieux bonhomme peu disert et mélancolique.

Je n'ai pas tenté de l'en dissuader. Qu'avais-je à lui offrir sinon les soins à Olivier et à des chevaux vieux et malades ?

Cependant, sur le chemin de la gare, je lui ai soutiré la promesse de m'appeler tous les jours pour me rassurer sur son sort.

Paco a cessé d'appeler, las sans doute du silence d'Isabelle. Peut-être est-ce une bonne chose qu'ils s'éloignent l'un de l'autre.

Isabelle a de la ressource. Elle est jeune et courageuse. Elle finira par trouver un compagnon plus sincère que ses deux derniers fiancés.

Quant à Paco, avec le temps, peut-être prendrai-je plaisir à le revoir.

Après le mariage d'Isabelle…

Après la mort d'Olivier…

Quand je me sentirai enfin libre…

Août 1970

III

UN AMI QUI VOUS VEUT DU BIEN

J'étais libre !

La semaine précédant mon évasion, j'avais cessé d'ingurgiter la drogue maléfique. Je m'étais entraînée à simuler la docilité, gardant au creux de ma joue les gouttes amères. Une partie infime avalée, je recrachais le reste dès que le gardien avait le dos tourné.

Peu à peu, mes forces étaient revenues, mes raideurs musculaires avaient disparu. Au cours des différentes promenades, j'avais testé la vigilance des matons. Habitués à mon obéissance, ils fumaient désormais en bavardant entre eux ou avec les autres "prisonnières".

J'avais commencé à traîner quelques mètres derrière le groupe sans qu'ils y prennent garde. La promenade empruntait toujours le même itinéraire : l'allée qui partait des vieux bâtiments gris pour rejoindre une voie asphaltée plus large jusqu'aux abords du château, puis bifurcation à travers bois jusqu'à la rivière, passer le petit pont, couper à travers champs pour atteindre une route qui démarrait à l'autre bout du parc, là où se tenait l'autre entrée du goulag qui desservait les bâtiments neufs, les BO[1], et se poursuivait en pente douce jusqu'aux anciens.

A la huitième sortie dans le parc, je m'étais éclipsée derrière un bosquet et m'étais mise à courir vers la sortie opposée du goulag, côté Sainte-Geneviève-des-Bois, la sortie la moins protégée. J'avais attendu que la barrière s'ouvre pour laisser passer un véhicule et j'avais foncé sans plus me poser de question. J'avais couru jusqu'au tunnel qui passait sous la voie ferrée où je m'étais terrée en priant Mao de m'envoyer un train pour Paris.

Quelques minutes plus tard, une voix dans un haut-parleur a annoncé l'entrée en gare imminente d'un train pour Paris. Je suis sortie du souterrain et me suis précipitée dans un compartiment juste avant son départ. Par la fenêtre du train, j'ai vu se déployer dans le parc une demi-douzaine de gardiens à ma recherche. A travers la vitre crasseuse, on pouvait croire que le goulag était un petit paradis tant le cadre semblait agréable.

Je me suis enfermée dans les toilettes du compartiment. Ni gardien, ni flic ni contrôleur ne se sont présentés au cours du trajet.

1. Abréviation du nom de Désiré-Magloire Bourneville, neurologue français. Les pavillons construits dans les années 1960 à l'hôpital Perray-Vaucluse avaient été nommés ainsi en son hommage.

Parvenue à la gare d'Austerlitz, je suis allée passage Buffon, dans la rue du même nom qui longeait le Jardin des plantes : Jérémie avait déménagé quelques semaines plus tôt ! Le seul ami sur lequel je pouvais compter avait disparu. Restait Laurent. Comme Jérémie, il n'avait pas le téléphone, estimant que l'abonnement était la manière la plus stupide de se retrouver fiché.

J'ai acheté des tickets de métro et pris la direction de Nation, en changeant plusieurs fois de rame pour vérifier que je n'étais pas suivie. Je ressentais la même jubilation qu'après le casse de Fauchon.

Echapper au goulag avait été d'une facilité incroyable. Pourquoi les autres ne tentaient-ils pas de s'évader ? Etaient-ils tous complices de mon enfermement ?

Je devais retrouver au plus vite mes camarades.

Rue de Picpus, Laurent m'a ouvert la porte, la surprise affichée sur son visage :

— Virginie ! Où étais-tu passée ?

— Je peux entrer ?

— Bien sûr. Tu as une mine épouvantable. Que t'est-il arrivé ? Les flics te recherchent…

— J'étais en prison.

— Toi aussi. Je ne savais pas.

— Qui d'autre a été emprisonné ?

— Pas mal de camarades. Sartre a été interpellé parce qu'il vendait *La Cause du peuple*. Geismar a été incarcéré, Le Dantec et Le Bris condamnés à de la prison ferme. Là, je te parle des stars. Mais d'autres sont tombés à cause de la loi anticasseurs. Ton copain Jérémie, par exemple : il a été condamné à deux mois fermes après une manif, fin mai. Il est sorti il y a quelques semaines. Il est venu me voir parce qu'il te cherchait…

— Sais-tu où il habite à présent ?

— La prison l'a cassé. Il m'a dit qu'il avait besoin de prendre du recul. Il est reparti à Grenoble.

— Il t'a dit où ?

— Non. Peut-être dans sa famille pour se refaire une santé…

— Ça m'étonnerait. Paco ?

— Paco ? Tu n'es pas au courant ? C'était un flic infiltré. Quel salaud ! L'adresse de son domicile qu'il nous a donnée, c'est une sex-shop dans les Halles ! Il s'est bien foutu de nous.

Paco faisait partie du complot ! Evidemment ! Paco, Isabelle. Ils allaient payer pour ça… Je savais où les trouver. La sex-shop, le studio dans le 15e.

— Tu as un flingue ?

— Ça va pas, non ! Il faut arrêter les conneries, à présent ! C'est un flic ! Tu veux passer le reste de ta vie en taule ? Conseil d'ami, laisse tomber.

— Si tu es un ami, donne-moi un peu de fric…

— J'ai pas grand-chose sur…

— Donne-moi du fric ! j'en ai besoin. Sinon tu paieras pour ta trahison.

Impressionné par mon agressivité, il a sorti de son portefeuille deux billets de cent francs.

— Ça ira.

— A quelle prison, as-tu été incarcérée ?
— Perray-Vaucluse, un goulag…
— C'est un hôpital psychiatrique. Pourquoi t'a-t-on internée ? m'a demandé Laurent, l'air soudain inquiet.
— Le complot, tu sais bien.
— Tu veux bien m'en parler ?

Encore un qui voulait me faire parler. Un complice. Evidemment. Laurent était psychologue. Un traître, complice du goulag. Il avait échappé à la prison, contrairement à beaucoup de camarades. C'était une balance. J'avais été stupide de venir chez lui. Il allait me dénoncer.

— J'ai besoin de boire un coup, pas toi ?

Il voulait me droguer pour avertir les gardiens du goulag. Avant qu'il ait eu le temps de s'emparer de la bouteille de vin pour se verser un verre, j'ai saisi le buste de Mao qui trônait dans la pièce et l'ai brisé sur le crâne de Laurent. Il s'est abattu de tout son long en poussant un cri de surprise. Merci Mao.

J'ai abandonné Laurent, sans oser vérifier s'il était mort ou vivant.

Ensuite, je suis allée à pied jusqu'au périphérique. En chemin, j'ai acheté dans une quincaillerie un sac fourre-tout en plastique avec fermeture Eclair et un jerricane que j'ai empli d'essence à la pompe d'une station-service de la porte de Vincennes.

Le jerricane planqué dans mon sac, j'ai pris à nouveau le métro jusqu'à la gare de l'Est, y ai acheté un billet aller pour Grenoble *via* Lyon et un sandwich jambon beurre.

Je me suis installée dans le square Montholon, petit jardin public de la rue Lafayette, en attendant la nuit. Débarrassée de la potion maléfique, mon esprit fonctionnait à cent à l'heure. Observant les enfants qui jouaient dans le jardin public, j'ai vérifié que le temps passait mais que les jeux fonctionnaient toujours sur des rapports de force, les dominants, les dominés, les exclus. Toujours une petite fille ou un petit garçon, hors jeu, souffrant de leur mise à l'écart et toujours des mamans ou des nourrices, papotant, commérant, aveugles et sourdes aux angoisses de ces gosses. Cruauté de l'enfance… Si je n'avais pas été en cavale, je serais intervenue pour protéger les plus faibles et punir les petites pestes. J'avais d'autres urgences, punir des adultes…

Vers 22 heures, j'ai pris le métro pour me rendre dans le 15e. Postée à proximité, j'ai profité de la sortie d'un habitant de l'immeuble d'Isabelle, pour m'y introduire. J'ai emprunté l'escalier plutôt que l'ascenseur afin d'éviter une rencontre inopportune. Après avoir attendu quelques instants sur le palier, j'ai aspergé d'essence la porte de la pute à chevaux et y ai mis le feu avant de prendre la fuite.

Je n'ai pas osé rester au pied de l'immeuble pour constater la réussite de mon entreprise car une lumière s'est allumée au quatrième. Sans doute un complice d'Isabelle, chargé de la surveillance de la rue, prêt à signaler ma présence…

Pour occuper mon temps, j'ai marché de Convention aux Halles où j'ai fait une pause et dévoré une soupe à l'oignon dans un bistrot en attendant l'aube. Aucun consommateur, pour la plupart des hommes, ne m'a embêtée. Les conversations tournaient autour de Gérard Nicoud et de la révolte des commerçants, du déménagement des Halles vers Rungis et de la fin d'une époque.

A l'aube, j'ai remonté la rue Saint-Denis jusqu'à la rue de la Grande-Truanderie. Après avoir laissé passer deux jeunes types éméchés qui ont pissé contre la vitrine d'Aux Plaisirs d'Eros en s'esclaffant, j'ai vidé mon jerricane devant l'entrée de la sex-shop sans que personne n'y trouvât à redire. Cette fois-ci, je me suis abritée sous un porche pour voir les flammes dévorer les matières ligneuses ou plastiques. J'ai compris pourquoi on disait du feu qu'il était purificateur quand revues et accessoires pornographiques se sont mis à flamber.

Par le premier métro, je me suis rendue à la gare de Lyon.

A 9 heures, j'ai laissé sur le répondeur de Paco un message assassin, puis grimpé dans le train.

*

Parmi les multiples missives de condoléances, cette lettre. Une vraie lettre, dépourvue de formules convenues, de mots creux, de stéréotypes. Une lettre d'amour, sans mot pour le dire. Chargée de compassion, de tendresse, d'allusions complices sur les douleurs passées, vécues, partagées par l'un ou l'autre, ou ensemble. J'ai pleuré en la lisant au point d'en diluer l'encre de la calligraphie appliquée et parfois tremblante de Paco. Une lettre tachée par mon émotion plus que par mon chagrin.

Max avait traversé ma vie, en météore. Paco l'avait parcourue, en explorateur attentif et patient. Paco me connaissait mieux que quiconque. Mieux que mes parents, mieux que mon analyste. Une terrible et indéfectible complicité. A travers la pudeur et la retenue, l'amour suintait de tous ses mots, de toutes ses phrases. J'étais sans doute la seule à pouvoir lire tout ce qu'il n'avait pas écrit de peur de me blesser ou de me choquer.

Alors que la disparition de Max m'avait plongée dans un sentiment de solitude absolue, je savais à présent que Paco, quoi qu'il arrivât, serait à mes côtés. Même si huit cents kilomètres nous séparaient.

Jusqu'à six mois de grossesse, avait dit le gynéco, je pouvais voyager sans crainte en avion. J'y étais.

Un matin de la fin août, j'ai entendu à la radio qu'un groupe de femmes avait déposé une gerbe sous l'Arc de Triomphe en brandissant des banderoles aux slogans étonnants : "Il y a plus inconnue que le soldat inconnu, sa femme" et "Un homme sur deux est une femme". La police était intervenue et les avait dispersées. Le journaliste signalait qu'elles étaient membres du Mouvement de libération de la femme. J'ai éteint la radio et, au lieu de me rendre à ma boutique, j'ai empli une petite valise, pris le volant de ma Studebaker et la route de Paris.

Sans en informer personne. Pas même Paco.

Il avait toujours adoré que je le surprenne. J'avais besoin de savoir si l'interprétation de sa lettre était un produit de mes fantasmes. Si tel était le cas, j'avais la conviction que je pourrais définitivement l'oublier. Sinon… Je n'en avais pas la moindre idée.

La perte de ma jambe, le coma de Paco, le viol, la mort de Max m'avaient appris qu'anticiper ma propre vie était un leurre. Tout pouvait arriver tout le temps, n'importe où. Vivre l'instant présent. *Carpe diem*. Et advienne que pourra. C'est ainsi que je conduisais ma vie. Comme ma voiture, sans toit, ni loi…

Je me suis arrêtée à mi-chemin dans un hôtel en bordure de nationale 7, du côté de Valence. Malgré le vacarme des camions, j'ai dormi profondément.

Au matin, je me suis éveillée, nettoyée de mes angoisses et de mes doutes. Paco, cette fois-ci, me découvrirait visiblement enceinte. La sensualité de la courtisane avait disparu sous les rondeurs maternelles. Sa première réaction serait déterminante. Soit il m'accepterait telle que j'étais et telle que je continuerais d'être pendant encore des mois, soit la panique s'emparerait de lui et je le saurais immédiatement. Je lui dirais être de passage et en avoir profité pour le remercier de sa lettre.

Après une grasse matinée et un petit-déjeuner copieux, j'ai repris l'autoroute découvrant avec inquiétude le flot automobile : plus j'approchais de la capitale, plus la circulation était dense.

Paco avait mis son adresse au dos de la lettre et son téléphone en haut du premier feuillet. Sur un plan de la ville, j'ai découvert qu'il habitait au cœur de Paris.

Paniquée par la densité du trafic à la porte d'Orléans, j'ai failli abandonner ma voiture et prendre le métro. Mon orgueil a été le plus fort. J'ai serré à deux mains le volant pour me jeter dans la mêlée automobile. Après le calvaire de la place Denfert-Rochereau, j'ai atteint Port-Royal et constaté qu'à partir de ce carrefour il suffisait de filer tout droit jusqu'à la rue de Turbigo.

La traversée de Paris m'a émerveillée. Orléanaise d'origine, j'étais venue la visiter en touriste en compagnie de ma famille. Jamais je n'y avais vécu ou séjourné. Jamais je n'y avais conduit.

J'ai garé la voiture dans la rue Etienne-Marcel, à proximité d'un restaurant, l'Escargot Montorgueil, où j'ai réservé une table. J'ai demandé au restaurateur l'adresse d'un hôtel à proximité. Il m'a conseillé un établissement de la rue du Louvre où il s'est proposé de me retenir une chambre.

Ensuite je me suis rendue jusqu'à une cabine téléphonique. J'ai composé le numéro de Paco et laissé à son répondeur-enregistreur le message suivant :

"En remerciement de votre lettre, vous êtes convié à dîner à l'Escargot Montorgueil à 20 heures."

J'ai repris la voiture pour me rendre à l'hôtel, situé face à la Grande Poste parisienne, loin d'égaler par sa majesté celle d'Alger.

Installée dans ma chambre à 18 heures, j'ai attendu 20 heures, tenaillée par une seule incertitude : Paco n'était-il pas en galante compagnie et n'allais-je pas mettre la pagaille dans sa vie comme il l'avait mise à Barcelone dans la mienne ?

*

Ce matin-là, j'ai été réveillé par un coup de fil de Karen : la sex-shop avait brûlé dans la nuit. Un incendie criminel.

— Louis croit que les deux types qui m'ont agressée il y a six mois ont fait le coup…

— Pourquoi les soupçonne-t-il ?

— Des voisins ont vu deux jeunes gars rôder peu avant le début du feu…

— C'étaient peut-être des copains du père d'Olaf…

— Non. Deux jeunes Français…

— Comment va-t-il les retrouver ? C'est moi qui ai leurs noms et leurs adresses…

— Je les ai notées aussi…

— Et tu les lui as donnés ?

— Bien obligée. Je ne savais pas que tu étais flic à ce moment-là…

— *Mierda*… Quand est-il parti à leur recherche ?

— Il y a dix minutes environ.

J'ai consulté mon agenda à la date de l'agression : Les Tissier habitaient rue Ordener dans le 18e. A la même adresse. Peu après l'agression de Karen, j'avais consulté le sommier à leur sujet. Ils avaient été interpellés pour des broutilles : querelle d'ivrognes et jeu du bonneteau, cette arnaque vieille comme le monde de la rue. Je doutais qu'ils aient ruminé une vengeance pendant six mois. Le genre de types, sans imagination, à jeter un pavé sur une vitrine dans un accès de rage, mais pas à préméditer l'incendie d'une sex-shop sachant que je pouvais les retrouver à tout moment.

J'ai pris un taxi sur Etienne-Marcel qui a filé à la vitesse d'un vélo. J'ai insisté auprès du chauffeur pour qu'il mît la gomme. Ça n'a rien changé à notre progression. Sébastopol était encombré de camions de livraison qui alimentaient en tissus la multitude de grossistes en confection. Pendant le trajet, je me suis demandé s'il n'aurait pas été plus simple d'appeler le commissariat du coin et de leur refiler l'affaire. J'y ai renoncé car il aurait fallu expliquer pendant deux heures la situation, y passer. J'espérais arriver à temps pour empêcher Louis de faire une connerie. Sous ses airs romantiques, Louis demeurait un proxénète. Il devait avoir une certaine habitude pour neutraliser ceux qui emmerdaient ses filles… *A fortiori*, ceux qui s'attaquaient à lui.

Au 54 de la rue Ordener, se tenait un hôtel meublé. Minable. A la réception, un vieux Black attendait le prochain vol pour Bamako, depuis vingt ans. Un patient, revenu de tout, même pas étonné de voir débouler un flic énervé.

Non, les Tissier n'étaient pas dans leur piaule.

Oui, deux types encore plus nerveux que lui les avaient déjà demandés. Quand ils travaillaient, ils donnaient un coup de main à la plonge et au service dans un bistrot du 20ᵉ, le Bon Coin.

Oui, il l'avait dit aussi aux nerveux. Contre un billet de cent.

L'adresse ? Rue des Pyrénées, juste après l'avenue Simon-Bolivar.

Je suis remonté dans le taxi qui m'attendait devant le meublé.

Les Tissier étaient trop facilement repérables pour être les incendiaires. Ou très bêtes…

Arrivé à la rue des Pyrénées, j'ai localisé sans difficulté le bistrot, un bar-brasserie. Fermé. Anormal à cette heure du jour. Après une rapide analyse de la situation, j'ai emprunté le couloir de l'immeuble mitoyen qui donnait accès à l'arrière des cuisines du restaurant. Je m'y suis glissé, arme au poing, le cœur battant.

Dans la salle, une scène hallucinante m'attendait : un homme cagoulé aspergeait d'essence les frères Tissier, à genoux, en larmes, suppliant de les laisser en vie, pendant qu'un second, Louis, cagoulé aussi mais identifiable, les tenait en joue. Dans un coin de la salle, le patron, un petit gros au regard terrifié, était tétanisé.

— Arrête, Louis !

— Ne t'occupe pas de ça, Paco, si tu veux pas prendre un pruneau, avait répondu Louis, l'instant de surprise passé.

— Si tu fais ça, tu es foutu.

— Ils ont brûlé ma boutique, ces petits enculés !

— Ils ont avoué ?

— Non. Mais c'est sûr !

— Rien n'est sûr ! Ecoute…

Et je me suis mis à parler comme je ne l'avais jamais fait auparavant au cours d'une enquête ou d'une action policière. Comme si j'en avais eu besoin en ce moment si particulier de ma vie, cet instant de trou noir :

— Si la justice existe, c'est bien pour faire la part des choses. Je suis contre la peine de mort parce que les flics et les juges, comme toi, peuvent aussi se tromper. Mon ami Choukroun a été “jugé” et condamné à mort par l'OAS pour avoir voulu fuir une Algérie en décomposition avancée. A tort. Irène a été enlevée et violée alors qu'elle n'était pour rien dans mon enquête sur le SAC. A tort. Des chevaux, ces bêtes que tu adores voir courir, ont été empoisonnés, victimes innocentes d'une dingue. A tort. Les réponses trop simples à des questions complexes n'ont jamais été la bonne solution. Si ces mecs avaient voulu se venger pourquoi ont-ils attendu si longtemps ?

— Si c'est pas eux, qui d'autre ?

— A Lyon, il y a quelques mois, une sex-shop a été incendiée par un mouvement contre le développement de la pornographie et ses dangers. Dans les colonnes des journaux, les puritains ont applaudi, les démocrates, parlé d'autodafé fascisant, les indifférents, ri. Le savais-tu ? Et ne me fais pas croire que dans ton “activité” tu n'as pas d'ennemis ou de rivaux…

Puis, je me suis tu, attendant le verdict après ma plaidoirie. Le verdict d'un tribunal pas vraiment populaire, constitué d'un proxénète victime et d'un homme de main à sa solde. Les deux accusés et le patron du bistrot retenaient leur souffle.

Louis a baissé son arme et dit les dents serrées :

— Si c'est pas eux, ils méritent la trouille que je leur ai filée pour avoir emmerdé Karen. Allez, on dégage…

Ils sont sortis sans un regard vers moi.

— Merci, m'sieu, avaient entonné en chœur les deux frères.

— Allez vous nettoyer si vous ne voulez pas finir en bonze, j'ai besoin de fumer une cigarette…

— Je vous offre un verre, monsieur… ? a proposé le patron en retournant derrière son zinc.

— Oui une mauresque.

— C'est quoi ? Je connais pas.

— Anisette et sirop d'orgeat, mais avec du pastis ça ira…

Contrairement à mon intervention au cours de l'enlèvement d'Olaf, je n'avais pas ressenti la satisfaction d'avoir évité le pire. Fallait-il toujours atteindre le fond pour rebondir ? La vie était-elle à l'image de cette histoire chinoise où tout événement variait selon la lecture, bonheur ou malheur ?

Après avoir avalé ma mauresque, j'ai quitté les lieux pour me rendre à Vincennes où m'attendait mon morne quotidien. Le reste de la journée, j'ai été parasité par une idée qui refusait de s'exprimer. Une intuition autour de cet incendie. Les Tissier n'y étaient pour rien. Les ligues contre le développement de la pornographie n'avaient pas revendiqué l'incendie. Pourquoi me sentais-je concerné par cet acte criminel ? Je n'en savais rien mais je savais que, quelque part dans ma tête, un bout de moi savait…

Exténué par l'inutilité de ma fonction, j'ai quitté mon bureau à 18 heures. Heureusement pour moi, je n'étais pas de permanence, ce soir-là. Dans la rame de métro qui me ramenait vers les Halles, j'ai failli céder à la tentation d'une salle obscure. Mais vrai, tel un enfant qui a trop mangé de chocolat, les images me répugnaient.

Dans la rue Montorgueil, j'ai acheté chez un charcutier traiteur une salade de cervelas et une bouteille de cahors, puis un camembert chez un fromager, enfin une baguette chez le boulanger. Ainsi équipé, je m'apprêtais à passer une soirée de célibataire endurci. La découverte des trois messages sur mon répondeur a bouleversé le programme.

"Paco, salaud, le peuple aura ta peau", murmurait d'une voix glacée Virginie.

Enfin, elle s'était manifestée ! Avant même de m'interroger sur les conséquences de cet appel, j'ai entendu la voix d'Isabelle :

"Je viens de découvrir la porte de mon studio carbonisée. Si un voisin n'avait pas été alerté par la fumée dans le couloir, l'incendie aurait pu tuer des humains, cette fois-ci. J'imagine que je vous dois ce nouvel épisode. Sachez que, désormais, vos ennemis n'auront plus le loisir de m'atteindre, je quitte la France et l'Europe ce soir. Rassurez-vous, vous n'en êtes pas la cause. Adieu."

Tandis que j'associais l'incendie de la sex-shop à la porte brûlée d'Isabelle résonnait la voix d'Irène m'invitant à dîner. Irène qui me vouvoyait aussi ! Irène à Paris !

J'ai consulté ma montre : il était 19 heures.

J'ai appelé Adrien au boulot pour l'informer des derniers événements. Lui était de permanence :

— Rejoins-moi. On va s'occuper de Virginie ensemble.

— Je ne peux pas.

— Toujours Isabelle ?

— Non. Beaucoup plus important…

— Quel âge ?

— Pas loin de trente-cinq ans.

— Ah ! enfin tu te rends à mes arguments ! Dommage pour moi. Je te tiens au courant.

Je n'étais même plus sûr d'en avoir envie.

De même que le cinéma, mon boulot de flic avait perdu sa saveur. L'un avait été un plaisir des yeux et des oreilles, l'autre celui de l'adrénaline sécrétée. Mes repères disparaissaient dans mon noir intérieur. Irène était réapparue. Je ne voulais pas manquer cette occasion qui m'était offerte. Je saurais bientôt si ce bouleversement était transitoire ou durable. Irène me connaissait trop bien pour être dupe. Je pouvais l'être de moi-même. Pas elle.

Je me suis donc rendu à l'Escargot Montorgueil sans avoir opéré le moindre effort vestimentaire. Elle me verrait tel que j'étais, à ce jour. En piteux état. Plus d'imposture. A prendre ou à laisser…

Lorsque je suis entré dans le restaurant, à 20 heures tapantes, elle était déjà installée à une table. Belle comme jamais. Malgré sa grossesse qui, au contraire de ce que je craignais, m'a inexplicablement ému.

Mon aspect l'a troublé : était-ce de me revoir, barbe rasée, cheveux coupés ? Etait-ce ma mine que je savais épouvantable ?

Nous nous sommes embrassés sur les joues, sous le regard poli du chef de rang :

— Tu as l'air fatigué ? a commencé Irène.

— Pourtant, je n'en finis pas de ne rien faire.

— A ce point ? Vincennes est une ville sans délit ?

— Vincennes n'est pas une ville. C'est un ersatz de cité. Elle a tout d'une ville de province, le contrepoint de Paris. Les Parisiens qui veulent d'une vie paisible, sans surprise, jeunes et vieux bourgeois se réfugient à Vincennes. Seuls les étudiants de l'université toute proche, mais sur le territoire de Paris, l'ont agité quelque temps. En août et septembre, comme à Aix, les étudiants quittent les lieux. Ne restent que les vieux et les flics. Mêmes les putes du bois sont en vacances.

— Tu ne sembles plus aimer ton métier…

— Bien vu. Je n'aime plus grand-chose…

— Quelqu'un peut-être ?

— Personne. Y compris moi.

— C'est triste.

— Je suis mal placé pour me plaindre en regard de ce que tu as traversé…

— Oui, bien sûr. Mais je suis en vie et je vais la donner…

— Ça te va bien. Tu es resplendissante. Malgré les épreuves que tu as traversées, tu as bonne mine.

— Ta lettre m'a fait du bien. Un bien fou. Il y a quelques jours encore, tu m'aurais trouvée affreuse.

— J'en doute.

— Si, je t'assure. Le visage bouffi par le chagrin. Moche et triste.

— Qu'est-ce qui t'a métamorphosée ?

— Ta lettre, je te l'ai dit.

— J'ai du mal à y croire. J'étais convaincu qu'au mieux tu n'y répondrais pas qu'au pire tu m'aurais écrit une volée d'injures. J'ai trouvé son contenu si maladroit que j'ai failli ne pas l'envoyer…

— Tu as tort. Elle était d'une grande sincérité et m'a beaucoup touchée. On passe commande, j'ai faim ?

Au cours du repas baigné de mélancolie, elle m'a demandé si j'avais des soucis d'ordre professionnel. J'ai tout d'abord nié puis, devant son incrédulité, j'ai balbutié quelques difficultés à retrouver une dingue. Elle a insisté pour que j'en dise plus. Et comme une vieille habitude qui se réinstallait, j'ai raconté toute l'histoire à mon ex-égérie policière. Jusqu'aux récents incidents et incendies.

— Tu aurais pu essayer de retrouver Isabelle avant qu'elle ne quitte Paris ?

— Je n'en avais aucune envie… Et puis il aurait fallu décliner ton invitation à dîner…

— Quelle importance, si tu l'aimes…

— J'ai cru l'aimer jusqu'à notre rencontre à Barcelone…

— Hum… Comment vas-tu t'y prendre pour retrouver cette Virginie ?

— Pas la moindre idée… Je ne suis pas venu dîner avec toi pour parler boulot. A Marseille tu me l'avais interdit…

— Nous sommes à Paris. Le temps a passé. Je ne cours aucun danger puisque je n'ai jamais participé à cette histoire…

— Détrompe-toi. Tu n'as jamais cessé d'y être. Dans ma tête, mes choix, mes erreurs. Tu as eu raison de t'éloigner de moi, je porte la poisse aux femmes que je croise. On a enlevé le fils de la première, tuer les chevaux et tenter de brûler l'appartement de la deuxième et la troisième est devenue dingue.

— Si je peux me permettre, la troisième devait être dingue avant de te rencontrer.

— Peut-être mais elle est devenue dangereuse à mon contact. Elle ne m'a pas encore tué, mais ça ne saurait tarder…

— D'après son message, c'est toi sa prochaine victime.

— En vérité, avant ton coup de fil, je n'attendais que ça. Je suis allé au cinéma un nombre incalculable de fois après le boulot dans l'espoir qu'elle me repère et qu'elle tente de m'abattre.

— C'est affreux ce que tu dis. Tu vas si mal que ça ?

— Pire que ça.

Elle a posé sa main sur le dos la mienne. Je lui ai souri tristement.

— Cet endroit est sinistre. Toi qui es parisien, offre-moi un dernier verre dans un lieu plus chaleureux.

Après avoir demandé et réglé l'addition, elle s'est levée. Elle et son ventre rond. Elle et son bébé. Une émotion connue, à nouveau, m'a étreint. Une pensée inconnue m'a traversé l'esprit : j'aurais voulu être le père de cet enfant, à nouveau, le compagnon de sa mère…

— Pourquoi souris-tu ? a demandé Irène.

— Parce que je t'aime.

— Comment m'aimes-tu ?

— Comme… comme toujours. Mais il ne faut pas sinon je vais encore te perdre.

— Je ne sais pas. Je ne sais plus. Tu sembles être devenu si fragile…

— Je l'ai toujours été. A la différence que je n'ai plus l'énergie pour le masquer.

— Les femmes adorent les hommes fragiles surtout s'ils ont l'air fort.

— Je n'ai plus la force d'avoir l'air fort.

— Tu me fais peur. Donne-moi ton bras et fais-moi découvrir ta base parisienne.

— Tu vas être déçue, c'est un bistrot des Halles.

— Voyons ça avant que tout disparaisse.

*

J'étais prostré dans ma bibliothèque. Seul.

Olivier a enfin passé l'arme à gauche. Non sans mal. Non sans faire mal. Après avoir reçu et lu une lettre écrite de la main de ce salaud, Isabelle m'a annoncé qu'elle ne souhaitait plus me revoir.

Une explication longue et douloureuse avait eu lieu entre elle et moi. Inutile, déplaisante, violente. A l'issue de la discussion, elle avait embarqué ses affaires, appelé un taxi, refusé que je l'accompagne à la gare de Chantilly.

Pour la première fois depuis qu'elle était née, elle m'avait détesté, puis méprisé, enfin fui.

Je n'avais jamais imaginé une telle issue à la mort de cet ami qui n'en avait jamais été un. Pourquoi l'homme était-il si nuisible ?

Quelques jours plus tôt, Olivier était mort. Un matin, j'avais découvert son cadavre déjà froid. Il était passé de vie à trépas dans une solitude misérable. Sans ami, sans compagne, sans prêtre pour lui tenir la main dans ses derniers instants. Je lui avais fermé les paupières et j'avais dit une prière. Puis j'avais appelé un à un les camarades de l'association des anciens de l'OAS pour leur annoncer la fin de ses souffrances. En ordre dispersé, ils étaient venus se recueillir sur sa dépouille. Chacun à sa façon. Nostalgique, amer, soulagé ou simplement triste.

Tout avait été prévu depuis longtemps, depuis que le médecin militaire nous avait informés de l'issue fatale : d'un commun accord, il avait été décidé d'incinérer le corps sous une fausse identité, sans pompes ni funérailles. Clandestinement. En cohérence avec son histoire puisque Olivier avait vécu dans la clandestinité depuis presque dix ans…

L'un des compagnons avait été complice de sa vilenie en envoyant, comme il l'avait promis, la lettre à Isabelle en son nom. Je n'en avais rien su jusqu'à ce qu'elle arrive, bouleversée.

— Pourquoi m'avez-vous toujours menti ? s'était-elle exclamée à peine entrée dans la jeep.

— De quoi parlez-vous ?

— De la mort de maman et du reste. Vous n'avez cessé de me mentir depuis le début. C'est infâme.

— Calmez-vous et n'employez pas de formules définitives !… Olivier est mort…

— Je sais. Je sais tout.

Je n'avais pas voulu en entendre plus jusqu'à l'arrivée à la maison. Non pour éviter un esclandre dans le véhicule mais pour réfléchir à qui avait pu lui révéler des horreurs et lesquelles… Elle avait évoqué la mort de sa mère. Que savait-elle au juste ? Le reste ? Quelle médisance avait-on pu colporter à mon sujet ? J'avais décidé de l'écouter dans un premier temps, ensuite j'aviserais…

Elle avait exhibé une lettre d'Olivier, en ordonnant :

— Je vous écoute !

— C'est à moi de vous écouter, avais-je répondu, comprenant qu'Olivier avait écrit à Isabelle et que cette lettre lui était parvenue *post mortem*.

— Maman n'est pas morte en couches comme vous me l'avez seriné dès que j'ai été en âge de vous interroger sur sa disparition. Je me suis renseignée. J'aurais dû le faire il y a bien longtemps mais je vous faisais une confiance aveugle. Au siècle dernier les femmes pouvaient mourir en couches à la suite d'une hémorragie mais pas dans les années 1950 et pas dans un hôpital militaire. Un scénario cousu de fil blanc.

— Qu'as-tu appris au juste ?

— Qu'elle a eu un cancer du sein. On vous avait expliqué que la grossesse était incompatible avec le traitement. Vous avez décidé de sa mort sciemment. Vous pouviez demander un avortement thérapeutique et vous ne l'avez pas fait. C'est moi qui ai tué ma mère. C'est horrible ! J'aurais préféré ne pas exister plutôt que de porter cette culpabilité.

— Vous n'étiez pas en mesure de décider…

— Vous, si. De plus, elle n'est morte que six mois après ma naissance. C'est monstrueux. Vous l'avez laissée mourir à petit feu…

— Faux ! dès que vous êtes née, les médecins ont entamé le traitement.

— Il était trop tard, le cancer s'était généralisé à cause de la grossesse.

— Croyez-vous que cela a été facile pour moi ?

— Je n'en sais rien. Et je m'en fiche. Votre décision n'a pas été prise dans l'urgence de l'accouchement mais à froid, en début de grossesse alors qu'elle pouvait être sauvée. Vous avez décidé sciemment de sa mort.

— Votre mère et moi étions catholiques, nous ne pouvions pas décider de l'avortement. Elle était d'accord pour vous donner la vie quitte à perdre la sienne…

— Mensonge, encore ! Vous avez fait pire ! Vous m'avez laissée croire qu'elle était morte à ma naissance ! Elle n'a pas eu la joie de me serrer dans ses bras…

— Elle était épuisée et n'aurait pu s'occuper de vous.

— Au contraire ! Ma présence aurait pu l'encourager à se battre contre la maladie.

— J'avais trouvé une mère nourricière qui vous a allaitée pendant que votre mère se mourait.

— C'est monstrueux !

— Ne me jugez pas ! vous ne savez rien de l'enfer que j'ai vécu.

— Des enfers ! car il y en a eu d'autres. Vous avez trahi la confiance de votre femme mais aussi celle de vos camarades en introduisant, dans le réseau de vos compagnons, un type tel que Lavanceau, un agent double qui a provoqué la perte de Degueldre et de Salan. Toute votre vie est farcie d'impostures et de trahisons. Certains pensent même que vous vous êtes servi de moi pour ne pas vous engager pour l'Algérie française. J'ai été votre alibi pour justifier vos lâchetés. Apprendre que vous avez toujours été lâche est un véritable cauchemar pour moi… Je ne veux plus jamais vous revoir. Et je tenais à ce que vous le sachiez en face à face. Je voulais avoir le courage de vous dire ce que je pense de vous et de votre duplicité.

— Pardonne-moi, si je t'ai fait du mal…

— Non ! je ne peux pas vous pardonner. Olivier vous a offert une sorte de rédemption en se réfugiant ici, en vous obligeant à l'assister alors que vous aviez abandonné ma mère qui agonisait…

— J'étais en opération militaire…

— … et en exigeant de vous la rédaction de ce livre sur Degueldre. Il a voulu aussi vous punir en m'écrivant cette lettre et m'apprendre enfin ce que vous m'avez toujours caché depuis son arrivée : Olivier était le frère de maman, mon oncle, cet oncle que vous avez toujours maintenu à distance de moi de peur qu'il ne me révèle la vérité… Pas plus que lui, je ne peux vous pardonner. Je vais disparaître de votre vie, cette vie où je n'aurais jamais dû apparaître…

— Où vas-tu ?

— Loin de vous. A l'autre bout du monde…

La vie était injuste. Je n'avais jamais eu l'étoffe d'un héros. Depuis la mort absurde et brutale de mon père, j'avais compris que les héros mouraient jeunes le plus souvent, qu'ils laissaient derrière eux femmes et enfants, chagrin et désolation. Les héros étaient des égoïstes ou des imbéciles irresponsables. Les héros m'avaient toujours fatigué. Et fasciné. Seuls les chevaux, de tout temps, m'avaient émerveillé.

A l'opposé du soldat du *Désert des Tartares*, plongé dans le désespoir de ne pas voir arriver l'Ennemi, j'aurais aimé passer ma vie militaire en garnison sans jamais combattre. D'ailleurs, pendant la Seconde Guerre mondiale, fait prisonnier, j'avais préféré le rester plutôt que tenter de m'évader. Choisi l'Afrique du Nord encore paisible à l'Indochine où la guerre grondait. Mais la guerre m'avait toujours rattrapé, sous une forme ou sous une autre. La sédition m'avait tenté intellectuellement parce que j'aimais l'Algérie. J'aurais voulu y rester et y couler des jours heureux aux côtés d'Isabelle. Le FLN, de Gaulle, Salan et d'autres avaient provoqué une guerre civile sans espoir de retour. Personne ne savait que je n'avais jamais tué aucun ennemi, quel qu'il fût... des soldats sous mes ordres avaient tué, moi, jamais...

Et ma fille me reprochait d'avoir tué sa mère... Cette mère qu'elle n'avait jamais connue et qui avait exigé de poursuivre la grossesse malgré son cancer, exigé de moi que je dise plus tard à notre enfant qu'elle était morte en couches, refusé enfin que l'enfant la voie moribonde.

— Il vaut mieux qu'elle me croie morte en couches. Vous lui montrerez plus tard des photos de moi en bonne santé. Qu'elle ait une belle image de sa mère. Veillez sur elle. Qu'elle vive plus longtemps que je n'ai su le faire…

Ma femme, fille d'un officier d'état-major, gaulliste convaincu, avait été terrifiante de courage et de volonté. Homme faible, j'avais cédé à toutes ses exigences, dépassé par son désir de mettre au monde avant de mourir.

J'avais trouvé une jeune mère arabe qui avait accepté d'allaiter Isabelle. Chaque visite à l'hôpital me déchirait un peu plus, chaque visite à la nourrice m'enfonçait un peu plus dans la folie… Olivier, dont le véritable prénom était Charles, frère de ma femme, mécréant et anticlérical, avait débarqué, un jour, de Paris où il préparait Saint-Cyr. Il n'avait jamais accepté la décision de sa sœur et ne m'avait jamais pardonné ma mollesse.

La mort réelle de mon épouse avait été une délivrance. Elle avait cessé de souffrir, moi, je pouvais continuer mon chemin sans devoir mentir à mon enfant. Après les obsèques, Charles m'avait annoncé qu'il ne souhaitait plus nous revoir car je lui rappellerais ma lâcheté et Isabelle le sacrifice absurde de sa sœur…

Quand Isabelle avait été en âge de me questionner, j'avais pu lui dire sans remords que sa maman était montée au ciel et qu'elle vivait au paradis. Au paradis des mères sacrificielles… je ne lui avais jamais parlé de Charles, cet oncle si déloyal à mes yeux.

Par Degueldre, de Blignières et d'autres, j'avais suivi sa trajectoire, de son échec à Saint-Cyr à ses études de droit, de son engagement dans un mouvement étudiant d'extrême droite à son entrée dans la clandestinité aux côtés de l'OAS, des attentats à la bombe dans la capitale à l'attentat raté du Petit-Clamart, de sa condamnation à mort par contumace à sa cavale qui s'était terminée à Senlis où, terrassé par un cancer, il était venu me défier, y mourir et me punir à titre posthume…

Quant à mes trahisons, s'il est vrai que j'avais introduit un agent double dans les réseaux OAS, j'avais été dupe. Lavanceau s'était présenté avec des propositions de financement et des renforts en armes et en munitions. Je l'avais cru, comme mes camarades de l'OAS dont Salan qui était tombé dans le piège.

Comment expliquer tout cela à ma fille sans passer un peu plus pour un menteur et un lâche ?

Et je l'avais perdue…

Elle n'était plus là. Plus là, Isabelle. Mort, Charles. Morts, les chevaux. J'ai eu envie de me rendre dans la bibliothèque, de sortir mon pistolet de son étui et de me tirer une balle dans la tête. Hélas, comme l'avortement, le suicide m'était interdit. Aussi, je me suis plongé dans le Livre de Job, espérant y puiser quelque réconfort. Puis, je me suis résigné à prier pour le salut de mon âme et à solliciter la miséricorde du Seigneur.

Septembre 1970

IV

ALL BLUES

Paco a passé la nuit dans mes bras, blotti contre mes seins déjà alourdis par la grossesse. Tel un enfant grandi trop vite redoutant la naissance d'un puîné. Une régression salutaire puisqu'il a dormi comme un bébé. Comme jadis, après la mort de Choukroun, comme naguère durant son coma, je l'ai veillé, lui caressant sa tignasse brune, lui baisant le front avec tendresse, surveillant sa respiration, à chaque pause, lui murmurant des mots doux. Dans mes bras, il ne pouvait rien lui arriver. A ses côtés, je me sentais invulnérable. Nous avions déjà eu notre compte de douleurs et de drames.

Le temps d'une soirée, nous avions reconstitué le trio algérois. Pour remplacer sa grand-mère, il avait trouvé Angèle, la patronne du Vauvilliers. Une vieille et forte femme qui l'avait adopté dans ce quartier des Halles. Une commerçante qui, comme sa grand-mère, allait être contrainte à l'exil à cause du départ des grossistes vers Rungis. Les territoires se gagnaient et se perdaient. Bientôt Angèle retournerait à Espalion dans cette gigantesque maison que feu son mari avait fait construire pour afficher sa réussite. Et s'y ennuierait à mourir. Seule car elle avait enterré son fils unique, dix ans plus tôt.

"J'espère que vous viendrez me voir de temps en temps pour me raconter comment est devenu le quartier. Il paraît qu'ils vont tout raser. Quel dommage de si belles halles..."

A la différence de la grand-mère, Angèle avait été charmante avec moi, sans faire la moindre allusion à Isabelle. Elle aussi s'était inquiétée de trouver Paco en si piteux état.

Après nous avoir longuement observés Angèle avait conclu :

"Vous deux, c'est une longue histoire, hein ?"

Paco a souri tristement en acquiesçant.

J'ai répondu :

"Si nous étions les personnages d'un roman, ce serait une trilogie. Alger la Noire, Marseille la Rouge, Paris la Bleue..."

Dès lors, une réelle complicité avait circulé entre nous trois. Sans exclusion et sans rivalité. Un trio reconstitué sur le point de devenir un quatuor...

Je me suis contentée d'avaler une tisane, jalouse de voir Paco déguster une coupe de champagne. A la mère, comme à la mère...

Et puis il m'avait accompagnée à petits pas jusqu'à mon hôtel et m'avait suivie dans ma chambre, incapable de me quitter. D'un commun accord, tacite, nous nous sommes couchés sans nous toucher.

Allongés côte à côte dans ce grand lit, comme un couple après une querelle. Pourtant aucune fausse note n'avait abîmé la soirée.

Paco s'était endormi avant moi et, insensiblement, avait changé de position. Il avait commencé par se tourner vers moi, frôler mon bras puis, sans en avoir conscience, s'était blotti contre ma poitrine et avait posé sa main droite sur la rondeur de mon ventre dans un geste protecteur.

Malgré l'obscurité de la chambre, j'ai discerné clairement la blancheur de sa main, senti son poids et sa tiédeur, me demandant si l'enfant la percevait aussi. Et, comme une réponse à ma question, le fœtus s'est mis à osciller dans son liquide. Une violente onde d'émotion m'a secouée jusqu'à la gorge. Des larmes ont coulé en silence sur mes joues. Un moment de parfaite harmonie, pourtant illusoire puisque Paco n'était pas le géniteur.

"Etait-ce le père qui reconnaissait l'enfant ou l'enfant qui reconnaissait en un homme son père ?" a été ma dernière pensée avant de céder au sommeil…

Le lendemain matin, il m'a abandonnée quelques minutes, pour appeler son collègue Adrien :

A son retour, je lui ai demandé :

— Il l'a trouvée ?

— Non. Le message était trop court pour que les services d'écoutes téléphoniques aient pu repérer le lieu d'appel. Il semble que ce soit une gare. A Paris, il y en a quatre. C'est peut-être une manœuvre pour nous intoxiquer… Ils ont aussi relevé ses empreintes sur le jerricane abandonné près de la sex-shop. Elle n'est pas fichée… Je voulais te demander…

— Oui ?

— Comptes-tu rester un peu à Paris ?

— Tu en as envie ?

— Oui.

— Moi aussi.

— Alors, je ne vais plus bosser et je vais prendre une chambre ici. Je ne veux pas risquer de t'inviter chez moi. Si jamais Virginie me retrouvait…

— Elle a ton adresse ?

— Non, seulement mon téléphone mais cette fille m'a rendu complètement parano…

— Inutile de prendre une autre chambre, tu peux rester dans la mienne.

— Tu es sûre ?

— Jamais été aussi sûre.

Quelques heures plus tard, Paco s'est fait porter pâle. Sans culpabilité. Le médecin qui l'a examiné lui a prescrit huit jours d'arrêt de travail. A moi qui l'ai accompagné et attendu dans la salle d'attente, le médecin a dit d'un ton amusé :

"Parfois les futurs pères sont plus fatigués par la grossesse que les futures mères, c'est une façon pour eux de se sentir concernés…"

Ni Paco ni moi n'avons commenté cette remarque. Quelque chose se jouait qui ne pouvait pas encore se dire.

Les jours suivants, au volant de la Studebaker, il a sillonné la ville, me faisant découvrir les multiples facettes de la cité, la variété des architectures, des cultures et des ethnies.

"Contrairement à Alger, Marseille ou Aix, chaque quartier est une ville, française ou étrangère", m'a enseigné Paco.

J'ai été impressionnée par le nombre de théâtres, de cinémas, de restaurants et de bistrots.

Nous avons goûté à tous les exotismes : la cuisine juive de l'Est chez Goldenberg, dans le Marais, l'indienne, dans le passage Brady, microcosme asiatique au cœur de Paris, africaine, dans une ruelle de Barbès, alsacienne dans une brasserie de la gare de l'Est, bretonne dans une crêperie de Montparnasse.

Coup de chance, nous avons pu assister au récital de Barbara au cabaret *La Tête de l'Art*[1] à l'occasion de la sortie de son album, *L'Aigle noir*. Une salle d'une centaine de spectateurs à la scène minuscule, près du Palais-Royal. En première partie, se sont produits le marionnettiste Yves Joly, l'imitateur Claude Véga et Jean-Jacques Debout.

Elle était accompagnée à l'accordéon par Roland Romanelli.

L'Absinthe, *L'Indien*, deux nouvelles chansons, *Mes hommes*, *Ma plus belle histoire d'amour*, *L'Aigle*

1. En réalité, ce récital se déroula en octobre 1970, mais l'auteur aurait aimé y assister en compagnie des deux héros.

noir ont fait un triomphe. A la fin de cette dernière, elle avait levé la main qui touchait le plafond !

Malgré mon intérêt pour ses nouveaux titres, j'avais regretté qu'elle refuse de chanter *Dis, quand reviendras-tu ?* Une vieille, si vieille chanson dont certaines paroles me touchaient plus que jamais :

J'ai beau t'aimer encore, j'ai beau t'aimer toujours
J'ai beau n'aimer que toi, j'ai beau t'aimer d'amour
Si tu ne comprends pas qu'il te faut revenir
Je ferai de nous deux mes plus beaux souvenirs
Je reprendrai la route, le monde m'émerveille
J'irai me réchauffer à un autre soleil
Je ne suis pas de celles qui meurent de chagrin
Je n'ai pas la vertu des femmes de marins

Et, surtout, après quarante-huit heures d'abstinence et de pudeur difficilement contenue, nous nous sommes autorisés à faire l'amour. Comme jamais auparavant nous ne l'avions pratiqué. Dans l'obscurité, avec délicatesse et maladresse. Douceur et tendresse. Comme si nos corps devaient s'habituer, avec patience, à la nouvelle géographie de nos étreintes. Vérifiant que les peaux, les odeurs, les sentiments ne s'étaient pas modifiés, que les bouches mélangeaient leurs langues sans surprise, que les sexes s'emboîtaient toujours avec bonheur.

Seules les mains de Paco s'étonnaient de mes nouveaux volumes.

Seul mon esprit se surprenait à croire que nous ne nous étions jamais quittés…

J'ai eu envie de connaître son univers de la rue Montorgueil et son appartement. Il a refusé. Toujours à cause de cette Virginie mais aussi a-t-il avoué : "C'est moche, c'est crade et il n'y a pas de salle de bains. J'aurais honte de t'y emmener… et puis j'habite au quatrième sans ascenseur…"

— Après la naissance du bébé, j'envisage de m'appareiller d'une nouvelle prothèse, révolutionnaire et hors de prix, qui, dit mon orthopédiste, me changera la vie.

En dehors de cette allusion indirecte à cette future naissance, nous avons été incapables d'aborder l'avenir, notre avenir…

La semaine passée, j'ai dû me décider à rentrer à Aix.

Il avait tenu à me conduire jusqu'à la porte d'Orléans, à mon grand soulagement.

En bordure du périphérique, il a garé la Studebaker et s'est tourné vers moi pour m'embrasser. Un baiser qui refusait de s'interrompre, redoutant la rupture du charme, la libération des langues de peur que des mots ne s'articulent à nouveau.

— Appelle-moi quand tu seras arrivée… a dit Paco d'une voix tremblante.

— Prends soin de toi…

Il m'a regardée démarrer et m'engager sur la route, incapable d'en dire plus, car, s'il y avait eu entre nous, avec nous, la vie de cet enfant à venir, a toujours été présente la mort de Max…

J'ai quitté des yeux le rétroviseur et accéléré. Contrairement à lui, j'avais trouvé ce que j'étais venue chercher, la certitude acquise de l'attachement à Paco, de Paco.

Le reste n'était qu'une affaire de temps. Je l'avais. A lui de le prendre pour mûrir sa décision.

Je me suis engagée sur l'autoroute, désormais sans la crainte de conduire ma vie…

*

A nouveau, Virginie a cessé de laisser des messages. Un silence insupportable pour moi qui suivais les aventures de la GP et de ses chefs dans les journaux, les interpellations des militants de ce parti avec le mince espoir d'y voir figurer le nom de Virginie. Les messages d'Irène, en direct ou par machine interposée, me réconfortaient et me terrassaient simultanément. Ceux d'Adrien qui piétinait me rassuraient presque. Je n'étais pas seul à être inefficace. Virginie devait être d'origine arlésienne !

Ma mère aussi m'a appelé longuement d'Argentine par l'intermédiaire de son vieux soupirant. Eux n'avaient pas d'état d'âme. Leur histoire d'amour et d'affaires progressait sûrement. Ils ont renouvelé l'invitation que j'ai, une fois de plus, déclinée. Pourtant une mère m'aurait été d'un grand secours dans l'état de confusion avancé dans lequel je me trouvais. Mais j'étais trop orgueilleux et obstiné pour oser me confier à une mère, fût-elle la mienne.

Et puis, au cours d'une soirée morose, un coup de fil inattendu m'a tiré de ma torpeur :

— Paco ?

— Oui. Qui est à l'appareil ?

— Laurent. Je voudrais te rencontrer à propos d'une affaire qui… te concerne.

— Laquelle ?

— Virginie.

— Où veux-tu ?

— Chez moi. Et seul. Tu te souviens de l'adresse ?

— …

— Ce n'est pas un piège. Nous savons que tu es flic. Viens, il ne t'arrivera rien.

— Tout de suite ?

— Oui. Avant que je ne change d'avis…

Perplexe, j'ai pris mon flingue. Ma confiance en Laurent était limitée et, compte tenu des persécutions que subissait la GP depuis la loi anticasseurs et de mon expérience marseillaise, je me suis préparé aux pires scénarios possibles : tentative de séquestration ou représailles physiques.

A 22 heures, je suis arrivé rue de Picpus. J'ai inspiré un grand coup et sonné à la porte.

Laurent m'attendait, seul. Il m'a invité à le suivre dans la cuisine, toujours aussi sale et désordonnée. Le buste de Mao n'était plus sur le frigo.

— Virginie est passée chez moi.

— Quand ça ?

— Il y a trois semaines.

— Que voulait-elle ?

— Apparemment te tuer.

— Pourquoi ?

— Quand elle a appris que tu étais flic, elle m'a demandé si j'avais un flingue.

— Tu le lui as donné ?

— Non. Je n'ai jamais eu de flingue. Je lui ai donné du fric…

— Pour en acheter un ?

— Non, deux cents balles. Je ne connais pas le cours du marché des armes mais je doute qu'on puisse en trouver à ce prix.

— Où est-elle ?

— Je n'en sais rien. Elle m'a assommé avant de partir.

— Assommé ? Avec quoi ?

— Le buste de Mao. Heureusement pour moi qu'il n'était pas en bronze…

— Pourquoi t'a-t-elle agressé ?

— Parce que je crois qu'elle est parano.

— Moi, j'en suis sûr. Tes tests de recrutement ne sont pas très fiables. Une dingue, un flic. Il y a mieux comme test psycho. Où était-elle pendant tout l'été ?

— Apparemment à l'hôpital psychiatrique du Perray-Vaucluse. Elle croyait qu'on l'avait mise dans un goulag. Je me suis renseigné auprès du service : une malade qui disait s'appeler Juliette Baconnet, correspondant au signalement de Virginie, sans papier et psychotique, se serait évadée fin août, au cours d'une promenade.

— Pourquoi l'a-t-on internée ?

— Elle a été interpellée dans le métro et a agressé deux flics. On l'a mise en placement d'office à l'hôpital. Elle n'avait pas de papiers d'identité. Elle se déplaçait avec un sac de couchage et un thermos…

— Depuis son évasion, elle a foutu le feu à une sex-shop et à l'appartement d'une jeune femme avec laquelle elle m'avait vu. Pourquoi as-tu attendu tout ce temps pour m'avertir ?

— Je vais te raconter une histoire…

— Ah non ! Pas une sentence de Mao, j'ai eu ma dose !

— Non pas une citation de Mao, une blague sur les psys : un psy fatigué décide de séjourner dans une ferme pour se ressourcer…

— Ça commence comme une directive de la révolution culturelle.

— C'est vrai mais écoute : le psy demande au paysan de participer aux tâches de la terre. Le paysan lui montre un champ, un tas de fumier et lui propose l'épandage. Le soir, le paysan constate avec étonnement que le psy a fait tout le boulot. Le lendemain, le paysan lui montre un tas de patates et lui demande de le diviser en deux tas, les grosses d'un côté les petites de l'autre. A la fin de la journée, le tas est resté intact et le psy tient une patate dans chaque main. "Qu'avez-vous fichu ?" demande le paysan. "Foutre la merde, ça n'est pas un problème, mais faire un choix…" a répondu le psy.

— Tu veux dire qu'il t'a fallu tout ce temps pour te décider à m'appeler.

— Exact. En t'acceptant dans le groupe, j'ai foutu la merde. Quand ton copain flic m'a interrogé, je n'ai pas menti. Depuis, je l'ai revue et je ne le lui pas signalé. Je t'aurais bien laissé crever, mais si jamais il apprenait que Virginie était passée, je risquais d'être considéré comme complice de ton meurtre. J'y ai réfléchi un bout de temps et je me suis décidé à t'appeler. Ça mange pas de pain et ça me couvre au cas où…

— Ouais. Tu es un grand téméraire, toi !

— En ce moment, je me questionne sur mes choix idéologiques…

— Rédige ton autocritique, ça mange pas de pain… Bon. As-tu au moins une piste à me donner pour la retrouver avant qu'elle ne fasse d'autres dégâts ?

— Oui, un camarade…

— Son nom ?

— Je ne suis pas une balance.

— Arrête tes conneries, Laurent. Non-assistance à personne en danger, tu connais ?

— Jérémie Bourdin. Le camarade qui nous l'a recommandée.

— Lui, on le connaît déjà. Il est en taule.

— Il en est sorti il y a quelques semaines avant l'évasion de Virginie.

— Où habite-t-il ?

— Il habitait au 7, passage Buffon, mais il a quitté Paris pour Grenoble aussitôt après sa sortie. Ils étaient très proches…

— Son adresse à Grenoble ?

— Je sais que ses parents ont une épicerie ou quelque chose comme ça. Il était furieux que la GP soutienne les petits commerçants. Son père votait à l'extrême droite…

— Merci quand même. A l'avenir, n'oublie pas ce que dit Mao : “La bouse de la vache est plus utile que les dogmes : on peut en faire de l'engrais.”

Après avoir placé, une fois de plus, la seule pensée du Grand Timonier que j'avais à mon répertoire, je l'ai planté là.

J'étais furieux d'avoir perdu tout ce temps à cause de l'ambivalence d'un psy. S'il m'avait téléphoné après la visite de Virginie, peut-être aurais-je pu l'intercepter et serait-elle retournée à l'HP ?

Le conditionnel passé et toi ! aurait commenté Irène si elle m'avait entendu penser. Une permanence fondée sur l'impossible réparation…

Le lendemain, j'ai fait le point avec Adrien. On s'est mis à la recherche d'un Jérémie Bourdin résidant à Grenoble. Sans résultat. Cependant on a trouvé l'adresse et le téléphone du commerce de ses parents. Gérants d'une supérette, ils n'avaient plus eu de ses nouvelles depuis 1969. Depuis une querelle mémorable entre père et fils :

“Faire des études de biologie au lieu d’apprendre un vrai métier, passe. Mais les abandonner pour être OS et devenir un voyou gauchiste, je lui ai pas pardonné. De nos jours, les jeunes n’ont plus le sens des vraies valeurs…” avait confié le père. Ses valeurs, honneur, famille, patrie.

On est allés faire un tour passage Buffon.

La concierge nous a confié que le proprio était furieux parce que Jérémie s’était barré en laissant trois mois de loyer impayés et sans débarrasser ses meubles.

On a demandé si on pouvait visiter.

— C’est le propriétaire qui a les clés. Il est pas parisien, il habite à Châteauroux. A la rentrée, il va tout virer et donner un coup de peinture pour pouvoir louer à un étudiant.

Elle nous a donné son téléphone. Il n’a pas répondu.

— Putain ! je suis bon pour demander une nouvelle commission rogatoire si on veut visiter sa piaule…

— Ou attendre le retour du proprio parce que je doute que le juge autorise une perquisition chez la relation d’une suspecte…

— Cette Virginie, elle commence à me gonfler.

Dans l'impossibilité de m'évader à nouveau du commissariat sans raison valable, je me suis résigné à laisser Adrien poursuivre les recherches.

*

"Virginie ? Quelle bonne surprise. Tu vas bien ? Tu es revenue vivre à Grenoble ?" s'est exclamée une ancienne copine de l'usine où j'avais travaillé et devant laquelle j'étais allée rôder.

J'ai raconté des bobards. En visite dans ma famille, de passage. Elle m'a trouvée fatiguée et m'a remerciée chaudement pour les plantes que je lui avais prescrites à l'époque.

— J'ai plus du tout eu mal à l'estomac. Ça m'a changé la vie.

— Tu as eu des nouvelles de Jérémie ?

— Tu es pas au courant ?

— De quoi ?

— Il a quitté Paris. Je sais pas ce qui lui est arrivé là-bas, mais c'est plus le même. Paris, c'est pire que le travail à la chaîne.

— Tu sais où il habite ?

— Non. En fait, avec mon copain, on est allés dans une nouvelle discothèque à Saint-Laurent-du-Pont, et là, en prenant une conso au bar, je vois Jérémie…

— Il va en discothèque !?

— Non ! Il y travaille comme barman…

— Jérémie ?!

— Ouais. J'étais étonnée aussi. Sérieux comme il est ! Son oncle avait un bar à Chambéry où il avait travaillé au service pendant les vacances scolaires quand il était lycéen… C'est lui qui l'a recommandé aux patrons de la boîte. Il a l'intention de reprendre les études, à la rentrée…

— Il vit à Saint-Laurent ?

— Je crois. Tu ne le voyais plus à Paris ?

— Si, si, mais je sors de… l'hôpital. J'y ai passé deux mois.

— Ah bon ! c'était grave alors ?

— Assez.

— C'est pour ça que tu as si petite mine. Ils t'ont guérie ?

— Je… suis sortie contre avis médical. Je ne leur faisais pas confiance. Bon, ça m'a fait plaisir de te revoir mais je dois prendre un car. Ma famille m'attend…

Déconnectée de la réalité militante depuis des mois, je me sentais égarée dans cette ville dans laquelle pourtant j'avais vécu. En deux ans, Grenoble avait changé. Depuis les Jeux olympiques d'hiver de 1968, l'univers urbain avait été modifié : un nouveau palais des sports, un nouvel hôtel de ville et une maison de la culture, la construction de la nouvelle gare. Une perte des repères. Est-ce que je ne risquais pas d'être repérée à cause de ma conversation avec mon ancienne collègue de travail ? Elle n'avait jamais milité. Une sympathisante, sans plus. Elle aimait trop faire la fête. Par sécurité, j'ai circulé aux alentours de la station de cars, à l'affût du moindre signe inquiétant. Apparemment, j'avais semé les matons du goulag. Un instant, j'ai eu peur en apercevant des blouses blanches en mouvement. J'ai été soulagée de les voir s'occuper d'une vieille dame qui avait eu un malaise.

En attendant le car, j'ai acheté *L'Express*. J'y ai lu que "Grenoble a été secouée par une série d'explosions visant des édifices publics. Les attentats ont été attribués indifféremment aux maos et aux commerçants du Cidunati. Il semble même qu'il y ait collusion entre les deux mouvements. Les maoïstes ont participé aux affrontements contre les forces de l'ordre aux côtés des petits commerçants menacés par les grandes surfaces." Une alliance apparemment contre nature mais une collusion d'intérêts contre l'Etat policier.

Installée au fond du car pour voir venir le danger, en route pour la vallée de la Chartreuse, j'ai fui Grenoble avec soulagement, redoutant que quelqu'un d'autre ne me reconnaisse et ne me dénonce aux flics. Cette ville n'était pas Paris où l'anonymat était plus facile à protéger.

Un retour en terre d'origine qui m'excitait et m'effrayait un peu.

Saint-Laurent-du-Pont n'était pas Grenoble. Bien que son nom ne figure pas dans l'annuaire, je n'ai eu aucun mal à retrouver Jérémie. Un jeune consommateur, m'entendant questionner le patron du bistrot où j'avalais une verveine menthe, m'a indiqué l'adresse de Jérémie, un logement modeste dans un vieil immeuble du centre-bourg.

Je m'y suis rendue et j'ai attendu sagement qu'il apparaisse.

Quand Jérémie m'a vue, il n'a pas caché sa joie et sa surprise. Comme lors de notre première rencontre, il n'a pas échappé à ma méfiance, de la même façon, il l'a vaincue. Il habitait un grand F2. Ou plutôt, il y campait : une chambre occupée par un matelas au sol, des tréteaux d'architecte, une planche et un tabouret, une bibliothèque, un salon meublé d'une table de cuisine et deux chaises, un électrophone et quelques disques de rock, un matelas à une place roulé recouvert d'un tissu indien, une cuisine appareillée d'une vieille cuisinière et d'un frigo sans âge. Le couloir distribuait les toilettes, une salle d'eau avec douche et un placard à vêtements. En partageant un thé, il m'a raconté comment il s'était retrouvé là :

— Après ma sortie de taule, je t'ai cherchée, tu avais disparu. Alors, je me suis tiré parce que je n'étais plus d'accord avec la ligne du Parti. Soutenir les petits commerçants ! N'importe quoi ! Mon père est un facho. Il a voté Tixier-Vignancour aux élections présidentielles ! Je vais reprendre la fac à la rentrée. En attendant, j'ai trouvé un boulot dans une discothèque comme barman. C'est mieux que rien et ça me permet de prendre du recul. Je t'avoue que je suis un peu paumé. Et toi ? Tu as l'air épuisée. Des emmerdes avec la GP à Paris ?

— Non. Je sors de taule.

— Merde ! Toi aussi !

— Je me suis évadée…

— Tu peux compter sur moi. Je milite plus pour l'instant, mais je garde une conscience politique. Tu veux que je te planque ?

— S'il te plaît.

Il m'a planquée, nourrie, offert des vêtements et des chaussures neuves. Sans me poser plus de question. Sans me proposer de partager son lit. J'ai dormi et vécu dans le salon. Méfiante par nature, profitant de ses sorties, j'ai fouillé dans les affaires de sa chambre. J'y ai découvert des cours et des articles scientifiques sur les arachnides !

Un signe ! Il aimait, comme moi, les araignées.

Une évidence : c'est lui qui avait tué Couverture. Loin de m'effrayer, cette révélation m'a convaincue que nous avions des points communs : la détestation des magouilles des cinéastes de Vincennes. C'est moi qui lui avais révélé les tournages pornographiques. Il avait été mon bras armé ! Et, surtout, jamais depuis notre rencontre à Grenoble, il n'y avait eu de sous-entendus sexuels entre nous. Il n'était jamais dans la séduction avec les femmes. Jamais non plus avec les hommes. C'était mon ange gardien. Nos corps ne comptaient pas. Un amour pur nous unissait. L'amour de la morale révolutionnaire, bien plus fort que l'amour charnel.

A son retour, je lui ai dit sans détour :

— Je suis fière que tu aies éliminé Couverture.

— Mais comment…

— Je sais. A toi de savoir que j'ai continué de punir ces salauds. Isabelle et Paco, deux flics infiltrés dans notre mouvement. Je n'ai pas eu le moyen de les éliminer physiquement. Par des actes de guérilla urbaine, je les ai démasqués. Ils ont payé. J'aurais voulu qu'ils paient de leur vie…

— Nous avons fait ce que nous pensions juste.

— Comment as-tu procédé ?

— Quand j'étais à la fac à Grenoble, j'étais étudiant en biologie animale. Je rédigeais un mémoire sur l'*Atrax robustus*, une mygale australienne très dangereuse. Nous en avions une dans notre labo rapportée d'un congrès par le patron. Je l'ai volée, laissant croire qu'un laborantin avait négligé de bien fermer le terrarium.

— Pourquoi ?

— Une impulsion. Je m'étais attaché à elle, à force de l'observer et de la nourrir. Je pensais terminer mon mémoire même si j'avais cessé les études pour militer. Il y a deux ans, je n'imaginais pas en faire un tel usage.

— Tu ne m'en as jamais parlé.

— J'avais volé un animal de labo. Dangereux qui plus est. C'était mon secret. Tu es la seule à le partager.

— Pourquoi as-tu éliminé Couverture de cette façon ?

— Dans un premier temps, je suis allé le voir pour le dissuader de continuer son trafic. C'est lui qui prêtait la caméra aux étudiants en cinéma, lui qui montait les films. Il m'a ri au nez, en me traitant de couilles molles et d'impuissant. Et il m'a jeté dehors. Face à lui, physiquement, je ne faisais pas le poids. Je ne suis pas un violent. J'aurais été incapable de le tuer avec un flingue, un couteau ou autre chose.

— Tu aurais dû m'en parler, nous aurions pu l'empoisonner.

— J'avais la mygale. Je lui ai délégué le sale boulot. Tout le monde savait qu'il dormait dans la piaule au-dessus de la salle de conférences et qu'il ne fermait jamais sa chambre. Le soir, il verrouillait l'entrée de la salle surtout pour travailler au montage des films de cul tournés par Didier et Henry. Je me suis planqué dans les toilettes avec la mygale et j'ai attendu la nuit. Je me suis glissé dans sa chambre. Il dormait à poings fermés. J'ai libéré la mygale sur son cou. Elle l'a piqué au premier geste involontaire de menace. Il a eu une agonie affreuse. Il gonflait et étouffait. Un vrai film d'horreur...

— Bien fait pour lui ! Tu n'as pas laissé d'empreintes ?

— Non. Pour manipuler la mygale, je portais des gants de ski, plus pour me protéger que par crainte des empreintes. Je l'ai récupérée non sans mal. Elle était affolée. Ensuite j'ai cherché et trouvé les clefs de la salle et je me suis barré.

— Qu'est devenue la mygale ?

— Elle est morte de faim ou peut-être de vieillesse pendant mon séjour en taule. Elle avait dix-sept ans... Elle est passée à la poubelle.

— Le crime parfait ! Bravo !

Ce soir-là, je l'ai rejoint dans son lit et nous avons dormi dans les bras l'un de l'autre. Je m'imaginais hermaphrodite.

Contrairement aux gardiens du goulag, il riait de mes interprétations intempestives sur les gens et les choses, les interprétant lui-même pour des mots d'esprit, des calembours, des blagues au second degré.

Il allait parfois jusqu'à me donner la réplique. Je me sentais comprise, il se sentait complice.

Sans le savoir, il m'apaisait. Sans le savoir, je l'apaisais car Jérémie avait toujours eu du mal avec les filles à cause d'une sexualité défaillante.

Depuis des années, plutôt que de subir l'humiliation de débandades à répétition, il n'avait eu comme seule compagnie que sa main, comme seules femmes, que celles qu'il fantasmait pendant ses plaisirs solitaires.

Il respectait la femme, sans oser la désirer. Ce qui n'a pas manqué de me troubler.

Sans que ça me coûte, je ne sortais jamais. Je ne m'étais jamais sentie autant en sécurité qu'en sa compagnie.

Un jour, il a débarqué avec des ciseaux de coiffeur, un shampoing et une teinture.

“Tu ne vas pas rester enfermée ici ! On va te changer.”

Il m'a shampouinée, coupé les mèches, et teint les cheveux en brun.

Me découvrant avec ma nouvelle coupe, j'avais l'étrange sensation d'être une autre. Il me trouvait jolie. J'ai rougi, m'attendant à l'apparition d'un bourgeon herpétique sur ma lèvre supérieure. Pour la première fois depuis des années, ma bouche est demeurée intacte.

Le mois de septembre s'est déroulé dans une harmonie parfaite, lui travaillant, moi dans le rôle d'une femme au foyer, de ma mère à la ferme, lui concoctant des petits plats, l'accueillant avec un sourire intact, bavardant pendant des heures de projets futiles.

Aux discussions politiques, s'étaient substitués, peu à peu, les rêves d'une petite vie sans histoire, scandée par les infusions que je lui préparais avec constance et qu'il adorait déguster en écoutant Led Zeppelin.

Une vie dont les nuits étaient partagées dans une étreinte sans attente autre que la tendresse. Sans sexualité. A notre grand soulagement.

*

J'attendais la fin de l'intervention dans la salle d'attente du vétérinaire de Senlis.

J'espérais que mon fidèle chien, Socrate, allait s'en tirer.

Encore une horrible journée qui se terminait, avec, en point d'orgue, l'accident de mon chien.

Voir arriver un camion occupé par des déménageurs sous la direction d'huissiers n'a pas été vraiment une surprise. Depuis des mois, nous étions menacés de saisie, depuis des mois j'étais resté sourd aux injonctions judiciaires. Si j'avais suivi les conseils d'Isabelle, vendre un ou deux chevaux ou faire appel à des cousins germains pour payer les travaux de toiture et de gouttière, nous n'en serions pas là.

Criblé de dettes, j'espérais un miracle. Il n'est pas venu. Aucun de mes camarades pourtant au courant de mes difficultés financières n'a proposé de m'aider. L'eussent-ils fait, je ne suis pas sûr que j'aurais accepté.

Les huissiers ont évalué le mobilier, les tapisseries, les tableaux, l'argenterie. L'ordre a été donné aux malabars d'embarquer tous ces objets. Des bouts de l'histoire familiale. Ce remue-ménage a rendu Socrate fou. Il aboyait, menaçait de mordre les employés, tournait autour du camion.

Quand celui-ci s'est ébranlé, chargé de tout ce qui avait été saisi, il l'a poursuivi jusqu'à la grille, et, dans un geste désespéré, l'a doublé et s'est mis en travers du chemin. La roue avant gauche du camion l'a heurté de plein fouet.

J'ai couru jusqu'à lui. Il était mal en point. Je me fichais des objets de famille. Les huissiers m'avaient laissé ma bibliothèque, sans valeur à leurs yeux, signe de leur inculture, les cuirs d'équitation puisqu'ils n'avaient pas jugé nécessaire de visiter les écuries et ma jeep, datant de la Seconde Guerre mondiale, qui n'était pas cotée à l'argus.

J'ai pris Socrate dans mes bras, je l'ai embarqué dans la jeep et j'ai roulé jusqu'à Senlis dans l'espoir que le vétérinaire le sauverait.

Ce dernier est sorti enfin :

— En temps normal, je l'aurais piqué. Le pauvre Socrate souffre le martyr, fracture du bassin et des côtes. Mais après les épreuves que tu traverses, j'ai fait mon maximum. Je le garde ici sous surveillance. Fais-moi confiance, il va s'en sortir. Dans un mois, il pourra de nouveau gambader à tes côtés…

— Je n'ai pas les moyens de te régler un mois de pension…

— Philippe ! Tu es un ami. Ça me fait plaisir de sauver un de tes compagnons. Faute d'avoir pu sauver tes chevaux… Reviens le voir quand tu veux. Il en sera heureux et j'aurai au moins l'occasion de te croiser hors de ta tanière.

Soulagé, j'ai quitté la clinique vétérinaire.

Cependant, sur le chemin du retour, j'avais l'intuition morbide que je n'étais pas au bout de mes peines. Je me suis arrêté à la cathédrale Notre-Dame de Senlis où j'ai prié pour Isabelle et pour Socrate… Si je savais mon chien entre de bonnes mains, je n'avais plus aucune nouvelle d'Isabelle, craignant sans cesse l'annonce d'un malheur, sachant que, désormais, elle n'appellerait plus…

Epilogues

BAL TRAGIQUE À COLOMBEY[1]

Soyons fermes, purs et fidèles ; au bout de nos peines, il y a la plus grande gloire du monde, celle des hommes qui n'ont pas cédé.

CHARLES DE GAULLE

1. Le 15 novembre 1970, *Hara-Kiri Hebdo*, journal satirique, a été saisi et interdit pour avoir publié à la une, sous forme de faire-part de décès, le titre suivant : "Bal tragique à Colombey : un mort", en référence à la mort de De Gaulle. Il renaissait de ses cendres sous le titre de *Charlie Hebdo*, toujours en activité.

Samedi 31 octobre
et dimanche 1er novembre 1970

I

TOUSSAINT

Le 31, à 6 heures du matin, le téléphone a sonné sans que j'y croie. Puis le répondeur s'est déclenché. Le temps de m'y rendre. On avait raccroché.

Virginie ? Irène ? Adrien ? Isabelle !

"Paco, je vous appelle d'Australie. J'espérais que vous seriez chez vous à cette heure... Depuis plusieurs jours, j'essaie de joindre papa, matin et soir. Ça ne répond pas. Est-ce que la folle est toujours en circulation ? Si oui, faites un saut à Senlis, je suis très inquiète. Si tout va bien, ayez la gentillesse de lui donner mon numéro..."

J'ai téléphoné à Senlis. Pas de réponse. Virginie n'était peut-être pas avec Jérémie. Moi aussi, j'ai craint le pire.

Je me suis habillé en vitesse prêt à foncer chez Philippe d'Outremont quand le téléphone a, de nouveau, sonné.

Adrien m'a informé qu'il avait enfin eu accès à la piaule du passage Buffon, abandonnée par Jérémie

Bourdin. Dans le bric-à-brac sans intérêt du militant célibataire, il y avait trouvé un terrarium vide :

— C'est quoi ?

— Une sorte d'aquarium pour insectes.

— La mygale ! C'est lui !

— Ouais. Avant de laisser tomber la fac à Grenoble, il étudiait la biologie animale. J'ai réussi à joindre le labo où il travaillait à l'époque. Il rédigeait un mémoire sur les arachnides. Effectivement, une mygale s'était enfuie quelque temps avant son départ. On a cru à une erreur humaine et une mise en garde a été diffusée dans toute l'université parce que cette espèce de mygale, d'origine australienne, est la plus venimeuse. Personne n'a jamais été piqué. On a fini par penser qu'elle était morte de froid.

— Tu crois que c'est la même ?

— Il paraît que ça vit vingt ans, ces saloperies.

— La bobine de film ?

— Non. Il est peut-être parti avec.

— Le mobile ?

— J'en sais rien. Je pars pour Grenoble. J'espère que je vais le retrouver.

— Virginie ?

— Toujours rien. Avec un peu de chance, je vais les coincer tous les deux. En principe j'étais de repos, mais je veux en finir avec cette histoire…

— Je serais bien venu avec toi… mais…

— Laisse tomber, je vais demander le soutien de la gendarmerie locale au cas où…

A son excitation, je sentais qu'il touchait au but. C'était un bon flic. Comme je l'avais été, obstiné, têtu et loyal.

J'ai réitéré mon appel à d'Outremont, de la gare du Nord. Pas de réponse.

Hanté par un sombre pressentiment, j'ai pris le train pour Chantilly puis un taxi jusqu'à Senlis. Le chauffeur a accepté de m'attendre devant la grille de la demeure.

Les communs étaient déserts, le fil du téléphone arraché. J'ai visité toute la baraque, pièce après pièce, à la façon de Lemmy Caution dans *Alphaville*. Sans trouver personne. La plupart des meubles avaient disparu. Avait-il déménagé ? Non, puisqu'un feu finissait de se consumer dans la cheminée du salon.

Je suis allé jusqu'au pavillon de chasse. Désert. Le fugitif moribond n'était plus là. Mort ?

Dans les écuries, j'ai découvert les cadavres des deux derniers chevaux, abattus d'une balle dans la tête. Le tueur était-il venu terminer le travail ? Le cadavre de Philippe gisait-il quelque part dans la propriété ?

La jeep avait disparu aussi.

Inquiet, je suis retourné dans le salon en quête d'indices sur la disparition de Philippe. Sur le guéridon, relique du mobilier volatilisé, reposait un cahier d'écolier ouvert dont j'ai lu l'étrange contenu écrit par un inconnu[1].

1. Journal de Roger Degueldre, retrouvé dans sa cellule de condamné à mort, après son exécution.

Après un certain procès qui s'est déroulé jeudi de la semaine dernière, Degueldre Roger a été transféré dans sa cellule de condamné à mort de Fresnes.

Voici ce que disent les gens ; moi qui connais R. D., l'ayant pratiqué pendant trente-sept ans, j'affirme que c'est faux. R. D. n'est pas ici. Le personnage enfermé à Fresnes s'appelle Jules c'est du moins le nom que je lui ai donné.

Jules est bien différent de Roger. Depuis son arrivée, Jules ne fait que dormir, lire, boire et manger. Tout le monde est très gentil avec lui. On dirait un grand personnage qui sort de maladie après avoir frôlé la mort.

Il est entré en convalescence, mais on doit le surveiller attentivement par crainte de rechute. Il faut aussi se soucier qu'il ne lui manque rien et, à cet effet, lui ouvrir souvent sa porte et lui demander s'il n'a besoin de rien. La nourriture riche et abondante est nécessaire à ce grand malade et on ne se fait pas faute de la lui donner. La nuit, il faut veiller sur ce pauvre Jules. Aussi met-on une ampoule bleue de façon à pouvoir guetter son sommeil, mais ne pas lui blesser les yeux.

Le matin, on lui apporte son café jusque dans le lit, puis on lui fait faire une petite promenade, toujours sous la surveillance attentive et attendrie d'un, ou de deux, même parfois de trois gardiens. Parmi ces gardiens, il y en a toujours qui sont armés, et c'est là un des points pour lesquels je dis que ce n'est pas R. D. qui est là, car Jules n'y fait même pas attention.

Parfois, le directeur de la maison vient le voir et lui apporte un médicament. Il lui avait promis ce médicament tous les soirs afin qu'il s'endorme mieux, mais, en fait, jusqu'à ce jour, il n'est venu qu'une seule fois avec le médicament. Peut-être le docteur n'est pas d'accord ? Car il doit y en avoir un dans cette maison, mais Jules ne l'a pas encore vu. En revanche, l'aumônier est venu le voir hier. Très gentil et compréhensif mais Jules est très méfiant vis-à-vis de ces gens-là. En cela, il ressemble à R. D.

Tout le monde a, sur le passage de Jules, un sourire attristé plein de compréhension. Jules répond par un large sourire et une parole aimable, et il lui semble chaque fois entendre un soupir de soulagement sortir des poitrines des gens qu'il rencontre.

Ce soupir semble dire : "Ah ! il va mieux." Et Jules est tout content de la bonne farce qu'il est en train de jouer. Parfois, mais rarement quand même, une peur bleue s'infiltre en Jules. Elle est vite rejetée, car cette peur est destinée à R. D. et Jules n'en veut pas. Voici le deuxième point qui me fait dire que ce n'est pas R. D. qui est ici, mais bien Jules.

Jules est détaché de ce monde, il ne s'intéresse à rien. Tous les jours, la radio lui parle d'un certain Tour de France qui est, paraît-il, l'attrait de tous les Français. Mais Jules ne fait guère attention à ces bonshommes qui font des kilomètres en suant et en fatiguant, alors que l'avion ou l'auto sont plus rapides ou plus reposants.

La chambre de Jules est toute jaune, proprette et nette, mais la porte et la fenêtre derrière laquelle se trouvent d'énormes barreaux et un grillage sont fermées en permanence. Diable ! On ne sait jamais ce qui peut se passer dans la tête d'un malade.

Jules s'en f... éperdument et ne songe qu'à s'allonger sur son lit, pas très confortable car trop mou, et fumer, lire, manger, boire, dormir.

Tous les jours après la promenade, on lui fait prendre une douche, toujours sous surveillance attentive et directe. Il passe là un bon moment, car il peut s'amuser à demander à l'un des gardiens de lui faire la douche chaude et froide alternativement, et on s'emploie à le satisfaire immédiatement.

Quand Jules sort de sa chambre, tout ce qui n'est pas gardien rentre et se camoufle. Personne n'a le droit de voir Jules, car c'est quelqu'un d'important.

Je crois que j'ai tout dit sur Jules et de sa vie bien calme et si douce.

Et R. D., me direz-vous, où est-il alors ? Que fait-il ? Que pense-t-il ?

Ça c'est un secret que je connais bien, mais moi seul le connais.

En bas de la dernière page, Philippe avait copié une citation de De Gaulle :

"Soyons fermes, purs et fidèles ; au bout de nos peines, il y a la plus grande gloire du monde, celle des hommes qui n'ont pas cédé."

Suivie d'une phrase laconique :

"Il est temps pour moi de finir le «travail»", Philippe d'Outremont.

Après un bref instant de stupéfaction, j'en ai compris le sens : Philippe allait tuer "l'assassin" de Degueldre. Il allait exécuter de Gaulle. A Colombey. J'ai couru jusqu'à la grille, sauté dans le taxi, intimant au chauffeur l'ordre de me conduire à Paris en quatrième vitesse.

Ma première intention a été d'avertir le ministère de l'Intérieur mais j'ai écarté cette idée. Cette affaire m'était personnelle.

En chemin, voyant un long-courrier s'élancer dans le ciel, j'ai demandé au chauffeur de m'arrêter près d'une cabine téléphonique.

*

En tenue d'officier spahi, enveloppé dans mon burnous, je roulais depuis des heures au volant de ma jeep. En route pour finir le "travail".

La nuit était tombée, l'air, glacé.

Les faisceaux de mes phares, mal réglés, éclairaient les arbres et les bosquets qui bordaient une départementale.

Tel un aviateur en mission secrète volant en rase-mottes pour éviter la détection radar, j'avais emprunté, depuis Senlis, les trajectoires les plus improbables pour atteindre mon objectif.

Hormis quelques kilomètres de nationale, j'avais enchaîné les départementales, voire les communales afin d'éviter de croiser policiers ou gendarmes qui auraient trouvé véhicule et chauffeur incongrus. Un officier solitaire en tenue de spahi au volant d'une jeep ne pouvait être qu'un illuminé, un alcoolique ou le convive d'un bal masqué.

Masqué, je ne l'étais plus. L'imposture avait assez duré.

Pour la première fois de ma vie, je décidais pour moi-même et non pour ou contre les autres.

Pour la première fois de ma vie, j'allais tuer sans déléguer la sale besogne.

Je n'avais plus rien à perdre, puisque j'avais tout perdu, ma femme, mon ami Roger, mes chevaux, ma fille. Me restait la vie, pour quelques heures encore…

A 5 heures, ce matin de veille de Toussaint, je me suis levé comme d'habitude.

Seuls les chevaux, ces deux vieilles carnes, me maintenaient debout.

Quant à mon univers et moi-même, je les avais abandonnés corps et biens. Je m'étais coupé du monde à l'instant où j'avais tranché le fil du téléphone. La paix du désespoir.

Quand je suis entré dans la cuisine pour me préparer un thé, toutes les tasses du service familial, une vingtaine, croupissaient dans l'eau sale de l'évier. Après une courte hésitation, j'ai pris une décision définitive. Dans la poubelle, j'ai jeté couverts, assiettes, coupes et tasses sauf un exemplaire de chaque élément que j'ai lavé. Les objets que je n'entretenais plus étaient devenus trop encombrants. Mon corps aussi, fourbu, amaigri, au visage mangé par une barbe blanche, aux yeux cernés de gris par la multitude d'insomnies. Encombrant.

J'ai avalé un thé brûlant qui ne m'a pas réchauffé.

Depuis le départ brutal d'Isabelle et son silence, depuis la visite des huissiers, la demeure s'était vidée de son âme, de son sang, de sa chaleur. L'histoire s'était arrêtée, mon cœur continuait de battre. Par habitude, par discipline, pour passer le temps. Vidé de sa fonction métaphorique, il n'était plus qu'un muscle condamné à se contracter jusqu'à ce que mort s'ensuive...

Ensuite, je me suis rendu dans les écuries pour soigner les vieux chevaux et les nourrir un peu.

J'ai découvert Nothing allongé dans le box, plus maigre que jamais, le regard vitreux, le souffle court. C'était la fin. Prévisible. Attendue.

Je me suis accroupi, lui ai caressé la tête en murmurant à son oreille :

"C'est bientôt fini, mon vieux Nothing. Tu ne vas plus souffrir, je vais m'occuper de toi..."

Des paroles que j'aurais pu m'adresser.

Je me suis relevé avec la certitude de ne pas vouloir finir comme ça. Seul, malade, abandonné par les siens, crevant à petit feu sur sa paillasse, affaibli et dépendant comme Charles.

L'orgueil, en cet instant, n'était plus un péché mais un devoir. Un devoir de dignité.

Après des jours et des nuits de confusion et de doute, tout est devenu limpide.

Je suis retourné dans la demeure. Je me suis douché, rasé, coiffé, habillé de mon uniforme d'officier spahi. Puis je me suis rendu dans la bibliothèque où j'ai récupéré deux magasins de balles et mon Mac 50 dans son étui de cuir que j'ai soigneusement nettoyé et graissé. Puis je l'ai accroché à mon ceinturon. Cette arme, soupçonnée d'avoir été l'instrument d'un crime crapuleux, allait retrouver une fonction plus noble. Historique…

Ensuite j'ai sorti du tiroir de mon bureau un gros dossier cartonné étiqueté "R. D.".

Sans hésitation, je me suis dirigé vers la cheminée du salon où se mouraient quelques braises. J'ai ouvert le dossier et, une à une, brûlé toutes les pages du manuscrit. Tous ces mots écrits, corrigés, barrés, partaient en fumée sans provoquer chez moi aucune émotion. Un soulagement peut-être, un fardeau allégé. Ne restait dans le dossier qu'un cahier d'écolier que je n'ai pu me résoudre à brûler. Le cahier rédigé par Roger dans sa cellule en attendant le jour de son exécution. Après une courte réflexion, je l'ai posé ouvert sur le guéridon, comme un hommage ou un livre de condoléances. J'ai griffonné quelques mots, en bas de la dernière page : une citation de l'ennemi juré de Degueldre. J'ai juste ajouté une phrase énigmatique pour un lecteur ignorant tout de l'histoire. Un policier, un magistrat ou… Isabelle.

Cette besogne accomplie, je me suis senti bien.

Après m'être lavé les mains, j'ai enfilé mon burnous rouge et me suis rendu, à nouveau, dans les écuries.

Là, j'ai achevé Nothing d'une balle dans la tête. Je me suis excusé auprès de Malbrouk, effrayé par la détonation : "Si je te laisse en vie, tu vas crever de faim…", avant de l'exécuter aussi.

Seul mon chien survivrait, il était en de bonnes mains.

Je suis sorti sans me retourner. J'ai empli le réservoir de la jeep, embarqué, sur la banquette arrière, deux jerricanes de secours, déployé sur le siège avant droit une carte de l'IGN et quitté définitivement la demeure familiale.

A la Toussaint 1954, avait réellement commencé la guerre d'Algérie, à la Toussaint 1970, mon conflit intérieur se terminerait…

*

— Allô Louis ? C'est Paco. La nana qui a mis le feu à ta boutique ne t'embêtera plus…

— Une nana ? Tu l'as arrêtée ?

— Non, un collègue s'en charge.

— Pourquoi elle a fait ça ?

— Une dingue…

— Quand on met le feu au cul, on finit par avoir les flics aux fesses, avait ironisé Louis. Bon, ben, tu m'as empêché de faire une belle connerie. Je suis en dette alors…

— Exact. Toi qui rêvais de faire un truc extraordinaire avec ton avion, c'est l'occasion.

— Explique…

Je l'ai retrouvé au Bourget. A bord de son Piper monomoteur rouge et blanc, acheté un an plus tôt, nous nous sommes envolés en direction de Colombey, situé quatre cents kilomètres à l'est. Son avion, le plein fait, avait une autonomie de mille deux cents kilomètres.

Me basant sur le feu de cheminée encore fumant et le trajet en taxi, il était encore possible d'empêcher le suicide de d'Outremont. Car, nul doute que, sous couvert de baroud d'honneur, il allait se faire descendre par la garde rapprochée de l'ex-président.

— Putain ! Je me régale ! jubilait Louis aux commandes de son coucou, rasant les cimes des arbres, les toits des fermes. Et toi ?

— Pas trop…

Je me demandais si j'avais eu raison de confier ma vie à un proxénète volant.

Les yeux rivés au sol, je scrutais la nuit en quête des faisceaux de phares d'une jeep conduite par un tueur potentiel, Philippe d'Outremont. Malgré la situation dramatique, j'ai songé au film de Hitchcock *La Mort aux trousses*. Le réalisateur avait voulu prendre le contre-pied des ambiances de films noirs : au lieu de situer l'action principale dans un lieu obscur et angoissant, il avait planté Cary Grant au bord d'une route déserte, écrasée par le soleil dans un ciel sans nuage. A perte de vue, de vastes champs. Au loin, un avion pulvérisait des pesticides…

Au contraire, dans ce vol de nuit, j'étais aux trousses de la mort, accompagné d'un personnage à la Jean-Paul Belmondo dans une guignolade, façon *L'Homme de Rio*…

On était, à présent, à moins d'une demi-heure de Colombey, et on n'avait toujours pas repéré la jeep.

— Tu es sûr que ton gars venait là ?

— Sûr, non.

— On fait demi-tour ? a demandé Louis d'un ton dépité.

— Tu peux opérer des cercles autour de Colombey. Des cercles de plus en plus larges.

— OK.

Sur la carte, j'ai tracé un cercle englobant les routes d'accès à Colombey. Quatre départementales : la D235 par Rouvres-les-Vignes, la D2 par Pratz, la D619 par Suzannecourt, la D23 par Montheries que je tentais de discerner dans l'obscurité.

On a tourné, tourné. De multiples véhicules circulaient mais aucune jeep.

Au bout d'une demi-heure de navigation en boucles, j'ai repéré des phares qui jouaient les batteries antiaériennes sur la D235 :

— Tu peux descendre vers les lumières bizarres, là-bas ?

Louis est descendu en piqué histoire de frimer. C'était la jeep.

— C'est lui ! Tu peux te poser ?

— Où tu veux que je me pose ? On voit rien !

— Louis ! Démerde-toi pour atterrir sinon on ne pourra pas le coincer. C'est maintenant, le truc extraordinaire !

Louis ne voyait qu'une solution : la départementale déserte que sillonnait la jeep offrait une clairière sur quelques dizaines de mètres. Puisqu'il fallait la bloquer autant se poser à contresens.

— On y va, a annoncé Louis, sérieux comme un agent secret en mission spéciale.

J'avais la trouille au ventre, la sensation d'être le personnage d'un film de série B à petit budget et aux cascades approximatives.

L'avion a rebondi une ou deux fois avant de toucher le sol, obligeant la jeep à faire une embardée et à se retrouver sur le bas-côté.

Arme au poing, j'ai bondi hors de l'habitacle pour aller au secours de Philippe, peut-être blessé par le choc. Soulagé de le voir sortir indemne de sa jeep, j'ai été surpris par sa tenue d'officier. Puis j'ai compris. Philippe considérait sa démarche comme une opération militaire. Il voulait mourir en soldat.

Il s'est dirigé vers moi :

— Philippe, c'est Paco ! Je sais tout !

Il s'est arrêté et a braqué son pistolet sur moi en criant :

— N'approchez pas !

— C'est terminé, Philippe. Votre baroud d'honneur s'arrête là.

— N'en croyez rien. Je dois aller au bout.

— Vous n'irez pas plus loin. Ça n'a pas de sens.

— Qu'en savez-vous ?

— Pensez à votre fille…

— Elle est partie. Elle me hait.

— Pourquoi ? Que s'est-il passé entre vous ?

— Je vous raconterai ça dans une autre vie. Retournez à votre avion.

— Non.

Philippe a baissé son arme, me laissant croire qu'il avait renoncé, mais, dans un sursaut d'orgueil, il l'a dirigée à nouveau vers moi :

— Alors soyez charitable… Tuez-moi.

— Impossible. J'ai de l'estime pour vous.

— Si vous en avez, tuez-moi… Le suicide m'est interdit.

— Je ne peux pas.

— On achève bien les chevaux…

— Vous êtes un homme.

— Si peu… Si je vous disais que c'est moi qui ai tué votre ami Choukroun…

— Je ne vous croirais pas.

— Puisqu'il en est ainsi…

Philippe a tiré. La balle a transpercé mon bras gauche. Sans que je réplique, six détonations rapprochées ont claqué. Six impacts groupés se sont dessinés sur le thorax de Philippe qui s'est écroulé.

Je me suis retourné, fou de rage. Louis avait tiré, croyant me protéger :

"Tu es témoin, putain ! Légitime défense hein ? Légitime défense…"

Je lui ai envoyé mon poing dans la gueule. Il est resté au sol, incrédule.

Philippe d'Outremont avait perdu sa femme, son ami, son cheval puis sa fille.

Cette nuit, enfin, la vie. Sans mission accomplie.

Je n'étais ni soulagé ni fier de le voir abattu.

Plutôt déprimé d'avoir été confronté à la mort une fois de plus, une fois de trop.

Cet homme aurait pu devenir mon ami. Dans une autre histoire, une autre vie.

En observant son corps criblé de balles sur l'asphalte de cette route départementale éclairée par les phares de sa jeep, j'ai frissonné comme si je venais d'intégrer que ce cadavre aurait pu être le mien.

Le sang qui coulait le long de mon avant-bras gauche n'y était pour rien.

Je ne sentais même pas la douleur de la blessure, en tout cas pas celle-là.

Une autre, plus exquise, me taraudait ailleurs, côté cœur, depuis des mois…

*

Les flammes dévoraient tout et tout le monde. La foule des jeunes gens s'agglutinait sur les tourniquets bloqués de l'entrée de la discothèque, piétinant les corps à terre, aspirée vers un dehors inaccessible. D'autres tentaient de forcer les sorties de secours verrouillées par des patrons exaspérés par les resquilleurs.

Assise sur un tabouret de bar, j'observais à travers la fumée épaisse Jérémie charger à coups de table l'une des issues. Un beau diable qui voulait échapper à l'enfer.

Je voyais tout cela sans vraiment comprendre. Comme un rêve. Le cauchemar des autres, pas le mien…

Quelques jours plus tôt, nous avions lu les déclarations de notre chef Alain Geismar[1] au cours de son procès. Malgré la tristesse à l'annonce de sa condamnation, j'avais été touchée par un extrait : “(…) Ce monde nouveau sera celui de l'homme

1. Leader de la Gauche prolétarienne, condamné à dix-huit mois de prison ferme le 20 octobre 1970.

neuf, celui des enfants, les jeunes qui représentent l'avenir, celui des vieillards qui apprendront la haine du monde ancien aux jeunes générations, celui de la femme libérée du rôle de robot sexuel asservi dont le mot d'ordre sera : «Ce que l'homme peut faire, la femme peut le faire (...).»"

Pourtant la journée du 31 octobre avait commencé par un temps clair et ensoleillé. Pour une fois, le week-end de la Toussaint ne serait pas pluvieux. Jérémie m'avait proposé de l'accompagner à la discothèque 5-7, où il travaillait.

— Allez Virginie ! La GP dissoute, Geismar arrêté et condamné, le pouvoir a eu ce qu'il voulait. Les flics t'ont oubliée ! Viens avec moi. On m'a dit que les musiciens programmés, les Storm, sont pas mal.

— Je n'aime pas danser.

— Pas grave, tu écouteras la musique au bar. Je me sentirai moins seul au milieu de tous ces jeunes qui s'amusent. On sera deux à s'emmerder.

— D'accord, j'ai répondu en riant. D'où viennent les clients ?

— De partout. Grenoble, Chambéry et tous les patelins alentour. Il y a des bus pour ramasser les ados. Un ramassage extrascolaire. Crois-moi, c'est mieux organisé qu'une manif, les patrons sont des pros qui veulent que leur affaire soit rapidement rentable. Leur seul problème, c'est les resquilleurs...

— Comment font-ils ?

— Un billet pour deux, trois, quatre… L'un rentre, ouvre une issue de secours derrière laquelle attendent quelques copains.

— Si ça marche comme ça, vous ne faites qu'une entrée pour tout le monde.

— Non, ils ne sont pas idiots. Ça ne peut passer inaperçu que si un grand nombre paie normalement. De plus, un des patrons fait la ronde régulièrement.

— Tu joues aussi les flics ?

— Non, le barman est aveugle aux resquilleurs. C'est pas mon problème.

Nous avons joué à nous déguiser en fêtards du samedi soir, nous moquant l'un de l'autre. J'ai accepté de porter une robe de coton que Jérémie m'avait offerte à condition qu'il porte une cravate de cuir noir à petit nœud avec sa chemise blanche cintrée.

Nous avons pris la vieille Coccinelle pour nous rendre à la discothèque.

Avant l'ouverture, seuls les patrons, le personnel et les membres de l'orchestre étaient là. Les clients ne commenceraient à arriver que deux heures plus tard. Jérémie m'avait présentée à ses camarades comme son invitée. Je m'étais installée dans un coin du bar, observant tout ce petit monde se mettre en place.

La salle, un vaste hangar aménagé en dancing, arborait une déco toc : murs tapissés de plastique, fauteuils gonflables aux couleurs acidulées, plafond recouvert de polystyrène blanc. Eclairé d'une lumière crue, l'ensemble était plutôt laid. Un goulag du samedi soir, un frisson de dégoût.

La scène encombrée d'une batterie, de guitares électriques, de micros et d'enceintes ressemblait à un cimetière d'instruments. Les membres de l'orchestre échangeaient leurs jeans délavés et leurs blousons contre leurs habits de lumière, clinquants et rutilants. Ils paraissaient avoir le trac comme des vedettes prêtes à se jeter dans l'arène de l'Olympia ou du palais des Sports. Moi aussi, qui me retrouvais pour la première fois de ma vie dans une discothèque.

Jérémie, tout en organisant verres et bouteilles, me lançait des œillades complices. D'une certaine manière, lui aussi s'apprêtait à entrer en scène, troquant son âme de militant contre celle d'un barman rock'n' roll. Une métamorphose qui s'accomplissait sous mes yeux ahuris.

Puis on avait éteint les lumières, éclairé les espaces de faisceaux tamisés, lancé sur une platine un disque d'une musique de hit-parade. Et l'on pouvait avoir l'illusion d'un espace convivial et chaleureux.

Les portes s'étaient ouvertes et les caissières avaient accueilli les premiers arrivants, qui, une fois le prix de la place acquitté, passaient les deux tourniquets de métal pour accéder au vestiaire et à la salle.

Un des gérants, voyant quelques jeunes se diriger vers les issues de secours, les avait devancés et avait verrouillé les portes métalliques. Dépités, les jeunes étaient retournés dans la salle, sous le regard noir du gérant.

Assez rapidement des danseurs s'étaient mis à gesticuler sur la piste. Peu à peu l'espace s'était empli de centaines de corps, de bavardages hurlés dans les oreilles, de fumée de cigarette, de frôlements, de rires excités, de baisers volés, les verres de boissons colorées distribués par Jérémie et un autre barman : whisky Coca, gin tonic, vodka orange, et surtout bières et sodas.

Troublée par l'érotisation adolescente de tous ces jeunes gens que l'alcool et la musique échauffaient, j'avais bu un jus d'orange glacé pour refroidir ma peau devenue moite.

L'orchestre était entré en piste sous les hurlements des danseurs et des consommateurs. Rapidement, l'agitation avait grimpé sous les faisceaux stroboscopiques. Des notes assourdissantes déferlaient de toutes parts.

Je me sentais saoulée de sons et de lumières. Je perdais progressivement le contrôle de mon corps qui, à présent, oscillait, malgré moi, aux rythmes de la musique et des silhouettes éclairées par intermittence de flashs lumineux. A contre-temps, car je n'ai jamais appris, j'ai consenti à le bouger, à en jouer, à en jouir. Et ça me dérangeait comme une fièvre insidieuse qui s'installait en moi. Jérémie, m'observant d'un œil attentif malgré un service intense, m'a servi un autre jus d'orange. Avec de la vodka. Je l'ai avalé distraitement, sans que mes papilles desséchées ne perçoivent le goût de l'alcool. Un flot brûlant a parcouru mes artères. Mes tempes battaient, ma vue se troublait. Mon corps sur lequel j'avais perdu toute emprise secouait bras et jambes, remuait seins et bassin. J'ai tenté de le calmer en massant de manière compulsive, de la paume de mes mains, le bas de mon ventre. Une chaleur brûlante se diffusait de haut en bas, de la pointe de mes cheveux trempés de sueur au bout de mes pieds, dressait mes mamelons, mouillait mon sexe. Ma robe de coton collait à mon dos et à mes fesses. J'ai senti un picotement brûlant sur la lèvre supérieure. Le retour de l'herpès ! Mon corps était en feu. "Le-corps en feu", a interprété mon cerveau dans une panique mentale. Mon corps allait brûler, se consumer… !

C'est à cet instant qu'une lueur blanche était apparue dans un coin de la salle.

"Au feu !" s'était mis à crier quelqu'un. La multitude des corps s'était soudain regroupée, tel un vol d'étourneaux, fonçant vers la sortie. Pétrifiée, je n'en croyais pas mes yeux. J'avais un pouvoir surnaturel, bien plus impressionnant que celui de mon grand-père !

J'avais le pouvoir d'enflammer les foules. Les incendies de la sex-shop et du studio d'Isabelle n'avaient été que des coups d'essai maladroits. Ma vraie puissance était mentale.

J'avais le feu sacré.

J'étais tout feu, tout flamme alors que j'avais été sans feu ni lieu.

Mon esprit pouvait mettre le feu aux poudres. Aux cars de CRS, aux commissariats, au ministère de l'Intérieur, au goulag. Mettre le pays à feu et à sang.

J'étais la flamme de la révolution victorieuse.

Je jubilais alors que le reste du monde tentait de fuir la mort…

Jérémie a réussi enfin à défoncer la porte de fer. Alimenté par l'appel d'air, l'incendie a redoublé, obligeant une partie de la foule à refluer vers les portillons bloqués. Il m'a cherchée, a discerné dans la fumée ma silhouette immobile et sereine assise sur le tabouret de bar. Il a remonté le flot à contresens jusqu'à moi, m'a saisi une main et entraînée vers la sortie prise d'assaut par une centaine de personnes.

Je lui ai murmuré d'une voix douce, télépathique, au milieu des cris de terreur : “Ne crains rien, j'ai la situation en mains. Je vais arrêter l'incendie…”

Plafond, murs et mobiliers se sont embrasés comme de la paille aspergée d'essence.

Des dizaines de corps jonchaient le sol, d'autres tentaient d'échapper aux flammes en pleurant et criant.

Jérémie m'a serré la main, très fort, et hurlé quelque chose que je n'ai pas entendu. Il pleurait. J'en étais désolée.

Quand j'ai senti les flammes lécher mon corps, la peau se consumer, se gonfler de bulles, quand j'ai vu ma robe s'embraser, j'ai compris que mon corps n'était pas une métaphore, je me suis mise à hurler de douleur, à serrer de mes doigts rougis par les brûlures ceux de Jérémie dont les lèvres articulaient des mots d'amour inaudibles au milieu des cris de jeunes gens entassés, livrés au même désespoir, celui de n'avoir pas mérité cet enfer.

Nous allions mourir brûlés vifs, main dans la main. En compagnie d'une centaine d'autres…

Mercredi 11 novembre 1970

II

L'ARMISTICE

Nous étions ivres. Tous deux. Elle et moi. Dans cette petite salle étrangement déserte. Les yeux vitreux, un sourire triste accroché à son visage raviné par quarante années de Halles, elle observait, par-dessus mon épaule, les tables et chaises vides. L'aube pointait.

"Crois-moi, Paco… Y a rien qui dure toujours…" a lâché Angèle d'une voix pâteuse…

Après la mort de Philippe, j'avais aidé Louis à se relever. Il avait le nez en sang, peut-être cassé par la violence de mon coup de poing.

Je lui ai demandé de rester près de l'avion, de la jeep et du cadavre pour prévenir un accident de la circulation et me suis dirigé à pied vers le village le plus proche à la recherche d'une cabine téléphonique.

Ensuite, le grand cirque des autorités judiciaires, gendarmerie, substitut du procureur, soins pour nos blessures et garde à vue.

Expliquer. Une fois, deux fois, dix fois, cette enquête hors cadre qui s'était terminée par une tragédie. J'ai demandé à appeler l'inspecteur Adrien. Injoignable, en mission à Grenoble à la recherche d'un couple d'activistes.

Le substitut qui m'interrogeait m'avait dit :

— Si votre version s'avère exacte, vous méritez la Légion d'honneur, sinon votre carrière est finie, et votre ami et vous croupirez en taule…

— La Légion d'honneur, j'en ai rien à foutre, *idem* pour ma carrière. Je suis fatigué…

Après quarante-huit heures de garde à vue, on a fini par contacter Adrien de retour à Paris.

Il avait corroboré ma déposition. On avait donc consenti à me libérer. Pas Louis. Son vol, son atterrissage sur une départementale, son port d'arme et sa fonction de proxénète n'avaient pas joué en sa faveur malgré mon témoignage stipulant qu'il m'avait sauvé la vie. Pour éviter de compliquer inutilement la situation, j'avais renoncé à expliquer que d'Outremont souhaitait être tué. Ma parole sur ses intentions suicidaires ne s'appuyait sur aucune preuve tangible. Celle de Louis encore moins.

Le 4 novembre, en fin d'après-midi, on nous avait rapatriés dans la capitale. Louis en cellule, moi dans le bureau du patron de la PJ, au Quai des Orfèvres :

— Votre aventure est étrange. En accord avec le ministre de l'Intérieur, nous avons décidé de faire silence sur toute cette histoire. Le Général n'est plus en exercice, inutile de réveiller les vieux démons de la guerre d'Algérie. D'Outremont sera inhumé selon le protocole lié à son grade, honoré par ses camarades officiers.

— Que direz-vous à sa fille ?

— Nous ne sommes pas censés savoir qu'elle vit en Australie. Nous la joindrons après les obsèques militaires. Officiellement, il sera mort d'un malaise cardiaque.

Après le massacre de la rue d'Isly, on avait enterré les victimes sans permettre aux familles de voir les corps de crainte qu'elles ne découvrent que certains étaient morts d'une balle dans le dos. La raison d'Etat…

— Et Louis Renucci ?

— On va se contenter de lui retirer sa licence de vol. Pour le reste, pas de mort violente, donc pas de délit. Quant à vous, votre supérieur n'est pas chaud pour vous garder dans son équipe… Nous allons réfléchir à cette question…

— Moi aussi.

En fin de soirée, j'étais libre. Adrien m'attendait. Il était dans un triste état, celui d'un flic bardé de culpabilité.

J'avais besoin de marcher, lui de parler. Nous avons longé les quais.

En l'écoutant me raconter d'une voix monocorde le récit de son enquête, je me voyais devant la tombe de Choukroun en 1962 m'adonnant au même exercice. Un exercice déprimant et lugubre.

"Je suis arrivé en fin de journée à Grenoble avec ma bagnole. Je me suis rendu à la supérette des parents de Jérémie Bourdin avant la fermeture. Les parents m'ont demandé d'attendre que le dernier client quitte les lieux…"

Le père semblait s'être querellé avec son fils, la veille. Une rage froide perçait à travers les mots qu'il alignait. Les mêmes qu'il devait ressasser en boucle depuis leur rupture. Au grand désespoir de la mère qui avait eu du mal à retenir ses larmes en entendant son mari argumenter sur la bêtise et les errances politiques de leur fils.

S'adressant à la mère, Adrien avait demandé :

— Vous n'avez vraiment aucune nouvelle de lui depuis l'année dernière ?

Elle avait hésité avant de répondre, jetant un œil inquiet à son mari :

— Il… Il est revenu dans la région, il y a quelques mois…

— Quoi ! Je t'avais interdit de revoir ce petit morveux !

— C'est mon fils quand même !

— Plus le mien !

— Tu as toujours été trop dur ! Continue comme ça et moi aussi je vais partir et tu vieilliras seul comme un chien !

— Eh bien pars aussi ! Ça fera une bouche de moins à nourrir !

Elle avait éclaté en sanglots.

Le père était parti dans l'arrière-boutique, les abandonnant dans un silence scandé par les reniflements de la mère :

— Où est-il à présent ?

— Je sais pas. Après avoir été renvoyé de l'usine, il m'a appelée pour me demander de lui prêter un peu d'argent. Il voulait revenir à Grenoble et se mettre au vert dans la vallée de la Chartreuse.

— Et où est-il ?

— Je n'ai eu aucune nouvelle depuis… Si, une carte pour mon anniversaire… C'est un brave petit, vous savez. Et intelligent avec ça. Il voulait être professeur de sciences. La politique lui a tourné la tête…

— D'où a-t-il expédié la carte ?

— De Chambéry.

— Il y connaît quelqu'un ?

— Mon frère. Il a une brasserie, là-bas.

— Et depuis ?

— Depuis, rien. Il a fait quelque chose de mal ?

— Non, pas que je sache. Je cherche une jeune femme qu'il a connue et qui a disparu.

— C'est drôle parce qu'il n'a jamais été trop à l'aise avec les filles. Ça doit être à cause de son opération.

— Son opération ?

— Je le dirais pas devant lui, il aurait été trop gêné… Un de ses testicules n'est pas descendu. On l'a opéré mais il était déjà atrophié. Il avait honte de n'en avoir plus qu'un. Depuis, il a toujours été intimidé par les filles.

— L'adresse de votre frère à Chambéry ?

Il avait quitté la supérette laissant le couple à leur détresse de parents. Ils passeraient sans doute le week-end à se bouder, à s'injurier ou à pleurer sur le sort de cet enfant si peu reconnaissant.

— J'ai pris la route de Chambéry sans réelle conviction. J'avais tort. L'oncle aimait bien Jérémie et l'avait employé, adolescent, comme serveur dans sa brasserie durant l'été. Il lui avait trouvé un job de barman dans une nouvelle discothèque de la région, le 5-7… Il ne savait pas s'il y travaillait toujours. Il ne connaissait pas la nouvelle adresse de son neveu qui n'avait pas le téléphone. Il a appelé la discothèque. Personne n'a répondu…

— Pourquoi parles-tu de lui à l'imparfait ?

— Tu n'es pas au courant ?

— J'étais au secret, ces derniers temps…

— Il est mort, ils sont morts…

— Comment !?

Il s'était rendu au commissariat central et avait demandé leur aide pour une ou deux interpellations à Saint-Laurent-du-Pont. Ils étaient en sous-effectif et l'avaient adressé à la gendarmerie locale. Lesquels gendarmes l'avaient dissuadé d'interpeller un individu dans une discothèque un soir de grande affluence. Ils l'accompagneraient à la fermeture de l'établissement et l'arrêteraient à la sortie.

Par précaution, il était parti en estafette et s'était garé dans le parking de la discothèque à quelques mètres de la coccinelle verte de Jérémie identifiable par son immatriculation. Il était sûr désormais que Jérémie était présent à son poste.

Les jeunes arrivaient de toutes parts en couple ou en bandes, en moto, voiture ou car. Bien qu'il voulût vérifier si Virginie l'accompagnait, il n'était pas entré par crainte d'être repéré par Jérémie qui le connaissait depuis sa visite en taule. Vers 2 heures du matin, il avait été brutalement sorti de sa somnolence par des cris et des mouvements de foule. Un violent incendie s'était déclaré dans la discothèque. Virginie avait, selon lui, encore frappé.

Avec quelques jeunes sur le départ, il avait tenté d'aider les clients à évacuer les lieux mais les tourniquets ne fonctionnaient que dans le sens de l'entrée et les issues de secours étaient verrouillées. Avant l'arrivée des pompiers, tout et tous avaient déjà brûlé. Cent quarante-six morts[1].

1. Dans la nuit du 31 octobre au 1er novembre, à Saint-Laurent-du-Pont, en Isère, un incendie ravagea la discothèque *Le 5-7*. Les issues de secours fermées, les clients furent obligés de fuir les flammes par le tourniquet d'entrée. Les experts avaient établi que le système de chauffage était à l'origine du drame, puisqu'il avait enflammé des pièces de contreplaqué qui, contre toute raison, participaient au système conduisant la chaleur. Mais ce drame avait été amplifié par la présence de polyuréthane rigide, massivement utilisé pour décorer la discothèque. Or, ce matériau avait joué un rôle énorme dans la propagation du sinistre, puis avait dégagé un gaz extrêmement toxique qui avait rapidement asphyxié la plupart des victimes. Ce n'est qu'ensuite que les corps furent carbonisés, lorsque le plastique, en fondant, tomba sur eux, qui portaient majoritairement des vêtements synthétiques.

Du 5-7 ne demeurait qu'un tas de cendres fumantes dont seuls subsistaient un monceau de ferraille chauffée à blanc par l'incendie, squelette du hangar, et les tourniquets.

Entre la ferraille et les tourniquets, un amas de corps carbonisés.

Entre les corps et Adrien, les pompiers qui finissaient d'éteindre les braises de l'incendie, et les gendarmes qui avaient constitué un périmètre de sécurité au-delà duquel des dizaines d'adultes se lamentaient.

Pour ménager la sensibilité des familles accourues de toute la région, les autorités avaient tenu à interdire la désincarcération des victimes jusqu'au lever du jour.

Une résonance morbide, une scène de crime, d'un autre crime, huit ans plus tôt : la fusillade de la rue d'Isly. Lorsque les coups de feu avaient cessé, s'était développé un silence ponctué des plaintes des blessés, des cris de ceux qui pleuraient leurs morts…

Devant les décombres du 5-7, seules les familles se lamentaient car les quelques survivants avaient été évacués sur les hôpitaux de la région ou de Lyon. Quant aux morts, transférés par des dizaines d'ambulances, ils avaient été regroupés dans le gymnase de Saint-Laurent-du-Pont, devenu chapelle ardente…

"J'étais là pour arrêter Jérémie et Virginie. A cause de la connerie des gendarmes et la mienne, je n'avais pas pu éviter un carnage… Il fallait que j'en aie le cœur net. J'ai voulu participer à une éventuelle identification. J'ai commencé à regretter mon initiative… L'odeur de chair brûlée était nauséabonde et le spectacle insupportable… Jamais de ma vie, je n'avais assisté à une telle horreur… Des cadavres tués par balles ou à l'arme blanche demeurent des humains, des corps carbonisés, non… Un barbecue cannibale. Seules les victimes asphyxiées ou ensevelies sous d'autres morts étaient identifiables… Jusqu'au moment où mon calvaire a été récompensé : deux corps. L'un totalement brûlé dont la main noircie serrait une autre main, celle d'une femme dont les jambes n'étaient plus que des os, le thorax qu'un squelette noirci par les flammes, et dont une moitié de visage, par un miracle absurde et inutile, était intact. Celui de Virginie Lecorps…

J'ai poussé un cri, certain qu'elle était responsable du massacre et, par conséquent, je l'étais aussi puisque je n'avais pas su l'intercepter avant la tragédie… Je ne sais même pas s'ils ont tué Couverture et pourquoi…"

Sa culpabilité était un ogre à l'appétit féroce. Cent quarante-six victimes, un repas gargantuesque. Il avait fui dans sa voiture pour pleurer. Pleurer ces enfants. Pleurer sur son impuissance. Sur le dégoût de ce métier qu'il était convaincu de ne plus faire bien.

Et puis il avait démarré son véhicule, fuyant l'idée d'informer la famille Bourdin de la disparition de leur fils, et avait roulé jusqu'à Paris.

Hérodote avait dit qu'en temps de paix les fils enterraient les pères, l'incendie du 5-7 l'avait contredit avec une violence inouïe…

Arrivée à la hauteur du pont des Arts, je lui ai proposé d'aller boire un verre au Vauvilliers. Il a refusé :

— Je suis crevé, je vais rentrer… Tu as oublié de me poser une question ?

— Laquelle ?

— La bobine…

— Tu l'as retrouvée !?

— Pas moi, un stagiaire à qui j'ai demandé d'appeler tous les numéros de l'agenda de Gros. Un collectionneur privé la lui a achetée pour la projeter au cours de soirées libertines, un dénommé Robeglacet. Il l'a acquise un mois après la mort de Couverture.

— Donc, quand Didier a découvert le cadavre, il a pris le temps de récupérer la bobine avant d'appeler les flics et il a attendu que ça se tasse avant de la fourguer à ce collectionneur…

— Il la voulait sa caméra, ce petit con…

Après une étreinte d'hommes, sans mot, Adrien s'est engagé d'un pas alerte sur le pont des Arts en direction de la rive gauche. Il semblait avoir retrouvé quelque énergie. En le regardant s'éloigner, je me voyais comme cette jeune fille, Alina Reyes, dans la nouvelle de Cortázar "La Lointaine", sur ce pont de Budapest. Un transfert de culpabilité s'était opéré entre nous.

Malgré mon épuisement physique et psychique, je n'avais aucune envie de retrouver mon trou, rue Montorgueil. J'ai donc rejoint le Vauvilliers.

Le bistrot était plongé dans une mélancolie profonde. Les quelques consommateurs semblaient pour la plupart en deuil. J'ai cru, un instant, qu'ils étaient tous originaires de la vallée de la Chartreuse. En réalité, le déménagement des occupants du pavillon de la viande vers Rungis et la désertion de la faune qui occupait les lieux depuis des décennies étaient responsables de l'ambiance morose. La fin d'une histoire, d'une époque.

Angèle, pourtant préparée depuis des mois à cette issue, ne semblait pas pouvoir s'en remettre.

Je m'étais installé au comptoir où j'avais avalé un sandwich aux rillettes et bu un canon sans qu'elle ne songeât à m'interroger sur l'état lamentable de ma petite personne. Au contraire, elle est demeurée silencieuse, se contentant de partager sa bouteille de bordeaux avec moi.

J'y suis resté jusqu'à l'aube.

Pendant tout ce temps, nous avons bu.

Pendant tout ce temps, elle a déroulé ses souvenirs, les anecdotes, les drames, les embrouilles de quarante ans de Halles.

Pour en finir avec nos consciences qui refusaient l'abandon, elle a sorti de sa cave une bouteille de quarante ans d'âge. La Bouteille.

Avant d'être achevé par le millésime, j'avais pris deux décisions. Les plus importantes de ma vie…

*

Mardi 10 au matin, Marthe Choukroun m'a appelée pour m'apprendre la “bonne nouvelle” :

“Tu es au courant, Irène ? La grande Zohra est morte, cette pourriture…”

De Gaulle était mort. Dans son lit. Sans terminer sa réussite. Sans appel. D'un malaise cardiaque. Il avait fini par mourir. Comme tout le monde. Probablement d'ennui.

Je ne m'en suis pas réjouie. J'avais eu raison de conseiller à son fils de ne pas lui montrer les films tournés à Bâb-el-Oued. Marthe avait encore mal à son Algérie, à son mari.

Alors que, la semaine précédente, tous les journaux ne parlaient que de l'incendie de cette discothèque et des jeunes gens brûlés vifs, la mort du Général occupait toutes les unes, journaux, radios, télés. Biographie, faits historiques, témoignages. Aimé ou haï, il n'était question que de lui.

Y compris dans les propos de mes clientes qui avaient abandonné leur question récurrente : “C'est pour quand l'heureux événement ?" pour évoquer Le sujet d'actualité.

Le 11 novembre, pour une raison inexplicable, j'ai eu besoin de ranger. Mon appartement, la chambre du futur bébé, vérifiant qu'il n'y manquait rien d'essentiel. Les Beatles chantaient *Let It Be* à la radio et moi je nettoyais.

J'ai tenté de me raisonner car j'étais encore à quelques semaines du terme. Rien n'y a fait. En proie à une compulsion effrénée, je suis allée à la boutique m'attaquer à l'inventaire. Peut-être avais-je besoin de m'occuper, de maîtriser les choses, faute de pouvoir contenir mes émotions ?

Repliée dans l'arrière-boutique, je mettais de l'ordre dans les commandes et dans ma comptabilité quand la clochette de la porte d'entrée a sonné. Zut ! J'avais oublié de la verrouiller. Je suis donc retournée dans la boutique avec la ferme intention de congédier la cliente, en ce jour férié. C'était un client.

Paco, vêtu du costume acquis trois ans plus tôt pour le marier au borsalino que je lui avais offert, tenait un bouquet de roses blanches de la main droite.

Mon cœur et celui du bébé toujours blotti dans mon ventre ratèrent un coup. J'ai demandé, la bouche sèche :

— Que désirez-vous, monsieur ?

— Signer l'armistice… Tu es belle, a dit Paco en me tendant le bouquet que j'ai accepté d'une main tremblante en protestant :

— Mensonge ! J'ai pris dix kilos.

— Ça te va à merveille.

— Tu passais par là ?

— Non, je suis venu te demander de m'épouser.

Je me suis interdit d'exploser de joie pour répondre posément :

— Je dirais oui sans hésiter s'il n'y avait pas Ton boulot.

— J'ai démissionné.

— Quoi !? Vraiment ?

— Vraiment.

— Que vas-tu devenir ?

— Je ne sais pas… Le mari de la modiste ?

— Et l'enfant que je porte…

— J'essaierai d'être son père, s'il veut bien de moi.

Je me suis jetée dans ses bras. Malgré le volume imposant qui s'interposait entre nos bustes, il les a ouverts.

Au cours du long baiser que nous avons échangé, comme une réponse à la dernière phrase de Paco, un liquide tiède s'est mis à couler le long de mes jambes. Une émotion électrique a parcouru ma peau.

Au moment où nous nous retrouvions, la poche des eaux venait de rompre…

Remerciements à :

Irène et Jean-Claude Aguerre, Jean-Paul Aubert, Jean-Michel Carré, Jimmy Gallier, université Paris-VIII Saint-Denis pour leurs récits sur l'université de Vincennes,
lieutenant-colonel Daniel Guédras, conservateur du musée des Spahis de Senlis, Catherine Parpoil, conservatrice du futur musée de la Présence française en Afrique du Nord,
Dr François Galliard, vétérinaire, spécialiste des chevaux dont le savoir m'a permis d'écrire sur un sujet inconnu de moi,
Gwenaëlle Voirin, sage-femme, de bon conseil,
Henri Attia, Bernard Martinez, Alzira Martins, Bertrand Py, Nadia Roman pour leur lecture attentive,
Jacques Ferrandez qui, grâce à son érudition sur la guerre d'Algérie et ses suites, m'a fourni quelques précieuses informations,
Romain Slocombe pour ses confidences sur ses aventures de jeunesse,
Gérald de Murcia pour ses recherches généalogiques sous l'Inquisition,
Christian et Sylvie Régis, qui m'ont soutenu durant toute cette trilogie, et Yvonne Lisenlie, qui m'a conté le Vauvilliers et les Halles de Paris du temps des pavillons Baltard,

Maryvonne Guillen, dont la mygale m'a inspiré,
Colin Thibert pour son amitié et la visite du site de l'ancienne université de Vincennes.

ŒUVRES CITÉES

FILMS

Paris Blues, de Martin Ritt.
Les Nuits de Cabiria, de Federico Fellini.
La Nuit du chasseur, de Charles Laughton.
Le train sifflera trois fois, de Fred Zinnemann.
Fenêtre sur cour, *La Mort aux trousses* et *Psychose*, d'Alfred Hitchcock.
L'Armée des ombres, de Jean-Pierre Melville.
Un homme nommé cheval, d'Elliot Silverstein.
Une femme sous influence, de John Cassavetes.
Les Choses de la vie, de Claude Sautet.
Les Aventuriers, de Robert Enrico.
La Nuit des morts-vivants, de George A. Romero.
Ma nuit chez Maud, d'Eric Rohmer.
Le Bon, la Brute et le Truand et *Il était une fois dans l'Ouest*, de Sergio Leone.
L'Homme de Rio, de Philippe de Broca.
La Charge victorieuse, de John Huston.
MASH, de Robert Altman.
Mourir à Madrid, documentaire, de Frédéric Rossif.
La guerre est finie, d'Alain Resnais.
Le Mépris et *Une femme est une femme*, de Jean-Luc Godard.

Une femme sous influence, de John Cassavetes.
Shanghai Express, de Josef von Sternberg.
L'Arrangement, d'Elia Kazan.
Butch Cassidy et le Kid, de George Roy Hill.
L'Aveu, de Costa Gavras.
Dillinger est mort, de Marco Ferreri.
Solo, de Jean-Pierre Mocky.
A bientôt, j'espère, de Chris Marker.
Les Canons de Navarone et *Les Nerfs à vif*, de Jack Lee Thompson.

Plus un certain nombre d'autres, dans le corps du texte, en *private joke*.

DISCOGRAPHIE

Pourquoi faut-il que les hommes s'ennuient ?, *Jaurès*, *Les Vieux Amants* et *Orly*, de Jacques Brel.
Le Cinéma, de Claude Nougaro.
Je suis un voyou, de Georges Brassens.
Dis, quand reviendras-tu ?, de Barbara.
Maxim's, de Serge Gainsbourg.
Naima, de John Coltrane.
Let It Be, des Beatles.
Led Zeppelin.
Michel Delpech.
Les Nouveaux Partisans, de Dominique Grange.

LITTÉRATURE ET ESSAIS

Mort à crédit, de Louis-Ferdinand Céline.
Le Bleu du ciel et *Ma mère*, de Georges Bataille.

La Rumeur d'Orléans, d'Edgar Morin.

Sex-shops, une histoire française, de Baptiste Coulmont (éd. Dilecta).

Principes généraux du cavalier arabe, du général Daumas.

Stiller, de Max Frisch.

L'Automne à Pékin, de Boris Vian.

Les Pensées et *Hommage à Norman Bethune*, de Mao Tsé-toung.

Les Folies raisonnantes, de Sérieux et Capgras.

"La Lointaine", nouvelle du recueil *Les Armes secrètes*, de Julio Cortázar.

Leçons de cinéma d'Eisenstein et étude de Barthélemy Amengual, *Dictionnaire du cinéma*, Editions universitaires, 1966.

Texte de Roger Degueldre trouvé dans sa cellule de condamné à mort.

Journaux et hebdos, articles de 1970 :

La Cause du peuple ;

Le Monde ;

Le Nouvel Observateur ;

En Patufet, illustré catalan.

ÉVÉNEMENTS HISTORIQUES DES ANNÉES 1969 ET 1970

ANNÉE 1969

Référendum et démission de De Gaulle.
Election de Georges Pompidou à la présidence de la République.
Affaire Markovic.
Rumeur d'Orléans.
Emission radiophonique avec Georges Brassens, Jacques Brel et Léo Ferré sur RTL.

ANNÉE 1970

France

Naufrage du sous-marin français *Eurydice.*
Cambriolage de l'épicerie fine Fauchon par les militants de la GP.
Procès des directeurs de *La Cause du peuple.*
Grève et manifestations des petits commerçants du Cidunati.
Multiples explosions à Grenoble.
Multiples manifestations et nombreux affrontements entre policiers et étudiants autour du vote de la loi

anticasseurs qui stipulait que les actions politiques violentes relevaient désormais du droit commun.
Procès d'Alain Geismar, leader de la Gauche prolétarienne.
Incendie du 5-7 à Saint-Laurent-du-Pont.
Mort de Charles de Gaulle.
Départ des grossistes des Halles pour Rungis.

Etranger

Argentine : 18 juin 1970, coup d'Etat militaire.
Espagne : attentat de l'ETA et procès de Burgos.

TABLE

BABEL NOIR

1. FIRMIN MUSSARD
Fausse passe

2. ALAIN WAGNEUR
Terminus Plage

3. PHILIPPE COLIN-OLIVIER
Festival de came

4. PASCALE FERROUL
David sur ordonnance

5. MAURICE ATTIA
Alger la Noire

6. PATRICK DELPERDANGE
Coup de froid

7. MICHEL MAISONNEUVE
Le Chien tchéchène

8. DOMINIQUE SIGAUD
L'Inconfort des ordures

9. PETER MAY
Meurtres à Pékin

10. KERSTIN EKMAN
Crimes au bord de l'eau

11. LUIZ ALFREDO GARCIA-ROZA
Le Silence de la pluie

12. HERVÉ CLAUDE
Mort d'une drag-queen

13. MAURICE ATTIA
Pointe Rouge

14. ALAIN WAGNEUR
Hécatombe-les-Bains

15. PETER MAY
Le Quatrième Sacrifice

16. MICHÈLE LESBRE
Une simple chute

17. MICHÈLE LESBRE
Que la nuit demeure

18. ANDREW MCGAHAN
Derniers verres

19. PETER MAY
Les Disparues de Shanghai

20. JEAN-FRANÇOIS VILAR
C'est toujours les autres qui meurent

21. FRÉDÉRIC H. FAJARDIE
Gentil, Faty !

22. A.D.G.
J'ai déjà donné…

23. FRANÇOIS MURATET
Stoppez les machines

24. LEIF DAVIDSEN
L'Epouse inconnue

25. ANDREA MARIA SCHENKEL
La Ferme du crime

26. PETER MAY
Cadavres chinois à Houston

27. LUIZ ALFREDO GARCIA-ROZA
Objets trouvés

COÉDITION ACTES SUD – LEMÉAC

Ouvrage réalisé
par l'atelier graphique Actes Sud.
Reproduit et achevé d'imprimer
en janvier 2010
par Normandie Roto Impression s.a.s.
61250 Lonrai
pour le compte des éditions
Actes Sud
Le Méjan
Place Nina-Berberova
13200 Arles.

Dépôt légal
1re édition : novembre 2009.
N° impression : 100270
(Imprimé en France)